새로운 시대의 문장강화

글쓰기를 두려워 말라

새로운 시대의 문장강화

글쓰기를 두려워 말라

박동규 지음

문학사상사

참신한 시각, 따뜻한 마음씨의 글쓰기 지도

박동규 교수의 《글쓰기를 두려워 말라》는 부친 박목월의
가학(家學)을 이어받은 것이면서 동시에
한 걸음 더 나아간 체계적 글쓰기 지침서이다.

김 용 직(문학평론가 · 서울대 교수)

▶ 1인 5역, 6역에 언제나 새로운 박동규 교수

박동규 교수는 언제나 새롭다. 그렇지만 그는 신기를 탐하는 사람
이 흔히 범하는 경박으로 흐르지 않는다. 새로운 가운데도 삶의 질
감을 느끼게 하는 사람이다. 그의 일상은 남보다 몇 갑절 바쁘다.
학교에 나오면 학생들을 지도해야 한다. 그리고 문단활동을 병행해
야 하는 문학평론가이기도 하다. 이것만 보더라도 1인 2역을 하지
않을 수 없는 그다.

그럼에도 그는 가업인 문예지를 손수 꾸린다. 시 전문지인 《심상》
이 바로 그것이다. 《심상》을 기획 · 편집해야 할 뿐 아니라 판로와
배포, 경영을 총체적으로 떠맡고 있다. 이것만 해도 여느 사람이라
면 어깨가 짓눌릴 것이다. 그러나 그의 활약은 여기서 그치지 않는
다. 여름 한철 개방시인학교를 운영하기도 하고, 철마다 공개 시학
학회도 연다. 뿐만 아니라 TV 브라운관의 단골이기도 하다. 특히
문예 관계 칼럼을 맡아서 그 재기발랄한 말솜씨를 휘두르는 그를 모
르는 사람은 없다. 이렇게 보면 그의 일상은 문자 그대로 동분서주,

혼자서 1인 5역, 6역을 하는 셈이다. 그런 그가 이번엔 체계적 글쓰기 지침서인《글쓰기를 두려워 말라》를 출간한다고 한다. 무엇보다 그의 줄기찬 활동에 놀라움을 금할 수가 없다.

▶ 하늘이 동아줄로 엮어준 인연

흔히 우리는 세상살이를 뱃길에 견준다. 또한 나날의 삶을 싸움터에 비유하기도 한다. 이런 비유가 크게 잘못되지 않았다면 박동규 교수와 나는 40년 가까운 세월을 같은 항로로 바다를 건너온 사이다. 그리고 벌써 30년 가까운 세월을 같은 참호, 같은 대오에 속해서 살아온 터이기도 하다.

내가 그를 처음 만난 것은 서울대 문리대 국어국문학과 재학시절 때다. 나는 재학생으로, 그리고 그는 신입생으로 봄철에 교외에서 열린 상견례 겸 환영회에서 첫 대면을 했다. 몇몇 신입생들은 입학이라는 사실에 감격한 나머지 주량이 좀 지나쳐 이른바 선배인 우리에게까지 주정을 한 것으로 기억한다. 그러나 그 틈새에 그는 끼지 않았다. 그때 나는 그가 차분하고 얌전한 인품의 소유자라는 걸 알았다.

그 후 우리가 다시 만난 것은 서울대학교의 강단에서였다. 마침 학교에서 학부교육을 강화하기 위해 교양학부를 독립시켰다. 거기에 그 동안 전임자리를 얻지 못해 허둥대던 내가 채용이 되었다. 이어 그도 그런 기회를 얻게 되었다(단, 그때 그는 나와 처지가 달랐다. 내 기억으로는 이미 그는 어느 교육대학의 어엿한 전임교수 신분이었다). 이때 인상에 남은 것은 그의 행동범절이었다. 그는 발령을 받자마자 자신의 집으로 같은 학과의 선생들을 초대했다. 나는 부인의 음식솜씨에 놀랐고, 특히 그의 남다른 인사범절에 적이 충격을 받았다.

그리고는 30년 가까운 세월을 같은 직장, 같은 교실을 들락거리게 된 것이다. 옷깃만 스쳐도 전생의 인연으로 얽혔다고 한다. 그렇다면 그와 내 인연은 하늘이 동아줄로 엮은 것이라 해야 하지 않을까.

▶ 본격 문장론, 그 견실하고 섬세한 손길

《글쓰기를 두려워 말라》를 보면서 역시 '박동규 교수구나' 하는 생각이 들었다.

우선 이 저서에는 본격 문장론이 요구하는 문장과 문체에 대한 감각이 잘 살아나 있다. 그 토대가 되는 말과 글, 나아가서는 글쓰기와 여러 문장이 갖는 속성, 그리고 그 관습적인 면이나 전통에 대한 인식도 저자의 듬직한 능력을 느끼게 한다.

원래 오늘날 우리가 말하는 문장론의 전통은 두 가닥으로 이야기될 수 있다. 그 하나는 한국 고전문학, 전통문화에서 도출되어온 그것이다. 우리 민족은 삼국시대부터 이미 당당한 문장을 바탕으로 한 여러 저술을 가질 수 있었다. 특히 통일신라시대와 고려·조선왕조를 거치는 가운데, 원효(元曉)나 의상(義湘), 최치원(崔致遠) 등을 필두로 한 대문장가가 기라성처럼 나타났다. 이러한 문화전통은 당연한 귀결로 상당한 문장론을 낳게 했다. 지금 우리가 인식하는 한국 문장론의 가닥 가운데 하나는 바로 이와 같은 전통의 갈래를 가리킨다.

이와 아울러 우리가 말하는 문장론에는 서구적 충격이 몰고온 갈래의 것이 있다. 여기서 말하는 서구적 충격이란 19세기 말에 이루어진 것이다. 개항과 함께 우리는 영·미·독·불·러시아, 그리고 '서구적 일본'의 충격을 받았다. 그 틈바구니에서 순수 우리말과 글에 대한 감각에도 일대 변혁이 일어났다. 그리고 그 집약만으로 나타난 것이 1930년 말에 나온 《문장강화(文章講話)》이다.

이태준(李泰俊)이 저술한 이 책에는 군데군데 우리 고전이 인용되고 한문의 전고(典故)를 이끌어들인 곳이 있다. 그러나 총체적으로 본다면 이 책은 서구적인 것이었다. 특히 그 뼈대가 된 항목 설정,

체제, 문장관이 그러하다.

▶대학에서의 초보적 필수과정인 문장력 기르기

이런 이태준의 《문장강화》의 지배현상에 막이 내린 것은 1960년대부터다. 이 무렵에야 문과대학에서 영미 계통의 신비평가들이 만들어낸 수사론이 퍼지기 시작했다. 그리고 그 보기로 등장한 것이 클리언스 부룩스 등의 《근대 수사학》이다. 그런데 이 책을 가늠자로 한 문장론 교육에는 박동규 교수나 나도 제 나름의 역할을 했다. 앞에서 밝힌 바와 같이 박동규 교수와 내가 같은 학교에서 근무하게 된 것은 교양학부 때부터다. 그런데 막상 교양학부가 발족하고보니 학내외에서 갖가지 요구가 가해지기 시작했다. 그 가운데 하나가 대학교육에 걸맞는 문장력, 논문작성 능력을 교양과정에서 습득시켜달라는 것이었다. 이런 훈련은 그 성격으로 보아 당연히 국문학과의 몫이 되었다. 그리고 그 전제 작업으로 대두된 것이 교양국어 강의의 전반적인 강화·확충이었다. 그 가운데 가장 역점을 둔 것이 문장작성·작문능력의 확충이기도 했다.

이런 상황은 그나 나같이 교양학부의 교육 담당자에게 교재 편찬의 실무자가 되도록 요구했다. 그런 서슬 속에서 우리는 부룩스나 머리 등 여러 사람의 수사학과 문장론을 검토했다. 또한 그것을 원용한 대학작문 교재에 내몰리지 않을 수 없었다. 그 결과로 나온 것이 70년대부터 쓰여진 서울대학교의 《대학작문》이다. 이제 이런 일들을 회고하다보니 그의 꾸준한 행보가 새삼 실감난다.

새롭게 《대학작문》을 개편하는 데 동원된 인원은 그때의 교양과정부 국어과 전원과 문리대 교수들 대부분이었다. 그런데 그 후 계속이 분야에 관심을 기울인 분은 별로 없었다. 특히 그 결과로 그처럼 한 권의 책으로 엮어낸 예는 더더욱 없었다. 이런 점에서 나는 다시한 번 이 책을 통해서 박동규 교수의 진면목을 실감하게 되었다.

▶ 2대에 걸친 문장론의 완성

박동규 교수의 이 책에서 또 하나의 덕목으로 지적될 수 있는 것은 그 살뜰한 작업태도다. 이미 밝힌 바와 같이 우리가 쓰는 문장론이나 수사학의 뼈대는 외국 것을 빌려 쓸 수도 있다. 몇 개의 참고 서적을 보아가면서 그 항목들을 선정해내면 이런 작업의 테두리가 결정되는 것이다. 그러나 외국 참고 서적만으로는 해결되지 않는 것이 있다. 바로 여러 장과 절을 살리면서 글쓰기의 요체를 보여줄 수 있는 예문을 찾아내는 일이다. 이것만은 우리 글을 중심으로 뽑아야 한다. 그리고 이것은 상당한 노력과 시간이 소요되는 작업이다.

본래 글을 쓰는 사람은 문장론의 뼈대를 생각하면서 쓰지 않는다. 그 가운데서 적절한 글을 뽑아내야 하는 것이 이런 작업의 성격이다. 그리고 이걸 제대로 해나가기 위해서는 방대한 양의 문장들을 검토해야 한다. 나아가 그것들을 평가하고 판단하는 예리한 눈도 있어야 한다. 그런 다음에야 이 작업이 제대로 마무리될 수 있는 것이다.

박동규 교수의 《글쓰기를 두려워 말라》는 이런 관점에서 보아도 상당하다는 평가가 가능한 경우다. 뿐만 아니라 그 뼈대부터가 매우 착실해보인다. 이런 경우의 좋은 보기가 되는 것이 제1부 제2장의 각 절과 항목 설정이다.

이 장에서 그는 좋은 글을 쓸 수 있는 요건으로 1. 독창성, 2. 충실성, 3. 진실성과 성실성, 4. 명료성을 들었다. 그리고 그 하위개념으로 각각 3~4개의 항목을 설정했다. 제4절인 명료성을 보면 그 하위개념 항목이 1)평이하게 써야 한다, 2)간결하게 써야 한다, 3)의미의 모호성을 피해야 한다, 4)막연한 표현을 피해야 한다 등으로 되어 있다. 이것은 이 책의 뼈대인 장과 절들이 매우 꼼꼼하게 짜여진 것임을 뜻한다.

또 하나, 우리가 간과할 수 없는 것이 이 책의 '가학(家學)'과 같은 성격이다. 박동규 교수는 널리 알려진 대로 지금은 작고한 시인

박목월 선생의 맏아드님이다. 그런데 그 박목월 시인이 한동안 정력을 기울인 일 가운데 하나가 수사학·문장론의 완성이었다. 처음 박목월의 문장론은 피난지 대구에서 준비된 것으로 기억한다. 그 후 환도하고 나서 곧 그의 문장론 개편작업이 시작되었다. 언젠가 〈심상사〉를 찾아갔을 때, I.A.리처즈의 수사학에 대한 의문을 화제로 삼던 것을 들은 기억이 새삼스럽다. 그리고 그 보고서에 해당되는 문장론이 〈삼중당〉에서 출간되기도 했다.

그러니까 박동규 교수의 이번 책은 부친의 가학을 물려받은 경우라고도 할 수 있다. 그러면서 그는 그의 가학보다 한 걸음 더 나아간 문장론을 만들어냈다. 그 위에 시대감각, 현실적인 문맥으로 보아 적절한 보고서를 출간하게 된 것이다.

이것은 두 가지 의미에서 큰 의의가 있다. 우선 한 문화적 과제가 부자 2대에 걸쳐 천착되고 있다는 것이 그 하나다. 그리고 두 번째는 단순한 답습에 그치지 않는다는 점이다. 적어도 이 책을 통해서 박동규 교수는 그의 부친보다 한 걸음 더 나아간 면모를 보였다. 본래 역사·전통과 문화는 끊임없이 진보·발전되어야 한다. 이렇게 보면 여기서 우리가 할 말도 명백해진다. 즐겁고 반가운 마음으로 이 책을 대할 수 있다는 것이 그 모두다.

글쓰기는 진실함과 성실함에서 출발하라

글쓰기의 이론과 실제를 풍부한 예문을 바탕으로
체계적으로 정리한 이 책이 독자들을
글쓰기의 두려움으로부터 벗어나게 하리라 믿는다.

▶ 글쓰기는 자신을 솔직하게 드러내는 일이다

글을 쓴다는 것은 자신의 모든 것을 남에게 드러내보이는 것이라고 생각한다. 비록 남몰래 일기를 적어놓더라도 세월이 흘러 먼지가 덮인 자신의 일기장을 뒤적여보면 또 다른 내 자신이 그 속에 있는 것을 발견하게 된다. 이는 결국 자신을 드러내놓는 일이 글쓰기임을 말해주는 것이다.

이러한 관점에서 나는 글쓰기의 기본으로 먼저 진실함이라는 것을 든다. 중학교 때 처음으로 그 당시 학생들이 보던 인기 잡지에 시를 투고해서 입선이 되었다. 나는 서점 구석에서 몰래 내 시가 실린 잡지를 펼쳐보고 얼굴이 빨갛게 달아오름을 느꼈다.

며칠 후 내 시가 실린 잡지가 우편으로 왔다. 그러나 웬일인지 부모님이나 형제들에게 자랑하고 싶은 마음이 생기지 않는 것이었다. 내 시가 활자화되어 잡지에 실렸다는 기쁨은 순간이었고, 서점에서 얼굴이 빨갛게 되던 부끄러움이 되살아났던 것이다. 한동안 이 부끄러움의 정체를 생각했다. 그것은 다름이 아니라 내 마음이 그대로 시에 담겨 있었기 때문이었다.

나는 그 일을 지금까지 잊지 않고 있다. 마음에 그늘이 있으면 글에 그늘이 지고, 마음에 환희가 있으면 글 역시 밝아진다는 것은, 글을 쓰기 위해서는 스스로에게 진실함이 첫째가는 기본 자세가 됨을 의미하는 것이다.

▶ 글쓰기의 두려움에서 벗어나는 것이 중요하다

둘째, 글쓰기의 기본은 성실함이다. 이 성실함은, 나타내고자 하는 생각과 감정을 정확한 언어로 표출하는 것을 의미한다. 그러기 위해서 생각과 감정이 언어로 표출되는 과정을 살펴보아야 한다.

한 아이가 자신은 엄마에게 사랑받지 못하고 있다고 친구들에게 하소연을 했다. 그러자 친구들이 그렇게 생각하는 이유를 물었더니, 과외공부를 끝내고 밤늦게 집에 가면 꼭 "저녁 먹을래?" 하고 묻는다는 것이었다. 친구들은 처음에는 그 말뜻을 몰라 어리벙벙했지만 아이가 "배고프지" 하고 묻는 것과는 너무 다르지 않느냐고 말하자 고개를 끄덕이는 것이었다. 친구들이 이 아이의 말뜻을 잘 알아들었는지는 알 수 없지만 분명한 것은 '저녁 먹을래?' 하는 말과 '배고프지?' 하는 말 사이에 저녁 차리기가 귀찮다는 느낌과 배고픔을 잘 이해해주는 따뜻함의 느낌이 갈라지고 있다는 점이다.

이와 같이 일상의 의사전달에서조차 어휘 하나와 문장 한 줄에 따라 의미전달 기능이 달라질 수 있다는 점을 생각해보아야 할 것이다.

이러한 글쓰기의 기본에서 출발하여 어떻게 하면 좋은 글을 쓸 수 있겠는가 하는 방법을 체계화해보고자 한 것이 이 책의 집필 의도이다.

이 의도를 두 가지로 분류하여 체계를 만들었다. 첫째는 실제적 방법에 의한 글쓰기 개념의 실증이 그것이다. 어떻게 써야 한다는 이론적 체계나 어떤 유형의 글이라는 점에 대해서는 잘 알고 있지만 막상 글을 쓰려고 하면 쉽지 않다. 이 점을 극복하기 위해서 지금까지의 문장작법에서와는 달리 체험을 바탕으로 한 예증식 설명을 앞세웠다. 둘째로 이론적 체계를 그 다음에 두었다. 특히 논술문의 작성법에서는 예문의 정확한 해독에 중점을 두었다. 좋은 예문을 읽는다는 것은 이미 절반은 써본 것이나 마찬가지라고 할 수 있다. 예문을 제대로 소화만 할 수 있어도 자연스럽게 스스로 체계를 세워 글의 골격을 만드는 힘이 생겨나기 때문이다. 아마 이 책을 읽는 독자들은 필자가 얼마나 고심해서 예문을 찾아내었는가를 쉽게 알 수 있으리라 생각한다.

《글쓰기를 두려워 말라》는 《문학사상》에 1994년 2월부터 1995년 12월까지 〈새로운 문장작법〉이라는 제목으로 연재한 것을 묶은 것이다. 누구나 처음엔 글쓰기를 두려워한다. 나도 글쓰기의 요령을 익히기 전까지는 글쓰기를 싫어했고 두려워했다. 이런 글쓰기의 두려움에서 벗어나서 누구나 자신있게 글을 쓸 수 있도록 글쓰는 요령을 일깨우고 싶은 간절한 소망을 담아 이 책을 완성했다. 바라건대 일제시대에 나온 이태준의 《문장강화》가 당시 문학을 공부하려는 젊은 이들뿐만 아니라 일반인들에게 새로운 문장형태를 익히는 데 큰 영향을 미쳤다면, 이 책은 오늘의 젊은이들이 쉽고 간편하게 좋은 예문을 읽어가며 문장을 다듬을 수 있는 길잡이 역할을 충분히 할 수 있으리라 생각한다.

이 책이 나올 수 있게 도와준 〈문학사상사〉 임홍빈 회장님께 감사드리며, 이론과 예문 등을 열심히 정리해준 백승렬 군에게 고마움을 전한다. 이 책을 밑바탕으로 해서 좋은 문장을 쓸 수 있게 되기를 바란다.

분당 중앙공원이 내려다보이는 서재에서
박 동 규

차 례

차 례

차 례

제1부

좋은 글의 요건

좋은 글이란
글쓴이의 사상과 감정이 효과적으로 표현,
전달된 글이다.
이처럼 좋은 글이 되기 위해서는 갖추어야 할 요건이 많다.
일반적으로 독창성, 충실성, 정직성,
성실성, 경제성, 명료성, 정확성, 일관성 등이
예로부터 거론되어온 좋은 글의 요건들이다.

제1장 좋은 글을 낳게 하는 길

1. 좋은 글은 태어나는 것이 아니라 만들어지는 것이다

1) 글쓰는 것에도 법이 있는가

초등학교 4학년에 올라갔을 때였다. 자그마한 키의 처녀 선생님은 날마다 등교하자마자 일기장을 선생님의 책상 위에 올려놓게 했다. 선생님은 점심시간에 우리 일기를 읽고 공책에 동그라미를 그려주었다. 다섯 개의 동그라미가 그려지면 잘 쓴 일기였다.

선생님은 다섯 개의 동그라미를 받은 아이의 일기를 낭랑한 목소리로 읽어주었다. 우리는 어떻게 해서 다섯 개의 동그라미를 받을 수 있었을까를 생각하며 숨을 죽여 듣곤 했다. 그러나 우리는 선생님이 읽어주는 일기가 왜 다섯 개의 동그라미를 받게 되었는지를 잘 알 수가 없었다.

그러던 어느 날이었다. 종례시간에 한 아이가 용감하게 손을 들고 는 "선생님, 잘 쓴 일기를 날마다 읽어주셔도 무엇이 잘 되었는지 알 수가 없어요" 하고 말했다. 선생님은 한참을 웃더니 칠판에다 다음과 같은 글을 썼다.

⑴ 아침에 일어나 세수를 하고 밥을 먹었다. 책가방을 가지고 학교 에 갔다. 수업이 끝나서 집으로 왔다. 숙제를 하고 저녁을 먹고 놀다 가 잤다.

⑵ 학교에 갔다. 쉬는 시간에 나는 축구를 하고 놀자고 하고, 근 일이는 야구를 하자고 하여 의견이 맞지 않아 말다툼을 하고 집으로 왔다.

⑶ 학교에서 있었던 일이다. 점심시간이 되어 운동장에서 노는데, 나는 축구를 하자고 하였지만 근일이는 야구를 하자고 하여 입씨름을 하였다. 집에 돌아오는 길에 근일이에게 화해를 하자고 했다. 그러자 기다리고나 있었던 듯이 근일이는 웃으며 내 손을 잡았다.

그때 선생님이 쓴 글은 대충 이런 것이었다. 선생님은 이 세 글을 소리내어 읽게 하였다. 그리고 첫째 글은 누구나 학교에 다니며 해 야 할 일들을 생각 없이 써놓은 것이고, 둘째 글은 학교에서 일어난 자신의 이야기를 쓴 것이지만 말다툼한 일만 있을 뿐 자신의 심중이 드러나 있지 않은 점이 부족하고, 셋째 글은 학교에서 일어난 자신 의 이야기를 쓰면서도 이 일을 겪고 난 다음 자신의 마음이 어떠했 는가를 솔직하게 드러낸 점이 돋보인다고 설명하였다. 다섯 개의 동 그라미가 그려지려면 셋째 글을 닮아야 한다는 것이었다.
선생님의 말을 듣고 나서 집으로 돌아와 일기장을 펼쳐들고 앉았을 때, 비로소 글이라는 것은 말을 아무렇게나 그대로 옮겨놓는다고 되는 것이 아니구나 하는 생각을 하게 되었다.

지금도 이 어린 날의 일을 기억하고 있는 것은, 자신이 일상생활에서 겪는 일들을 아무렇게나 언어로 기록하는 것만으로는 의미 있는 글이 되지 않는다는 생각을 갖게 해준 최초의 경험이었기 때문이다. 또한 이것으로 해서, 글은 마치 우리의 얼굴처럼 어떤 사실을 드러내고자 하는 이의 정신을 담고 있는 것이며 글의 성향에 따라 언어로 기록한 글의 모양이 달라진다는 점을 알게 되었기 때문이다.

2) 글의 성격에 따라 글의 모양이 달라진다

실제로 글은 언어를 문자로 기록한 것이면서도, 그 언어의 기록을 어떤 소용에 알맞게 빚어서 만들어내느냐에 따라 달라질 수 있는 것이다.

현대에 있어서 시가 세계적으로 쇠약했다는 것은 근대사회 이래 지금까지 눈부신 발전으로 현대인의 정신을 지배하고 있는 과학정신과 그에 의거하는 산문정신의 주도성이 현저한 그 전단적인 성격을 발휘함으로써 대세가 도리어 시를 귀족적인 상아탑에로 몰아넣기 때문이다. 시가 다시 상아탑 속으로 들어갈 수도 없고 현대의 시인이 또 그 길을 택하여 안주할 수도 없는데 불구하고 시의 가장 순수한 형태는 역시 서정시요, 서정시의 구경(究境)은 역시 소설의 번영에 대항하여 일어난 상징시라는 데 현대시의 모순과 고뇌가 비롯되는 것이다.
—조지훈, 〈시와 인생〉《방황하는 시정신》 중에서

모화는 사람을 볼 때마다 늘 수줍은 듯이 어깨를 비틀며 절을 하였다. 어린애를 보고도 부들부들 떨며 두려워했다. 때로는 개나 돼지에

게도 아양을 부렸다. 그의 눈에는 때때로 모든 것이 귀신으로만 비친
다는 것이었다. 그것은 사람뿐 아니라 돼지, 고양이, 개구리, 지렁
이, 고기, 나비, 감나무, 살구나무, 부지깽이, 항아리, 섬돌, 짚세
기, 대추나뭇가지, 제비, 구름, 바람, 불, 밥, 연, 바가지, 다래끼,
솥, 숟가락, 호롱불……이러한 모든 것이 그와 서로 보고, 부르고,
말하고, 미워하고, 시기하고, 성내고 할 수 있는 이웃 사람같이 생각
되었다. 그리하여 그 모든 것을 '님'이라 불렀다.

—김동리, 〈무녀도〉 중에서

배턴을 든 오케스트라의 지휘자는 찬란한 존재다. 그러나 토스카니
니 같은 지휘자 밑에서 플루트를 분다는 것은 또 얼마나 영광스러운
일인가. 그러나 다 지휘자가 될 수는 없는 것이다. 다 콘서트마스터
가 될 수도 없는 것이다. 오케스트라와 같이 하모니를 목적으로 하는
조직체에 있어서는 멤버가 된다는 것만도 참으로 행복된 일이다. 그
리고 각자의 맡은 바 기능이 전체 효과에 종합적으로 기여된다는 것
은 의의 깊은 일이다. 서로 없어서는 안 된다는 신뢰감이 거기에 있
고 칭찬이거나 혹평이거나 '내'가 아니오 '우리'가 받는다는 것은 마
음 든든한 일이다. (중략)
자기를 향하여 힘차게 손을 흔드는 지휘자를 쳐다볼 때, 그는 자못
무상의 환희를 느낄 것이다. 어렸을 때 나는 공책에 줄치는 작은 자
로 교향악단을 지휘한 일이 있었다. 그러나 그 후 지휘자가 되겠다는
생각을 해본 적은 없다. 토스카니니가 아니라도 어떤 존경받는 지휘
자 밑에서 무명(無名)의 플루트 플레이어가 되고 싶은 때는 가끔 있
었다.

—피천득, 〈플루트 플레이어〉 중에서

내가 그의 이름을 불러주기 전에는

22

그는 다만
하나의 몸짓에 지나지 않았다.

내가 그의 이름을 불러주었을 때
그는 나에게로 와서
꽃이 되었다.

내가 그의 이름을 불러준 것처럼
나의 이 빛깔과 향기에 알맞는
누가 나의 이름을 불러다오.
그에게로 가서 나도
그의 꽃이 되고 싶다.

—김춘수, 〈꽃〉 중에서

9월 29일 오후 네 시

　며칠 전부터 어린것이 연필을 들고 끼적거리기 시작하였다. 이름자를 쓰도록 가르쳐주었다. 그리고 어디 써봐, 하고 썸어본 것이 아래 쓴 글자이다. 그가 출생 후 처음으로 배운 글자가 '박(朴)'자이다.

　그는 성 자 외에 또 하나 쓰기 좋아하는 것이 있다. 동그라미이다. 쓰는 그 자신에게는 무심한 장난에 불과한 것이지만, 꿈 많은 부모에게는 하필 동그라미를 그리기 좋아하는 것이 신비스럽게 여겨진다. 우리 내외는 원을 철학적인 의미로 풀이해보는 것이다.

　성 자 두어 자 쓰고 나서 한다는 말이, ……아이, 팔 아파 더 못 쓰겠단다.

—박목월, 〈일기〉 중에서

위의 글은 각각 평설, 소설, 수필, 시, 일기다. 이들 모두는 여러 사람의 얼굴과 같이 모양을 달리하고 있다.

먼저 평설의 경우를 보면, 논리의 체계가 살아 있어서 이것과 저 것의 구분이 정확하게 이루어져 있다. 소설의 융성과 관련하여, 상 대적으로 시의 영역이 왜소해지고 있는 까닭이 무엇인가를 밝혀나 가고 현대시가 지니고 있는 모순을 객관적으로 드러내려고 애쓰고 있다. 이와 같이 평설은 말을 그대로 기록하는 것에서 출발하고 있 으나 탄탄한 논리적 구조를 가진다는 표현상의 특징이 있다.

둘째로 소설의 인용문은 김동리의 〈무녀도〉에 나오는 모화라는 여 주인공을 그린 부분이다. 쉽게 '모화는 모든 사물을 사람과 같이 생 각하였다'라고 하면 될 것을 김동리는 그렇게 하고 있지 않다. 오히 려 거추장스러울 만큼 많은 사물을 등장시키고 있다.

왜 그렇게 표현하였는지를 알아보려면 조용히 입 속으로 말하듯이 이 글을 읽어볼 필요가 있다. 부지깽이, 섬돌, 짚세기 등 우리가 친 숙하게 시골의 집 뜰 안에서 찾을 수 있는 것들과 만나게 되면 곧 이들이 모화가 만나게 되는 모든 것들 중의 하나고, 이들 속에서 모 화가 살아가고 있다는 점을 쉽게 알아차릴 수 있는 것이다.

김동리가 이 수많은 사물들을 지루하게 늘어놓고 있는 것은, 소설 에서는 무엇보다도 인물의 성격을 보다 선명하게 드러내는 일이 소 중하기에, 보다 인물을 잘 표현하고자 하는 의도에서라는 것을 알 수 있다. 즉 소설이라는 글쓰기는 또 다른 형식을 가지고 있음을 보 여주는 것이다.

셋째는 수필이다. 윗글은 오케스트라의 연주회에서 지휘자와 그 한 단원이 된 연주자가, 하나의 목표를 향해서 조화로운 화합을 이 루는 멋진 장면을 마주하고 느낀 자신의 간명한 인상이 그대로 드러 나 있다. 인간이 개체적인 삶의 세계에 갇혀 있으면 스스로 사회에 어떤 역할을 하고 어떤 기여를 하고 있는지를 잊고 지낼 때가 많다. 또 일상의 생활에 매달려 있으면 화려한 각광을 받지 못하고 살아가는 것에 허무감을 느낄 때도 있는 것이다.

이러한 것들은 삶을 영위해 나가는 누구나가 느낄 수 있는 것이고, 독특한 체험에서 우러나오는 것은 아니다. 사물이나 생활에서 느낀 특이하지도 않은 일들을 그대로 보여주는 것이 이 글의 특징이다. 이렇게 사물을 보고 느낀 점을 솔직하고 간명하게 글로 표현하고 있는 점은 바로 수필이 지니고 있는 독특한 산문형식이다.

넷째는 시다. 시는 말을 그대로 옮겨놓은 것임에는 틀림이 없지만 행을 바꾸어가는 사이에 자리잡고 있는 느낌의 공간이 바로 특이한 시의 모양을 만들어주고 있음을 알 수 있다.

"내가 그의 이름을 불러주기 전에는 그는 다만 하나의 몸짓에 지나지 않았다"라고 하지 않고 "전에는/그는 다만/하나의 몸짓"이라고 행간을 띈 사이를 잠시 호흡을 끊고 읽어보면 신기하게도 '그'라는 대상이 독립해서 떨어져 있음을 의미하고 있다는 것을 느끼게 하는 것이다.

그리고 "다만" 하고 한순간 끊고 있는 동안 '다만'이라는 말이 발이 달린 짐승이나 되는 듯이 살아서 강조의 손짓을 보내고 있는 것을 발견할 수 있다. 이는 시가 말로 이루어진 것이면서도 독자적인 의미의 표현을 위해 그 표현의 방식을 특별하게 가지고 있다는 점을 나타내는 것이다.

마지막의 일기도 말을 그대로 문자로 기록해놓고 있지만 몇 가지 특성을 보여주고 있다. 이 일기는 내가 태어나서 얼마 되지 않은 시기에 아버지가 쓴 글이다. 벌써 세월이 흘러 50년이 지났지만 나에게는 독특한 아버지의 사랑을 느끼게 하는 일기다.

이 글을 쓸 당시 우리는 경주에 살았었다. 아버지는 첫아들인 나를 낳고 기대가 컸던가 보다. 연필도 제대로 잡지 못하는 아들에게 성급하게 글을 가르치려고 했던 아버지의 모습이 이 글을 통해 그대로 보인다.

뿐만 아니라 아무 의미도 모르고 동그라미를 그렸어도 이를 나의 운명을 예고하는 상징으로 생각하려고 했고, 그리고 어머니와 함께 자식이 그린 동그라미를 먼 내일의 아들의 삶과 연결된 의미체로 보아, 둥글고 모나지 않고 끊어지지 않는 영속의 세계를 그려나가고자 하는 아들이 되기를 바라는 마음까지 내비치고 있는 것이다.

이러한 느낌을 가지게 하는 것은 다름이 아니라 생생하고 정직한 아버지의 일기가 가지고 있는 성향 때문이라고 할 수 있다. 즉 일기는 생활을 문자로 기록하는 것이면서도 진실하고 솔직한 생활의 이야기를 그대로 드러내놓아야 보는 이가 그 시기에 무엇이 일어났으며 무엇 때문에 그와 같은 일기를 썼는지를 알 수가 있는 것이다.

이와 같이 글은 말을 그대로 옮기면 되는 것이면서도 각기 그 소용의 성향에 따라 그 모양과 쓰는 법이 달라지는 것이다. 이를 알기 위해서 필요한 것이 바로 글쓰기의 방법이다. 그러기에 글을 쓰기 위해서는 쓰는 법을 익혀야 한다.

이태준은 글쓰기의 방법을 익히는 데 있어서 중요한 지표로 명필 완당 김정희의 말을 인용하고 있다. 즉 "난초를 그림에 있어 법이 있어도 안 되고 법이 없어도 또한 안 된다"는 말이 그것이다. 이 말은 글을 쓰는 법은 법만을 좇아 굳어진 방식으로 남과 똑같은 글을 쓰는 것이 목표가 될 수 없고, 그렇다고 해서 남이 알아볼 수 없는 독창적인 법을 마련하여 개성적인 글을 쓰는 것도 옳은 방식이 아니라는 것을 말해주는 것이다.

이는 과학적인 이론을 근거로 해서 글을 쓰는 법을 익혀서 이를 토대로 개성적으로 써야 한다는 뜻으로 볼 수 있다.

3) 타고난 소질보다는 글쓰는 법을 착실히 익히는 것이 중요하다

말은 잘하지만 막상 종이에 글을 쓰려고 하면 글자 한 자도 적지

26

못하는 이들이 더러 있다. 아니면 글을 쓰는 이는 특별한 재주를 날 때부터 타고났다고 생각하여 아예 글쓰기를 포기하거나 글쓰는 일을 두려워하는 이를 보게 된다.

집이나 사무실, 길에도 전화가 있어서 말로 의사를 소통하는 일이 많아지고, 자신의 의사를 녹음하여 테이프에 남길 수 있게까지 되었으니 이제는 글쓰는 일을 하지 않아도 되지 않을까 하고 생각하는 이들도 있다. 그러나 말과 글은 같은 속성을 지니고 있기는 하지만 서로 다른 면을 가지고 있다.

언젠가 길을 가다가 우연히 친구를 만났는데 그 친구는 반갑다는 인사를 하고 난 다음 불쑥 이렇게 말했다.

"며칠 전 한 친구를 만났는데 고민이 많은 얼굴이더라, 속이 썩나 봐."

나는 친구가 무엇을 말하는지를 알고 있었기에 아무렇지도 않게 이렇게 대답하였다.

"그래, 그 친구 좋은 곳에 가서 쉬어야 해."

친구와 헤어져서 집으로 돌아오면서 몇 번이나 친구와 나눈 대화를 되씹어보았다. 분명 다른 사람이 들었다면 서로 암호를 주고받는 것처럼 무슨 뜻인지를 알지 못했으리라는 생각이 들었다.

말은 글과 달라서 설혹 상대에게 한 구절이나 단어 하나만을 내놓아도 소통이 된다. 그러나 글은 이와 달라서 체재(體裁)를 갖추어야 정확하게 상대와 소통이 되고 의미전달에 어려움이 없게 되는 것이다.

체재를 갖추어야 한다는 것은 하나의 완결된 구조를 가지고, 자신이 품고 있는 뜻을 문자로 표현하기 위해서 그 뜻을 담아줄 그릇을 먼저 짜서, 이에 적절한 단어를 선택해 총체적으로 의미를 제대로 전달할 수 있도록 글의 조직을 야무지게 만든다는 것이다.

이러한 글과 말의 차이 때문에 말로써 표현하기에 부족함이 없는 이도 글로 표현할 때는 미흡할 수 있는 것이다.

그러므로 글을 쓰기 위해서는 말을 하듯이 할 수는 없다. 물론 좋은 글을 쓸 수 있는 이는 소질이 뛰어난 사람일 수 있지만, 평범한 사람도 글쓰는 훈련을 쌓으면 글을 쓸 수 있게 되는 것이다. 이는 글의 범위가 대체로 실질적인 생활의 영역에 자리잡고 있고 자신의 의사를 정확하게 전달하는 데 있기 때문이다.

논설문을 예로 들어보자. 논설문은 독창적인 의견이 아니라 평범한 내용을 담고 있어도 논리의 체계만 정확하고 객관적이면 훌륭한 글이 될 수 있다. 날마다 신문에 실리는 논설의 경우, 많은 사람들이 공감할 수 있는 결론을 끌어내는 데 초점을 맞추고 있지 독창적인 해결방안을 마련하고 이에 대한 결과를 논리화해놓은 것을 발견하기는 힘들다. 그러면서도 사람들은 이 논설을 가치 없는 글이라고 하지는 않는다.

따라서 글을 쓰기 위해서는 글에 대한 자신의 열등감을 버려야 한다. 이 열등감이 글이란 아름답고 매끄럽고 많은 지식이 담겨져야 한다는 식의 생각을 가지게 하는 것이다.

내가 고등학교에 다닐 때였다. 교련을 맡고 있던 교관이 어느 날 게시판에 다음과 같은 글을 써붙여 놓은 적이 있었다.

"목요일 교련수업은 금요일 7교시로 이동한다. 예정은 미정인 고로 수시로 변동할 수 있다. 고로 착오 없기를 바란다."

우리는 이 글을 읽고 한참 동안 웃었다. '목요일 교련수업을 금요일 7교시에 한다. 잊지 말아라' 하면 될 것을 너무 유식한 한자어를 넣고 글을 써놓았기 때문이다.

이와 같이 글을 쓰기 위해서 쓸데없이 어려운 단어를 가져오는 것은 글이 가지고 있는 속성을 익히지 않은 데서 생기는 것이다.

말은 살아가는 동안 사람과 만나서 익힐 수 있으나, 글은 표현의 모든 것을 스스로 익혀야 한다. 그러기에 소질보다는 글쓰는 법을 착실히 익히는 것이 좋은 글을 쓰는 데 있어서 필수적인 방법이라 할 것이다.

4) 글쓰는 법은 시대에 따라 달라진다

글을 쓸 때면 누구나 어떤 모범적인 형태의 글을 보면서 그와 비슷한 문장을 찾아내려고 할 때가 많다.

고등학교에 다니던 시절, 나는 원효로의 전차 종점 부근에 살았다. 캄캄한 밤 종점 근처의 공터에는 검은 가죽장갑을 낀, 힘깨나 쓰는 청년들이 모여 있었다. 어쩌다 학교에서 늦게 파하여 이들 앞을 지나 집으로 가려고 하면 나는 겁이 나서 주춤거리기 일쑤였다.

어느 날 밤 겁을 먹고 조심스럽게 그들 앞을 지나가는데 한 청년이 나를 보더니 "너 어느 학교 다니지?" 하는 것이었다. 내가 놀라서 "네?" 하고 되물으니까 내 손을 잡아끌며 한강 둑 아래로 끌고 가는 것이었다. 그들이 가끔씩 동네 아이들의 돈 몇 푼을 빼앗는다는 말을 들었기에 돈을 달라고 하지 않을까 싶어 주머니에 손을 넣어보았지만, 손에는 동전 한 푼 잡히지 않았다.

그런데 캄캄한 둑 아래 모래사장으로 나를 끌고 가더니 청년은 갑자기 부드러운 얼굴로 주머니에서 흰 종이를 꺼내더니 "야, 이 이름으로 근사한 연애편지 하나 써 와" 하는 것이었다. 그리고 그는 내 등을 치면서 "잘 써 와. 그러면 잘 봐줄게" 했다. 그날 밤 집으로 와서 책상 앞에 앉았으나 생전 처음 써보는 연애편지라 제대로 되지 않았다.

나는 이광수가 쓴 《춘원 문범》이라는 책을 펼쳐 서간문의 골격을 어떻게 짜야 하는지부터 보아야 했다.

(1) 호칭

(2) 시후(時候)

(3) 문안

(4) 자기의 근황

(5) 사연

(6) 끝맺음

이런 순서로 편지를 써야 한다고 되어 있었다. 그러나 이 순서에 맞추어 써보니 아버지께 올리는 글 같아서 만나달라는 간절한 뜻이 전달될 것 같지 않았다. 할 수 없이 내 마음대로 써보기로 했다. 난생처음 써본 연애편지라서 지금도 대충의 내용을 기억하는데, 아마도 다음과 같은 것이었으리라.

알지도 못하는 여성에게 편지를 올려 죄송합니다. 평소에 멀리 길에서 보면서 꼭 만나서 대화를 하고 싶었습니다. 오늘 밤 창밖을 보니 비가 내리듯이 달빛이 온 지붕의 기와들을 덮고 있습니다. 그러나 저는 그대를 보고 싶은 마음에 메마른 논처럼 속이 타고 있습니다. 토요일 오후 전차 종점 가나안 빵집으로 꼭 나와주시기 바랍니다.

대충 이런 글이었다. 다음날 저녁 전차에서 내리니 그가 기다리고 있었다. 밤새 걱정하며 쓴 이 편지를 내밀자, 보안등 아래로 가져가더니 한참을 보다가 "야, 유명한 사람의 글이 없잖아. 한자도 듬뿍 넣어서 유식하게 만들어야지" 하는 것이었다. 그는 남의 좋은 글과 과장된 표현을 넣어서 감동적인 글이 되어야 하지 않겠는가 하며 고쳐 써달라는 주문을 했다. 이 청년은 이미 규정되어 있는 문장의 형태에 맞춘 문어적이며 과장된 글에 익숙해 있어서 진실하게 쓰려고 한 내 편지는 별로 마음에 들지 않았던 것이다.

나는 할 수 없이 이상화의 시 〈나의 침실로〉에서 "마돈나! 별들의 웃음도 흐려지려 하고, 어둔 밤 물결도 잦아지려는도다. / 아, 안개가 사라지기 전으로 네가 와야지. 나의 아씨여 너를 부른다"는 구절도 넣고 쓸데없이 한자도 넣어 다음과 같이 써서 전해주었다.

　미지의 여성에게 서신을 올립니다. 본인은 평소에 노상에서 귀양을 목격하고 대화를 앙망한 바 있어 귀양을 사모하니, 금일 월색이 고요하여 이 시가 생각이 납니다. 마돈나 별들의 웃음도 흐려지려 하고……이러한 고백을 드리게 됨을 송구하게 여기며 토요일 오후 6시 전차 종점 가나안 빵집에서 상면의 영광이 있기를 기원하며 오매불망 소원성취를 기대하고 있겠습니다.

　그는 내 등을 치면서 "바로 이거야" 하는 것이었다. 그러나 나는 속으로 얼마나 웃었는지 모른다. 국어사전을 뒤져가며 나도 알 수 없었던 단어들을 찾아내어 이렇듯 청첩장처럼 만든 글을 보고서야 좋아라 하는 모습이 우스웠기 때문이었다.
　흔히 한자가 많이 들어가야 글이 돋보인다든지 아니면 유식한 옛날 명인들의 글을 몇 구절 인용해야 글의 품위가 높아진다고 생각하는 것들은 바로 옛사람들이 지니고 있던 문어체의 글쓰기를 그대로 본받아야 좋은 글이 된다는 생각에서 생긴 것이다. 그러나 시대가 변하여 본디 변론에 뿌리를 내린 수사의 한 형태였던 문장은 그 성격이 많이 변하게 되었다. 출판문화의 발달로 인해 말과 달리 공간적으로 넓게 퍼질 수 있게 되고 시간적으로도 오래가게 되었으며, 이에 따라 글쓰기의 방법도 달라지게 되었던 것이다.
　《춘향전》에서는 이 도령이 춘향을 처음 대면하는 자리에서 춘향의 아름다움을 찬양하며 이렇게 말하고 있다.

　어와 네 인물(人物), 네 태도(態度)는 세상(世上)의 무쌍(無雙)이라,

절묘(絶妙)하고 어여쁘다. 매화월미(梅花月尾)의 두루미[1]도 같고, 줄에 앉은 조록 제비[2]도 같고나, 무한(無限)한 너의 인물 상주(商紂)[3]도 한 번 보면 소닭긔[妲己][4] 무색(無色)할 것이오. 하걸(夏傑)[5]이 너를 보면 미희(末喜)도 흙이로다[6]. 항왕(項王)[7]이 너를 보면 우미인(虞美人)[8]이 박색(薄色)이오, 여포(呂布)[9]가 너를 보면 초선(貂蟬)[10]이도 또한 돌이로다. 당명황(唐明皇)[11]이 너를 보면 양귀비(楊貴妃)도 한데[12] 되고 진후주(陳後主)[13]가 너를 보면 장여화(張麗華)[14]가 용납(容納)하랴? 일월(日月)이 무광(無光)하고 백화(百花)가 탈색(脫色)이라.

이 도령이 춘향의 인물을 찬양한 글을 보면 그 과장의 정도가 어떠했는지를 알 수 있다. 아무리 춘향이 예뻤다고 해도 역사의 주인공들이 한결같이 춘향의 아름다움에 반하여 기절할 정도가 된다는 것은 있을 수 없는 일이다. 이와 같은 과장된 표현 때문에 춘향의 개성적이고 참된 아름다움은 전혀 보이지 않게 된 것이다.

그러나 한수산의 《해빙기의 아침》에서 현준이라는 인물이 한 여성을 만났을 때를 그린 글을 보면 이와 얼마나 다른가를 쉽게 알 수 있다.

지하를 처음 만났을 때, 현준은 그녀가 자기의 생애 속으로 걸어오는 것을 보았다. 그리고 아무 저항 없이 그녀를 위해 마음 한쪽의 자

---

1) 아름다운 모습. 2)이본(異本)에는 초록(草綠) 제비. 3)중국 은조(殷朝) 최후의 왕. 세금과 학정으로 백성을 괴롭힌 왕이었음. 4)유소(有蘇)의 딸로 주공(紂工)과 함께 음탕한 생활을 하다가 주무왕(周武王)에게 피살됨. 여우의 화신이라 해서 남자를 흘리는 요염한 계집에 비유됨. 5)중국 하왕조(夏王朝) 최후의 왕으로 포악무도함. 6)하(夏) 걸왕(桀王)의 비(妃)인 듯. 7)중국 초(楚)의 왕 항우(項羽). 8)항우의 애첩. 9)후한(後漢) 사람. 10)후한 왕윤(王允)의 가희(歌姬). 이 여인으로 인해 동탁(董卓)과 원수가 됨. 11)중국 당(唐)나라 6대 왕 현종(玄宗). 양귀비와의 사랑으로 유명함. 12)바깥. 13)진(陳)나라 마지막 임금. 14)진후주(陳後主)의 귀비(貴妃).

리를 비워놓는 스스로를 보아야 했다. 아름다운 여자였다. 그러나 그 아름다움에는 어딘가 무너져가는 듯한 허무감이 있었다. 차갑도록 하얀 얼굴이 주는 잊기 어려운 인상은 그녀가 돌아간 뒤, '정교한 유리 그릇 같은 여자구나' 하는 느낌을 남아 있게 하였다.

여자의 아름다운 모습이 정교한 유리그릇으로 그려져 있어 독특하고 확연한 아름다움을 떠올릴 수 있는 것이다.

위의 두 글을 비교하여보면 역사에 나오는 고전적 인물의 이야기를 빌려 그 인물이 지닌 특징만을 따다가 엮어놓고서 아름답다는 개념만을 세워보려고 한 점과, 개성적인 인상을 골라 표현하여 아름답다는 것의 의미를 독특하게 그려내보려고 한 점이 다른 것이다. 여기서 옛날의 수사라는 것은 자기의 창작적 개성적인 표현의 문장으로 만들어내기보다는 전고(典故)에서 많은 좋은 문장을 따다가 이를 활용하는 방식이었음을 알 수 있는 것이다. 따라서 이러한 방식은 결국 과장된 표현을 더하게 되어 문장이 지녀야 할 개성을 없애는 폐해를 낳게 되는 것이다.

2. 좋은 글이 되기 위해서는 갖추어야 할 조건들이 있다

1) 어떤 글이 좋은 글인가

좋은 문장이 되기 위해 갖추어야 할 조건을 찾는다는 것은 결코 쉬운 일이 아니다. 이태준의 《문장강화》는 호적(胡適)이 그의 〈문학개량주의〉에서 밝힌 '좋은 문장을 쓰기 위해 지켜야 할 여덟 가지 조목'을 보여주고 있다.

그 항목을 보면 ①언어만 있고 사물이 없는 글을 짓지 말 것 ②병 없이 신음하는 글을 짓지 말 것 ③전고를 일삼지 말 것 ④난조(難調), 투어(套語)를 쓰지 말 것 ⑤대구(對句)를 중요시하지 말 것 ⑥문법에 맞지 않는 글을 쓰지 말 것 ⑦고인을 모방하지 말 것 ⑧속어, 속자를 쓰지 말 것으로 되어 있다. 이 항목들을 하나하나 살펴보면 글을 쓸 때에 지켜야 할 것임에 틀림이 없다.

몇 년 전에 어느 학생이 자신의 앞날을 밝히는 글에 "광활한 지식의 창고에서 성취해야 할 거대한 성공은 나의 인생을 승화시킨다"라고 쓴 것을 본 적이 있다. 웃지 않을 수 없었다. 그냥 '지식에 대한 열망으로 살아갈 힘을 얻게 되는 것만도 성공이라고 생각한다' 라고 표현하는 것이 오히려 자연스럽고 정직한 글이 되지 않겠는가. 학생은 무엇인가 의미 있는 말을 써야 한다고 생각하고 있었지 않나 여겨진다. 이뿐만 아니다. 감탄사를 아무렇게나 글 가운데 넣어서 공연히 목소리를 높이는 사람처럼 아무런 효과도 없이 문장을 가볍게 만드는 경우도 흔히 볼 수 있는 것이다.

▶ 진실이 담겨야 한다
지난 크리스마스에 한 제자로부터 다음과 같은 편지를 받았다.

선생님 한 해 동안 편안하셨습니까? 선생님은 새해보다 크리스마스가 더 좋다고 강의시간에 말씀하신 적이 있으시지요. 그래서 신년인사를 이때 올립니다. 2학년 때 등교길에 우연히 선생님과 함께 걷게 되었을 때 제 어깨에 손을 올려놓으시고 "어머님 병세가 좋아지셨냐?"며 물으시던 일이 지금도 눈앞에 선하게 살아 있습니다. 저는 그 말씀 한마디로 자취방에 혼자 앉아 있는 외로움을 털어버릴 수 있었습니다. 오는 새해 선생님 가족이 축복받으시길 빌며 곧 찾아가 뵙겠습니다.

나는 이 편지를 몇 번이나 읽었다. 그의 편지에는 진실함이 드러나 있었다. 오래 전 선생님과의 우연한 만남을 그가 잊지 않고 있다는 기억력의 특출함보다 자취방에서 외롭게 지낼 때, 선생으로서 건네준 몇 마디의 위안이 얼마나 도움이 되었는가를 가슴 깊이 느낄 수 있게 적어놓았기 때문이다. 해마다 연말이면 수많은 카드를 보내기도 하고 받기도 하지만 그 카드에 적힌 몇 마디의 글을 읽어보게 되면 보낸 이의 마음속을 그대로 느낄 수 있는 것이다.

이렇게 문장에는 진실성이 담겨 있어야 읽는 이가 감동을 느낄 뿐 아니라 글이 지니고 있는 의미의 깊은 세계를 살필 수 있게 되는 것이다.

내가 교환교수로 캐나다 토론토에 가 있을 때였다. 회갑을 넘긴 어머니는 대학교수로 가 있는 나에게 1주일이 멀다 하고 원고지에 횡서로 쓴 편지를 보내곤 했다. 그때 모아놓은 편지 중에서 하나를 소개하면 다음과 같다.

동규야, 이국에서 서양아이들 가르치느라고 얼마나 고생을 하니. 새벽마다 교회에 가서 너와 네 식구들을 위해서 기도를 한다. 어디를 가도 남을 먼저 생각하고 나를 낮게 여기는 것을 잊지 말아라. 어제는 김장을 하다가 네 생각이 나서 손을 놓았다. 네가 어렸을 때 김장을 준비하러 시장에 가서 배추를 실어올 때 너는 시래기감을 주워 짐수레에 얹으며 "엄마, 이것도 버리면 안 되지" 하고 말해서 나를 울렸지. 가난해서 푸른 배추도 가지고 와야 했던 에미를, 너는 알아주는 자식이었다. 네가 대학을 졸업하고 유학을 가고 싶어해도 집안 형편이 되지 않아서 보내주지 못하여 아버지가 마음 아파하던 일을 너는 잊지 않았겠지. 이제 이국땅에 간 것만도 에미는 기쁘기는 하다만 꼭 물가에 보내놓은 것 같아 마음이 불안한 것을 어쩔 수 없구나. 비록 멀리 있지만 에미가 하루도 빠지지 않고 너를 위해서 기도하는 것을 잘 알 것이다. 며칠 전에 집에 전기가 나가서 깜깜한 방에 앉아 있으려니 누구를 불러야 할지 몰라서 답답하더라. 너만 있으면 그런 걱정을 하지 않아도 되는데. 그리고 캐나다는 춥다고 하는데 꼭 내복을 입어라. 또 눈이 오는 날 차를 몰고 다닐 때는 특히 주의해라. 힘이 없어 네가 좋아하는 음식도 만들어 보내지 못하고 있다. 나는 하늘을 봐도 캐나다가 어느쪽인지 알 수 없지만 같은 하늘 아래 살고 있으리라고 여기면서 내 아들도 에미와 같이 이 하늘을 보겠거니 하면 마음이 조금은 풀린다. 다시 만날 날을 기다리며 하나님이 꼭 우리 가족을 지켜주시리라고 믿는다.

비록 내용이 중복되는 곳도 있고 문장의 흐름도 끊어져서 말하고자 하는 점들이 분명하게 드러나지 않은 곳도 있었지만, 나는 이 편지를 읽고 혼자서 가슴 아파하였다. 내가 가슴 아파한 것은 다름아니라 어머니가 내게 보내고자 하는 글의 내용이 진실하기에 한마디 한마디마다 마치 손을 잡고 말하는 듯이 느껴졌기 때문이다.

문장의 진실성이라는 것은 꾸미려고 하지 않고 솔직하게 자신의 생각을 드러내 보여주는 것이며, 또 진지하게 추구된 진리를 그 내용으로 하고자 하는 성실함이 있어서 이 성실이 감동을 자아내게 하는 것이다. 즉 자신이 바라본 세계나 현상에 대해 얼마나 진실한 눈으로 바라보고 있느냐에 의해 이루어지는 것이라 할 수 있다.

▶ 개성이 담겨야 한다

공문서와 같이 주어진 틀에 맞춰 글을 쓰는 것을 누구도 글쓰기라고 하지 않는다. 문장의 최고봉은 바로 마치 전화를 걸어 "여보세요" 하고 부르면 금방 "너, 누구지" 하고 알아보듯이 자신의 체취와 정신이 그대로 드러나는 것이 되어야 한다는 점이다. '왜 개성적이어야 하는가' 라는 물음을 가질 수 있으나 문장은 글쓴이의 사상과 감정을 드러나게 하는 도구이기에 개성적이 되는 것이 정당한 것이다.

해방 후 이승만 대통령의 담화문은 특이했다. 한글로 말하듯이 써 내려간 그 글은 이승만 대통령이 지니고 있었던 성품을 그대로 보여 주는 것으로도 유명한 것이었다. 뿐만 아니다. 지금까지 역대 대통 령들이 국민에게 보내는 담화문을 비교해보면 곧 그 대통령의 철학 을 읽을 수 있을 것이다.

글을 쓰는 사람에 따라 특이한 어휘를 빈번하게 사용하거나, 독특 하게 긴 문장을 쓰거나, 아니면 마치 번역체의 문장을 쓰거나 하는 버릇이 있다. 이러한 일들은 문장을 구성하는 데 있어서 언어의 배 열이나 문장의 구조에 대한 나름대로의 습관이 작용한 것이라고 할 수 있다. 그러나 이 습관이 자신의 개성에 의해서 만들어진 것이 아 니라 남들의 문장에서 그대로 익혀온 것일 때는 표현의 독창성이 없 기 때문에 개성적이라고 할 수 없는 것이다.

텔레비전에서 코미디언이 이상한 말을 자기의 전매특허인 양 만들 어서 유행어가 되도록 하려고 애쓰는 것을 흔히 볼 수 있다. 실제로 몇몇의 말들은 유행이 되어 어린이들이 즐겨 사용하는 경우도 있다. 그러나 그 말은 한정된 의미로만 쓰여지는 것이지 코미디언의 정신 세계를 보여주는 단서가 되는 것은 아니라고 하겠다.

그러므로 문장에 있어서 개성이라는 것은 쓰는 이가 지니고 있는 독특한 말하기의 방법을 나타내 보여줄 수 있는 것이면서 나아가 이 를 통해 쓰는 이의 정신세계와 세계를 바라보는 눈의 초점이 어떤 것인가를 알 수 있게 하는 것이 되어야 할 것이다.

대학에 다닐 때였다. 한 친구가 아침에 학교에 와서 게시판에다 친구와의 약속을 위해 몇 자 적어놓을 때마다 "친구, 오늘 낙산 다 방에 나오시오. 여섯 시"라고 쓰는 것이었다. 내가 하도 이상해서 "여섯 시에 나오라는 거야, 아니면 여섯 시에 적어놓았다는 거야?"

하고 물었다. 그러자 그는 웃으며 "바로 그런 의문을 가지라"고 이렇게 적었다는 것이었다. 후에 그는 여섯 시까지 다방에 앉아 있겠다는 뜻이라고 해명을 했다. 이와 같은 경우에서 보듯이 특이하게 표현한다고 개성이 생기는 것은 아니다. 꼭 전달하고자 하는 내용을 전달하면서 자신의 향기나 체취가 문장에 배어 있어야 하는 것이다. 이 향기는 바로 글을 쓰는 이의 인격에 담겨 있는 정신이 묻어나는 것이라고 할 수 있다. 그리고 개성은 자신이 지닌 독특한 감성의 더듬이로 건져올린 소탈한 표현이 되어야 하는 것이다.

▶ 주제가 분명히 드러나야 한다

앞에서 좋은 문장이 되기 위해서는 진실성 있는 내용과 개성적인 표현이 있어야 한다고 밝힌 바 있다. 이에 이어서 생각해야 할 것은 표현의 정직성에 관한 문제다.

이 세상에 살면서 항상 정직하게만 말한다면 아마 어떤 사람들과도 함께 살 수 없을지 모른다. 묻는 대로 정직하게 대답한다는 것이 어떤 때는 너무 어리석게 보이는 경우가 있다.

고등학교 2학년 때의 영어선생님은 참으로 멋지셨다. 홈스펀으로 된 구식 윗도리를 입으시고 한 손을 바지 주머니에 넣고 서 있는 모습은 외국의 영화배우 못지않게 근사해보였다. 우리는 간혹 영어시간이 끝나가면 "선생님, 첫사랑 이야기 좀 해주세요" 하고 소리를 질러댔다. 학습 진도에 매달려 지내다가 잠깐 내는 틈은 장마에 얼핏 파란 하늘을 보는 것과 같이 우리에게는 신선한순간이었다.

선생님께서 마지못해 눈을 지그시 감고 "열네 살인가 다섯 살 때쯤이었지" 하고 시작을 하면 우리는 숨을 죽였다. 그리고 얘기가 잘 나가다가 "통학시간에 멀리 이른 새벽기차 속에서 그녀를 보면서 그냥 미소만 짓고 있었지" 하면 우리는 "에이" 하며 싱겁다고 소리를 지르곤 했다.

나는 1학년 때도 같은 영어선생님 밑에서 배웠기 때문에 선생님의 첫사랑 이야기를 달달 외우고 있었다. 그런데 이야기가 그전과 달랐다. 그때는 틀림없이 '버스 속'에서였다. 아침에 학교 갈 때마다 매일 같은 버스에서 만났다고 했던 것이다.

나는 큰소리로 "그전에는 버스에서 만났다고 하셨잖아요" 하고 따졌다. 그러자 아이들은 "야 버스서 만나나 기차에서 만나나 첫사랑 애인은 같잖아" 하고 조용히 하라며 내 입을 막았다. 나는 잠자코 있을 수밖에 없었고, 선생님은 내용이 조금 달라진 첫사랑의 이야기를 아무렇지도 않게 계속하셨다.

하지만 마지막은 항상 똑같았다. 피난길 눈보라 속에서 손을 잡고 가다가 서로 자기 가족과 함께 가기 위해 손을 놓았고, 눈보라 속에서 사라져가는 애인의 뒷모습을 향해 "순이!" 하고 목이 터져라 불렀던 것이 영원한 이별이었다는 것이었다. 이 마지막 이별의 장면에 이르러서는 훌쩍거리며 우는 아이도 있었다. 그리고 나 역시 1학년 때와 마찬가지로 눈가에 눈물이 고이는 것이었다. 그러면서도 나는 선생님의 첫사랑 이야기를 믿지 않았다.

졸업을 하고 얼마가 지난 후 우리 중 한 친구가 우연히 영어선생님과 만났을 때 "선생님, 그때 저희에게 들려주신 얘기가 정말이었습니까?" 하고 첫사랑 이야기를 여쭈어보았더니 선생님은 "그럼 정말이고말고, 너희들 재미있으라고 배경이나 사소한 장면만 바꾸었지. 어디서 어떻게 살아가고 있는지" 하며, 눈물을 글썽이더라는 것이었다. 나는 그 말을 듣고 한동안 가슴이 아팠다. 쓸데없는 군더더기에 매달려 그 아픈 사랑의 진실을 알지 못한 것이 속상했다. 선생님께서 보여주려 하신 슬픈 사랑 이야기와 표현의 방식을 제대로 가늠할 수 없었던 탓에, 나는 선생님의 이야기를 제대로 알아듣지 못했던 것이다.

말하고자 하는 주제는 같지만, 표현의 방식은 다를 수 있다. 그렇기 때문에 글을 써놓고 보면 실제 마음과는 전혀 다른 글이 되는 경우도 있고, 자신의 뜻이 제대로 드러나 있지 않아서 답답한 경우도 있는 것이다.

이를 극복하기 위해서 먼저 주제를 드러내는 표현은 어떠해야 하는가를 찾아보는 일이 필요하다. 한 예로 다음의 신문기사에서 나타내고자 하는 내용과 전달방식 사이에 기사가 의도하는 점이 무엇인가를 알 수 있다.

생수 상당수 수돗물만 못해
감사원 42개 업체 중 11개 업체 수질 미달
시중에 유통되는 생수의 상당수가 수돗물에 적용되는 수질기준에도 못미치고 있는 것으로 감사원 감사 결과 밝혀졌다. 감사원은 지난 2월 16일부터 26일까지 14개 허가업체 중 11곳과 31개 무허가업체 등 42개 업체의 생수를 각 시·도 보건환경연구원에 의뢰해 표본조사를 한 결과, 이 중 허가업체 한 곳을 포함한 11개 업체의 생수에서 일반 세균이 기준치보다 초과하거나 대장균에 감염되어 있는 등 음용수로서 부적합한 것으로 판명되었다고 14일 밝혔다. 감사원 관계자는 이번 감사는 1백여 개 생수업체 중 30억 원 이상의 시설비를 투자한 업체만을 대상으로 삼았다고 말했다.

—《조선일보》(1994년 4월 15일)

윗글은 날로 심각해지는 수질오염을 보다못해 시판을 허용하게 된 생수가 과연 마실 만한가 하는 문제를 다룬 것으로, 생수의 수질을 검사한 감사원의 결과를 기사화하여 보도한 것이다.

이 기사의 표제를 보면 '상당수'의 생수가 수돗물보다 나을 것이 없다고 되어 있다. 그리고 부제에서는 '42개 업체 중 11개 업체의 생수가 수질이 미달' 되었다고 밝히고 있다.

그런데 기사의 본문 내용을 읽어보면 허가된 업체 중 한 곳의 생수만이 문제가 있고 나머지 대다수인 열세 개 업체의 생수는 기준에 벗어나지 않았음을 알 수 있다. 그리고 수질에 문제가 있는 무허가 업체도 서른한 개의 무허가업체 중 열 개 업체다.

따라서 사실을 정확하게 말한다면 '허가업체 중 한 개 업체, 무허가 업체의 3분의 1이 수질에 문제가 있다'라고 해야 할 것이다. 그런데 왜 '상당수'라는 표현을 써서 유통되고 있는 대부분의 생수에 문제가 있는 것으로 보도했을까 하는 의문이 생길 수 있다.

바로 여기에 기사가 나타내고자 하는 주제가 숨어 있다. 물은 국민의 건강과 직접적인 관련이 있다. 허가된 것이든 아니든 우리는 물을 마실 때 '생수'라는 이름만 붙어 있으면 안심하고 마시는 경우가 허다하다. 뿐만 아니라 아직까지 상당수의 소비자가 생수의 제조회사 이름을 확인하는 판별력을 갖추지 못하고 있는 실정이기에 '상당수'라는 말을 씀으로써 보다 강한 경각심을 표현하고, 생수를 고르는 데 올바른 시각을 가져야 함을 알리고자 한 것이다.

통계 숫자만을 나열하여 이를 기사화하는 것보다는 주제, 즉 감사원의 발표 내용을 왜곡하지 않으면서 소비자에게 생수에 대한 경각심을 심어주는 데 더 효과적인 방법을 사용한 것이다. 이렇듯 다른 방식의 표현을 통해 내용의 진실성을 왜곡하지 않으면서 전달하고자 하는 내용을 바르고 효과적으로 전달할 수 있다.

여기서 유의해야 할 점은 내용을 잘못 전달하는 표현양식은 피해야 한다는 것이다. 말하려는 뜻은 그렇지 않았는데 듣는 이가 오해를 해서 곤욕을 치른 경험은 누구나 있을 것이다. 이는 대부분 내용을 전달할 때 그 도구로 사용하는 표현법이 정직성을 가지지 못한 데서 비롯되는 경우가 많다.

정직성이라는 말은 나타내고자 하는 주제와 가까운 표현법을 사용해야 한다는 것이다. 정직한 글은 보다 선명한 표현의 틀에 드러내고자 하는 내용을 담아야 한다.

이를 위해서 글을 쓸 때 꼭 지켜야 할 것은 ①주제가 확실하고, 이 확실한 주제를 명쾌한 초점으로 맞추어야 한다는 점이다. 횡설수설이야말로 글쓰기에 있어 가장 큰 잘못이다. ②짜임새가 명료해야 전달이 정확하게 이루어질 수 있다. 논리구조가 허물어져 있으면 내용이 산만하게 펼쳐지게 마련이어서 무엇을 말하고자 하는지 모르게 된다. ③쉬운 표현을 써야 한다. 쉽다는 말은 읽기에도 쉽다는 것을 뜻한다. ④전달하고자 하는 내용에 알맞은 언어를 구사하는 일이 중요하다. 글을 쓰다보면 멋을 부리고 싶어지는 경우도 있다.

예를 들어 '푸른 하늘에 큰 비행기가 지나갑니다'라고 밋밋하게 표현하는 것보다 '창공에 비행기가 비행한다'로 바꾸게 되는 경우가 생기는 것이다. 그러나 바뀐 글에서는 푸른 하늘이 주는 상쾌함이 반감되고 나이 든 사람이 쓴 것 같은 고루한 인상이 풍긴다. 따라서 멋을 부리는 것도 정확한 전달과 표현의 정직성을 바탕으로 하지 않으면 안 되는 것이다.

2) 시 한 편도 좋은 글쓰기의 표본이 된다

▶개성적이고 독창적인 시각이 효과적인 표현을 낳는다

같은 사물이라도 글로 써보면 사물의 본체가 잘 드러나는 것과 그렇지 않은 것의 차이를 느낄 수 있다. 봄을 노래한 시인들의 시를 보면 어떻게 이렇게 다양한 봄이 있을까 하고 참으로 신기하게 느껴진다.

꽃가루와 같이 부드러운 고양이의 털에 / 고운 봄의 향기가 어리우도다. // 금방울과 같이 호동그란 고양이의 눈에 / 미친 봄의 불길이 흐르도다. // 고요히 다물은 고양이의 입술에 / 포근한 봄 졸음이 떠돌

아라

—이장희, 〈봄은 고양이로소이다〉 중에서

밤이도다/봄이다 //밤만도 애달픈데/봄만도 생각인데 //날은 빠르
다/봄은 간다 //깊은 생각은 아득이는데/저 바람에 새가 슬피 운다

—김억, 〈봄은 간다〉 중에서

누구나/인간은/두 개의 음성을 들으며 산다./허무한 동굴의/바
람 소리와/그리고/세상은 환한 사월 상순

—박목월, 〈사월 상순〉 중에서

사월은 가장 잔인한 달/죽은 땅에서 라일락을 피우며/추억과 욕
망을 뒤섞고/봄비로 활기 없는 뿌리를 일깨운다./차라리 겨울이 우
리를 따뜻하게 했었다./망각의 눈으로 대지를 감싸고,/마른 구근(球
根)으로 가냘픈 생명을 키웠으니

—T. S. 엘리엇, 〈황무지〉 중에서

위에 인용한 것은 봄을 대상으로 한 시들이다. 시인이 봄에 느끼
는 감각은 개성적이고 다양하다.

이장희는 봄이 고양이의 나른한 몸 위에 내려앉아 있는 모습을 그
려내어 봄이 지닌 정취를 드러내 보여주고 있다. 이 시에서는 촉각,
시각, 청각, 후각 등 섬세한 감각이 여러 가지 이미지와 결합하면서
봄이 지닌 생동적인 정서를 효과적으로 조형해주고 있다. 꽃가루와
봄의 향기가 고양이의 털과 연결되고, 금방울과 봄의 불길이 고양이
의 눈과 연관되고, 고요함과 봄 졸음이 고양이의 입술과 연관되어
있다.

이와 같이 효과적인 표현의 방식은 사물이 지니고 있는 독특한 정

서를 창조적인 시각으로 잡아 이를 드러나게 한다. 효과를 극대화하기 위해서는 고양이의 털과 눈과 입술 위에 내려앉은 봄을 그려내어 눈에 환하게 보이도록 해야 한다는 것이다.

두 번째 시는 봄을 노래하고 있으면서도 봄을 맞은 인간의 서러움을 그려내고 있다. 만물이 생동하며 일어서는 약동의 계절에 오히려 세월의 흐름을 아쉬워하는 인간의 감상이 두드러져 있다. 그리고 화려한 의상으로 인간을 슬픔에 빠지게 하는 봄의 힘을 보여주고 있는 것이다.

이 점이 바로 김억 시인이 지닌 독특한 개성이다. 한 사물과 대비되는 요소를 가져다놓음으로써 오히려 사물이 두드러질 수 있음을 보여준다. 하얀 눈 위에 까만 까치가 앉아 있을 때 눈의 순수함이 더 두드러지듯이 표현의 효과는 이처럼 다양한 것이다.

박목월의 〈사월 상순〉은 봄의 한가운데서 듣게 되는 두 가지 소리로 봄의 정서가 주는 특이함을 보여주고 있다. 즉 동굴에 갇혀서 허무한 마음에 바람소리를 듣는 것과 동굴 밖의 환한 봄의 세계에서 꽃잎이 떨어지는 소리를 듣는 것이 그것이다.

이는 앞서 김억의 시에서 나타난 표현과 비슷하게 보이지만 자아의 중심이 우선이고 환한 봄의 세계가 배경화되었다는 점에서 다르다. 봄이 온 것을 느끼는 것은 마음이며, 세월이 가져다주는 봄을 그대로 받아들일 수 없다는 깔려 있는 의미를 찾을 수 있는 것이다. 이는 마음에 들어온 봄과 밖의 봄을 제시하여 봄이 지닌 의미를 확산시키는 표현이 되는 것이다.

엘리엇의 〈황무지〉 역시 봄을 이야기하고 있지만 여기서 그는 봄보다는 겨울을 따뜻하게 여기고 있다. 이는 역설적인 것이라고 할 수 있다. 즉 봄이 주는 생동의 힘으로 해서 만물의 활기가 드러나는 것보다는 그것이 꽁꽁 얼어붙어 드러나지 않고 있었을 때가 더 좋다는 것이다. 이는 곧 봄에 대한 또 다른 표현의 한 가지인 것이다.

44

이와 같이 효과적인 표현의 세계는 개성적이고 창조적인 시각에 의해서 이루어지는 것이다. 문장에 있어서 효과적인 표현은 일률적인 법칙을 따르는 데서 생겨나는 것이 아니라 나타내고자 하는 사물의 의미를 충실하게 바라보고 이를 적절히 형상화해서 잘 나타나게 하는 데 달려 있는 것이다.

3) 소설을 통해 배우는 좋은 글쓰기

▶ 내용에 어울리는 형식을 지녀야 한다

지금까지 시를 중심으로 어떻게 사물의 의미를 효과적으로 드러내며 그 속에 개성적인 향기를 담아낼 수 있는가에 대해서 살펴보았다.

시가 압축적이고 내포적인 형식을 가지고 있는 것과는 달리 산문은 묘사적이고 서술적인 특징을 가지고 있다. 따라서 산문에서 효과적인 표현방식을 찾을 때 꼭 마음에 두어야 하는 것은, 전달하고자 하는 내용이 정확하게 드러나게 해야 한다는 점이다.

표현하고자 하는 내용을 어떤 형식의 글에 담느냐에 따라 쓰는 법도 달라야 한다는 것을 잘 알고 있으면서도 내용과 형식이 제대로 맞지 않아 무엇을 말하려고 하는지 알 수 없게 된 글을 흔히 볼 수 있다.

내가 대학에 입학해 얼마 되지 않았을 때였다. 한 친구가 소개를 해서 어느 여대생과 만나게 되었다. 나는 부끄러움이 많아 이 여대생 앞에서 제대로 내 마음에 있는 이야기를 할 수가 없었다. 할 수 없이 대학노트를 한 권 사서 그녀와 만나기 전에 내 마음에 있는 이야기를 적어서 들고 나갔다. 앉아서 노트를 건네주면 그녀는 마치 꿈에 취한 듯 내 글을 읽고 그녀도 이 노트를 가지고 가서 다음에 만날 때 자신의 이야기를 적어 건네주는 것이었다.

나는 그녀와 헤어진 후부터 그녀를 다시 만나는 날까지 생각이 날 때마다 노트를 꺼내어 글을 적어나갔다. 그런데 이 글들은 한낮에 대학 캠퍼스에서 쓸 때는 대체로 줄거리가 있는 사연이 담긴 글이 되었지만, 한밤중에 홀로 깨어 창밖에 별들이 반짝이고 있을 때 쓰이게 되면 단상들이 많아서 시의 형태를 띠고 있는 경우가 대부분이었다.

그녀가 나의 글을 읽고 나서 적어놓은 글을 보면, 낮에 쓴 글에는 논리적인 혹은 내 이야기와 대응하는 이야기를 찾아 쓰고 있었고, 시처럼 순간적인 느낌을 단상으로 적은 글을 읽고 난 다음에는 그녀 역시 알 수 없는 암호와 같은 몇 마디의 글을 암시적으로 적어놓고 있었다. 지금 어렴풋이 기억하고 있는 몇 가지 글을 소개하면 다음과 같다.

오늘 우리 대학에서 학과 대항 축구시합이 있었어. 우승한 학과에는 격려금이라고 해서 상금도 걸려 있는 경기였어. 나는 1학년이었지만 선배들이 나가라고 해서 레프트 윙을 맡았어. 공격진이었지. 우리 학과는 결승에 올랐는데 결승전에서 중어중문학과와 싸워서 1 대 0으로 지고 말았어. 지금 난 대학 운동장 옆 마로니에 그늘에 앉아 이 글을 쓰고 있어. 왜 졌느냐고 묻고 있는 너의 눈동자가 보여. 그래서 이 글을 쓰는 거야. 진 이유는 하나야. 너는 축구를 모르겠지. 그렇지만 이일은 말하지 않을 수 없어서 해야겠어. 후반 시작하고 얼마 되지 않았을 때였어. 나는 참으로 운 좋게 페널티 에어리어 근처에서 공을 잡았어. 수비하는 상대를 제치고 골문을 향해 내닫자 키퍼가 놀라서 나에게 다가오는 것이었어. 키퍼는 내 앞에서 내가 공을 차는 줄 알고 앞으로 엎드려서 살짝 옆으로 따돌려놓고 보니까 골문이 훤하게 비어 있는 것이야. 그냥 슛을 했으면 틀림없이 들어갔을 텐데 골대 옆에 나와 동학년으로 부산에서 온 친구가 서 있는 것이 보였어. 그에게 공을 패스했어. 그가 나보다 더 확실하게 슛을 성공할 수 있는 거리였기 때문이야. 그냥 발만 가져다 대면 들어가게 되어 있었어. 어린아이를 세워 놓아도 몸으로 굴러오는 공을 밀어도 되는 그런 형국이었어. 그런데 이 부산 친구가 구두를 신고 있었는데 이상하게도 뒷발을 가져다 대는 것이었어. 공은 살짝 골문 옆으로 비껴나가 들어가지 않았어. 나는 하도 이상해서 게임이 끝난 다음 그에게 왜 바르게 발을 대지 않고 뒤축을 가져다 댔느냐고 추궁을 하니까, 그는 뒤통수를 긁으며 "아버지가 대학 입학을 했다고 사주신 구두라서 앞코가 까지는 것이 마음에 걸려서 어차피 들어갈 공이라는 생각에 뒤축을 대었더니 안 들어가잖아" 하고 말했어. 나는 화가 나서 한참 입을 다물고 있다가 웃고 말았어. 어쩌니, 아버지가 사준 구두인데, 우리는 아직도 부모의 손끝에 매달려 있나 봐.

그 당시의 글을 다시 쓰다보니까 좀 길어졌다. 학과 대항 축구시합에 어이없이 진 것이 원통하다는 내 솔직한 마음이 담겨 있기는 하지만, 이보다는 구두쇠인 부산 친구가 왜 구두 뒤축으로 공을 차서 우리를 실망시켰는가 하는 사건 속에 아버지가 입학기념으로 사준 구두에 대한 그의 애착과 그 또래들이 아직도 지녀야만 했던 부모 그늘 밑의 생활에 대한 나의 의견이 중심된 내용이었다. 며칠 후 이 글을 읽고 난 그녀가 노트에 다음과 같은 글을 적어서 내밀었다.

너무 재미있었어. 내 친구 중에도 그런 구두쇠가 있어. 얼마나 구두쇠인지 말도 못 해. 그제께 친구와 학교 앞에 있는 양장점에 갔어. 여름이 다 되어서 원피스 한 벌을 맞추려고 갔던 거야. 친구와 나는 이것저것 고르다가 흰색 바탕에 꽃무늬가 있는 면으로 된 옷감을 골랐어. 친구는 내가 골라놓은 옷감을 보면서 "참 잘 골랐구나" 하고 칭찬을 해서 기분이 좋았어. 그런데 내가 양장점 주인과 한참 동안이나 값을 흥정해서 겨우 얼마를 깎아 결정을 하고 치수를 재고 있을 때였어. 친구는 마음에 맞는 것이 없다면서 옆에 서 있기만 하더니 갑자기 양장점 주인에게 "이 옷 한 벌 더 하자면 얼마만 주면 되지요?" 하고 묻는 것이었어. 나는 이미 계약금까지 주고 났는데 말야. 그러자 양장점 주인은 "두 벌을 하면 조금 덜 받아야지요" 하면서 내 옷감보다 훨씬 싸게 값을 부르는 것이었어. 그러자 친구는 "나도 재요" 하면서 옷을 맞추는 것이었어. 나는 화를 낼 수도 없고, 기분이 나빠져서 나오고 말았어. 시내로 나 혼자 나오려고 하자 친구가 따라오면서 "우리 집에 놀러오더라도 엄마한테 절대 내 옷을 더 싸게 했다고 말하지 말어" 하고 말하는 거야. 얌체지. 이런 친구도 있잖아. 엄마도 속일 줄 알아야 용돈이 생기지. 실속이 없으면 언제나 손해뿐이지 뭐.

그녀의 글 또한 얌체인 친구의 이야기를 하고 있었지만 그 속에 담긴 핵심은 나와 다른 것이었다. 이를 서로 비교해보면 첫째, 부모의 영향권에 들어 있는 것에 대해 내가 순종적인 인식을 가지고 있는 데 비해서 그녀는 부모의 영향권을 때로는 벗어나는 것이 그렇게 큰 문제가 되지 않는다는 생각을 가지고 있었고 둘째, 구두코가 까질까 봐 겁을 낸 친구는 부모를 생각해서 한 일이라 생각하고 나는 너그럽게 보아주고 있는 데 비해서, 그녀는 자신의 옷보다 싸게 사는 지혜를 가진 친구에 대해서 현실을 살아가는 필수적인 요령을 지닌 영리한 친구로 받아들이고 있다는 점 등을 알 수 있다. 이 두 가지 외에도 짧은 글 속에서 나와 그녀가 현실을 어떻게 보며 친구를 어떻게 생각하고 있느냐 하는 점 등이 드러나 있다.

나와 그녀가 이야기의 형식을 빌려 사건중심으로 서로의 견해를 밝히고 있는 것은 사건을 담고 있는 글을 어떻게 쓰느냐 하는 점을 명확하게 인식하고 글을 썼기 때문이다.

소설이라는 산문은 바로 이와 같이 작가가 상상하고 꾸민 삶을 이야기 속에 넣어 독자에게 보여주기 때문에 이야기라는 얼굴을 가지게 되는 것이며, 작가는 이 이야기 속에 자신의 사상과 감정을 담아 주제를 만들어가게 되는 것이다.

▶상징을 통해 보다 명쾌하게 의미를 전달할 수 있다
이제 소설에서 작가가 어떻게 효과적인 표현의 세계를 만들어가고 있는가를 보기로 하자. 소설은 시와 달라서 묘사나 서술의 형식을 빌려 이야기를 그려나가기 때문에 독자들은 쉽게 이야기의 내용을 파악할 수 있으며, 이야기나 사물의 내면을 독특하게 표현하는 개성적인 솜씨를 보여줄 수 있다.
다음 예를 통해, 우리는 작가가 하나의 상징물을 보다 명쾌한 의미를 전달하기 위한 도구로 삼고 있음을 살펴볼 수 있다.

그 해에도 골짜기의 눈이 녹고 진달래가 피자 학이 왔다. 예년처럼 부지런히 집을 틀고 새끼를 깠다. 두 마리의 어미학은 쉴새없이 벌레를 물어 올렸다. 그때마다 두 마리의 새끼가 노랑 주둥이를 내둘렀다. 올해에도 평년작은 된다고들 하면서 우선 흉년을 면한 것을 기뻐했다. 그러던 어느 비 내리는 아침이었다. 학나무 밑에 아주 어린 학의 새끼 한 마리가 떨어져 죽어 있었다. 아직 털도 채 나지 않은 학의 새끼는 머리와 눈만이 유난히 컸다.
"허 그참 흉한 일이로군."
과연 무서운 변이 마을을 흔들고야 말았다. 그 일이 있은 지 한 달도 채 못 되어서였다. 별안간 하늘이 무너지고 산이 온통 갈라지는 것이었다. 마을 사람들은 모두 문을 걸고 집 안에 틀어박혔다. 덜덜 떨며 문틈으로 밖의 학나무를 살폈다. 학도 둥우리 안에 들어앉아 조용하였다.

—이범선, 〈학마을 사람들〉 중에서

윗글은 마을 사람들과 학이 어떤 인연을 맺고 있는가를 보여주는 부분이다.

이 소설에서 학은 마을의 길흉화복을 알려주는 예언적 능력을 지닌 새로 표현되어 있다. 이 소설의 서두에 보면 "자동차 길엘 가재도 오르는 데 10리, 내리는 데 10리라는 영을 구름을 뚫고 넘어, 또 그 밑의 골짜기를 30리나 더듬어나가야 하는 마을이었다"라고 학마을을 그리고 있다.

이 조용하고 평화로운 마을에 학이 언제부터 찾아오게 되었는지 분명하게 드러나 있지는 않지만 여든 살이 되는 이장이 나기 전부터라고 한 것을 보면 이 마을과 학은 하나의 공동생명체의 관계를 맺고 있었다는 점을 쉽게 알 수 있다.

그러기에 독자들은 이 마을에서 일어나는 모든 행·불행의 일들이 학과 연관이 있는 것으로 생각하게 되는 것이다. 학병에 끌려갔던 동네 사람이 돌아오는 것과 학의 귀환이 연결되고, 학의 새끼가 죽는 것으로 이 마을에 전쟁의 불길이 미치게 되는 것 등은 이런 맥락에서 이루어지고 있다.

작가가 학을 하나의 상징물로 선택하여 이 마을 사람들의 이야기를 담고 있기에 마을 사람과 학의 관계에서 학이 지니는 고고하고 비세속적인 모습이 그대로 이 마을의 평화를 희구하는 다른 얼굴로 보여지게 되는 것이다. 특히 여든 살 된 이장의 모습은 이 학과 흡사하게 그려져 있다. 이는 학이 인간의 한 분신이고 이 분신은 평화를 지향하는 이의 마음에 감추어져 있는 바람의 한 의미가 되어 있는 것이다.

이와 같이 작가는 명확한 상징물을 선택하여 그 상징물의 내포적인 의미망 속에 작가가 말하고자 하는 것을 담아 보여줌으로써 살아 있는 이야기를 만든다.

▶절제된 표현으로 현실감을 더욱 강화할 수 있다

둘째로 마치 자연을 보고 그 인상을 여실하게 그려내듯이 독특한 감각으로 사물을 그려내어 현실성을 강하게 띠도록 하는 방법을 사용하는 경우가 있다.

현실성을 강하게 띠도록 작가가 만들어놓은 가공의 세계가 현실에서 불가능한 것을 억지로 꾸며놓아서 독자에게 '거짓말'이라는 비현실감을 주는 것을 막아내고, 현실에서 있을 수 있는 일이라는 생각과 느낌을 갖게 함으로써 보다 생생함을 맛볼 수 있게 하는 장치가 된다.

소녀의 입술은 파아랗게 질렸다. 어깨를 자주 떨었다.

무명 겹저고리를 벗어 소녀의 어깨를 싸주었다. 소녀는 비에 젖은 눈을 들어 한 번 쳐다보았을 뿐, 소년이 하는 대로 잠자코 있었다. 그리고는 안고 온 꽃묶음 속에서 가지가 꺾이고 꽃이 이그러진 송이를 골라 발 밑에 버린다.

소녀가 들어선 곳도 비가 새기 시작했다. 더 거기서 비를 그을 수 없었다.

밖을 내다보던 소년이 무엇을 생각했는지 수수밭 쪽으로 달려간다. 세워놓은 수숫단 속을 비집어 보더니, 옆의 수숫단을 날라다 덧세운다. 다시 속을 비집어 본다. 그리고는 이쪽을 향해 손짓을 한다.

(중략)

소란하던 수숫잎 소리가 뚝 그쳤다. 밖이 멀개졌다.

수숫단 속을 벗어 나왔다. 멀지 않은 앞쪽에 햇빛이 내리붓고 있었다. 도랑 있는 곳까지 와 보니, 엄청나게 물이 불어 있었다. 빛마저 제법 붉은 흙탕물이었다. 뛰어 건널 수가 없었다.

소년이 등을 돌려 댔다. 소녀가 순순히 업히었다. 걷어올린 소년의 잠방이까지 물이 올라왔다. 소녀는 어머나 소리를 지르며 소년의 목을 끌어안았다.

개울가에 다다르기 전에 가을 하늘은 언제 그랬는 성싶게 구름 한 점 없이 쪽빛으로 개어 있었다.

—황순원, 〈소나기〉 중에서

황순원의 〈소나기〉는 누구나 알고 있는 작품이다. 이 소설에서 소년이 소나기가 내려서 비를 피하다가 개울 앞에 다다라서 소녀를 업고 건너게 해주기까지의 부분을 인용하였다. 이 글에서 작가는 소년과 소녀가 서로 마음을 주고받고 있는 미묘한 감정의 교류를 독자들이 충분히 느낄 수 있도록 하면서도 이러한 마음의 교류를 직접적으로 드러내는 일은 하지 않고 있다.

그런데 어떻게 해서 이러한 느낌을 주는지를 살펴보면 첫째로 소년과 소녀의 행동을 극히 단순화해서 보여주고 있다는 점이다. 소녀가 입술이 파랗게 되어 어깨까지 덜덜 떨고 있는 모습을 본 소년은 저고리를 벗어줄 뿐 "얼마나 춥니" 하고 묻지를 않는다. 이에 응답하는 소녀 역시 "젖은 눈을 들어 한 번 쳐다보았을 뿐"이다. 소년과 소녀 사이에 오간 이 무언의 동작과 표정은 동정과 감사의 의미를 지니고 있지만 독자들이 이 장면에서 얻게 되는 것은 극도로 절제된 표현 뒤에 감추어진 순수한 사랑의 따뜻함이다.

그리고 소년은 소녀가 있는 곳에 비가 새기 시작하자 "무엇을 생각했는지" 수수밭 쪽으로 달려가서 수숫단을 다시 세워 비를 피할 곳을 만들게 된다.

이때도 독자는 수수밭으로 달려가는 소년의 행동을 "무엇을 생각했는지"라는 객관적인 시각을 통해 보여주려는 작가의 손짓에 따라 그가 다시 비를 피할 수 있는 수숫단 텐트를 만들려 한다는 것을 알게 된다. 또한 소년은 그것을 다 만들어놓고도 "이곳으로 와" 하고 소녀를 부르는 것이 아니라 이쪽을 향해 손짓을 하는 것이다. 물론 대화를 하지 않는다는 것이 표현의 기법으로 뛰어나다는 뜻이 아니라, 동작을 통해 보다 정직하게 소년과 소녀가 서로 느끼고 있는 마음의 세계를 단순화해서 보여주는 방법이 독자들에게 현실성을 보다 강하게 지니게 하는 것임을 말하고자 하는 것이다.

이와 같은 사건을 설명적인 방식으로 다음과 같이 서술하였다고 해보자.

소녀는 입술이 파랗게 되어 있었고 어깨를 덜덜 떨고 있었다. 소년은 불쌍한 생각이 들어 "춥지. 조금 기다려" 하고 윗저고리를 벗어주었다.

이들이 비를 피해 있는 곳도 엄청난 비를 막아주지 못하고 있어서 소년은 "다른 곳을 마련해야겠다" 하고 뛰어나갔다. 소년은 수숫단으로 비를 피할 곳을 만들어 소녀에게 "이리로 와" 하고 소리를 질렀다. 소녀는 뛰어들어와서 소년에게 "고마워" 하고 말했다.

인용한 소설의 글과 위의 글을 비교해보면 무엇이 다른지를 쉽게 알 수 있을 것이다. 생생하게 살아 있는 글을 쓴다는 것은 바로 단순화되어 있어 의미의 세계를 쉽게 알 수 있으면서도 감동을 주는 글을 쓰는 것으로, 쓴 이가 지니고 있는 독특하고 세련된 언어표현의 개성을 맛볼 수 있도록 해야 하는 것이다.

▶ 내용과 표현의 거리가 가까워야 한다

또 한 가지 빠뜨릴 수 없는 것은 표현의 대상과 표현한 언어가 얼마나 가까운 거리에 있느냐 하는 점이다. 산문은 시와 같은 운문과는 달라서 내용을 우회적으로 드러내고 싶을 경우라도 내용과 표현의 거리를 짧게 하여야 그 효과가 극대화될 수 있다.

이태준은 그의 단편집 《달밤》을 펴내면서 서문에서 이렇게 밝히고 있다.

나의 조그만 경험에서는 아직 한 번도 자기의 작품을 만족하게 읽은 기억이 없다. 더구나 달포를 두고 주물럭거리다가 이 20편을 고르면서도 나는 하루 저녁도 유쾌히 잠들어본 적은 없다. 어떤 것은 문장을, 어떤 것은 사건을, 어떤 것은 제목까지 붉은 작대기를 그어 집어던졌다가 이틀, 사흘씩 고쳐보았다. 그러나 하나도 만족하게 고친 것은 아니었다.

당대의 문장가로서 존경받던 이태준이 그의 작품에 대해 끝없이 만족하고 있지 못한 점에 대해서 지적해보이듯 소설에서는 문장이 먼저 다듬어져야 비로소 생각과 감정의 기호가 성립이 되는 것이다. 이 첫 번째 조건이 바로 사물을 그리려 할 때 사물과 얼마나 일치하는 글을 만들어낼 수 있는가 하는 점에 달려 있는 것이다.

무엇인지 안마당에서 이렇게 땅을 울리는 소리가 나는 것을 나만 들은 것은 아니었다.
아내도 눈을 번쩍 뜨더니 베개에서 머리를 들었다.
—이태준, 〈어떤 날 새벽〉 중에서

이 글은 새벽에 마당에 도둑이 들어온 소리를 듣고 깨어난 부부를 보여주고 있다. 도둑이 들어왔다는 사실과 가장 가까운 거리에 있는 표현의 언어는 바로 '쿵' 하는 소리로 나타나고 있다. 또 한 가지는 베개에서 고개를 든 아내가, 놀랐다는 사실을 보다 효과적으로 보여주는 극적인 동작인데 이때 작가는 고개를 드는 동작 하나에 놀라움이라는 것을 일치시켜 표현의 사실성을 획득하고 있는 것이다.

제2장 좋은 글의 이론적 요건은 무엇인가

글을 쓰는 궁극적인 목적은 자신의 사상과 감정을 효과적으로 표현하고 전달하려는 것이다. 따라서 좋은 글이란 결국 글쓴이의 사상과 감정이 효과적으로 표현, 전달된 글에 다름아니다. 이처럼 좋은 글이 되기 위해서는 갖추어야 할 요건이 많다. 일반적으로 독창성, 충실성, 정직성, 성실성, 경제성, 명료성, 정확성, 일관성 등이 예로부터 거론되어온 좋은 글의 요건들이다.

물론 이러한 요건들이 다 갖추어졌다고 해서 좋은 글이 되는 것은 아니다. 좋은 글이 되기 위한 요건은 이외에도 무수히 많으며 때로는 이러한 요건들이 서로 모순되는 작용을 하여 이를 골고루 만족시키기가 어려운 경우도 있기 때문이다. 그러나 좋은 글로 인정되는 글은 대부분 이러한 요건들을 갖추고 있다는 점을 생각해볼 때 이것들을 좋은 글의 규범으로 삼는 것은 글쓰는 이에게는 반드시 필요한 자세일 것이다. 여기서는 좋은 글의 요건으로서 가장 중요하다고 생각되는 몇 가지만을 구체적으로 살펴보기로 한다.

1. 독창성

독창성이란 글쓴이의 독자적 창의성을 말하는 것이다. 다른 이가 이미 말한 내용을 상투적인 표현으로 재진술하는 글은 쓰여질 이유가 없다. 즉 글이란 무엇보다도 그 표현과 내용에 있어 참신성과 개성을 보여주어야 하는데 바로 이러한 측면을 일러 글의 독창성이라 하는 것이다. 그러나 독창성이 중요하다고 해서 무조건 새롭고 특별한 것만을 추구해서는 안 된다. 새롭고 특별하되 반드시 독자의 공감을 얻을 수 있는 것이어야 한다. 결국 글의 독창성이란 어디까지나 보편성과 조화된 개성을 의미하는 것이다.

그렇다면 글이 독창성을 지녔다는 것은 구체적으로 무엇을 의미하는 것일까. 이를 세 가지 차원으로 나누어 살펴볼 수 있다. 소재의 독창성과 시각의 독창성, 그리고 표현의 독창성이 바로 그것이다. 이 세 가지 중에서 적어도 하나는 지녀야만 그 글은 독창성을 지닌 것으로 인정받을 수 있다. 여기에 대해 좀더 구체적으로 살펴보기로 하겠다.

1) 소재가 독창적이어야 한다

▶ 좋은 글의 절반은 글감이다

아무도 읽어주지 않는 글은 의미가 없다. 아무리 좋은 글이라 하더라도 독자가 그 글을 끝까지 읽어보지 않는다면 독자는 그 글이 좋은 글인지 아닌지 알 수가 없다. 따라서 글이란 우선 무엇보다도 독자에게 읽힐 수 있는 글이 되어야 한다. 그리고 읽힐 수 있는 글이 되기 위해선 독자의 시선을 붙잡을 수 있는 무엇이 필요하다.

독자의 시선을 붙잡는 것, 이를 일러 흔히 주의환기라 한다. 주의환기에 가장 큰 영향을 미치는 것이 바로 참신한 소재이다. 뻔히 아는 내용의 글을 읽으려는 독자는 없다. 반면에 자신이 모르고 있는 재미있는 얘깃거리를 마다할 독자 또한 없다. 결국 소재의 독창성이 바로 글의 성패를 좌우하는 것이다. "좋은 글의 절반은 글감"이란 말은 바로 이를 의미하는 것이다.

  일개 기생에 불과하였던 황진이의 시조가 당대에 크나큰 반향을 불러일으키고 후대에 와서도 국문학사상의 한 획을 그은 대표적인 작품으로 부각되는 이유는 무엇일까. 그것은 바로 그가 당대의 시조 전반을 지배하고 있던 관습적인 소재에서의 탈피에 성공했기 때문이다.

  국화야 너는 어이 삼월 동풍 다 보내고
  낙목한천(落木寒天)에 너 홀로 피었는다.
  아마도 오상고절(傲霜孤節)은 너뿐인가 하노라.

—이정보

  동짓달 기나긴 밤을 한 허리를 베어내어
  춘풍 이불 아래 서리서리 넣었다가
  어룬 님 오신 날 밤이어드란 구비구비 펴리라.

—황진이

  당대에 있어 시조의 주요 향수 계층이었던 사대부들은 유교적 관념이 뼛속 깊이 물들어 있었다. 그리하여 그들의 시조는 매난국죽 따위를 들어 충효를 논하거나 강호의 산수를 배경으로 안분지족을 논하는 것 등으로 일관하였다. 위에서 인용한 이정보의 시조는 그 전형적인 모습을 보여주고 있다. 여기에 황진이는 남녀의 자연스런 연애감정을 시조에 도입함으로써 소재상의 혁신을 가져왔다. 그리하여 시조를 유교적 관념을 전달하는 도구쯤으로 여기던 사대부 계층에게 단연 주목의 대상이 되었던 것이다.

그러나 황진이의 시조가 단지 새로움만을 지니고 있었다면 그것은 어쩌다 있는 하나의 해프닝쯤으로 끝나버렸을 것이다. 그런데 그 새로움은 사람들의 보편적인 감정과 맞닿아 있는 새로움이었다. 그리하여 황진이의 시조는 많은 사람의 공감을 얻게 되었고 이후 비슷한 경향의 시조가 한 유파를 형성할 만큼 시조문학사에 큰 영향을 미치게 되었던 것이다.

이제 보다 현대적인 글을 들어 소재의 독창성이 글을 읽게 만드는 큰 힘이 되고 있는 경우를 살펴보자.

벌써 40여 년 전이다. 내가 갓 세간난 지 얼마 안 돼서 의정부(議政府)에 내려가 살 때다. 서울 왔다 가는 길. 청량리역으로 가기 위해 동대문서 일단 전차를 내려야 했다. 동대문 맞은편 길가에 앉아서 방망이를 깎아 파는 노인이 있었다. 방망이를 한 벌 사가지고 가려고 깎아달라고 부탁을 했다. 값을 굉장히 비싸게 부르는 것 같았다. 좀 싸게 줄 수 없느냐고 했더니 "방망이 하나 가지고 에누리하겠소? 비싸거든 다른 데 가 사우." 대단히 무뚝뚝한 노인이었다. 더 깎지도 못하고 잘 깎아나 달라고만 부탁했다. 그는 잠자코 열심히 깎고 있었다. 처음에는 빨리 깎는 것 같더니, 저물도록 이리 돌려보고 저리 돌려보고 굼뜨기 시작하더니, 이내 마냥 늑장이다. 내가 보기에는 그만하면 다 됐는데 자꾸만 깎고 있다. 인제 다 됐으니 그냥 달라고 해도 못 들은 척이다. 차 시간이 빠듯해왔다. 차 시간이 바쁘니 그냥 달라고 해도 통 못 들은 척 대꾸가 없다. 사실 차 시간이 빠듯해왔다. 갑갑하고 지리하고 인제는 초조할 지경이다. "더 깎지 아니해도 좋으니 그만 달라"고 했더니 화를 버럭 낸다. 나도 기가 막혀서 "살 사람이 좋다는 데 무얼 더 깎는다는 말이오. 노인장 외고집이시구먼. 차 시간이 없다니까." 노인은 퉁명스럽게 "다른 데 가 사우, 난 안 팔겠소" 하고 내뱉는다. 지금까지 기다리고 있다가 그냥 갈 수도 없고, 차 시간은 어차피 틀린 것 같고 해서, 될 대로 되라고 체념할 수밖에 없었다.

"그럼 마음대로 깎아보시오." "글쎄 재촉을 하면 점점 거칠고 늦어진다니까. 물건이란 제대로 만들어야지 깎다가 놓치면 되나." 좀 누그러진 말씨다. 이번에는 깎던 것을 숫제 무릎에다 놓고 태연스럽게 곰방대에 담배를 피우고 있지 않은가. 나도 그만 지쳐버려 구경꾼이 되고 말았다. 얼마 후에 노인은 또 깎기 시작한다. 저러다가는 방망이는 다 깎아 없어질 것만 같다. 또 얼마 후에 방망이를 들고 이리저리 돌려보더니 됐다고 내준다. 사실 다 되기는 아까부터 다 돼 있던 방망이다.

　　　　　　　　　　　　—윤오영, 〈방망이 깎던 노인〉 중에서

이 글은 방망이 깎는 노인을 만났던 일을 소재로 하여 이야기를 끌어나가고 있다. 주위에서 흔히 볼 수 없는 독창적인 소재이다. 그러한 소재의 독창성이 일단 독자의 시선을 끈다. 범상치 않은 직업, 범상치 않은 인물의 성격, 그리고 범상치 않은 글쓴이의 대응 등이 모두 독자의 관심을 자극하게 되는 것이다.

이 글의 주제는 매우 진부한 것이다. 즉 하찮아보이는 일이라도 혼신을 다하여 완벽을 추구하는 성실한 자세를 가져야 한다는 것이다. 이러한 진부한 주제를 상식적인 소재를 가지고 얘기하려 한다면 독자는 하품을 하게 될 것이다. 그러나 이 글에서는 소재의 독창성이 진부한 주제를 오히려 신선한 것으로 만들고 있다. 별난 노인의 황소 같은 고집이 우리에게 가슴 잔잔한 감동을 불러일으키기 때문이다. 소재의 독창성으로 주제의 효과적인 전달에 성공한 좋은 글이라 하겠다.

그러나 소재가 평범한가 새로운가 하는 것이 곧바로 소재의 독창성 여부를 결정짓는 것은 아니다. 평범한 소재라 해도 이를 새로운 시각으로 통찰하여 거기에 새로운 의미를 부여한다면 이미 그 소재는 더 이상 평범한 것이 아니다. 또한 새롭고 신기한 소재라 해도 그것이 단지 있는 그대로 제시되는 데 머문다면 그것은 결코 좋은 글을 낳는 큰 힘이 되지 못한다. 단지 기발하고 신기한 소재에만 골몰하는 것은 야릇한 사진으로 눈길을 끄는 삼류잡지의 선정주의에 지나지 않는다. 그렇게 쓰여진 글은 좋은 글은커녕 어디에나 널려 있는 잡학사전의 한 항목에 불과할 따름이다. 따라서 소재의 독창성은 반드시 시각의 독창성으로 이어져야만 좋은 글을 낳는 큰 힘이 될 수 있는 것이다.

2) 시각이 독창적이어야 한다

▶인간과 세계에 대한 개성적 통찰이 있어야 한다

시각의 독창성이란 인간과 세계에 대한 개성적 통찰을 의미한다. 이러한 시각의 독창성은 글의 독창성을 결정짓는 가장 중요한 요소이다. 독창성이 있는 소재를 발견하지 못했다 해서 고민할 필요는 없다. 평범한 소재라 해도 시각의 독창성으로 말미암아 새로운 의미를 부여받을 수 있다. 그렇다면 그것은 바로 독창적인 소재가 되는 것이다. 또한 새로운 시각은 반드시 거기에 알맞는 새로운 표현을 요구하게 마련이다. 결국 시각의 독창성이 소재의 독창성과 표현의 독창성까지도 결정짓는 셈이니 그 중요성은 아무리 강조해도 지나침이 없다 할 것이다.

▶시각의 독창성을 위해서는 인식의 전환이 필요하다

시각의 독창성을 지니기 위해서는 두 가지 차원에서의 인식의 전환이 필요하다. 현상적 인식에서 본질적 인식으로의 전환, 그리고 관습적 인식에서 개성적 인식으로의 전환이 바로 그것이다. 이 말의 의미나 그 실천방법은 겉보기처럼 그렇게 어려운 것이 아니다.

대상의 겉으로 드러나 있어 우리의 오감으로 감각할 수 있는 부분을 현상이라 한다. 그리고 대상의 속에 숨어 우리의 오감으로 감각할 수는 없지만 실제로는 현상이 이러저러하게 나타나도록 조작하고 있는 보다 중요한 부분을 본질이라 한다.

현상은 감각을 지닌 사람이라면 누구나 쉽게 인식할 수 있으며 또한 누구나 동일하게 인식하는 부분이다. 누구나 나무는 푸르고 얼음은 차갑다는 것을 쉽게 안다. 따라서 현상의 차원에서는 독창적인 시각이 나오기 어렵다. 그러나 본질은 감각할 수 없기 때문에 아무나 쉽게 인식할 수 있는 것이 아니며 또한 누가 이에 대해 그 나름대로의 인식을 가졌다고 하더라도 모든 이가 그것과 동일한 인식을 가지는 것은 아니다. 따라서 대상에 대한 독창적 시각이란 결국 본질의 차원에서만 가능한 것이다.

그렇다면 어떻게 해서 본질에 대한 인식에 이를 수 있을까. 그것은 바로 사고를 통해서이다. 본질은 다양한 현상들을 통해 자신을 드러낸다. 물이라는 본질이 강과 바다, 그리고 얼음과 눈이라는 다양한 현상들을 통해 자신을 드러내는 것을 생각해보면 된다. 겉으로는 무관해 보이는 이러한 현상들을 서로 관련지어 종합하고 분석해보는 데서 비로소 우리는 그 다양한 현상들 속에 숨어 있는 물이라는 본질을 인식해낼 수 있다. 바로 이 작업을 하는 것이 사고인 것이다.

그렇다고 해서 본질의 인식에는 감각이 필요 없다는 것은 아니다. 본질을 알기 위해서는 우선 본질이 드러내는 다양한 현상들을 알아야만 한다. 여기에는 감각이 동원될 수밖에 없다. 결국 사고란 다양한 현상에 대한 다양한 감각들을 서로 관련지어 종합하고 분석하는 능력이라고 정의할 수 있겠다.

현상적 인식에서 본질적 인식으로의 전환이란 결국 감각에서 사고로의 전환을 의미한다. 다시 말해 다양한 현상들을 단순히 감각하는 데에만 머무르지 않고 이를 서로 관련짓고 종합하고 분석해보는 것을 의미한다. 이를 위해서는 끊임없이 "왜?"라고 물어보는 습관이 필요하다. 왜 이런 현상이 나타났을까? 왜 나는 이렇게 느꼈을까? 이와 같은 질문을 끊임없이 던져보다보면 자연히 여러 현상과 감각을 서로 관련짓고 종합하고 분석하는 습관을 갖게 될 것이다.

관습적 인식이란 어떤 대상에 대해 많은 사람에게 이미 익숙해져 있는 인식을 말한다. 많은 사람들이 관습적 인식을 관습적이라는 그 사실 하나만을 가지고 진리라고 믿어버리는 경향이 있다. 그렇지 않고서는 그렇게 많은 사람이 그렇게 당연히 그것을 받아들일 리가 없겠기 때문이다. 그러나 많은 사람이 그렇게 생각한다는 것과 그것이 진리라는 것은 전혀 별개의 문제이다. 오히려 많은 사람이 그렇게 생각한다는 것은 그것이 다분히 현상적이고 피상적인 차원의 인식일 가능성이 높다는 의미이기도 하다. 어떤 대상이나 그것을 끈질기게 깊이 사고하는 사람보다는 대충 훑어보고 마는 사람이 더욱 많겠기 때문이다.

관습적 인식이 시각의 독창성과 거리가 멀다는 것은 말할 필요조차 없다. 관습적 시각에서 개성적 시각으로의 전환을 실천하는 방법은 그리 어려운 것이 아니다. 단지 관습적 시각과는 다른 방향에서 대상을 들여다보기만 하면 되는 것이다. 이러한 태도가 습관이 되면 뜻밖에도 아무도 모르고 있는 놀라운 진리를 발견해내는 기쁨을 누릴 수도 있을 것이다.

이제 시각의 독창성이 좋은 글을 낳고 있는 구체적인 경우를 살펴보기로 하자.

소의 뿔은 소의 무기는 아니다. 소의 뿔은 오직 안경의 재료일 따름이다. 소는 사람에게 복종만 해야 하므로 소에게는 무기가 필요 없다. 소의 뿔은 오직 소를 다른 동물과 구별지어주는 표지일 뿐이다.

이 글의 소재는 소의 뿔이다. 쉽게 구할 수 있는 평범한 소재이다. 만약 대상에 대한 글쓴이의 인식이 감각적 차원에 머물러 있었다면 이 글은 어떻게 되었을까. 기껏해야 그것의 모양새가 어떻다느니 그 성분은 무엇과 무엇으로 구성되었다느니 하는 뻔한 소리밖에 하지 못했을 것이다. 이것이 바로 현상적 인식인 것이다. 그러나 글쓴이는 그 뿔의 진정한 의미는 무엇인가라는 본질적 차원으로 인식의 방향을 돌렸다. 그리하여 그 뿔의 본래의 용도와 현재의 용도를 비교하여 깊이 사고해본 결과 이제 그 뿔은 단지 소를 다른 동물과 구별하는 표지로 전락해버렸다는 결론에 이르고 있다. 인식의 전환을 통해 평범한 소재에서 독창적인 시각을 이끌어내고 있는 좋은 본보기이다.

더러는
옥토(沃土)에 떨어지는 작은 생명이고저…….

흠도 티도
금가지 않은
나의 전체는 오직 이뿐!

더욱 값진 것으로
드리라 하올 제,

나의 가장 나아종 지닌 것도 오직 이뿐,

아름다운 나무의 꽃이 시듦을 보시고
열매를 맺게 하신 당신은
나의 웃음을 만드신 후에
새로이 나의 눈물을 지어 주시다.

—김현승, 〈눈물〉

이 글의 소재는 눈물이다. 그리고 그것은 그 어떤 커다란 슬픔을 상징하고 있다. 대부분의 사람들은 눈물과 슬픔을 고통과 절망을 주는 것, 그래서 가지고 싶지 않은 것으로 생각하고 있다. 이것을 관습적 인식이라 하는 것이다. 만약 시인이 또한 그런 시각에서 눈물을 바라보고 고통이나 절망에 대해 노래했다면 이 시가 그토록 많은 사람에게 사랑받을 수 있었을까. 그렇지 못했을 것이다.

그러나 시인은 관습적 시각을 버리고 개성적 시각으로 대상을 바라보고 있다. 기쁨과 웃음은 한순간에 시드는 꽃과 같이 허무한 것이지만 슬픔과 눈물은 열매와 같이 영원토록 변치 않는 생명이요, 순수요, 고귀한 가치라는 것이다. 따라서 그것은 신이 우리에게 준 더할 나위 없는 축복으로서 우리가 마땅히 감사하게 받아들여야 하는 것이라는 것이다. 그리고 이러한 인식을 통해 시인은 슬픔을 삶의 고통에서 인격 완성의 계기로 전환시키는 놀라운 인간 승리의 모습을 보여주고 있는 것이다. 개성적 시각을 통해 대상의 새로운 의미를 발견함으로써 삶의 가치를 더욱 풍부하게 하고 있는 좋은 예라 하겠다.

3) 표현이 독창적이어야 한다

▶ 참신하고 개성적인 표현을 얻어야 한다
표현의 독창성이란 상투적이고 관습적인 표현에서 벗어나 참신하고 개성적인 표현을 얻는 것을 말한다. 참신하고 개성적인 표현은 독자의 감성을 자극하여 글의 흥미를 높이게 된다. 즐겁게 글을 읽은 기억이 글의 내용에 대한 독자의 수용도를 높이는 데도 크게 기여할 것임은 물론이다.

국문학사상 표현의 독창성을 통해 작품의 호소력을 높인 대표적인 예로서 정철과 윤선도의 작품을 들 수 있을 것이다. 당대 귀족문학의 지배적인 경향은 관념적이고 상투적인 한자 어구의 나열을 통해 유교적인 관념을 표현하는 것이었다. 전형적인 사대부 출신이었던 이들 역시 그러한 유교적 관념에서는 벗어나기 어려웠다. 정철의 문학이 주로 충효의 사상을, 윤선도의 문학이 주로 강호한정의 사상을 펼치는 데 주력하였음은 두루 아는 바와 같다.

그러나 이들의 작품은 그 표현양식에 있어서 뚜렷한 새로움을 보여주었고 마침내는 이로 말미암아 당대에서나 후대에서나 조선시대 귀족문학의 으뜸가는 모습으로 평가받을 수 있었다.

> 금생여수(金生麗水)라 한들 물마다 금이 나며
> 옥출곤강(玉出崑崗)이라 한들 뫼마다 옥이 날쏘냐.
> 아무리 사랑(思郞)이 중하다 한들 님님마다 좇으랴.
>
> ―박팽년

> 어버이 사라신 제 섬길 일 다하여라.
> 지나간 후면 애닯다 어이하리.
> 평생에 고쳐 못 할 일 이뿐인가 하노라.
>
> ―정철

> 우는 것이 뻐꾸긴가 푸른 것이 버들숲인가.
> 이어라, 이어라.

어촌 두어 집이 냇속에 나락들락

지국총 지국총 어사와

말간 깊은 속에 온갖 고기 뛰노난다.

─윤선도

박팽년의 시조는 당대 사대부문학의 전형적인 모습을 보여주고 있다. 즉 '금생여수'나 '옥출곤강'과 같은 관념적이고 추상적인 한자 어구를 사용하여 한 사람의 님만을 섬기겠다는 유교적 충효의 관념을 표현하고 있는 것이다. 그러나 정철과 윤선도의 시조는 이와 뚜렷이 대조된다. 내용에 있어서는 차이가 없다. 이 두 사람 역시 충효나 강호한정과 같은 유교적 관념을 노래하고 있는 것이다. 그러나 여기서는 관념적이고 상투적인 한자 어구의 나열을 거의 찾아볼 수 없다. 대신에 세련된 우리말의 구사가 눈부시다. 이를 통해 대상의 모습과 화자의 감정은 추상성과 관념성을 말끔히 벗어던지고 생생하게 살아 움직이는 생명력으로 독자에게 다가오고 있다. 이들의 작품이 독자의 정서를 자극해 진한 감동을 줄 수 있었던 것은 바로 이러한 표현의 독창성 때문이었다.

▶ 소재와 시각의 독창성이 표현의 독창성을 낳는다

그러나 표현의 독창성을 추구하는 데에는 반드시 지켜야 할 하나의 단서가 있다. 그것은 바로 표현의 양식과 이를 통해 표현하려는 내용이 반드시 어울려야 한다는 것이다. 표현하려는 내용과 어울리지 않는다면 표현의 새로움은 아무런 호소력을 지니지 못한다. 오히려 공허한 말장난처럼 들려 독자에게 거부감을 일으킨다.

정철과 윤선도에게 있어 표현의 새로움이 큰 힘을 발휘할 수 있었던 것은 어디까지나 그것이 표현하려는 내용과 잘 어울리는 것이었기 때문이다. 그들의 작품은 결국은 충의와 강호한정의 유교적 관념을 드러내는 것이었지만 여기에 임하는 그들의 소재와 시각은 다른 이의 것들과는 조금 다른 것이었다. 정철은 님을 그리는 여인의 애틋한 심정을 통해 연군의 정을 드러내었고 윤선도는 소박한 농어촌의 실제적 모습을 통해 강호의 한정을 드러내었던 것이다. 이러한 것들을 그리는 데는 자연스런 우리말이 제격일 수밖에 없다. 그들은 바로 이 사실을 올바로 인식하고 있었기에 국문학사상 보기 드문 가작(佳作)을 창조해낼 수 있었던 것이다.

여기서 알 수 있는 또 하나의 사실은 결국 그들의 작품에 있어서 표현의 새로움을 가져온 원동력은 바로 소재와 시각의 새로움이었다는 것이다. 이처럼 소재와 시각의 독창성은 필연적으로 표현의 독창성을 낳게 된다. 따라서 우리는 단지 표현의 독창성 그 자체만을 추구할 것이 아니라 소재와 시각의 독창성을 통해 표현의 독창성이 자연스레 이끌려나올 수 있도록 노력하여야 할 것이다.

글의 내용과 무관하게 표현의 독창성만을 과도하게 추구하여 독자로 하여금 거부감을 느끼게 하는 예를 다음의 글에서 살펴볼 수 있다.

변연(便娟) 백설이 경쾌한 윤무(輪舞)를 가지고 공중에서 편편히 지상에 내려올 때 이 순치(馴致)할 수 없는 고공(高空) 무용이 원거리(遠距離)에 뻗친 과감한 분란(紛亂)은 이를 보는 사람으로 하여금 기의 처연(悽然)한 심사를 가지게까지 하는데, 대체 이들 흰 생명들은 이렇게 수많이 모여선 어디로 가려는 것인고? 이는 자유의 도취 속에 부유(浮遊)함을 말함인가, 혹은 그는 우리의 참여하기 어려운 열락(悅樂)에 탐닉하고 있음을 말함인가? 백설이여! 잠시 묻노니, 너는 지상의 누가 유혹했기에 이곳에 내려오는 것이며, 그리고 또 너는 공중에서 무질서의 쾌락을 배운 뒤에 이곳에 와서 무엇을 시작하려는 것이냐? 천국의 아들이요, 경쾌한 족속이요, 바람의 희생자인 백설이여 과연 뉘라서 너희의 무정부주의를 통제할 수 있으랴! 너희들은 우리들 사람까지를 너희의 혼란 속에 휩쓸어 넣을 작정일 줄은 알 수 없으되, 그리고 또 사실상 그 속에 혹은 기뻐이, 혹은 할 수 없이 휩쓸려 들어가는 자도 많이 있으리라마는, 그러나 사람이 과연 그런 혼탁한 와중에서 능히 견딜 수 있으리라고 너희는 생각하느냐?

— 김진섭, 〈백설부〉 중에서

위의 글은 눈이 내리는 모습을 묘사하고 있다. '경쾌한 윤무', '고공 무용', '천국의 아들', '경쾌한 족속', '무정부주의' 등 현란한 비유가 눈부시다. 표현의 독창성과 새로움을 의심할 여지가 없다. 그러나 정작 이 글이 그리 신선하게 느껴지지 않음은 무슨 까닭일까. 그것은 바로 이 글이 글의 내용과는 거의 무관하게 표현의 새로움 자체에만 집착하고 있기 때문이다.

이 글에서 눈 내리는 모습은 일견 춤추듯 아름다우면서도 또한 일견 난잡하고 무질서한 모습으로 드러나고 있다. 그러나 이러한 모습을 표현하는 데 이처럼 현학적이고 과장된 비유가 사용되어야 할 필연성은 없다. 그 현학성은 단지 글의 내용을 한층 어렵게 만들고 있을 따름이며 또한 그 과장성은 글쓴이의 심리상태를 아주 불안정한 것으로 보이게 하고 있을 따름이다. 따라서 독자는 이 글에 거부감을 느끼지 않을 수 없다. 이처럼 내적 필연성 없이 표현의 새로움만을 추구하는 태도는 독자에게 참신함을 느끼게 하기는커녕 거부감을 느끼게 할 따름이다.

▶ 표현의 독창성만을 가지고도 글이 큰 힘을 얻을 수 있다

그러나 소재와 시각의 독창성과는 무관하게 표현의 독창성만을 가지고도 그 글이 큰 힘을 얻게 되는 경우가 있다. 정보전달을 목적으로 하는 실용적인 글들이 바로 그것이다. 초청장이나 안내문 같은 글이나

서간문, 식사문, 연설문 등의 서두부분이 바로 대표적인 예이다.

이러한 글들은 객관적인 정보의 전달을 그 생명으로 하기에 소재나 시각의 독창성이 개입될 여지가 없다. 내용 또한 뻔한 것이어서 아예 이를 표현하는 어휘나 문구가 획일적으로 양식화되어 있다. 다음은 이처럼 표현이 양식화된 청첩장의 한 예이다.

가내 두루 평안하옵시며 사업은 날로 번창하시는지요?
꽃피고 새 우는 가절을 맞아 늦은 문안 올리옵니다.
아뢰올 말씀은 다름이 아니오라 금번에 저의 둘째 여식이 가약을 맺게 되었다는 소식이옵니다.
공사 다망하시겠지만 모쪼록 참석하시어 자리를 빛내주십시오.

이러한 청첩장을 일러 우리는 흔히 납부 고지서라는 우스갯소리를 하곤 한다. 어디서나 볼 수 있는 뻔한 표현으로 뻔한 내용을 전달하는 무미건조한 글이니만큼 아무런 감흥이 일어날 리 없다. 그리고 결혼식에 가게 되면 축의금을 내야 하니 이것이 공과금을 내라고 날아오는 납부 고지서로 생각되는 것은 무리가 아니다. 이 둘의 표현과 목적이 하등 다를 것이 없겠기 때문이다.

이를 조금 독창적인 표현으로 고쳐보자.

꽃들이 저마다 기지개를 펴며 잠을 깨는 봄입니다.
저희들도 이제 혼약을 맺어 새 삶의 기지개를 펴려 합니다.
저희들이 새로 일구는 꽃밭에 부디 참석하시어
진한 햇살과 향기를 더해주시기 바랍니다.

여기서 납부 고지서 같은 딱딱함은 전혀 느껴지지 않는다. 자신을 초대하려는 간절한 정성이 느껴지는 것 같다. 그리고 멋있고 괜찮은

은이들일 것 같은 신선함도 느껴진다. 한번 가서 직접 보고 축복 주고 싶은 생각이 든다. 그러나 이러한 글을 쓰는 데에도 반드시 유의할 것이 있다. 직접적인 친분관계가 없는 상대방도 고려해서 지나치게 예의에 어긋나는 표현을 써서는 안 된다는 것이다.

2. 충실성

1) 충실성을 위해서는 소재와 주제가 명료해야 한다

충실성이란 글의 내용에 읽을거리가 있고 또 그것이 읽을 가치가 있는 것을 말한다. 글의 충실성을 위해서는 반드시 독자의 입장이 되어보아야 한다. 그리하여 읽을거리가 없거나 읽을 가치가 없는 글은 아예 쓰지 말아야 한다.

　하늘이 쏟아진다.
　태양이 머리 위에서 녹아 흐늘거리는 아스팔트 위로 똑바로 걸어가려 애쓰고 있다. 호흡은 끈적끈적한 황냄새를 유발시키며, 머리를 희미한 혼동으로 몰고 나온다. 희미한 혼동 속을 또 낡은 우울한 외마디가 괴롭혀온다. 하얀 스크린 속으로 몽롱히 빠져든다. 무너지는 함성에 한동안 시야는 흐려지고 비틀거린다. 거품을 물고 악을 쓴 자아의 변명에, 살은 닳고 주름으로 올올이 집히어진다. 갇혀 타는 마음들이 뒤틀리는 소리 때문에 마음 가득히 오싹함을 담고 방황할 것만 같은 사념들.
　　　　　　　　　　　　　　　　　　─〈생활의 여울 속에서〉 중에서

교과서에 인용되고 있는 어떤 여학생의 글이다. 이 글은 도대체 무엇을 말하고자 하는 것인지 알 수가 없다. 말하고자 하는 뚜렷한 대상이 있는 것도 아니고 뚜렷한 생각이 있는 것도 아니다. 거기다 멋을 부리려고 애쓴 표현이 많아 눈에 거슬린다.

글의 내용은 물론 글의 형식보다 중요하다. 글의 형식은 글의 내용에 앞서서 생겨날 수가 없기 때문이다. 글의 내용이 공허할수록 이를 은폐하기 위해 더욱 형식에 신경을 쓰게 된다. 그러나 그 어떤 형식적 기교도 내용의 공허함을 메워줄 수는 없다. 글의 내용이 알차면 기교가 좀 부족해도 오히려 신선하게 느껴진다. 그러나 글의 내용이 공허하면 기교는 오히려 거부감을 일으킨다. 따라서 쓸거리가 없으면 아예 글을 쓰지 말아야 한다. 쓸 것이 없는데도 억지로 쓰는 글이나 나아가 이를 감추기 위해 쓸데없는 기교에 치중한 글은 그 글을 읽는 독자를 우롱하는 글이다.

글의 내용이 충실해지기 위해서는 글의 소재와 주제가 명료하게 설정되어 있어야 한다. 잘 알지 못하는 대상을 소재로 삼거나 아직 정리되지 않은 미숙한 생각을 주제로 삼는 글은 결코 충실성을 지닐 수 없다. 그리고 이런 글은 개인적으로 문장수련의 한 방법으로서 쓰여질 수는 있어도 결코 남에게 읽히기 위한 공식적인 글로서 쓰여져서는 안 된다.

소재를 마련하는 데에는 폭넓은 지식이 필요하며 주제를 마련하는 데에는 깊은 사고가 필요하다. 결국 내용의 충실성은 성실한 독서와 끈질긴 사색에의 노력이 없이는 이루어지지 않는 것이다.

다음 글은 기교는 그다지 뛰어나지 않으나 소재와 주제가 명확하여 내용의 충실성이 엿보이는 글이다.

야구에 참가하면 희생정신이 길러진다. 특히, 아마추어 야구에서는 더욱 그러하다. 원 아웃에 주자가 3루에 있을 경우 타석에 들어선 타자가 안타나 홈런을 치면 더 좋겠지만 1점의 점수가 승패를 좌우하는 상황이라면 그것을 포기하고 외야에 큰 플라이 하나를 선택해야 한다. 왜냐하면 외야에 플라이가 안타나 홈런보다 치기 쉽기 때문이다. 자기는 비록 외야 플라이 아웃이 되지만 3루에 있던 주자는 홈인하여 자기가 소속한 팀이 1점을 얻게 된다. 그래서 그 경기를 승리로 이끌어갈 수 있는 것이다. 팀의 승리를 위해 개인적으로 타율을 높이거나 홈런의 개수를 늘이게 되는 기회를 포기하는 것이다.

위의 글에서 알 수 있듯이 기발한 소재와 심오한 사상만이 내용의 충실성을 가져오는 것은 아니다. 위의 글은 평범한 소재와 소박한 의견을 지니고 있지만 그것은 확실한 지식과 진지한 사색의 산물이다. 따라서 독자의 입장에서는 읽을거리가 되고 또 읽을 가치가 있다. 따라서 이 글은 내용의 충실성을 지니고 있으며 좋은 글의 한 보기로서 손색이 없다.

3. 진실성과 성실성

1) 내면의 진실이 가감 없이 드러나야 한다

진실성이란 글쓴이의 내면의 진실된 모습이 가감 없이 그대로 드러나는 것을 말한다. 글쓰는 이는 진지하게 자신의 내면을 들여다보고 이를 허위와 가식 없이 표출하여야 한다. 자신의 생각이 아닌 것을 단지 남들이 그렇게 생각할 것이라고 가정하여 글로 쓰거나 진실한 자신의 모습이 아닌 것을 단지 남들이 그렇게 봐주었으면 좋겠다는 이유에서 글로 써서는 안 된다. 이 말은 무슨 도덕군자가 되라는 의미에서 하는 말이 아니다. 단지 좋은 글을 쓰기 위해서는 그렇게 해야 된다는 것뿐이다.

진실성이 없는 글이 좋은 글이 될 수 없는 이유는 무엇보다도 독자가 그 글 속에 담긴 허위와 가식을 단번에 알아차릴 수 있기 때문이다. 그러니 자연 글의 설득력이 떨어지는 것은 물론이고 심지어는 글쓴이의 인격을 의심받게 되는 일까지 생기게 된다. 본전을 건지지 못하는 것은 물론이고 뺨까지 한 대 얻어맞고 오게 된다는 것이다. 어디까지나 자신의 생각을 자신의 언어로 표현하는 것, 독자에게 가장 신뢰감을 주고 따라서 가장 글의 설득력을 높이게 되는 것은 바로 이러한 글의 진실성을 보여주는 것이라고 하겠다.

2) 진실성에는 성실성이 뒤따라야 한다

하지만 진실성에는 항상 성실성이 또한 뒤따라야 한다. 미숙하고 부족한 모습은 그것이 진실한 모습이라는 이유만으로는 크나큰 감동을 주기 어렵다. 소재와 시각에서 많이 공부한 흔적, 깊이 생각한 흔적이 드러나야 한다. 또한 표현에서 꾸준히 갈고 닦은 흔적이 드러나야 한다. 더 나은 모습을 위해 노력할 때만이 진실이란 감동을 줄 수 있다. 이러한 것을 바로 성실성이라고 한다.

진실성과 성실성의 결여는 문장쓰기의 초보자에게서 흔히 발견되는 현상이다. 자신의 미숙함은 생각지 않고 글로써 너무 많은 것을 보여주려 하기 때문이다. 따라서 내용에 있어 자신의 교양과 지식, 또는 감정을 과장하려 하거나 표현에 있어 지나치게 기교를 부리게 된다. 이러한 글들은 대학 초년생들에게서 아주 흔히 볼 수 있다. 이들은 자신의 지식이나 연륜에 걸맞지 않은 거창한 소재와 주제를 온갖 화려한 수식어와 난해한 개념어들로 포장해서 보여주곤 한다. 물론 그보다 낮은 수준의 독자가 여기에 혹 속는 일이 있을지는 모

·다. 그러나 일정 수준의 교양인이라면 결코 여기에 속지 않는다.

사르트르는 인간이 존재가 아니라 생성이며 정적이 아니라 동적이라 하였다. 그것은 바로 인간을 규정된 실재가 아니라 무언가를 지향하는 생명적이고 재생적인 것으로 보려는 태도이다. 삶이란 결국 자기발견의 노정에 지나지 않는다고 생각한다. 세계로부터 규정되어버린 자아를 탈피하고 오염되지 않은 자의식을 향해 몸부림치는 과정인 것이다. 따라서 우리는 우연적이고 무의미한 일상성에서 탈출하여 보다 첨예한 삶을 살아야 한다. 그것은 자아를 실재하고 있는 표면성이상의 본질로서 파악, 한 단계 승화된 실존으로 다가서려는 몸부림이다. 그리고 그것은 결국 유한자로서의 한계성을 극복하려는 존재본질의 충동이다. 존재의 보다 깊은 의미를 성찰하고 또 그 성찰을 실천할 수 있는 보다 확고한 존재방식을 구축하기 위해 우리는 그러한 충동에 귀기울여야 한다.

나는 가끔 학생들에게 삶이란 주제로 작문을 해보라고 한다. 위의 글은 한 학생이 제출한 글의 일부이다. 전체적으로 글쓴이가 얘기하고자 하는 바는 짐작할 수 있다. 현재의 삶에 머물러 있지 말고 좀더 차원 높은 삶을 살기 위해 노력해야 한다는 얘기일 것이다. 그러나 그런 주제를 꼭 이런 식의 내용과 표현으로 전달해야 하는지에 대해서는 의문이 간다.

이 글의 내용은 글쓴이의 내적 성찰을 통해 자연스럽게 우러나온 것이 아니다. 대학 초년생이 흔히 몰두하게 되는 실존철학의 교리를 무비판적으로 수용한 것에 지나지 않는다. 따라서 이 글에는 내면의 진실성이 보이지 않는다. 이 글에는 멋진 수사와 난해한 개념들이 줄을 지어 나타난다. 그러나 그러한 표현들이 의미하는 바는 분명하게 드러나지 않는다. 글쓴이 스스로도 이러한 표현들을 분명히 이해

고 쓴 것인지 의문이 간다. 따라서 이 글은 성실성 역시 결여되어
다 할 수 있다.

앞서도 말했지만 이러한 진실성과 성실성의 결여는 본래의 자신이
니라 남들이 그렇게 봐주었으면 하고 바라는 자신을 의식하고 글
쓸 때 나타나게 된다. 그러다보니 어느 정도 허위와 가식이 있게
고 또 이를 감추려다보니 겉멋만 잔뜩 부린 표현이 나타나게 되는
이다.

3) 글쓰기는 어디까지나 수공업이다

그런데 이러한 성실성과 진실성의 결여를 문장의 대가들에게서도
히 볼 수 있다는 것은 아이러니라 할 수 있다. 소위 문장의 대가
에게는 겉보기에는 멋있는데 아무래도 석연치 않은 구석이 있는
들이 의외로 많다. 나는 그런 글들을 보면 이들이 무슨 공장의 숙
된 기술자 같은 생각이 든다. 내면의 진실에서 우러나온 사상과
정을 자신만의 언어로 고심하면서 표현해낸다기보다는 온갖 잡다
지식이 저장되어 있는 두뇌의 창고에서 이것저것 꺼내온 내용을
련된 글쓰기 기술을 가지고 멋있게 조립해서 내놓는 것 같은 생각
든다는 말이다.

이러한 글들은 글쓰는 기계에 의해 자동적으로 생산, 제작되는 물
과도 같다. 비록 그들보다 교양과 지식의 수준이 낮다 하더라도
러한 글들에서 나타나는 진실성과 성실성의 결여는 쉽게 알아차
수가 있다. 그 다채로운 지식과 유창한 달변, 그리고 화려한 수
의 이면에서 작동하고 있는 기계적인 글쓰기의 생산원리를 쉽게
볼 수 있기 때문이다.

글쓰기는 어디까지나 수공업이라는 것을 강조하고 싶다. 그래서
도록이면 학생들에게 겉보기에 멋있는 글들을 경계하라고 자주

충고한다. 글쓰기의 초보자들은 이런 글들에 쉽게 호감을 갖는다. 그리하여 이를 자꾸만 모방하게 된다. 그러다보면 그중의 몇몇은 어느 순간 그러한 글들 밑에 숨어 있는 간단한 생산원리를 발견하게 되고 그리하여 그들 또한 이런 식으로 소위 문장의 대가가 될 수도 있을 것이다. 그러나 대부분은 그렇게조차 되지 못하고 주제에 맞지 않는 허영만 잔뜩 부린 글을 써놓고는 혹시 남들이 이를 알아차릴세라 전전긍긍하는 글쓰기의 낙오자가 되기 일쑤이다. 어느 경우가 되건 서글픈 모습이란 건 마찬가지이다.

진실성과 성실성이 담긴 글은 지식과 기교를 뛰어넘는 감동을 준다. 반면 이러한 것들이 결여된 글들은 그 유창한 달변에 감탄을 금치는 못할지언정 감동을 주거나 설득력을 지니긴 어렵다. 다음의 글은 소박한 내용과 표현을 지니고 있지만 글쓴이의 진실성과 성실성이 그대로 드러나는 좋은 글이다.

울고 있는 아이의 모습은 우리를 슬프게 한다. 정원의 한 모퉁이에서 발견된 작은 새의 시체 위에 초가을의 다사로운 햇살이 떨어져 있을 때, 가을은 우리를 슬프게 한다. 게다가 가을비는 쓸쓸히 내리는데 사랑하는 이의 발길은 끊어져 거의 한 주일을 혼자 있게 될 때.
—안톤 시낙, 〈우리를 슬프게 하는 것들〉 중에서

4. 명료성

명료성이란 전달하고자 하는 의미가 명확히 드러나 있어 이를 쉽게 이해할 수 있는 것을 의미한다. 글이란 일기와 같이 특수한 경우를 제외하고는 어디까지나 독자를 전제로 하여 그 어떤 의미의 전달을 목적으로 삼는 것이다. 따라서 명료성은 빠뜨릴 수 없는 좋은 글의 요건이 된다. 특히 정보의 전달을 목적으로 하는 설명문이나 주장의 설득을 목적으로 하는 논증문의 경우 이러한 명료성은 무엇보다도 중요한 요건이 된다. 글의 명료성을 확보하기 위해서는 다음과 같은 사항들에 유의하여야 한다.

1) 평이하게 써야 한다

되도록이면 평이하게 써야 한다. 즉 쉬운 말로 의미를 전달하여야 한다. 평이하게 쓰라는 것은 어려운 말 자체를 쓰지 않아야 된다는 것이 아니다. 쉽게 쓸 수 있는 것을 굳이 어려운 말로 쓰지 말아야 한다는 것이다. 어려운 말을 쓰는 것이 자신의 지식이나 교양을 드러내는 것이라는 잘못된 생각을 지니고 있는 사람이 많다. 이러한 생각을 일러 현학적 태도라 한다. 애써 자신의 교양과 지식을 과시하려는 이러한 현학적 태도는 가장 경계해야 할 태도이다. 쓸데없이 한자어나 외래어 외국어를 남발하는 태도, 난해한 개념어나 추상어를 선호하는 태도 등이 모두 의미전달을 어렵게 만드는 현학적 태도이다. 되도록이면 쉬운 우리말로 풀어쓰고 구체적인 표현으로 의미를 상술하여야 한다. 쓰고자 하는 내용에 대해 스스로도 잘 모르거나 또는 알고 있다 하더라도 자세하게 설명해줄 능력이 없을 때 이러한 현학적 태도가 많이 나온다는 것을 독자는 알고 있다.

지식은 광의로 보아 현실적 과제의 해결과정에서 촉발된 것이다. 그러나 일단 그것이 하나의 지식으로 성립된 후에는 사회적, 역사적 현실에서 유리되어 자족성과 독립성을 유지하게 된다. 이리하여 지식의 활동인 문제의식이나 개념이 형식화, 인습화되기 쉽다. 따라서 이러한 지식의 형식화, 인습화를 방지하기 위해서는 해당 지식이 본래

어떠한 현실과제에서 촉발되었는가를 재고할 필요가 있다.

쉽게 써도 될 것을 괜히 어렵게 쓴 글이다. 평이한 내용을 굳ㅇ 어려운 표현을 써서 이해를 어렵게 하였다. 표현이 쉬우면 독자기 글의 내용을 얕잡아보게 되지는 않을까 겁을 낸 것이다. 그러나 싵 상 독자는 자신이 쉽게 이해할 수 있는 글을 가장 좋아한다. 윗글을 보다 쉬운 표현으로 고쳐보면 다음과 같다.

넓은 의미에서 지식이란 현실의 어떤 문제를 해결하기 위해 생겨ㄴ 것이다. 그런데 일단 그것이 하나의 지식으로 성립되게 되면 이제 ㅈ 식은 애당초 자신이 생겨났던 그 현실을 떠나 지식 그 자체로서의 ㄷ 립성을 지니게 된다. 그러다보면 지식의 중요한 내용인 문제의식이ㄴ 개념 등은 더 이상 변할 수 없는 완고한 것이 되어 딱딱하게 굳어ㅂ 리기 쉽다. 형식적이고 인습적인 지식이 되어버리는 것이다. 이러ㅎ 지식의 형식화, 인습화를 피하기 위해서는 그 지식이 애초에 어떤 ㅎ 실의 과제를 해결하기 위해 생겨난 것인지를 항상 염두에 둘 필요기 있다.

2) 간결하게 써야 한다

복잡한 사고의 내용을 표현하려면 문장이 길어질 수도 있다. 하기 만 불가피한 경우를 제외하고는 되도록이면 짧은 문장으로 간결ㅎ 게 표현하는 것이 좋다. 쓸데없는 수식어나 완곡어법은 피하는 것ㅇ 좋다. 의미의 전달과 특정한 뉘앙스의 환기에 필요한 최소한의 표ㄹ 만으로 문장을 축약하여야 한다.

또한 하나의 문장 안에 주어와 서술어의 관계가 네 번 이상 반ㅗ 된다면 이는 반드시 다시 검토하여야 할 나쁜 문장이다. 이러한 ㅁ

장은 얼마든지 두 개의 짧은 문장으로 나눌 수 있기 때문이다. 문장의 구조가 복잡해지면 문장성분 사이의 호응에 혼동을 일으켜 어법에 맞지 않는 글을 쓰기가 쉽다. 글쓰는 이가 어법에 맞게 썼다 하더라도 이를 독해하여야 하는 독자의 고충은 격심할 것이다. 지나치게 길고 장황한 문장은 명료성을 해쳐 글읽기의 효율성을 크게 떨어뜨리게 된다.

문장을 간결하게 쓰는 요령에 대해서는 경제성을 설명하는 자리에서 자세하게 논의가 될 것이다.

3) 의미의 모호성을 피해야 한다

실제적으로 명료성을 해치는 가장 구체적인 경우는 문장의 의미에 모호성이 있는 경우이다. 의미의 모호성이란 한 문장의 의미가 여러 가지로 해석될 가능성이 있는 경우를 말한다. 이 경우 독자는 글쓴이가 전달하려는 의미가 어떤 것인지 몰라 내용을 분명하게 파악할 수 없다. 의미의 모호성이 유발되는 경우는 크게 세 가지로 나누어 살펴볼 수 있다. 다음의 예문을 보자.

(1) 어젯밤에 아버지가 돌아가셨다.
(2) 김 선생님은 호랑이이다.
(3) 내가 좋아하는 선배의 친구는 나를 싫어하고 있다.
(4) 그는 소리를 지르면서 달아나는 범인을 쫓아갔다.
(5) 철수는 그날 아침 영수에게 어젯밤의 꿈이 불길하여 아무래도 그에게 무슨 일이 생길 것만 같다고 얘기했다. 그런데 그날 밤 교통사고를 당한 것은 바로 그였다.

(1)의 문장에서 우리는 '돌아가셨다'는 말의 의미를 '본래 있던

장소로 되돌아갔다'는 의미와 '죽었다'는 의미 두 가지로 해석할 수 있다. 이러한 모호성은 어휘 자체가 여러 가지 의미를 지니고 있어 생겨나는 모호성이다. 이를 일러 어휘적 모호성이라 한다.

(2)의 문장에서도 우리는 '호랑이'의 의미를 여러 가지로 해석할 수 있다. 김 선생님이 실제로 호랑이일 리는 없기 때문에 우리는 일단 이 말을 하나의 비유로 받아들인다. 그렇지만 그 비유의 구체적 의미에 대해서는 여러 가지의 해석이 가능하다. 그것은 무섭다는 의미가 될 수도 있고 용감하다는 의미가 될 수도 있다. 또한 어떤 연극에서 호랑이의 역할을 맡았다는 의미가 될 수도 있다. 이러한 모호성은 어떤 비유의 함축이 다양함으로 인해 생기는 모호성이다. 이를 일러 은유적 모호성이라 한다.

(3), (4), (5)의 문장 역시 여러 가지 의미로 해석될 수 있다.

(3)에서는 내가 좋아하는 사람이 선배인지 그 친구인지 모호하다.

(4)에서는 소리를 지른 것이 나인지 범인인지 모호하다. 그리고 (5)에서는 그가 영수인지 철수인지 모호하다. 이러한 모호성은 문장의 구조 때문에 일어나는 모호성이다. 이를 일러 구조적 모호성이라 한다.

어휘적 모호성이나 은유적 모호성은 전체 글의 흐름을 보아 대충 올바른 의미를 가려낼 수가 있다. 따라서 그다지 심각하지는 않은 차원의 모호성이다. 그렇다고 하더라도 이러한 모호성을 유발시키는 것이 허용된다고 생각해서는 안 된다. 될 수 있으면 보다 명료한 표현으로 바꾸려는 노력이 있어야 한다.

보다 문제가 되는 것이 바로 구조적 모호성이다. 구조적 모호성은 글의 구조 자체에서 유발되는 모호성이어서 글 전체의 흐름을 통해서도 올바른 의미를 가려내기가 쉽지 않을 뿐더러 글 전체의 의미를 완전히 뒤바꾸어놓을 만큼 치명적인 독해상의 장애를 야기한다. 따라서 글의 명료성을 위해서는 무엇보다도 구조적 모호성이 유발되지 않도록 신경을 써야 한다.

이러한 구조적 모호성을 피하기 위해서는 다음과 같은 방법들을 사용할 수 있다. 우선 쉼표와 같은 구두점을 사용하여 글의 의미를 분명히 할 수 있다. (4)에서 '그는'이나 '소리를 지르면서'의 뒤에 쉼표를 붙이면 수식의 대상이 각기 범인과 그라는 것을 분명히 할 수 있다.

다음으로 의미가 분명히 드러나도록 문장의 조직을 바꾸어놓을 수도 있다. 역시 (4)에서 '그는'을 '쫓아갔다'의 앞으로 옮겨놓으면 그 의미는 명확해질 것이다. 글의 명료성을 확보하는 데 가장 좋은 문장의 조직은 수식어와 피수식어 등과 같이 서로 관련을 지닌 어휘들을 되도록이면 가까운 곳에 위치시키는 것이다.

다음으로 보다 분명한 의미를 드러낼 수 있는 정확한 어휘를 찾아 표현을 바꾸어본다. (5)에서 첫 문장의 '그'는 당연히 영수로 해석된다. 만약 철수라면 이 '그'는 '자기'라고 표현하는 것이 정확한 어법이다. 하지만 두 번째 문장의 '그'가 누구인지는 결코 알 수 없다. 이때는 그의 이름을 구체적으로 밝혀주는 것밖에는 모호성을 피할 방법이 없는 것이다. 문장 안에서 구조적 모호성을 유발하는 대표적 어휘가 바로 지시어이다. 이 점을 잘 인식하여 지시어를 사용할 때에는 모호성을 유발하는 일이 없도록 각별히 주의하여야 할 것이다.

4) 막연한 표현을 피해야 한다

막연한 표현이란 담고 있는 의미, 즉 내포가 지나치게 넓어서 구체적으로 무엇을 말하려는 것인지 잘 알 수 없는 표현을 말한다.

이제 우리가 할 일은 명확해졌다. 우리 사회의 발전을 위해 다같이 노력하여야만 하는 것이다. 나 혼자 잘하는 것은 아무 소용이 없다. 서로가 서로를 도와 힘을 합칠 때에만 살기 좋은 사회가 이룩될 수 있는 것이다. 그날이 올 때까지 우리는 어떤 어려움이 있더라도 이겨내야만 한다. 단결하여 고난을 이겨내는 자에게만 영광된 미래가 보장될 것이다.

아주 힘이 있고 단호하게 주장을 펼치고 있는 글이다. 내용도 아주 타당한 것이어서 더욱 공감이 간다. 그러나 자세히 살펴보면 무엇을 어떻게 해야 한다는 것인지 하나도 알 수가 없다. 어떤 것이 '우리 사회의 발전'이고 '살기 좋은 사회'인지, 이를 위해 우리는 어떻게 '노력'하고 '잘'해야 하는 것인지, '어려움'이라면 도대체 어떤 어려움을 말하는 것인지 도무지 종잡을 수가 없다. 명료한 것이 없고 모든 것이 막연하기만 하다.

이처럼 구체적인 내용이나 근거 없이 무슨 의미인지 모를 말을 늘어놓는 것은 아주 좋지 않은 태도이다. 학생들이 쓰는 논술문 같은 글에서 이러한 예를 흔히 볼 수 있다. 결론에 가서 괜히 '우리 모두 사회의 발전을 위해 노력하여야 할 것이다'라는 식의 표현을 덧붙인다든지, 또는 어떤 주장을 할 때 괜히 '~하는 것은 아주 중요하다'는 식의 표현을 덧붙인다든지 하는 것이 그것이다. 이런 내용을 덧붙이는 것은 사실 아무 쓸데가 없다. 주장의 내용이 명료하지 않기 때문에 독자의 짜증만 더해줄 뿐이다. 하나마나한 상식적인 내용으로 모자라는 분량을 채우려는 안간힘 같아 보일 뿐이다. 어떤 식의 발전을 위해 어떤 노력을 하여야 하는지 그리고 중요하다면 왜 중요한지 분명하게 드러내주어야 하는 것이다. 초등학생의 글을 보면 '우리 모두 노력하여 훌륭한 사람이 되자'라는 식의 표현이 자주 나온다. 명료성이 없는 글이 얼마나 유치하게 보이는지는 이를 생각해보면 잘 알 수 있을 것이다.

물론 의도적으로 막연한 표현을 쓰는 경우도 있다. 비유나 상징의 효과를 노리는 경우가 그것이다. 비유나 상징은 구질구질한 설명 없이 한두 마디로 많은 내용을 전달하려는 목적에서 주로 쓰인다. 예를 들어 '현대문명은 또 하나의 바벨탑이다'라는 표현은 바벨탑이라는 어휘 하나만을 가지고서 현대문명이 지니고 있는 커다란 능력과 자만심, 그리고 이로 인한 자멸의 위험성 등의 포괄적인 내용을 아주 효과적으로 전달하고 있다.

그러나 적절한 비유와 상징을 구사한다는 것은 아주 어려운 일이다. 따라서 글쓰기의 초보자들은 이를 함부로 흉내내지 않는 것이 좋다. 그 의미를 정확하게 전달하지 못하는 부적절한 비유와 상징은 글의 명료성을 해치게 될 뿐이기 때문이다. 특히 객관성을 중시하는 설명이나 논증의 글에서는 비유와 상징의 구사에 더욱 주의하여야 한다. 이런 글에서 비유와 상징은 앞뒤의 문맥을 통해 그 의미를 누구나 명료하게 알 수 있을 때에만 사용하여야 한다.

5. 정확성

정확성이란 의미에 모순이 없고 어법상의 각종 규칙을 지키는 것을 말한다. 명료성이 글의 의미를 분명히 전달하는 것을 가리킨다면 정확성은 글의 의미를 올바로 전달하는 것을 가리킨다고 할 수 있다. 정확성을 얻기 위해서는 무엇보다도 논리에 맞는 문장, 그리고 어법에 맞는 문장을 써야만 한다. 그리고 논리에 맞는 문장을 쓰기 위해서는 어휘를 적절하게 선택해야 하고 글의 내용에 논리적 모순이 없어야 한다. 또한 어법에 맞는 문장을 쓰기 위해서는 문법을 준수하고 표준어를 사용하여야 하며 띄어쓰기와 문장부호의 사용에도 어긋남이 없어야 한다.

1) 논리에 맞는 문장을 써야 한다

▶적절한 어휘를 선택해야 한다

근대문학사상 사실주의의 창시자로 불리는 플로베르는 일물일어 (一物一語)의 원칙하에 작품을 썼다고 한다. 일물일어란 하나의 대상을 가리키는 어휘는 오직 하나밖에 없다는 의미이다. 따라서 이 말은 곧 대상을 가장 정확하게 드러낼 수 있는 어휘를 찾아낼 때까지는 그 대상에 대해 말하지 말아야 한다는 의미이기도 하다. 여기서 우리는 그가 어휘의 적절한 선택을 위해 얼마만큼 고심했는지 짐작하고도 남음이 있다. 비록 플로베르처럼 가장 정확한 어휘를 찾아내려는 노력은 못 한다 하더라도 보다 정확한 어휘를 찾아내기 위한 노력만큼은 게을리하지 말아야 할 것이다.

다음의 문장들에서 어휘를 부적절하게 선택한 구체적인 예를 볼 수 있다.

(1) 어머니는 불교를 믿지만 나는 교회를 믿는다.
(2) 이번 일요일에 나하고 테니스를 치러 가자.
(3) 국어시험을 많이 틀렸다.

(1)에서 '교회'는 '기독교'로 바꾸어야 한다. 교회는 건물이므로 믿음의 대상이 될 수 없다. 그리고 (2)의 '치러 가자'는 '하러 가자'로 바꾸어야 한다. 치는 대상은 테니스가 아니라 테니스공일 것이기 때문이다. (3)의 '시험'은 '시험문제'로 바꾸어야 한다. 시험을 틀릴 수는 없기 때문이다.

사실 구어에서는 어휘가 조금 부적절하게 사용되었다 하더라도 크게 문제삼지 않는다. 의미를 전달하는 데 큰 무리를 주지 않기 때문이다.

그러나 문어에서는 사정이 아주 다르다. 이러한 부적절한 어휘의 사용은 절대 용납되지 않는다. 문어의 첫 번째 원칙은 바로 정확성이기 때문이다. 따라서 구어에서의 습관을 버리지 못하고 사소한 것이라 하여 어휘의 오용에 신경을 쓰지 않는다면 크게 망신을 당하게 된다. 문맥에 맞지 않는 어휘를 쓰는 것은 대부분 몰라서 그런다기보다는 주의를 기울이지 않아서 그런 것이라는 사실을 명심하여야 한다.

▶ 내용에 논리적 모순이 없어야 한다

의미의 정확한 전달을 위해서는 문장이 논리적으로 조직되어 있어야 한다. 이러한 문장을 일러 논리적 호응을 지킨 문장이라 한다. 문장의 논리적 호응 역시 어휘의 적절한 선택과 마찬가지로 지식보다는 정성에 의해 좌우되는 것이다. 예를 들어보자.

"수돗물이 오염된 것으로 밝혀져 시민 건강에 위협이 되고 있습니다." 이 말은 예전에 아나운서들로부터 흔히 듣던 말이다. 언뜻 들으면 아무런 잘못이 없어보인다. 그러나 이 말은 인과관계를 잘못 표현해 내용상의 논리적 모순을 지니고 있다. 즉 수돗물이 오염된 것으로 밝혀졌기 때문에 시민 건강이 위협받고 있다고 말하고 있는 것이다. 수돗물이 오염되었더라도 그것이 밝혀지지만 않았다면 위협이 안 되었을 것이란 얘기도 된다. '수돗물이 오염되어 시민 건강을 위협하고 있는 것으로 밝혀졌습니다'가 맞는 표현이다. 이 문장이 논리적 호응을 지키지 못한 것은 순전히 주의를 기울이지 않았기 때문이다.

2) 어법에 맞는 문장을 써야 한다

아무리 좋은 생각이라도 그것이 공감을 얻기 위해서는 적절한 표현을 얻어야만 한다. 좋은 표현이란 화려한 수식으로 도배된 미사여구를 쓴다고 해서 얻어지는 것이 아니다. 좋은 표현의 으뜸가는 조건은 바로 어법에 맞는 문장이다. 어법을 지키지 못한 글은 아무리 훌륭한 내용과 멋있는 표현을 지녔다 하더라도 좋은 글이 될 수 없다.

이런 경우를 한번 상상해보자. 여기 심오한 철학적 내용을 지닌 글이 하나 있다. 내용에 걸맞게 어려운 개념과 아름다운 수사가 장엄하게 펼쳐진다. 그런데 읽다보니 맞춤법이 틀린 어휘가 가끔 나온다. 문법을 지키지 않은 비문도 가끔 나온다. 띄어쓰기도 가끔 틀린다. 이렇게 된다면 그 훌륭한 내용과 멋있는 표현은 오히려 웃음거리가 될 뿐이다. 독자는 글쓴이의 교양과 학식에 대해 의심하게 된다. 그렇게까지는 아니더라도 이건 뭔가 우습다는 생각을 하게 된다. 마치 바지의 앞 지퍼가 열린 줄도 모르고 으흠으흠 하며 점잖은 척하고 있는 신사를 보고 있는 듯한 느낌이 들 것이다.

어법을 모르고 글을 쓴다는 것은 산수를 모르면서 수학을 논하는 것과 다를 바가 없다. 문장을 조직하는 데 쓰이는 어법을 문법이라 한다. 사실 문법이란 일상생활에서 쓰이는 언어의 조직을 합리적으로 체계화해놓은 것에 지나지 않기 때문에 일상적으로 언어를 구사할 줄 아는 이라면 누구나 쉽게 터득할 수 있다. 그런데 문법에 대해 논리적으로 따져들어가면 이에 대한 충분한 지식을 지니고 있는 이도 실제 글을 쓸 때는 문법에 맞지 않는 문장 즉, 비문을 쓰는 일이 허다하다. 이는 결국 문법을 지키는 데 있어 관건이 되는 것은 지식이 아니라 정성이라는 것을 의미하는 것이다.

어법에 맞는 문장이란 어떤 것인가에 대해서는 이후 국어의 문장에 대해 논의하는 부분에서 자세히 설명할 기회가 있을 것이다.

6. 경제성

'경제적이다'라는 말을 흔히 한다. 최소한의 비용으로 최대한의 효과를 얻는다는 뜻이다. 글의 경제성 또한 이러한 의미에서 크게 벗어나 있지는 않다. 최소한의 표현으로 최대한의 의미를 전달하는 것을 일러 글의 경제성이라 한다. 다시 말해 의미의 전달에 불필요한 표현은 일체 배제하는 것이 바로 경제성이다.

글의 경제성을 강조하는 이유는 무엇일까. 그것은 바로 최소한의 표현이 될 때 의미의 전달과 수용은 가장 효율적인 것이 될 수 있기 때문이다. 불필요한 말을 많이 끼워넣게 되면 의미의 표현에 있어 글쓰는 이가 실수할 확률은 자연 높아지게 된다. 독자의 경우 또한 내용의 이해와 요지의 파악이 한결 어려워질 수밖에 없다. 결국 글의 경제성은 의미의 명료성과 정확성에 가장 큰 힘이 된다고 할 수 있는 것이다.

글의 경제성을 위해 가장 필요한 것은 바로 간결하게 쓰는 것이다. 간결한 문장을 쓰기 위해 주의해야 할 것들을 살펴보자.

1) 동어반복을 피해야 한다

▶ 동어반복은 글을 산만하고 지루하게 만든다

동어반복이란 표현이 같거나 의미가 같은 말이 되풀이되는 것을 의미한다. 동어반복이 심한 글은 독자에게 산만함과 지루함을 느끼게 한다. 같은 내용이 되풀이되는 데서 오는 장황함과 단조로움을 피하기 어려운 까닭이다. 하지만 의도적으로 동어반복을 사용하는 경우도 있다. 주로 의미를 강조하거나 깊은 인상을 심어주기 위한 수사적 기교로 동어반복을 사용하는 경우이다. 다음의 예문을 보자.

(1) 신록을 대하고 있으면, 신록은 먼저 나의 눈을 씻고, 나의 머리를 씻고, 나의 가슴을 씻고, 다음에 나의 마음의 모든 구석구석을 하나하나 씻어낸다.

(2) 인격은 세 단계를 거쳐 완성되는데, 첫째 단계인 무율(無律)의 단계를 거치고, 둘째 단계인 타율(他律)의 단계를 거치고, 셋째 단계인 자율(自律)의 단계를 거쳐 비로소 완성된다.

(3) 친구나 벗을 사귀는 데 있어 가장 중요한 것이 바로 약속을 잘 지키는 것이다. 그래야만 우정이 유지될 수 있는 것이다. 한두 번쯤 약속을 어길 수도 있는 것이 친한 친구 사이라는 잘못된 생각과 의식을 지니고 있는 사람이 많다. 그러나 친한 친구 사이일수록 약속은 더욱 정확하고 어김없이 지켜져야 하는 것이다.

(4) 성공은 노력의 산물이요, 인내의 산물이요, 의지의 산물이다.

(5) 자연권이란 자연상태에서 인간이 가지고 있었으리라 생각되는 권리를 의미한다. 자연권에는 개인의 자유와 생명과 건강과 재산 등을 침해당하지 않을 권리가 포함된다. 국가는 이러한 권리를 좀더 확고하게 보장하기 위해 만들어진 것이다. 국가가 이러한 권리를 좀더 확고하게 보장하기 위해 만들어진 것이라면 오늘날 국가가 국가를 위해서라는 명목으로 이러한 권리를 아주 당연한 듯이 침해하고 있는 일은 참으로 터무니없는 일이 된다.

(1)의 예문에서 글쓴이가 씻는다는 표현을 지속적으로 반복하고 있는 것은 아주 의도적이다. 즉 글쓴이는 이러한 의도적인 동어반복을 통해 신록이 우리의 심신을 맑고 깨끗하게 순화시켜준다는 자신

의 생각을 독자에게 보다 인상 깊게 전달하려 하고 있는 것이다. 그리고 이러한 글쓴이의 의도는 충분히 성공하고 있다. 우리는 이 글에서 동어반복이 주는 장황함과 단조로움을 전혀 느낄 수가 없다. 오히려 씻는다는 표현이 계속되는 데서 까닭모를 청량감을 느끼며 글쓴이의 생각에 자연스레 공감하게 된다. 효과적으로 동어반복이 구사되고 있는 좋은 예라 하겠다.

이처럼 적절하게 구사된 동어반복은 글의 전개에 있어 맛깔나는 양념의 구실을 할 수 있다. 그러나 이러한 수사적 의도가 있거나 문장을 올바로 조직하기 위해 반복을 피할 수 없는 경우를 제외하고는 동어반복은 되도록이면 없는 것이 좋다. 또한 동어반복이 수사적 효과를 지니고 있다 해서 이를 함부로 사용하는 것도 좋지 못하다. 의도가 있다 해서 모두 효과가 나타나는 것은 아니기 때문이다. 글의 문맥으로 보아 또는 자신의 능력으로 보아 동어반복이 실제로 자신이 의도한 효과를 낼 수 있다고 생각될 때에만 사용해야 한다.

예문 (2)와 (3)은 좋지 못한 동어반복의 대표적인 경우이다. (2)는 '단계', '거치고', '완성된다' 등의 어휘가 쉴새없이 반복되어 글이 말할 수 없이 장황하고 산만해졌다. (3) 역시 '것이다'가 계속 반복되고 있다. 또한 의미가 유사한 유어의 반복이 심하다. '친구나 벗', '생각과 의식', '정확하고 어김없이' 등이 그것이다. 유어는 의미는 유사하지만 표현이 다르기 때문에 동어반복이란 생각 없이 함부로 반복하는 사람이 많다. 그러나 유어의 반복 역시 엄밀하게는 동어반복에 속한다는 사실을 알아야 한다. (4)는 다분히 수사적 의도를 지닌 동어반복이라 볼 수 있다. 그러나 글의 인상이 강해진 반면 글이 단조로워진 측면을 무시하기 어렵다. 따라서 좋은 동어반복이라 보기는 어렵다. (5)는 전반적으로 무리가 없는 문장이나 역시 특정한 어휘나 어구가 반복되는 데서 오는 장황함을 지니고 있다.

▶어휘의 삭제나 대체를 통해 동어반복을 피할 수 있다

이처럼 부적절한 동어반복으로 인해 글이 장황하고 산만해지는 것을 피하려면 어떻게 해야 할까. 첫째, 어휘를 삭제하는 방법이 있다. 우선 반복되는 어휘 중에서 없애버려도 의미전달에 영향을 주지 않는 어휘는 모두 제거한다. 예문 (3)에서 '것이다'와 반복되는 유어들은 모두 여기에 속하는 어휘들이다. 다음으로 반복되는 어휘가 문장 안에서 동일한 어휘와 호응하고 있을 경우 이를 하나만 남기고 모두 삭제한다. 예문 (2)에서 '거치고'는 모두 '단계를'이라는 동일한 어휘와 호응하고 있다. 따라서 이 어휘는 한 번만 사용해도 글의 의미전달에 지장을 주지 않는다.

둘째, 어휘를 대체하는 방법이 있다. 우선 반복되는 어휘를 비슷한 의미의 다른 표현, 곧 유어로 대체하는 것이다. 앞서도 말했듯이 유어반복 역시 엄밀하게는 동어반복의 일종이다. 따라서 예문 (3)과 같이 쓰지 않아도 되는 경우에는 반드시 피해야 한다. 그러나 어떤 이유로 동어반복이 불가피한 경우에는 차선책으로 이를 유어반복으로 바꾸어주는 것도 괜찮다. 글의 단조로움을 피할 수 있음은 물론 글의 인상을 강하게 하는 의외의 효과를 가져올 수도 있다. 즉 예문 (4)와 같은 경우는 동어반복을 유어반복으로 바꾸어줌으로써 애초에 기대한 수사적 효과를 얻을 수 있다. 다음으로 반복되는 어휘를 유어로 대체하는 것이 어려울 경우 이를 적절한 지시어나 접속어로 대체할 수도 있다. 예문 (5)와 같은 경우가 여기에 속한다.

이상에서 말한 방법을 이용하여 위의 예문들을 바꾸어보면 다음과 같다. 밑줄을 그은 부분을 주의 깊게 살펴보면 어떤 식으로 동어반복을 피한 것인지 잘 알 수 있을 것이다.

(2) 인격은 무율의 단계, 타율의 단계, 자율의 단계 등 세 단계를 거쳐 완성된다.

(3) 친구를 사귈 때는 약속을 잘 지키는 것이 가장 중요하다. 그래야만 우정이 유지될 수 있다. 한두 번쯤 약속을 어길 수도 있는 것이 친한 친구 사이라는 생각을 지닌 사람이 많다. 그러나 친한 친구 사이일수록 약속은 더욱 어김없이 지켜져야 한다.

(4) 성공은 노력의 결과요, 인내의 산물이요, 의지의 결정(結晶)이다.

(5) 자연권이란 자연상태에서 인간이 가지고 있었으리라 생각되는 권리를 의미한다. 여기에는 개인의 자유와 생명과 건강과 재산 등을 침해당하지 않을 권리가 포함된다. 국가는 이러한 권리를 좀더 확고하게 보장하기 위해 만들어진 것이다. 그렇다면 오늘날 국가가 국가를 위해서라는 명목으로 이러한 권리를 아주 당연한 듯이 침해하고 있는 일은 참으로 터무니없는 일이 된다.

2) 불필요한 수식어나 완곡어법을 피해야 한다

불필요하게 길어진 표현 역시 글을 장황하고 산만하게 만든다. 이런 표현의 대표적인 경우가 바로 쓸데없는 수식어나 완곡어법이다. 완곡어법이란 의미를 직설적으로 표현하지 않고 빙빙 돌려서 표현하는 것을 말한다. 수식어나 완곡어법을 사용하는 이유는 주로 좀더 세련된 표현으로 의미를 전달하려는 욕심에서이다. 의미를 그냥 간단히 표현해버리는 것이 너무 재미가 없고 단조롭게 느껴지기 때문이다. 글쓰기의 초보자보다 오히려 글쓰기에 꽤 숙련된 사람에게서 그러한 표현을 더 많이 볼 수 있는 것은 바로 이 때문이다.

물론 수식어나 완곡어법의 구사를 통해 좀더 노련하고 세련된 표현이란 칭찬을 듣는 경우도 없지는 않을 것이다. 그러나 대부분의 경우 그런 표현은 그 장황함과 산만함으로 인해 글의 명료성을 해치고 아울러 명쾌한 어조에서 우러나오는 글의 힘을 약하게 만들 따름이다. 핵심적인 내용은 짧고 분명하게 말해야 한다. 그래야만 어조에 힘이 실리는 것이다. 미진한 생각이 들면 한 번 더 반복해주면 될 것이다. 특히 주장하거나 설명하는 글은 객관적이고 단호한 태도가 글의 설득력을 높이는 지름길이 된다. 따라서 이런 글에서는 불필요한 수식어나 완곡어법을 사용하여 감정적이거나 명쾌하지 못한 인상을 주는 것은 특히 피해야 한다.

    (1) 그야말로 힘들고 고통스러운 인생을 살아왔다.
    (2) 노력 없이는 성공할 수 없다는 것은 두말할 필요조차 없는 말이다.
    (3) 이번 일에는 그의 도움이 컸다고 말할 수 있을 것이다.

  (1)은 불필요한 수식어로, 그리고 (2)와 (3)은 불필요한 완곡어법으로 글을 장황하게 만들고 있다. 언뜻 보기에는 좀더 세련된 표현처럼 보인다. 하지만 실제로는 장황한 표현이 오히려 의미를 흐트러버리고 있으며 글의 힘을 앗아가버리고 있다.

최소한의 표현만으로 간결하게 의미를 전달하고 있는 다음의 문장들과 비교해보자.

    (1) 참으로 힘든 인생을 살아왔다.
    (2) 노력 없이는 성공할 수 없다.
    (3) 이번 일에는 그의 도움이 컸다.

짧고 명쾌한 어조가 내용에 한결 힘을 실어주고 있다. 앞서의 예문보다 훨씬 강한 인상을 주는 글이 되고 있음을 비교를 통하여 확실히 알 수 있을 것이다.

불필요한 완곡어법의 사용은 너무나 일상화되어 있어 이에 대한 사람들의 무감각을 쉽게 깨달을 수 있게 한다. '~이다'라고 하면 될 것을 '~이라고 할 수 있다'로, '~이 가장 중요하다'를 '~보다 더욱 중요한 것은 없다'로, '～해야 한다'를 '～해야 마땅한 것이다'로 표현하는 경우는 헤아릴 수 없이 많다. 그중에서도 가장 많이 쓰이는 일상적인 완곡어법은 바로 이중부정의 표현이다. '～이 있다'를 '～이 없지 않다'로, '～이다'를 '～이라 하지 않을 수 없다'로, 그리고 '～해야 한다'를 '～하지 않으면 안 된다'로 표현하는 것이 바로 그것이다.

이중부정은 물론 긍정의 의미를 강조하기 위해 쓰이는 것이다. 특별히 의미를 강조하고 싶은 곳에서만 쓰여야 하는 것 또한 당연하다. 그런데 아무데서나 너무나 흔히 쓰이다보니 정작 강조해야 할 곳에서는 이를 써봤자 전혀 빛이 나지 않는다.

무분별한 완곡어법의 사용이 효과적인 의미전달에 전혀 도움이 되지 않음을 쉽게 짐작할 수 있는 예라 하겠다.

7. 정직성

글을 쓰다보면 남의 글을 빌려와야 할 때가 있다. 남의 글을 빌리는 것을 인용이라 하는데 인용을 할 때에는 그 빌려온 사실을 분명히 밝혀야 한다. 이를 일러 정직성이라 한다.

인용에는 여러 형식이 있다. 남의 글을 있는 그대로 옮기는 경우를 직접인용이라 하고, 그 요지만을 빌려와 자신의 표현으로 옮기는 경우를 간접인용이라 한다. 그리고 빌려온 곳을 분명히 밝히는 경우를 명인(明引)이라 하고 이를 밝히지 않고 그저 빌려왔다는 사실만을 밝히는 경우를 암인(暗引)이라 한다.

어느 형식을 취하든 인용은 항상 빌려온 사실을 분명히 밝히는 것을 전제로 한다.

남의 글을 빌리되 그 사실을 밝히지 않는 것을 표절이라 한다. 표절은 글쓰는 이가 가장 경계해야 할 악덕이다. 글쓰기의 초보자들은 흔히 표절의 유혹을 받기 쉽다. 글쓰기의 능력은 미숙한 데 비해 좋은 글로써 자신을 과시하고 싶은 욕망이 지나치게 큰 까닭이다. 그러나 이런 유혹을 받을 때마다 생각해야 하는 것은 우선 표절은 결국은 밝혀지고 만다는 사실이다.

표절의 유혹을 받는 글은 대개 그 내용과 표현이 아주 훌륭하게 마련이다. 따라서 글쓰기가 미숙한 사람의 경우 표절한 부분은 아무래도 전체 글 속에서 눈에 띄기 쉽다. 글쓴이가 이를 자신의 글에 맞게 소화해서 옮겨놓을 능력이 없기 때문이다. 전체적인 글쓰기가 미숙한데 문맥에 어울리지 않는 좋은 부분이 있다는 것은 누구라도 의심할 만한 일이다.

또한 표절의 유혹을 받을 만큼 좋은 글은 나에게뿐만 아니라 남에게도 그렇게 느껴진다. 따라서 그런 글은 웬만한 지식을 가진 사람이라면 누구나 알고 있을 확률이 높다. 설사 많이 알려지지 않은 글이라 해도 알고 있는 사람이 반드시 있을 것이다. 표절을 하는 사람은 자신의 글이 훌륭함을 되도록이면 많은 이에게 알리고 싶어서 그렇게 하는 것이다.

결국 표절은 역설적이게도 그 목적이 달성되면 달성될수록 발각되기가 쉬워지는 것이다. 몇몇 사람을 오래 속이거나 많은 사람을 잠시 속일 수는 있어도 많은 사람을 오래 속일 수는 없다는 평범한 진리를 기억하여야 한다.

나는 학생들에게 창의적인 글쓰기를 연습시키기 위해 자주 비평문을 과제로 낸다. 제출된 과제물을 하나하나 읽다보면 사실 표절한 부분을 참 많이 발견하게 된다. 그럴 때 나는 화가 나기보다는 오히려 그 학생들이 안쓰럽다는 생각이 먼저 든다. 그 학생들은 아마도 자신이 표절한 사실이 드러날 리 없다고 생각하고 있을 것이다. 선생이 그 많은 글을 다 읽었을 리 없다고 생각하는 것일 것이다. 그 야말로 순진하기 그지없는 생각이다. 아무리 공부를 게을리하는 선생이라도 자신의 전공분야에 있는, 여러 사람이 표절을 하고 싶을 만큼 좋은 내용을 모르고 있을 수는 없다. 그리고 설령 그 글을 모르고 있다 하더라도 표절한 부분은 마치 밑줄을 그어놓은 것처럼 선경히 눈에 들어온다.

위에서 말했듯이 문맥에 어울리지 않게 좋은 표현이기 때문이고 또 한 학생이 표절을 한 부분은 반드시 다른 학생들도 표절을 하고 있기 때문이다.

표절을 하고 싶을 때 또 한 가지 생각해야 하는 것은 빌려온 사실을 밝히는 것이 결코 손해보는 것이 아니라는 사실이다.

적절한 인용은 독자로 하여금 글과 글쓴이 모두에게 신뢰감을 느끼게 한다. 빌려온 사실을 정정당당히 밝히고 있다는 데서 신뢰감을 느끼게 되며 또 여러 가지 참고문헌을 읽었다는 것을 알게 되는 데서 참 많이 공부를 하고 이 글을 썼구나 하는 신뢰감을 느끼게 되는 것이다.

인용을 했다고 해서 이를 독창성이 없다거나 사고가 미숙하다고 생각하는 사람은 아무도 없다. 인용은 엄연히 공인되고 있는 글쓰기의 한 방식이며 효과적인 인용을 통해 자신의 논지를 강화하는 것은 누구라도 칭찬하는 일인 것이다.

여기까지를 잘 읽고 생각해본 사람은 이제 인용을 하는 것이 좋은 것인지 표절을 하는 것이 좋은 것인지 분명히 알게 되었을 것이다.

인용과 표절의 차이는 간단하다. 빌려온 사실을 밝히느냐 밝히지 않느냐 하는 것뿐이다.

그 사소한 차이가 한편으로는 글에 대한 무한한 신뢰감을 자아내고 또 한편으로는 글쓴이에 대한 인격적 경멸감을 자아내게 한다는 것을 명심하여야 한다.

8. 글쓰는 상황의 고려

1) 글쓰는 상황에 어울리는 성격의 글을 써야 한다

글쓰는 상황이란 글을 쓰면서 글쓰는 이가 처하게 되는 입장이나 처지 같은 것을 말한다. 글쓰는 상황을 형성하는 데 가장 중요한 것으로서 두 가지 정도를 들 수 있다. 첫째는 글을 쓰는 목적이다. 그리고 둘째가 글을 읽게 될 독자의 성격이다. 이러한 것들이 서로 어울려 글쓰는 이의 입장이나 처지를 결정하게 되는 것이다.

글쓰는 이는 자신이 글을 쓰는 상황을 명확히 인식하고 여기에 어울리는 성격의 글을 써야 한다. 그래야만 독자가 그 글의 내용을 받아들이게 된다. 예를 들어보자. 독자를 설득하려는 글이 지나치게 주관적인 감정을 담고 있다면 이것은 글쓰는 목적에 어울리지 않는 글이다. 독자는 그 글의 객관성과 타당성에 대해 의심을 가지게 될 것이다. 그리고 어린이를 대상으로 하는 글이 지나치게 어렵다면 이것은 독자의 성격을 고려하지 않은 글이다. 어린이들은 아예 그 글을 읽으려고도 하지 않을 것이다. 이처럼 글쓰는 상황에 어울리지 않는 글은 아무리 좋은 내용을 담고 있어도, 아무리 훌륭한 표현이 담겨 있어도 독자에게 공감받지 못한다.

그렇다면 글쓰는 상황에 어울리는 글을 쓰기 위해서는 어떻게 해야 할까. 글쓰는 상황을 형성하는 두 요소를 중심으로 이에 대해 살펴보기로 하자.

2) 글쓰는 목적을 고려하여야 한다

우선 글쓰는 목적은 크게 전달의 목적과 표현의 목적, 두 가지로 나눌 수 있다. 전달이란 어떤 대상에 대한 지식이나 정보를 올바로 알려 독자가 이를 분명히 이해하도록 하려는 것이다. 어떤 사실이나 상황을 보고하는 글, 어떤 개념이나 관념을 분석하는 글 등 무엇을 설명하려는 글이 모두 여기에 속한다.

전달의 목적으로 쓰여지는 글은 어디까지나 독자중심의 글이 되어야 한다. 무엇보다도 독자가 정확히, 그리고 쉽게 이해할 수 있도록 해야 한다. 따라서 글의 명료성과 객관성이 아주 중요하다. 쓸데없는 수식은 줄여야 하며 공연히 돌려 말하는 일은 없어야 한다. 또한 논리적으로 앞뒤가 맞는 내용을 담아야 한다. 그리고 주관적인 견해나 감정 등이 담겨서도 안 된다. 굳이 주관적인 견해를 밝히고 싶다면 그것은 어디까지나 공정성과 타당성을 지닌 것이어야 하며 또한 그것이 주관적인 견해임을 반드시 밝혀야 한다. 다음은 전달의 목적으로 쓰여진 글의 전형적인 모습을 보여주고 있다.

진달래는 진달랫과에 속하는 낙엽활엽관목이다. 잎은 타원형 또는 피침형인데 톱니가 없고 양면에 혹 모양의 비늘조각이 산포한다. 잎에 앞서 4월에 엷은 홍색꽃이 3~5개씩, 다섯 갈래로 깊이 찢어진 누두상으로 정생하여 피고 삭과는 10월에 익는다. 산간 양지에 나는데 한국 각지 및 일본, 중국 등지에 분포한다. 정원수, 관상용이며 꽃은 참꽃, 진달래꽃이라 하여 아이들이 따먹기도 한다.

진달래에 대한 지식과 정보를 제공하고 있는 글이다. 쓸데없는 수식이나 주관적인 감정이 완전히 배제된 객관성이 특징이다. 자기표현을 위한 글이 아니라 독자의 이해를 위한 글이기 때문이다. 전달의 목적으로 씌어진 글을 하나 더 들어보자.

그러자 우정국(郵政局) 북창 밖에서 돌연 "불이야!" 소리가 나며 화광이 비치게 되었으니 김옥균(金玉均)이 자리에서 일어나 북창을 열어젖혔을 때에는 벌써 맹렬한 불꽃이 하늘을 찌를 듯하였다. 찰나에 김·박·홍·서 등 독립당(獨立黨) 요인(要人)들의 얼굴에는 형용하기 어려운 긴장의 빛이 쭉 흘렀다. 창밖의 불꽃이야말로 그들의 운명을 좌우하게 될 건곤일척(乾坤一擲)의 봉화였던 까닭이다.

북창 밖에 충천하는 화염과 함께 우정국 안 연회석도 일시에 수라장이 되고 말았다. 전영대장(前營大將) 한규직(韓圭稷)이 당황히 일어나며, "책임을 띤 몸이라 속히 가보지 않을 수 없다"고 말끝을 맺자, 어느 틈에 대문 밖으로 나가 보이지 않던 민영익(閔泳翊)이 이상한 비명과 함께 몸에 칼을 맞고 꺼꾸러질 듯 도로 돌아와 쓰러졌다. 내외 귀빈의 경악이야 말할 것도 없다. 문밖이 무서우니 나갈 수도 없고 그렇다고 그저 앉아 있을 수도 없는지라, 피범벅으로 쓰러져 신음하는 민영익과 수상한 독립당 요인들의 얼굴만 번갈아 쳐다볼 뿐 잠깐 동안은 말할 수 없는 처참한 공기가 그들을 지배하였다. 이 당시 여러 사람 중에서도 하필(何必) 민영익이 독립당 장사들의 최초 혈도를 맛보게 되었던가. 따져보면 누구보다 미움을 더 받기도 하였지만 이 순간에 누구보다도 먼저 의심을 품어 재빨리 도피하려던 때문이었고, 독립당 장사들은 우정국 북창 밖에 불을 지른 후, 즉시 대문 앞으로 돌아와 사대당 거두의 출문을 기다렸던 바, 첫손에 걸려든, 민영익의 목을 똑바로 못 베고 잘못 쳐서 중상만 입힌 것이 그들의 중대한 실수였다. 여하간 이같이 하여 성혈림리(腥血淋漓)의 수라장이 되고 만 우정국 안에서 독립당 요인들이 또다시 무엇을 바랄 수 있을 것이냐. 이에 김옥균, 박영효(朴泳孝), 서광범(徐光範)은 몸을 날려 북창 밖으로 뛰어나와 즉시 우정국 전문을 살펴보았다. 그리고 그곳에서 동지의 얼굴을 찾을 수 없는지라 입으로 그들의 암호인 "천(天)"을 불러가며 재빠르게 거리를 달렸다.

—이선근, 《갑신정변과 삼일천하》 중에서

갑신정변이 일어날 당시의 상황을 보고하고 있는 글이다. 역시 정보제공을 목적으로 하는 객관적인 글이다. 곳곳에 주관적인 의견의 진술이 보이기는 한다. 그러나 이는 어디까지나 합리적이고 공정하게 분석된 의견으로서 상황의 이해를 돕는 구실을 하고 있을 뿐이다. 따라서 이러한 주관적 의견의 진술이 글의 객관성을 떨어뜨리고 있는 것은 아니다.

표현이란 글쓰는 이의 감정이나 심리를 생생히 드러내어 독자가 이에 절실히 공감하도록 하려는 것이다. 심정을 고백하거나 느낌을 전달하려는 글들이 모두 여기에 속한다. 다음의 예문들을 보자.

(1) 배꽃과 달과의 관계를 좀 생각해보자. 배꽃은 본래 백설 같은 지라, 밤에 보더라도 그 흰 빛깔을 감출길 없을 것이어늘, 이에 휘영청 밝은 달이 비쳤다 하자. 시신경을 찌를 듯이 눈이 부실 정도도 아니요, 졸음이 퍼부어올 듯한 게슴츠레한 눈매도 아니다. 월색(月色)과 이화(梨花)는 서로 손에 손을 잡고 쌓이고 쌓이었던 만단정화(萬端情話)로, 밤새는 줄 모르고 속삭이고 있는 모양이라고나 할까? 또는 엷은 사창(紗窓) 속에서 두 손으로 얼굴을 가리고 엎드려서, 어깨가 추이도록 흑흑 느끼어 우는 소복 입은 여인이라고나 할까? 어쨌든 달빛은 배꽃이 있어서 더욱 몽롱하고 배꽃은 달빛이 있음으로 하여 더욱 측은하다.

(2) 북창을 등지고 그 앞에 가까이 앉았던 홍영식이 누구보다도 먼저 일어나 창문을 활짝 열어붙였다. 어느새 불이 붙었는지, 벌써 하늘에 닿는 불길이 우정국 바로 뒷집으로부터 붉은 혓바닥을 널름거리면서 그 근처에 있는 초가집을 장차 모조리 집어먹고는 우정국까지 집어삼킬 듯이 펄펄 뛰고 있는 무시무시한 광경이 모든 사람의 눈 아래 내다보였다.

"불이야! 불이야!"

그럴수록 밖에서 떠드는 고함소리는 요란하여지고, 불이 붙고 있는 집에서 일어나는 아우성소리와 좁은 전동 골목으로 갈팡질팡하는 사람들의 발소리는 점점 더 시끄러워졌다.

"큰일났소!"

"아이구 대감네들 이게 웬일이오!"

"어떻게 하나! 어떻게 하나!"

이때까지 점잖게 앉아서 수작하던 손님들도 어찌할 줄을 몰랐다. 길거리에서 갈팡질팡하는 사람들과 마찬가지로 그들은 방안에서 또한 갈팡질팡하였다. 미국 공사와 영국 영사는 한가지로 얼른 빠져나갈 준비를 하였다. 이같이 수선거릴 때에,

"여러분 대감네들, 나는 장병(掌兵)의 직책이 있는 몸인 고로 부득이 먼저 나가야 하겠습니다. 용서하시오."

모든 사람을 보고서 맨 먼저 이렇게 말하고 밖으로 나간 사람이 있었다. 그는 전영대장 한규직이었다. 그러나 그가 미처 문밖을 나서기 전에,

"어이쿠!"

하는 소리와 한가지로 우영대장 민영익이 어느새 밖에 나가 있었는지, 어디서 칼을 받고서 왼몸에 붉은 피를 뒤집어쓰고 들어와 넘어졌다.

방안의 사람들은 끔찍한 그 모양을 보고 일제히 놀랐다. 외국 공사와 영사들은 간담이 서늘하여진 것같이 서로 바로 보고 있을 따름이었다.

이조연과 목린덕이가 급히 민영익에게 달려들어 얼굴에 피를 닦고 상처를 조사해보더니,

"그러면 제발 얼른 모셔다가 좀 살려주시오!"

밖으로 나가려다가 이 광경을 당한 한규직은 자기가 이 모양이 되지 아니한 것을 다행히 생각하는 한편, 민영익의 불행을 더욱 민망하

100

게 여기는 눈치였다.

"그러나 지금 그렇게 빨리 나갈 수 없을 것 같소. 밖에는 칼 가진 사람, 아직도 있지 않겠습니까."

목린덕은 이같이 대답하고서 손에 묻은 피를 상보자기에 닦아버린다. 그럴 즈음에 문밖에서는 소총소리가 탕! 탕! 두어 방 들리면서 한층 더 요란한 소리가 뒤범벅이 되어 물 끓듯 끓기 시작하였다.

김옥균, 박영효, 서광범 세 사람은 서로 눈짓을 하고 차례로 북창에서 뜰 아래로 뛰어내려 우정국 대문 밖으로 나오면서 다 각각 입으로

"천."

"천."

"천."

이같이 암호를 외우면서 달음질하였다. 어둠 가운데서 동지들이 실수를 할까 두려워함이었다.

　　　　　　　　　　　　　　　—김기진, 《청년 김옥균》 중에서

이 글들은 위에서 인용한 전달의 목적으로 쓰여진 글들과 같거나 유사한 소재를 가지고 쓴 글들이다. 그러나 이 글들이 앞서 인용한 글들과 성격이 아주 다르다는 것을 우리는 쉽게 알 수 있다. ⑴의 글은 배꽃에 대한 글쓴이의 주관적인 감정을 전달하는 데 치중하고 있다. 참신하고도 독창적인 비유가 글쓴이의 미묘한 정서의 흐름을 섬세하고도 생생하게 드러내고 있다. 그리고 ⑵의 글은 상황의 보고가 중심이 되고 있긴 하지만 이 상황은 결코 갑신정변 당일의 객관적인 상황 그 자체라 할 수는 없다. 이 글에 나타나는 상황의 구체적인 정경이나 사람들의 심리 등은 실제가 아니라 글쓴이의 의식 속에서 창조된 것이다. 즉 이 글의 상황은 어디까지나 글쓴이의 주관을 거쳐 재구성된 새로운 상황인 것이다.

같은 소재를 가지고도 이처럼 서로 다른 성격의 글이 나올 수 있었던 것은 글의 목적이 서로 달랐기 때문이다. 이 글들에서 알 수 있듯이 표현의 목적으로 쓰여지는 글은 어디까지나 글쓴이 중심의 글이 된다. 무엇보다도 글쓴이의 감정과 심리가 생생하게 드러나야 하는 것이다. 이를 위해서는 또한 무엇보다도 내용과 표현의 독창성이 중요하다. 상식적인 내용이나 일반적인 표현을 갖고서는 자기만의 감정과 심리를 생생히 드러낼 수 없기 때문이다. 따라서 스스로의 감정과 심리에 부합하는 독창적인 내용과 형식을 얻기 위해 부단히 노력하여야 한다. 이러한 내용과 표현의 독창성이 정서적 호소력을 지니고 독자의 감정과 심리를 자극할 수 있다면 그 글은 독자의 공감을 자아낼 수 있을 것이다.

3) 독자의 성격을 고려하여야 한다

자신의 글이 어떤 독자를 겨냥하고 쓰여지는지 분명히 인식하여야 한다. 독자의 성격은 물론 사람의 수만큼이나 다양하다. 그러나 가장 일반적인 방식으로 유형화시켜보면 독자의 성격은 크게 두 가지로 집약된다고 할 수 있다. 불특정 다수의 독자와 특정 소수의 독자가 바로 그것이다.

불특정 다수의 독자란 명확히 정해지지 않은 일반인으로서의 독자를 말하는 것이다. 신문이나 잡지 같은 저널리즘의 글, 그리고 소설이나 희곡과 같은 문학적인 글들은 모두 불특정 다수, 즉 광범위한 일반인을 독자로 전제하고 쓰는 글들이다. 모든 사람의 입맛에 맞는 글을 쓸 수는 없다. 그런 글이란 사실 불가능한 것이다. 따라서 불특정 다수를 독자로 전제하는 글들은 실제적으로는 많은 사람들 가운데서 여러 가지 측면으로 보아 가장 평균적인 사람들을 가상의 독자로 전제하고 쓰여지는 수밖에 없다. 즉 평균 정도의 지식과 교양을 지닌 사람이 그 글을 읽게 된다고 가정하는 것이다.

특정 소수의 독자란 명확하게 범위가 한정된 몇몇 독자들을 말하는 것이다. 학계의 논문이나 각 분야의 이론서, 그리고 단체의 회칙 등과 같은 글들이 여기에 속한다. 특정 소수의 독자는 그들만이 지니는 독특한 성격을 갖게 마련이다. 따라서 특정 소수의 독자를 전제하고 쓰는 글들은 반드시 독자의 독특한 성격에 어울리는 내용과 형식을 얻어야만 한다.

대부분의 글들은 불특정 다수의 독자를 전제하고 쓰여진다. 그러나 어떻게 생각하면 모든 글들은 특정 소수의 독자를 전제하고 쓰여진다고 할 수도 있다. 불특정 다수의 독자를 전제하는 글 역시 실제로는 평균 정도의 지식과 교양을 가진 사람들을 가상의 독자로 전제하고 쓰여지기 때문이다.

글이란 결국은 독자의 공감과 이해를 목적으로 쓰여지는 것이다. 이러한 목적을 달성하기 위해서는 되도록이면 독자를 미리 명확하게 설정하고 글을 시작하는 것이 좋다. 즉 자신의 머릿속에 자신의 글을 읽고 있는 어떤 독자의 모습이 구체적으로 떠오른 후에야 글을 써야 하는 것이다.

예를 들어 누구나 읽을 수 있는 수필과 같은 글을 쓴다고 해보자. 그렇다면 그 글은 불특정 다수의 독자를 전제하고 쓰는 글이다. 그러한 독자 중의 한 사람을 머릿속에 떠올려보자. 평균 정도의 지식과 교양을 지닌 어떤 사람이다. 남자여도 되고 여자여도 된다. 청년이어도 되고 중년이어도 된다. 불특정 다수의 독자 중에서도 되도록이면 이런 사람들이 내 글을 읽었으면 좋겠다고 생각되는 사람이 있을 것이다. 이런 식으로 자꾸 그 독자의 모습을 구체화시켜 마침내 자신의 글을 읽고 있는 어떤 한 사람의 모습이 하나의 이미지로서 마음속에 떠올라야 한다. 고교를 졸업하고 집에서 가사에 힘을 쏟고 있는 중년의 한 여성이 하루의 일을 마치고 소파에 앉아 자신의 글을 읽고 있는 모습, 또는 이제 갓 대학에 진학한 청년이 캠퍼스의 풀밭에 앉아 자신의 글을 읽고 있는 모습이 마음의 눈에 떠올라야 하는 것이다. 그래야만 비로소 명확히 독자가 설정되었다고 할 수 있다.

제2부

언어의 성격에 대한 이해

독일의 유명한 언어철학자 훔볼트는
언어는 무엇을 이루어내는 힘이라 하였다.
즉, 좋은 내용과 표현을 지닌 언어는 바람직한 사회와 인성을 만들어내고
나쁜 내용과 표현을 지닌 언어는 저급한 사회와 인성을 만들어낸다는 것이다.
훔볼트는 언어가 단순한 의사전달의 도구가 아니라
특정의 사회와 인성을 형성하는
하나의 독립된 주체라고 생각하고 있는 것이다.

제1장 언어의 성격을 이해하는 길

1. 언어에도 색깔이 있다

1) 언어가 지니는 소리의 성격을 알아야 한다

▶ 소리가 주는 느낌은 오묘하다

초등학교시절 낱말의 뜻을 공책에 적어오라는 숙제를 해본 적이 있을 것이다. 그러다가 중학교에 올라가게 되면 낱말의 뜻을 공책에 적는 일은 그만두게 된다. 가끔 어려운 말을 보게 될 때나 사전을 뒤져볼 뿐이다.

언어가 지니고 있는 의미나 색깔이나 정감을 제대로 알지 못하면서 알고 있다고 생각하는 데서 글쓰기의 문제는 비롯된다. 명확한 의미를 알지도 못하는 어휘를 사용하는 경우, 자신의 뜻과는 전혀 어긋나게 전달되는 것이다.

언어라는 것은 마치 살아 있는 생물 같아서 태어나 자라나다 소멸하는 과정을 거친다. 또 언어는 시간의 흐름에 따라 그 뜻의 변화가 이루어진다.

50년대 아이들이 거짓말을 하면 "공갈하지 마"라고 했다. '거짓말'이 '공갈'로 바뀐 것이다. 물론 이 바뀌게 되는 과정은 언어학적 해명을 통해 여러 가지로 밝혀볼 수 있는 것이지만 정확하게 그 시대에 맞는 언어를 골라서 사용할 수 있어야 자신의 뜻을 담을 수 있는 그릇을 마련하는 것이 된다. 그러기 위해서 먼저 언어가 지니고 있는 속성에 대한 기초적인 이해가 있어야 한다.

첫째로 언어를 이루는 소리 하나하나가 그 나름의 성격을 가지고 있다는 점이다.

내 가슴속에 가늘한 내음
애끈히 떠도는 내음
저녁 해 고요히 지는 제
머언 산허리에 슬리는 보랏빛

오! 그 수심 뜬 보랏빛
내가 잃은 마음의 그림자
한 이틀 정열에 뚝뚝 떨어진 모란의
깃든 향취가 가슴 놓고 갔을 줄이야

—김영랑, 〈가늘한 내음〉 중에서

이 시는 1930년 6월호 《시문학》지에 실린 것이다. 벌써 60년 전에 발표된 시라서 조금은 어색한 언어들이 눈에 띈다. '애끈히'라든가 '슬리는' 등의 언어는 금방 그 의미가 다가오지 않는다. 그러면서도 이 시를 읽고 있노라면 참으로 신기하게도 시어를 이루는 소리 하나

하나가 부드럽게 느껴진다. 아무리 목청을 돋우어 높은 목소리로 읽어보려고 해도 분노나 격정의 정조가 없이게 읽을 수가 없다. 그 이유를 자세히 살펴보면 영랑 시인이 교묘하게 'ㄴ'이 첫소리인 단어를 많이 씀으로써, 'ㄴ'음이 두운을 이루고 있기 때문임을 알 수 있다. 'ㄴ, ㄹ, ㅁ' 등과 'ㅋ, ㅌ, ㅍ' 등과를 비교하면 전자는 여성적인 소리의 향기를 풍기는 데 비해 후자는 남성적인 향기를 지니고 있음을 알 수 있다. 따라서 어떤 언어를 쓰고자 할 때는 그 언어가 지니고 있는 감각성까지 알아야 하는 것이다.

▶ 의성어와 의태어는 표현의 영역을 넓혀준다

둘째로 이 소리가 서로 엉키어 만들어내는 의성어나 의태어에 대한 것이다.

의성어나 의태어를 흔히 감각어라고 부른다. 오관을 통해 얻어지는 감각을 표현하는 단어로, 그 범위가 참으로 넓다.

의성어의 경우를 예로 하여 보면 식사할 때 입에서 나는 소리만 해도 여러 가지를 들 수 있다. 짭짭, 쩝쩝, 쭉쭉, 쪽쪽 등과 같은 의태어들은 각각 다른 느낌을 가지고 있다. 어린아이가 맛있는 과자를 먹을 때 '짭짭' 하고 먹는다고 하면 어울려도 어른이 '짭짭' 소리를 내며 먹는다고 하면 품위가 없어보인다.

오래된 이야기지만 내가 아는 젊은 여성이 나이가 차서 한 청년을 소개해준 적이 있다. 나는 그 여자가 고등학교를 나왔어도 인성이 착하고 진실해서 대학원을 나온 훌륭한 청년을 만나게 했다. 얼마 지난 후 둘이 자연스럽게 만나고 있다는 소식을 듣고 있었다. 그런데 몇 달이 지나 청년이 나에게 와서 "저는 그 여자가 좋은데, 여자 쪽에서 만나려 하지 않으니 웬일인지 선생님이 좀 알아봐주셨으면" 하는 것이었다. 나는 그 여자를 만났다. 그리고 "왜 그 청년이 마음에 들지 않는지"를 물었다. 그 여자는 얼굴이 빨갛게 되어 머뭇거리고만 있었다. 그러다가 내가 다그치자, "선생님, 그 청년은 진실하고 장래도 있고 나보다 훨씬 나은 분인데요, 그렇지만 도저히 참을 수 없는 것은 먹을 때에 '쩝쩝' 소리를 얼마나 크게 내는지 집에 가서도 귀에 '쩝쩝' 하던 소리가 나서 견딜 수가 없어요" 하고 대답하는 것이었다. 결국 이들의 혼사는 깨어지고 말았다.

소리가 지니고 있는 감각적 세계가 얼마나 인간의 정신과 감성을 자극하는 것인지를 말해주는 한 예이다.

의태어도 마찬가지이다. 단순히 소리로 모양을 형상화해 놓는다고 좋은 표현이 되는 것이 아니다. 사물이 지닌 특성은 어떻게 소리를 나타냈는가에 따라 그 느낌이 달라진다.

한 예로 '깡충'과 '껑충'만 비교하여보면 알 수가 있다. "그녀는 미니스커트를 입고 나왔는데 깡충하게 짧게 자른 스커트 때문인지 다리가 유난히 길어보였다"라고 할 때 '깡충'이라는 말은 예쁘게 보인다는 뜻을 내포하고 있다. 똑같은 문장에다가 '껑충'이라는 말을 넣어보면 전혀 다른 말이 된다. '껑충'하게 자른 스커트로 해서 다리가 길게 보이는 모습이 거칠고 모양새가 세련되어 보이지 않는다는 뜻이 숨어 있음을 느끼게 되는 것이다.

따라서 의성어나 의태어를 사용하는 경우에는 먼저 소리가 지니고 있는 성격을 이해하고, 표현하려는 대상에 맞추어 적절하게 사용할 수 있는 능력을 갖추어야 한다.

중학교 때 담임선생님의 별명이 '똘똘이'였다. 선생님은 아침 조회시간이나 종례시간에 들어오시면 언제나 우리 모두에게 "똘똘 뭉치자"라고 따라 소리치게 했다. 그래서 우리는 선생님을 '똘똘이'라고 부르게 되었다. 그런데 하필 국어시간에 의태어냐 의성어냐 하는 문제로 '똘똘'이라는 말이 나왔다. 우리는 두고두고 웃지 않을 수 없었다. 한 아이는 국어선생님이 수학을 가르치시던 우리 담임선생님을 놀리려고 그런 문제를 냈을 거라고 했지만 믿는 아이는 별로 없었다. 그러면서도 우리는 똘똘이라는 말을 입에 항상 담고 다녔다.

  그런데 이 똘똘이라는 말은 '돌돌'의 센말로 여러 겹으로 물건을 감은 모양을 나타내는 말이면서 또 물건이 가볍게 빨리 구르는 소리를 나타내기도 하는 것이다. 담임선생님은 우리가 선생의 별명을 '똘똘이'라고 부르고 있다는 것을 알고는 어느 날 종례시간에 우리들에게 "내가 똘똘하다고 생각하여 똘똘이라고 부르는 모양인데" 하여 온 교실이 떠나갈 뻔하였다. 선생님은 '똘똘'이라는 말을 똑똑하고 영리하다는 뜻으로 생각하고 있었던 것이다. 선생님의 생각과는 달리, 작달막한 키와 시꺼먼 얼굴이 마치 돌이 굴러가는 것같이 보이고, 옷을 항상 꼭 조이게 입고 있어서 옷으로 몸을 감고 있는 듯이 보였기에 똘똘이가 어울린다고 우리는 생각하고 있었던 것이다.

  이와 같이 의성어나 의태어는 언어의 표현영역을 넓혀주는 것이기에, 감각의 전영역에서 어떻게 감각과 어울리는 언어를 찾아내어야 하는지를 알아야 할 것이다.

  우르르르
  물결이 나의 발 밑까지 올라와서는
  스르르르 밀려난다.
  뒤미처 치닫는 파도가 그것을 다시 밀어 올린다.
  우르르르
  스르르르
  하나의 파도가 풀리면 다른 파도가 재빨리 그 뒤를 대어 선다.
  쉴 새가 없다.
  수평선까지 파도는 이어져 있다.
  그 많은 파도가 차례차례 밀려올 모양이다.
                              —김윤성, 〈원경〉 중에서

이 시에서 볼 수 있는 것은 파도의 역동성과 지속성을 '우르르르' 와 '스르르르'가 그대로 드러내고 있다는 점이다. 하나의 파도가 왔다가 물러나려고 하면 다시 다른 파도가 밀려오는 이 지속적이고도 역동적인 자연의 모습은 시인으로 하여금 자연에 다가설 수 없는 인간의 감회를 자아내게 하고 있는데, 이 시에서 이러한 시인의 감회를 보다 선명하게 드러내 보여주는 것은 바로 '우르르르', '스르르르'라는 시어이다. 시인이 파도를 찬찬히 바라보는 데 그치지 않고 소리와 모양을 딴 말을 찾아내고자 했기 때문에 얻어진 효과이다.

의성어나 의태어의 문제를 보다 세밀하게 보기 위해서 감각의 하위분야로 다가서보면, 먼저 시각의 경우 '붉다'는 느낌을 나타내는 다양한 언어를 들 수가 있다.

> 붉다—빨갛다, 뻘겋다, 벌겋다, 벌-겋다, 새빨갛다, 시뻘겋다, 불그스럼, 빨가스럼, 불그레, 발그레, 빨그레, 볼그레, 볼그스럼, 보리기레, 발그례 등
>
> —이태준, 《문장강화》 중에서

이와 같이 '붉다'라는 표현 하나도 그 색깔의 농도나 사물이 자리 잡고 있는 분위기에 따라서 쓰이는 어휘가 달라지게 된다. 따라서 이 다양한 언어들을 어떻게 사용하는가가 참으로 중요하다.

얼마 전 길에서 해수욕을 다녀온 한 여성을 만났다. 나는 무심코 햇볕에 잘 그을린 피부가 보기 좋다는 뜻으로 "참 잘 태웠네요. 까맣게 탄 모습을 보니 건강하게 보입니다"라고 했는데, 그녀는 조금은 섭섭한 듯이 "까맣게 태우려고 한 것이 아니라 까무잡잡하게 태우려고 했어요"라고 대답하였다.

'까맣다'와 '까무잡잡하다'는 말에는 차이가 있다. 즉, '까맣다'라고 하면 해변가에서 아무 생각 없이 돌아다니다보니 타버린 피부

라는 감추어진 뜻이 느껴질 수 있을 것이고, '까무잡잡하다' 라는 말은 멋을 부리기 위해서 조심스럽게 의도적으로 햇볕에 피부를 태운 것이라는 느낌을 준다. 구태여 '까무잡잡' 이라는 말을 찾아 자신을 변호했던 그녀의 세심함이 바로 시각을 통해서 얻어지는 색깔을 표현해내는 데 있어서 어떤 감각적 특성을 가지고 있어야 하는지를 말해주고 있는 것이다.

청각의 경우도 이에 못지않다. 우는 소리만 해도 그 느낌을 드러내는 표현은 '응응, 엉엉, 앵앵, 앙앙, 흑흑, 흐흐, 끼륵끼륵' 등 이루 헤아릴 수 없을 만큼 많다. 한밤중에 슬피 우는 여인의 울음소리를 들었다고 가정하고, 그 울음이 어떤 소리로 들리며 이를 어떻게 표현해야 할지를 생각해보면 쉽게 알 수 있다. '흑흑' 하는 소리를 내고 우는 것과 '음음' 하고 안으로 삼키며 우는 울음소리를 내는 것은 여인의 내면에 잠겨 있는 슬픔의 질량을 표시해내는 방법이 되는 것이다.

이때 두우 하고 정오의 사이렌이 울렸다. 사람들은 모두 네 활개를 펴고 닭처럼 푸드덕거리는 것 같고 온갖 유리와 강철과 대리석과 잉크가 부글부글 끓고 하는 것 같은 찰나! 그야말로 현란을 극한 정오다.

나는 불현듯이 겨드랑이가 가렵다. 아하 그것은 내 인공의 날개가 돋았던 자국이다. 오늘은 없는 이 날개.

—이상, 〈날개〉 중에서

이상의 〈날개〉 중에서 마지막부분에 해당하는 이곳을 읽게 되면 나는 '두우' 하고 울리던 정오의 사이렌 소리를 한참이나 듣게 된다. 정오만 되면 울리던 사이렌은 낮 시간의 중심을 의미한다. 그러나 이 '두우' 하는 소리는 12시라는 시간이 가지는 이미지와는 달리

닭이 푸드덕거리며 일어서서 소리를 지르는 순간과도 같은 느낌을 가지게 하는 것이다. 산문에서도 소리의 표현이 지니는 의미는 운문과 다를 바가 없다.

그 외에 미각이나 촉각 또는 후각에 이르기까지 감각어의 종류는 다양하고, 이 감각어에 대한 풍부한 지식이야말로 '자신만이 느낀 것'을 표현해내는 좋은 자료와 도구가 될 수 있다.

다음의 예문을 비교해보면 작가들이 어떻게 이 감각어를 개성적으로 사용하고 있는가를 쉽게 알 수 있을 것이다.

> 오지항아리에는 삼촌이 밥보다 좋아하는 찹쌀탁주가 있어서
> 삼촌의 입내를 내어가며 나와 사촌은 시큼털털한 술을 잘도 채어먹었다.
> 제삿날이면 귀머거리 할아버지 가에서
> 왕밤을 밟고 싸리꼬치에 두부산적을 꿰었다.

앞도 뒤도 없이 이 시구 한 토막이 잊혀지지 않고 떠오르는 까닭은 우리로 하여금 침을 삼키게 했던 그 '시큼털털'한 찹쌀탁주 때문이었으리라. 우리는 명색이 도시 학생이었으나 포성이 휴전으로 멈추고 수년이 지나면서 지방 사람들이 꾀어들고 있던 무렵이라 학급의 반수 이상은 농촌 출신들이었다. 그들은 찹쌀막걸리 맛을 아는 듯이 쩝쩝 입소리를 내었고 도시 아이들은 맛을 상상하며 덩달아 끄윽 신트림을 토했던 것이다.

　　　　　　　　　—김용성, 〈아카시아〉(《탐욕이 열리는 나무》) 중에서

이 인용부분은 고등학생이었던 주인공이 교실에서 선생이 백석의 시 한 수를 읊어주었던 일을 떠올리고 그때를 회상하는 장면이다. 이 글에서 '시큼털털'한 막걸리의 맛이 주는 감각적 연상은 끄윽 하

는 신트림으로까지 발전되고 있는데, 이 말이 인용된 백석의 시 〈고향〉이 지닌 분위기를 그대로 이어가는 중심어의 역할을 하고 있는 것을 볼 수 있다. 시와 산문이 서로 얽힌 위의 글에서 서로의 분위기를 이어가는 고리가 바로 맛을 드러내는 '시큼털털'이라고 하는 언어라는 점은 하나의 느낌을 드러내는 언어가 어떤 의미를 지니고 있는가를 알 수 있게 하는 것이다.

본다는 것, 만난다는 것, 그리하여 느끼고 안다는 것은 무엇인가? 그러한 일체를 불가에서는 별수없는 인간의 망집이라고 했다.
그러나 나는 그 망집에 대한 명상을 멈추고 말았다. 물크덩한 쇠똥을 오른발로 밟고 있었다. 순간 나는 알 것 같았다. 인도의 냄새, 그 것은 소들의 천국에서 빚어지는 미세한 악취였다.
—황충상, 〈불의 집에서〉(《뼈있는 여자》) 중에서

이 글에서 작가는 주인공을 명상에서 벗어나게 하기 위해서 쇠똥을 밟게 하고 있다. 쇠똥이 주는 '물크덩한' 느낌은 인도로 가는 길이 되고 있다. 실제로 어렸을 때 고향에서 쇠똥을 밟았을 때의 느낌은 물크덩한 것이라기보다는 철벅 하는 듯한 미끄러움이었다. 그런데 작가는 '물크덩한'이라는 표현을 하고 있어서 어떤 느낌일까 하는 마음으로 한참이나 이 어휘에 매달려 있어야 했다. 작가는 이와같이 독자를 색다른 느낌으로 몰고 가서 조금 머뭇거리게 함으로써 주인공의 독특한 세계를 면밀하게 드러내놓고 있는 것이다.
오관을 통해서 잡혀지는 감각어들을 보다 선명하게 글 속에서 드러나게 하려면 무엇보다도 그 어휘가 어울리는가를 살펴보아야 하는데, 이를 위해서는 감각이 지니는 다양성을 변용하여 표현할 수 있는 능력을 지녀야 한다. 이러한 능력이란 다름이 아니라 감각이 지니는 미세한 차이를 세심하게 비교해봄으로써 얻을 수 있는 판별

력인 것이다.

젊은 여성이 도시의 화려한 상점 앞을 유행하는 옷을 입고 활기차게 걷고 있는 광경을 보았다고 했을 때, '야, 멋있게 걸어간다'라고 한다면 평범한 표현이 될 뿐이다. '야, 무지개처럼 지나가네'라고 했을 때는 시각적 효과에 초점이 맞추어져 환상적임을 드러내고자 하는 것임을 알 수 있고, '훨훨 날아가네' 하면 도도하게 걸어가는 모습을 느끼도록 할 수 있을 것이다. 우수한 표현기술은 이러한 세심한 표현을 통해 그 맛을 드러나게 하는 데서 생겨나는 것이다.

2) 언어의 여러 가지 쓰임을 알아야 한다

▶ 사투리를 사용하여 독특한 성격을 창조해낼 수 있다

다음으로 생각해보아야 할 것이 적절하게 언어가 사용되고 있는가 하는 점이다. 그중에서도 중요한 점은 표준어와 방언, 또 외래어나 한자어의 사용에 관한 문제이다.

우리가 연속극을 보고 있으면 주인공이 어떤 지방 사투리로 말을 할 때 독특한 성격이 생겨나는 것을 볼 수 있다. 농촌에 사는 이가 투박한 그 고장의 사투리를 쓸 때에는 소박한 삶의 흔적이 그대로 드러나고 있는 듯이 느껴지고, 도시에서 살아가는 이들이 예의바른 표준어를 매끄럽게 쓰는 것을 보면 세련되고 합리적으로 보이지만 구수한 인간미를 느끼기는 어렵다.

"오늘은 가마이 누워 계시쟁쿠……."

낮에 그 몸으로 산에 가서 풀뿌리를 캐온 것을 민망해하면서 나무라는 말이었다.

"어떻게 누워 있겠음. 칡뿌리래두 캐다가 아아드르 맥여얍지."

쿨룩쿨룩 시어머니의 기침이 여전했다.

"순라꾼에게 들킨 게 앰매?"

"글쎄 말입꼬망."

"꿈자리가 뒤숭숭하드랑."

"어마임께서 꿈 이얘기 듣구서 한세코 말했등이 그 고집펭이 들어얍지."

—안수길, 《북간도》 중에서

이 소설은 만주와 우리 땅 사이에 자리잡고 있는 북간도를 무대로 하고 있다. 안수길은 이들의 사투리 속에 인정 있고 선량한 우리 농민의 순박한 마음을 그대로 드러내 보여주고 있다.

그러나 사투리를 사용하면 물론 특이한 인물의 성격을 창조하는 데 효과가 있지만, 사투리를 사용하는 것이 반드시 좋다고는 할 수 없다. 글은 특정한 사람만을 대상으로 하는 것이 아니므로 많은 사람들에게 바르게 전달될 수 있는 표준어를 쓰는 것이 원칙이라고 할 것이다.

또 표준어를 써야 하는 이유로, 언어표현의 주체가 되는 이로서 언어를 다듬고 가꾸어야 한다는 점과 더불어 정확한 언어구사를 통해서 문화창달을 일구어내야 한다는 점도 생각해보아야 한다. 표준어를 배우고 익히는 과정에서 언어통일의 지평을 열 수 있고 나아가서 아름답고 훌륭한 언어를 만들 수 있기 때문이다.

▶ 외래어와 한자어의 남용은 좋은 글을 망친다

언어사용에서 주의할 점으로 외래어와 한자어의 문제를 빠뜨릴 수 없다. 요사이 국제화시대라고 해서 쓸데없이 외래어를 섞어 쓴 글을 읽을 때가 있다.

그녀는 젊은 나이에 명동에서 숍을 가졌다. 그런데 그날 이상하게도 기쁨보다는 가슴을 가득 메우는 것은 공허감이었다. 다른 사람의 축하 소리를 뒤로 한 채 무작정 거리를 배회했다.

그런데 쇼 윈도 너머로 엘리자베스 여왕의 성장과정에 관한 영화를 방영하는 거였다. 그 내용이 유난히 가슴에 와 닿는다. 그 순간 앞으로 자신의 이름을 '엘리자 리'로 정하기로 했다. 숍을 오픈하라고 스폰서도 많이 나섰다. 그녀의 숍은 얼마 가지 않아 문을 닫게 되었다.

—《마이 웨딩》(1994년 1월호)

윗글에서 '숍', '쇼 윈도', '스폰서', '오픈' 등의 외래어를 만날 수 있다. 이러한 외래어를 사용해야만 자신의 생각을 전달하는 데 부족함이 없었는가 하는 물음을 던져보면 아무래도 어색하게 대답할 수밖에 없을 것이다. 외래어를 사용할 때에는 꼭 필요한 것인가 하는 물음을 스스로에게 던져보아야 한다.

말끝마다 외래어를 집어넣는 버릇이 있는 이를 만날 때면 당황하게 된다. 내가 단골로 가는 이발관 아저씨가 꼭 빠뜨리지 않고 쓰는 말 중의 하나가 '이메이지'이다. 사전에 나오는 발음기호를 보면 틀림없이 '이미지'로 되어 있다. 그는 이 말을 머리를 다듬으러오는 사람 누구에게나 사용한다. 나는 좀 일러주고 싶어서 입이 근질거려도 그냥 꾹 참고 있다. 한참 지나서 발음을 고칠 때쯤 되어야 쓸데없이 외래어를 쓴다는 것이 자신의 품격을 높이는 일이 되지 않는다는 것을 알게 될 것이기 때문이다.

지금도 전쟁 체험기를 털어놓던 우리 동네의 한 아저씨를 떠올릴 때면 혼자 웃게 된다. 내가 중학교를 졸업하고 고등학교에 갓 들어갔을 무렵, 우리 동네에는 라디오를 수리하는 조그마한 가게를 하고 있던 아저씨가 있었다. 그때만 해도 미군 방송인 AFKN에서 흘러나오던 팝송을 한 소절쯤 외우고 다녀야 아이들끼리 알아주곤 했다. 또한 학교 교실에서는 누가 팝송 가사를 원어로 적어오면 이를 베껴

먹느라고 법석을 떨곤 했다.

　어느 날 내 앞자리에 앉은 아이가 팝송 가사 하나를 적어왔다. 지금은 기억이 희미하지만 〈치킨 하트(Chicken Heart)〉라는 노래가 아니었나 싶다. 우리는 그것을 노트에 적고, 방과후에 학교 뒷산 나무숲에 틀어박혀 목소리를 가다듬어가며 이 노래를 친구에게 배웠다. 며칠이 지나 겨우 가사를 다 외우게 되었을 때였다. 한 아이가 아침에 학교에 오더니 가사가 틀렸다는 것이었다. 그 아이 형이 적어준 가사는 앞자리의 아이가 적어온 가사와 몇 군데가 달랐다.

　그날 저녁, 나는 서로 다른 두 개의 가사를 가지고 동네 아저씨네 가게로 갔다. 아저씨는 라디오를 틀어놓고 팝송을 따라 부르고 있었다. 아저씨는 항상 부르고 있어서 나는 그가 이 노래를 잘 알고 있으리라고 생각했다. 또 그는 어린 우리를 만나면 가게로 데리고 가서 팝송을 가르쳐준다고 붙들어두곤 했던 것이다. 나는 학교에서 있었던 일을 이야기한 다음 두 개의 가사를 꺼내놓고 어떤 것이 옳은지를 물었다. 그러자 그 아저씨는 갑자기 화를 내면서, "가사는 별게 아냐. 틀려도 그만이야. 무드만 있으면 돼" 하였다. 나는 그냥 머쓱해서 나오고 말았다. 유행가 가사 하나쯤 틀리면 어떻겠나 하는 생각이 들기도 했지만, 그보다는 아저씨가 흥얼거리기만 했지 정확하게 가사를 알고 따라 부르던 것은 아니었구나 싶어서 웃고 말았던 것이다.

　얼마 후 나는 틀린 가사로 노래를 부르는 이를 볼 수 있었는데 왠지 나 자신이 부끄러워지는 것이었다. 틀린 가사로 노래를 부르는 이를 보면 아무리 잘 불러도 어색하고 듣기가 민망할 뿐 아니라 듣는 이가 부끄러워지는 느낌을 받게 되는 것이다. 이러한 일이 생겨나는 것은 언어가 지니고 있는 독특한 성격과 그 의미의 파장이 얼마나 미묘하게 마음과 사고의 영역에 작용하는가를 말해주는 것이다.

　즉 언어는 글쓰기의 기초적 도구이면서 문장 안에서 그 자체의 독특한 세계를 담고 있는 것이기에, 다른 언어로 바꾸어놓았을 때는 또 다른 의미로 변환되는 것이다. 의성어나 의태어의 경우, 또는 한자의 사용 여부에 따라 달라지는 느낌, 나아가서 외래어나 신조어의 사용 등에서는 이러한 점이 더욱 명확하게 나타난다.

2차대전 당시 영국의 수상 처칠은 전선으로 나갈 때면 사람들 앞에서 손가락으로 V자를 만들어보이곤 해서, 흔히 이것을 처칠의 특이한 몸짓으로 알고 있다. 그는 V자를 그려보임으로써 국민에게 전쟁의 승리를 믿게 하고 싶었는지 모르지만, 아무튼 그의 독특한 몸짓은 아직도 우리들의 기억에 남아 있다. 대통령선거 때에도 각 후보들은 자신들만의 특이한 몸짓으로 국민의 기억에 남는 후보자가 되려고 애를 썼다. 그러나 쓸데없는 몸짓이나 너무 과격한 제스처는 오히려 사람들의 신망을 떨어뜨리는 역작용을 할 수 있다.

글을 쓰는 경우도 이와 마찬가지이다. 문장에 들어 있는 독특한 언어는 바로 글쓴이의 몸짓이 그대로 드러나는 부분이라고 할 수 있으므로, 문장에서도 쓸데없는 허황한 몸짓이 드러나는 어휘를 사용하지 말아야 하는 것이다.

글쓴이의 과장된 표현이 그대로 노출되는 것이 바로 난삽한 한자어를 쓰는 경우이다. 언어는 소리뿐만 아니라 글자의 형상이 주는 느낌도 큰 것이다. 의미의 전달도 한자로 쓰는 것과 한글로 쓰는 것의 차이는 말할 수 없을 만큼 다르다. 요사이는 한자가 줄고 한글로 된 신문도 보급이 되어가고 있지만 한자의 형상이 주는 느낌은 아직도 그대로 살아 있다.

여기 혼미(昏迷)와 저항(抵抗)과 불만(不滿)과 모색(摸索)의 소용돌이 속에서 그늘져가는 풍경(風景)이 있다. 거기에는 넘쳐흐르는 새로움에의 의욕(意慾)이 있고, 새로움을 모색(摸索)하다 지친 곤비(困憊)가 있다. 거기에는 또한 원색(原色)의 짙은 색채(色彩)가 있고, 퇴색

(褪色)한 엷은 색깔이 아롱지고도 있다. 이 속에서 듣는 이 없는 대화(對話)가 들려온다. 아니 대화(對話)가 아니라 무수(無數)한 독백(獨白)이 서로 엇갈려가며 들려나오고 있는 것이다. 그리고 이런 독백(獨白)의 소리들을 뒤엎듯이 파도(波濤)가 밀려가는 풍경(風景)이 있는 것이다.

—홍사중, 〈한국문학의 오늘의 과제〉《한양》, 1963년 11월호) 중에서

위의 글은 한국문학의 위상과 전망을 위해 쓴 글의 일부이다. 이 글을 먼저 한글로 읽고 나서 다시 괄호 속에 든 한자를 읽어가며 문장을 살펴보면 전혀 색다른 맛을 느낄 수 있을 것이다.

2. 언어를 알맞은 자리에 골라놓아야 한다

1) 인물의 성격에 어울리는 언어를 골라야 한다

길에서 우연히 중년의 신사와 만났다. 머리가 희끗한 것으로 보아 나와 나이가 비슷해보였다. 그는 나에게 "참으로 오랫동안 뵙지를 못하였습니다"라고 정중하게 인사를 했다. 그런데 나는 그 신사의 얼굴이 기억에 없었다. 그렇다고 "누구시지요?" 하고 묻는다는 것이 실례가 될 것 같아 "안녕하십니까" 하고 정중하게 고개를 숙였다. 그러나 그는 당황해하며 "아이구, 왜 이러십니까" 하며 내 손을 잡는 것이었다. 나는 놀라서 다시 신사의 얼굴을 유심히 보았다. 그는 내 고등학교 2년 후배로 우리 동네에 살던 동창이었다. "이 사람아" 하고 어깨를 치고 말았지만 그는 자신을 못 알아보는 선배에 대해 섭섭한 마음을 감추지 못하고 "어쩨 저를 잊으셨습니까" 하는 것이

었다.

내가 실수를 하여 후배의 마음을 상하게 한 것과 같이, 글에서 인물들의 대화를 쓸 경우 자칫 어울리지 않는 언어를 쓰면 어색하게 되는 것이다.

실제로 말하듯이 글을 쓰라는 것은 어릴 적부터 들어온 말이지만 말하는 것을 그대로 적어보면 전혀 다른 글이 되는 것이다.

'어제 사입은 옷은 입고보니 어깨가 불편하고 멋이 나지 않았다'라고 일기에 적은 글을 친구를 만나서 말로, '어제 산 옷이 말이야, 입어보니 폼이 없고 불편해'라고 할 수 있다.

이 두 가지 글에서 보면, 문장은 주술부분이 명확하게 나타나 있고 글의 조직이 잘 짜여져 있지만, 말의 경우는 상대에게 전달하려는 내용과 기분을 보다 직접적으로 전달하기 위해 어법이나 문장구조의 정석에서 벗어나 있는 것을 알 수 있다.

이와 같이 대화의 경우에는 말하는 이의 특성에 맞는 언어를 골라 써야 하는 것이다.

겨우 웃음을 그친 그녀가 핸드백을 열어 손수건을 꺼냈다. 눈 밑을 닦아내면서 그녀가 말했다.

—어찌나 웃었던지 눈물이 다 나네. 아, 재밌다.

나는 무언가 막막한 심정이 되어 창밖을 내다보았다.

—당신……아니, 그냥 너라고 하지 뭐. 나 이제부터 당신한테 말 놓을게.

—지금도 놓고 있어요.

—너도 나한테 말 놓아도 돼.

나는 아무 대답도 하지 않았다.

—그런데 너 조금 전에 뭐라고 했니. 비행기를 타고 가면 되지 않냐고 했지.

내가 고개를 끄덕였다. 갑자기 그녀가 목소리를 낮췄다.

—그래……전에도 똑같은 말을 한 남자가 있었어. 날아가면 되지 않냐구. 그렇지만 말이지…….

나는 그녀를 바라보았다. 웃음은 언제 사라졌던가. 그녀의 눈에 눈물이 그렁그렁했다.

—그렇지만, 사람은 날개가 없어. 날개가 있어야 날아가는 거야.

— 한수산, 《첼로가 있던 겨울》(《문학사상》, 1994년 5월호) 중에서

바다로 둘러싸인 섬에서 한 청년과 여인이 술집에 앉아 나누는 대화의 한 부분이다. 이 대화에서 청년의 말과 여인의 말을 자세히 살펴보면, 청년은 예의가 바르고 흐트러짐이 없는데 여인은 술에 조금 취한 듯한 인상이 풍겨난다. 이렇게 각자의 특성이 살아나는 것은 작가가 교묘하게 청년과 여인의 어투를 만들어냈기 때문이다.

여인은 '재미있다'가 아니라 '재밌다'라고 짧은 호흡의 말을 하고, '당신'이라고 하다가 '너'라고 바꾸는 방식으로 격식 따위에 얽매이지 않고 살아온 과정을 그대로 드러내고 있다. 여인과는 달리 청년은 말을 극도로 제한하고 있고 마음의 이야기를 말로 드러내기보다는 입을 다물고 혼자 생각하면서, 내면의 독백을 고개를 끄덕인다든가 짧은 대답으로 보여주고 있다.

이와 같이 글에서 대화를 이용하는 경우에 생각해야 할 것은, ①말하는 이의 성격이나 뜻 혹은 기분이나 교육수준까지도 생각해보고, ②말을 하는 상대와의 관계를 고려해서 상대와 어떤 상태에서 이야기를 하려고 하는가에 대한 배려를 해야 하며, ③대화를 흥미있게 축약하여야 한다. 수다스럽게 이야기를 펼치면 대화의 내용이 제대로 드러나지 않게 된다.

—목사님. 이번 주일날이 단옷날이라는 걸 알고 계세요?

A가 말한다.

—아! 그래요? 나는 모르고 있었네요. 그러나 요새는 단옷날이라고 해도 시시해요. 시대가 바뀌었으니까요.

목사가 말한다.

—옛날 목사님이 어린 시절에는 단옷날 어떤 행사가 있었어요?

—우리 어린 날에는…….

그러나 목사는 특별히 이렇다 할 단옷날에 대한 기억이 나지 않는 듯 말을 잇지 못한다. 잠시 후에야 다시 입을 열어 말한다.

—우리 어린 시절에는……처녀들은 모두 빨간 한복을 입고 그네를 뛰었지요. 그리고……동네 아이들은 밤이 되면 깡통에 불을 넣고 빙빙 돌리며 놀았지요.

목사는 전혀 자신이 없는 목소리로 말한다.

—아! 그렇던가? 아, 그래요. 그거 대보름날 밤에 하는 거예요.

—하일지, 〈경마장은 네거리에서〉(《세계의 문학》, 1991년 봄호) 중에서

이 짧은 대화에 등장하는 인물은 목사와 A라는 청년이다. 청년은 우리 것에 대한 인식의 깊이를 목사에게 물어보고, 목사는 이러한 물음에 헛대답을 하고 있다. 좀더 설명적으로 말한다면, 목사는 단오를 모를 뿐만 아니라 이 땅에서 살아가는 사람들이 어떤 삶의 틀을 가지고 있는지도 모른다. 그런 그가 삶의 세계를 바꾸어주는 신을 따르게 하는 선도자의 역할을 맡고 있는 것이 얼마나 우스운 일인가 하는 빈정거림이 이 속에 담겨 있는 것이다. 그런데 작가는 이 빈정거림을 "아! 그렇던가?" 하는 아주 짧은 말로 처리하고 있다. 이렇게 해서 목사와 청년과의 사이에 분쟁이 일어나지 않고 있다. 그리고 목사와 청년이 논의하고 있는 이야기의 핵심이 다른 감정적인 곳으로 날아가버리는 것도 막고 있다. 몇 마디의 대화에 감추어진 이러한 의미들은 축약의 묘미를 느끼게 하는 방식이 되는

것이다.

　다음의 시 한 편을 보면 말투 하나가 얼마나 중요한 몫을 하는지를 알 수 있을 것이다.

　　엄마 집은
　　비 오면 눈물에 씻기고
　　바람 불면 한숨에 날려
　　자꾸만 작아지는데
　　지천에 유행처럼 번지는
　　화강암 치마, 노간주 머리띠
　　그리고
　　그리고 붉은 핏빛 철쭉 한 송이
　　꽂아드리지 못한 제가
　　자식이라

　　엄마
　　우짤고예
　　　　　　　　—곽철남, 〈노들강변에서 어머니를 생각하며〉 중에서

　이 시는 어느 방송국에서 주부들을 대상으로 생활시를 모집했을 때 뽑힌 작품이다. 이 시를 행간을 붙여서 읽어보면 "철쭉꽃 한 송이도 꽂아드리지 못한 자식이 자식이라고 할 수 있겠습니까" 하는 고백이 되고 있지만, "엄마 우짤고예" 하는 사투리는 바로 자식의 한이 서린 비명과 같아서 어떻게 해볼 수 없는 안타까움을 명료하게 드러내고 있다. 그리고 투박한 정이지만 진실하게 두 주먹을 잡고 어찌해야 할지 몰라 뱉게 되는 "우짤고예"라는 말은 어머니에 대한 모든 마음을 그대로 드러내고 있다. 또한 이를 통해 글쓴이가 산 계곡의 어느 포근한 논둑길을 걸으면서, 그리고 애호박을 숭덩숭덩 썰어넣은 수제비를 먹으면서 자란 사람일 것이라는 상상을 해보게 한다. 말의 축약적 사용은 이러한 효과를 가져오는 것이다.

2) 인물의 개성을 드러나게 하는 데도 언어의 특색을 살려야 한다

글에서 주체가 되는 이의 말을 그의 성격과 어울리게 하기 위해서는 먼저 글쓰는 이의 입장과 글 속에 등장하여 말하는 이의 위치가 다르다는 점을 알아야 한다. 글은 글쓰는 이가 자신의 언어를 사용하여, 자신의 독특한 방식에 따라 논리적으로 혹은 설명적으로 묘사해 나갈 수 있다. 그러나 글에 등장하는 인물은 글의 문체가 아닌 말하는 방식으로 그 인물의 개성이 드러나게 된다. 그러므로 글쓰는 이의 시각과 언어를 가지고 등장인물에게 말을 하도록 할 수는 없는 것이다. 이러한 점 때문에 '등장하는 이의 개성적인 언어'를 만들어 내어야 하는 것이다.

나폴리에서 버스를 타고 소렌토로 향해 갈 때였다. 중학교 음악시간에 "돌아오라 소렌토로" 하고 선생님을 따라 목청을 뽑아 노래부르던 생각이 나서 친근한 고향마을을 찾는 기분이 들었다. 운전기사가 "여기가 소렌토입니다" 하고 버스를 세웠다. 길에 내려섰다. 바다와 마주한 벼랑에 있는 조그만 옛 도시가 소렌토였다. 나는 벼랑 밑을 보았다. 손바닥만한 모래사장이 있었고, 이 모래밭으로 내려가기 위해서는 사다리처럼 가파른 돌계단을 걸어가게 되어 있었다. 고풍스러운 성당의 모습은 이탈리아 어디서나 볼 수 있는 것이어서 조금은 기대가 무너지는 듯했다. 그때 일행 중의 한 사람이 "저길 봐" 하고 소리를 질렀다. 그가 가리키는 곳에 누군가 벼랑의 바위들을 뚫어 암자처럼 만들어놓고 돌 속에 집을 지어놓은 것이 보였다. 누가 다시 "제비집이다"라고 했다.

나는 겨우 하룻밤을 그곳에서 잤다. 그리고 수많은 전설을 가진 소렌토를 둘러보고 온 지도 벌써 10년이 다 되어가고 있지만 묘하게 도 '제비집'이라는 말은 지금까지도 기억 속에 생생하게 살아 있다. 소렌토만 떠올리면 틀림없이 '제비집'이 튀어나오는 것이다.

이와 같이 가장 정확한 말을 찾아내는 것이 중요하다. 등장하는 인물만이 사용할 수 있는 말, 또는 그의 성격이나 인품에서 나올 수 있는 말, 그의 취향에 어울리는 정확한 말 등을 찾아야 한다.

내가 초등학교에 다닐 때만 해도 마포 나루터에 조깃배들이 들어 왔다. 학교에서 돌아와 마포로 가면 나루터 근처에서 뱃사람들이 조 기를 뱃바닥에서 삽으로 퍼내어 팔고 있었다. 그런데 하루는 어떤 뱃사람이 "드릴깝쇼" 하면서 지나가는 사람을 붙드는 것이었다. 나 는 '깝쇼'라는 말이 재미있어서 괜히 옆에 있는 친구에게 "집에 갈 깝쇼" 하고 흉내를 내었다. 그날 이후 우리들은 '깝쇼'를 말끝에 달 고 다녔다. 얼마 후 교실에서 담임선생님이 한 아이에게 "교무실에 가서 출석부를 가지고 오너라" 하고 말하자 그 아이는 "출석부만 가 져올깝쇼" 하고 되물어서 온 교실이 웃음바다가 되었다. 그러자 선 생님은 정색을 하며 "'깝쇼'는 서울의 상인들이 쓰는 서울 사투리 야" 하면서 다시는 쓰지 못하게 하였다. 이와 같이 특정 집단에서 쓰는 말을 재미있다고 해서 아무에게나 써서는 안 되는 것이다.

—문제는 간단한 거여. 구청에 가서 내 자식허구 혼인한 양 그까 짓 종이에다가 몇 자 끄적끄적해서 내면 그것으로 그만이렷다.

—뭐라구요?

—원 이렇게 말귀를 못 알아듣다니? 결혼한 광부에게는 가족수당 이라는 것이 붙어서 이쪽 돈으로 계산하여 팔천 원 가량 더 준다는 거여. 네가 문서상으로만 내 자식놈하고 성사를 하면…….

—그러면 저는 어찌되나요?

나종애는 다그쳐 물었다.

　―어떻게 되다니? 아무렇지도 않지. 그리구 넌 매달 사천 원씩을 받게 된단 말여. 사천 원씩.

　―그래, 사천 원씩 받게 된다.

　구 여사가 감격한 듯이 중얼거렸다.

　―그럼 전 어찌되나요?

　(중략)

　―아무렇지도 않다니간 그래. 서류상으로만 혼인했다고 그래서 너의 몸이 망가지는 것도 아닐 게고.

　―그건 무슨 소리죠, 할아버지?

　―원 이런 맹랑한 애 봤나? 무슨 소리라니.

　변 노인은 얼굴을 붉혔다.

―박태순, 〈정든 땅 언덕 위〉 중에서

　광부로 간 아들이 보내오는 돈으로 살아가는 할아버지가 어느 처녀에게 아들과 서류상의 결혼을 권유하고 있는 부분을 인용하였다. 할아버지의 은근하고 약삭빠른 목소리가 ‘거여’라는 어미에 그대로 묻어나고 있고, 겁을 먹고 있는 처녀는 ‘어찌되나요’라는 애원조의 말로 대응하고 있다. 이 대화에서 두 인물이 지니고 있는 성격적 특색이 목소리와 말투에 생동감 있게 드러나 있는 것이다.

　이와 같이 목소리가 살아 있도록 말을 만들어야 하는 것은, 대화는 글의 형태를 벗어나서 말의 속성을 가지고 있다는 점 때문이다. 그러므로 목소리를 살리기 위해서는 말투가 가지는 감각적 효과를 감안해야 한다. 즉 ‘아, 오늘 참 고마웠습니다’라는 말과 ‘오늘은 고마웠습니다, 네’ 하는 말은 같은 내용이지만 감탄의 정도에는 분명하게 차이가 나는 것이다. ‘아’는 좀더 적극적일 수 있고, ‘네’는 무엇인가 소극적으로 느껴질 수 있는 것이다.

인물은 그가 속한 사회적 계층이나 집단에 의해서 생활의 방식이 정해지게 마련이다. 군에 입대한 지 몇 달 안 된 신병은 아직 군인의 생활규범에 익숙해 있지 않을 것이므로, 그가 전형적인 군대 집단의 말투를 사용하면 어색하게 마련이다. 그런데도 불구하고 군에 입대하여 군인이 되었다는 사실에 매달려 그의 말투를 그런 방식으로 묘사한다면 좋은 표현이 되지 않는다. 뿐만 아니다. 갓 결혼한 신부가 "여보" 하고 큰소리로 남편을 부르는 것도 옳은 표현이 되지 않을 것이다. 그러므로 인물이 처한 상황을 면밀하게 고려하여 인물의 개성이 선명하게 드러나도록 해야 할 것이다.

아들이 들어오고 뒤따라 며느리가 들어왔다. 화산댁이는 더욱 몸을 도사렸다. 며느리는 선 채로 눈을 내리감으면서,

―아끼는 어문인 줄 모르고…….

―괜찮다!

화산댁이도 외쳤다. 서로 욕하다가 들킨 때처럼 민망하고 딱한 동안이었다. 다행히 절은 하지 않았다. 이윽고 며느리가 부엌으로 나가자 화산댁이는 기인 한숨을 내쉬었다. 아들은 종시 말이 없다.

―이천댁 박손이 죽었다. 모르제?

―…….

―잔구리기 데리고 이천댁도 살기가 말 앙이다!

―…….

―붓돌이가 장개갔다. 색씨가 수수하고 들일도 잘하더라!

―그런데, 야야, 내가 온 짐에 안사돈을 한번 봐야 안 되겠나?

아들은 그만 기를 펄쩍 내면서,

―뭐라카능기요, 냄새시럽구로!

화산댁이는 뭐가 남새스러운지를 알 수가 없었다.

—오영수, 〈화산댁이〉 중에서

윗글은 산골에 사는 어머니(화산댁이)가 도시로 장가간 아들을 찾아가서 아들과 며느리 그리고 손녀에게 당하는 박대를 집약하여 보여주는 대화의 한 부분이다. 화산댁이가 아들에게 고향산골의 소식을 전할 때 아무 말도 하지 않고 있는 아들과 반말도 아니고 어정쩡한 말로 변명을 하는 며느리는 각기 그들의 개성적 속성을 선명하게 드러내고 있다. 그러기에 화산댁이의 순박하고 따뜻한 마음은 오히려 더 짙게 나타나고, 사투리로 인해서 그 순박의 멋은 확산되고 있는 것이다.

제2장 언어의 바른 의미를 이해하는 길

앞 장에서 언어가 본래적으로 어떤 색깔을 지니고 있으며, 이를 실제 글쓰기에서 어떻게 활용되고 있는지를 알아보았다. 이제 한 발 더 나아가 언어가 지니고 있는 문장과의 연관, 단락과의 상관 등 그 활용의 기법을 체계적으로 살펴보고자 한다.

먼저 하나의 글은 여러 개의 단락으로 이루어진다. 각각의 단락은 또한 여러 개의 문장으로, 그리고 각각의 문장은 다시 여러 개의 어휘로 이루어진다. 따라서 좋은 글이란 별다른 것이 아니다. 좋은 단락들이 짜임새 있게 모인 것이 바로 좋은 글이다. 그리고 좋은 단락이란 좋은 문장들이, 또한 좋은 문장이란 적절하게 쓰여진 어휘들이 짜임새 있게 모인 것에 지나지 않는다.

그렇다면 좋은 글을 쓰기 위해 우리가 공부해야 할 것은 분명해진다. 바로 좋은 단락, 좋은 문장, 그리고 적절하게 쓰여진 어휘란 어떤 것인가에 대해 아는 것이다. 이제부터 이러한 것들에 대해 함께 생각해보기로 한다. 단락, 문장, 그리고 어휘란 어떤 성격을 지닌 것이며 이러한 것들이 훌륭한 모습을 지니기 위해서는 어떠한 조건들이 필요한가 하는 것들을 공부해보겠다는 것이다. 여기서는 글을 만들어내는 가장 기본적인 요소가 되는 어휘에 대해 살펴보기로 하겠다.

1. 표준어

1) 공식적인 언어생활에서는 표준어를 써야 한다

표준어란 한 언어사회에서 공식적으로 사용되는 언어이다. 한 언어사회 안에서 사용되는 말들은 헤아릴 수 없이 많다. 그 많은 말들 중에서 특정한 말들만을 뽑아 공적인 언어생활에 사용하도록 인위적으로 정한 것이 바로 표준어이다. 따라서 공적인 글에서는 반드시 표준어만을 사용하여야 하며 표준어가 아닌 말들은 사적인 글에서만 그 사용이 가능하다.

그러면 표준어를 정해서 쓰도록 한 이유는 무엇일까. 표준어의 기능에는 많은 것이 있지만 대표적인 것 두 가지만 지적하고 넘어가도록 하겠다.

첫째는 정확한 의사소통을 위해서이다. 사람들은 제각기 지닌 특정한 환경하에서 자연스럽게 익히게 된 언어들이 있다. 그런데 모두가 스스로의 편리를 위해 이러한 언어만을 고집한다면 전사회적 차원에서는 심각한 의사소통의 혼란이 생기게 될 것이다. 표준어란 바로 정확한 의사소통의 기준이 되는 언어이다. 각 지역의 방언을 표준어에서 배제한 것을 생각해보면 이 사실은 쉽게 이해할 수 있을 터이다.

둘째는 품위 있는 언어생활을 위해서이다. 한 사회의 언어 중에는 좋지 않은 의도나 성격을 지닌 말들이 있다. 이러한 말들은 사람들 사이에서 지켜야 할 예의에 어긋난 말들이며 따라서 이러한 말들을 거리낌없이 사용하게 된다면 그 사회의 인간관계는 크나큰 손상을 입게 될 것이다. 표준어란 바로 예의에 어긋나지 않는 품위 있는 언어의 기준이 되는 것이다. 비속어나 은어 등을 표준어에서 배제한 것을 생각해보면 또한 이 사실이 쉽게 이해될 수 있을 터이다.

이처럼 표준어는 정확한 의사소통과 품위 있는 언어생활의 기준이 되는 언어이다. 정상적인 사회생활을 위해 필요한 기본적인 지식과 품위를 갖춘 이를 일러 흔히 교양인이라 한다. 그렇다면 결국 표준어는 그 사회가 추구하는 이상적인 교양인의 기준이 되는 언어이기도 한 것이다.

2) 표준어는 교양인의 척도이다

현재 시행되고 있는 한글 맞춤법의 규정에 의하면 "교양 있는 사람들이 두루 쓰는 현대 서울말"로서 표준어 기준을 삼고 있다. 신문이나 방송에서 매일 대하는 언어인 만큼 이러한 표준어의 구사를 그렇게 어렵지 않은 것으로 생각하는 사람들이 많다. 그러나 그것은 사람들의 생각일 뿐 표준어의 구사란 생각처럼 쉬운 것이 아니다.

대학교의 작문시간을 통해 학생들의 표준어 구사능력을 시험해본 일이 있다. 그 결과는 참으로 참담한 것이었다. 내가 낸 문제의 20퍼센트 이상을 맞춘 학생이 한 손으로 꼽을 정도였던 것이다. 나는 학생들에게 그 사실을 알려주면서 고개를 들기 힘들었다. 학생들의 무안해하는 얼굴을 차마 똑바로 쳐다보기가 민망했기 때문이었다. 그러나 잠시 후 나는 오히려 내 얼굴이 괜히 벌개져오는 느낌을 경험해야만 했다. 학생들이 그 사실을 그리 부끄럽게 여기지 않았기 때문이다. 나는 사태의 심각성을 절감하지 않을 수 없었다.

사실 표준어를 잘 모른다는 사실 자체는 그리 큰 문제가 아니다. 그 사실을 되도록이면 빨리 깨닫고 그때부터라도 표준어를 사용하도록 노력하면 되기 때문이다. 하지만 표준어를 거의 구사하지 못하면서도 그 사실을 부끄러워하지 않는다는 것은 정말 큰 문제가 아닐 수 없다. 부끄러워하지 않는다는 것은 곧 개선할 의사가 없다는 것이다. 따라서 앞으로도 그들은 표준어를 배우기 위해 아무런 노력도 기울이지 않을 것이다.

대학생이라면 우리 사회 최고의 지성인으로 평가받고 있는 집단이다. 그런데도 그들이 표준어를 제대로 구사하지 못하고 또 그럴 의사조차 갖지 않고 있다는 사실은 무엇을 의미하는 것일까. 표준어가 교양인 또는 지성인의 기준이 된다는 생각을 그들이 갖고 있었다면 결코 이런 일은 없을 것이다. 그렇다면 그 사실은 바로 표준어를 구사하지 못한다는 것이 그들의 지성인으로서의 자부심에 조금도 상처를 주지 못했다는 것을 의미하는 것이다. 표준어를 구사하지 못한다고 해서 자신이 무식하거나 품위 없는 사람이 되지는 않는다고 그들은 생각하고 있는 것이다.

사실 제대로 표준어를 사용하는 사람이 거의 없는 형편이니 그들의 그런 생각도 그렇게 무리는 아니다. 하지만 이것은 더욱 슬픈 사실을 우리에게 알려준다. 그것은 바로 우리 사회가 추구하는 교양인 또는 지성인의 수준이 참으로 저급한 것이라는 사실이다. 즉 표준어를 구사할 수 있는 정도의 지식과 품위조차 없어도 지성인으로 대접받을 수 있을 만큼 우리 사회의 격이 낮다는 것이다.

이 사실을 다시금 확인하는 데는 그리 큰 노력이 필요하지 않다. 가끔씩 우리 사회의 지도층 인사들이 텔레비전에 나와서 연설을 하거나 토론을 하는 것을 볼 수 있다. 그중 많은 이들이 표준어를 구사하지 못하고 있다. 아니 구사하지 않고 있다. 그 정도 위치에 오르도록 표준어를 배우지 못했다면 그것은 곧 그럴 의사가 없었기 때문일 것이다. 또한 신문의 기사나 방송의 뉴스를 접할 때에도 표준어를 사용하지 않는 경우를 자주 볼 수 있다.

하지만 그럴수록 표준어를 사용해야 할 필요성은 더욱 커진다. 표준어를 구사하지 못하고도 교양인, 지성인이 될 수 있는 사회라면 표준어를 구사할 수 있다는 것은 보통 이상의 교양인, 지성인임을 의미하는 것이 되기 때문이다.

앞서도 말한 바 있듯이 표준어를 사용한다는 것은 생각처럼 쉬운 일만은 아니다. 수많은 어휘의 성격과 의미를 정확하게 알아야 하며 맞춤법에 관한 지식도 꾸준히 공부해야 한다. 이를 위해서는 좋은 글을 많이 읽어서 여러 어휘의 정확한 용례를 숙지해야 하는 것은 물론이고 맞춤법에 관한 전문서적을 한두 권 정도는 장만해서 의문이 생길 때마다 참고하는 습관을 길러야 한다.

한 가지 더 말해두고 싶은 것은 한글 맞춤법의 규정에 대해 오해가 있는 사람이 많다는 것이다. 표준어를 올바로 구사하지 못하는 학생들에게 나는 그 이유를 물어보았다. 물론 대부분은 자신의 공부가 부족했기 때문이라는 겸손함을 보였으나 다른 생각을 가진 학생들도 의외로 많았다.

"맞춤법 규정이 너무 자주 바뀌는 것 같습니다. 그렇게 자주 규정을 바꾸면서도 이를 널리 알리지도 않으니 국어를 전공하는 학생이 아닌 다음에야 이를 잘 모르는 것은 어찌보면 당연하다고 생각합니다."

그 학생들의 생각은 대체로 위와 같았다. 나는 웃지 않을 수 없었다. 한글 맞춤법 규정은 일제시대에 나라말 사랑을 통해 국난을 극복하려 했던 선각자들의 노력으로 1933년 처음 제정되었다. 그것이 바로 조선어학회의 한글 맞춤법 통일안이다. 이 맞춤법 규정이 오래 쓰이다가 50여 년의 세월이 지난 1989년 처음으로 한 차례의 개정이

있었다. 이것이 바로 문교부 고시 한글 맞춤법이다. 개정이라고는
하나 전면적인 것은 아니고 기존 맞춤법 규정의 문제점과 그 동안의
언어생활의 변화를 어느 정도 반영한 제한적인 것이었다. 즉 한글
맞춤법의 규정은 50년 만에 한 차례 그것도 아주 제한적으로 바뀐
것에 지나지 않는다. 그런데도 위와 같은 대답을 하는 학생들이 많
았으니 웃지 않을 수 없었던 것이다.

그런데 이후 나는 한글 맞춤법에 대한 이러한 오해가 상당히 넓게
퍼져 있다는 사실을 알게 되었다. 학생들뿐만 아니라 그 외의 꽤 여
러 사람에게서 또다시 이런 말을 들을 수 있었기 때문이다. 도대체
왜 이런 오해가 만연하게 되었는지는 확실히 알기 어렵다. 신문, 잡
지 등에서 개정의 내용에 대해 단편적인 보도를 제각기 한두 차례
한 것이 원인일 수도 있다. 보도의 내용을 주의 깊게 읽지 않고 그
저 이것이 바뀌었다 저것이 바뀌었다 하는 소리를 자주 듣다보면 그
런 오해를 할 수도 있는 것이다.

이런 오해는 하루바삐 사라져야 한다. 공부가 부족한 것을 얼토당
토않은 오해로 합리화하게 된다면 이것은 개인의 부끄러움일 뿐 아
니라 사회적 차원에서도 표준어를 불신하게 되는 좋지 않은 영향을
미칠 수 있기 때문이다.

일상생활에서 정확한 표준어를 잘 알지 못하고 틀리게 쓰는 일이
많은 어휘를 다음에 실어보았다. 올바른 언어생활에 도움이 될 수
있도록 눈여겨보아 두어야 할 것이다.

3) 바로잡아야 할 비표준어

- 가르마   = 가름마 / 가리매 / 가르매 〈 가리마
- 가름하다   〈 갈음하다 = 대신 / 대체하다. 가름 = 나눔. '가름
          하다' 라는 말은 없다

- 가위표   =가께표〈가새표=X표. 가께는 '곱하다'의 일어
- 간막이   〈칸막이. 간막이는 사어. 방 한 간〈방 한 칸
- 강남콩   〈강낭콩. 어원은 江南콩=중국 강남지방에서 들
             여온 콩
- 개나리봇짐   =담봇짐〈괴나리봇짐=짊어지기 편하게 보자기
             에 싼 짐
- 개이다   〈개다. 설레이다〈설레다(개인 날—갠)
- 개피   =가피/가치/까치/깨비〈개비=가늘게 쪼갠 나
             무 등의 토막/조각
- 골르다   〈고르다. 졸르다〈조르다. 갈르다〈가르다. 달르다
             〈다르다
- 공표   〈동그라미표=○표
- 광우리   〈광주리
- 괴꽉하다   〈괴팍하다. 원어는 '乖愎하다'이나 단순화한 형태
             를 표준어로 삼음
- 구미   〈꾸미=국. 찌개 등에 넣는 쇠고기의 작은 조각
- 귀에지   〈귀지
- 귀후비개   〈귀이개
- 까탈스럽다   〈까다롭다
- 깡술   〈강술
- 깡총깡총   〈깡충깡충=껑충껑충
- 깡충하게   〈깡총하게
- 꼬시다   〈꼬이다/꾀다/꼬드기다
- 꼭둑각시   〈꼭두각시
- 꼽슬머리   〈곱슬머리=고수머리
- 끄나불   〈끄나풀. 끄나불은 사어
- 나뭇군   〈나무꾼. '~군'의 표현은 사어(일꾼/농사꾼/사기

꾼 / 장사꾼 / 지게꾼)
- 나부랑이   ＝나부래기 / 나부라기 〈나부랭이
- 날으는   〈나는(날으는 원더우먼—나는)
- 남비   〈냄비. 어원은 일어 '나베'에서 전이된 남비
- 내노라   〈내로라(내로라 하는 사람들이 다 모였다)
- 내음새   〈냄새
- 녹슬은   〈녹슨. 낯설은〈낯선. 외따른〈외딴
- 놀래키다   〈놀래다 ＝놀라게 하다
- 다림이질   〈다리미질
- 대싸리   〈댑싸리. 비의 재료가 되는 식물
- 덥밥   〈덮밥 ＝덮다와 밥의 합성어
- 덥히다   〈데우다 ＝덥다의 사동형
- 돐   〈돌 ＝생일 / 주기(돐은 사어)
- 두리뭉수리 〈두루뭉수리 ＝짜임새 없이 함부로 뭉쳐진 것(뭉
수리 ＝모가 없는 모양)
- 두리뭉실하다〈두루뭉술하다 ＝모나지도 아주 둥글지도 않고 그
저 둥글다
- 두째 / 세째 〈둘째 / 셋째. 네째〈넷째
- 뒷갈무리   〈뒷감당 / 뒷갈망 ＝일의 뒤끝을 감당하여 처리하다
- 들이붓다   〈들어붓다(하늘에서 비가 들이붓고 있다—들어붓
고)
- 딱다구리   〈딱따구리
- 떨어먹다   〈털어먹다
- 막동이   〈막둥이. 귀동이〈귀둥이
- 망그뜨리다 〈망가뜨리다
- 머쓱하니   〈머쓱히 / 머쓱하게. 머쓱하다 ＝어색하다. 어울리
지 않게 키큰 모양

- 모듬찌개 〈 모음찌개. '모두다' 는 '모으다' 의 사투리
- 모밀 〈 메밀
- 무우 〈 무
- 미류나무 〈 미루나무. 원어는 '美柳나무'
- 미싯가루 〈 미숫가루. 발음의 편의상 표준어를 바꿈
- 바라겠습니다〈바랍니다. '바라다' 가 미래의 소망을 의미하는 데서 온 착각
- 바램 〈 바람. '바라다' 에서 온 말
- 발자욱 〈 발자국. 자욱〈자국(도둑의 발자국. 지나온 자국)
- 복숭아뼈 〈 복사뼈
- 봉숭화 〈 봉숭아 = 鳳仙花
- 부비다 〈 비비다(눈을 부비며—비비며)
- 부스럭지 〈 부스러기
- 불삽 〈 부삽(불손〈부손 / 솔나무〈소나무 / 찰조〈차조 / 볼조개〈보조개)
- 뻘 〈 펄 = 질척질척한 진흙
- 삐기 〈 삘기 = '띠' 라는 식물의 어린 이삭
- 사느라면 〈 사노라면. '~노라면' = ~하다가 보면
- 삭갈리다 〈 섞갈리다 = 뒤섞여 갈피를 잡기 어렵다
- 삭월세 〈 사글세 = 月貰. 朔月貰는 한자의 차용에 불과함
- 살짝이 〈 살짝(살짝이 다녀가다—살짝)
- 삵괭이 〈 살쾡이. 삵괭이는 사어
- 삼가하다 〈 삼가다(삼가하여 주십시오—삼가)
- 상치 〈 상추
- 새악시 〈 새아씨 / 새아기씨
- 색씨 〈 색시
- 서울나기 〈 서울내기 (시골나기〈시골내기 / 신출나기〈신출내기

/풋나기〈풋내기)

- 설롱탕 〈설렁탕＝先農湯의 변이라는 설이 가장 유력. 일
         종의 소고기탕
- 성황당 〈서낭당. 서낭의 원어는 城隍(성황신〈서낭신/성황
         단〈서낭단)
- 시지부지 〈흐지부지
- 신기스럽다 〈신기롭다
- 심지뽑기 〈제비뽑기. 제비＝승부나 차례 등을 표시한 종이
          쪽/나무쪽
- 쌀끔   〈쌀금. 금＝물건의 값. 토박이말
- 쌕쌔기 〈쌕쌕이. 살사리〈살살이. '살살거리다/쌕쌕거리
         다'에서 온 말
- 아구찜 〈아귀찜. 아귀＝일어의 안강(어) (안강망 어선)
- 아지랭이 〈아지랑이
- 알맞는 〈알맞은. 성상형용사는 '―는'을 붙일 수 없다(알
         맞는 말―알맞은)
- 알타리무 ＝달랑무〈총각무. 뿌리가 잘고 어린 무를 무청째
         로 김치로 담근 것
- 애기   〈아기
- 얼룩이 〈얼루기. 기럭이〈기러기. 뻐꾹이〈뻐꾸기
- 오뚜기 〈오뚝이. 홀쭈기〈홀쭉이. '오뚝하다/홀쭉하다'에
         서 온 말
- 오랜 동안 〈오랫동안. 오래다＝지나간 동안이 길다(오랜 세
          월)
- 오랫만에 〈오랜만에 ＝ 오래간만에
- 오손도손 〈오순도순
- 오얏나무 〈자두나무. 오얏나무는 고어

140

- 왠만큼 〈웬만큼. 왠일/왠걸〈웬일/웬걸
- 우두머니 〈우두커니
- 웬지 〈왠지. 왜 = 어째서. 웬 = 어떠한/어찌된
- 유부꾸미 〈꾸러미 = 재료를 먹기 좋게 꿰놓은 것(모듬꾸미―
　　　　　　　꾸러미)
- 육계장 〈육개장 = 일종의 소고기탕
- 으례 〈으레. 으레껏〈으레껏. 원어는 '依例'
- 으시대다 〈으스대다. 으시러뜨리다〈으스러뜨리다. 으시러
　　　　　　지다〈으스러지다
- 으시시하다 〈으스스하다. (으시시〈으스스)
- 으악새 〈억새(풀)
- 있느라니 〈있노라니. '~노라니' = ~하고자 하니(보고 있느
　　　　　　라니―있노라니)
- 있다가 〈이따가 = 조금 후에(있다가 오십시오―이따가)
- 장닭 〈수탉
- 재치국 〈재첩국. 재첩 = 가막조개. 주로 흑갈색을 띤 세모
　　　　　꼴의 조개
- 재털이 〈재떨이
- 저으기 〈적이. 어원은 '적다'
- 주십시요 〈주십시오
- 지리하다 〈지루하다. 원어는 支離하다
- 짓물다 〈짓무르다
- 찌게 〈찌개
- 치루다 〈치르다(삯/잔치/아침을 치르다)
- 칼치 〈갈치 = 刀魚
- 켸켸묵다 〈케케묵다
- 통털어 〈통틀어

- 트기 〈튀기
- 팔목시계 = 팔뚝시계〈손목시계
- 펀뜻 〈언뜻
- 하고저 〈하고자
- 햇갈리다 〈헷갈리다 / 헛갈리다 = 뒤섞여 분간키 어렵다
- 했구료 〈했구려
- 허위대 〈허우대. 허위적거리다〈허우적거리다. 허위적허
  위적〈허우적허우적
- 호루루기 〈호루라기
- 황새기젓 〈황석어젓
- ~게시리 〈~게끔 / ~도록(정신없게시리—없게끔 / 없도록)
- ~길래 〈~기에(누구시길래—누구시기에. 누가 살길래—살
  기에)

4) 복수표준어

- 안녕하세요 / 안녕하셔요. 책이에요 / 책이어요
- 무너뜨리다 / 무너트리다. 깨뜨리다 / 깨트리다. 떨어뜨리다 / 떨
  어트리다
- 출렁거리다 / 출렁대다. 건들거리다 / 건들대다. 하늘거리다 / 하
  늘대다
- 꾀다 / 꼬이다. 쐬다 / 쏘이다. 죄다 / 쪼이다. 죄다 / 조이다
- 서럽다 / 섧다. 머무르다 / 머물다
- 노을 / 놀. 시누이 / 시뉘 / 시누. 오누이 / 오뉘 / 오누
- 외우다 / 외다. 찌꺼기 / 찌끼. 좀처럼 / 좀체. 버들강아지 / 버들
  개지
- 소고기 / 쇠고기. 소뿔 / 쇠뿔. 소기름 / 쇠기름

- 오른/바른. 네/예
- 가뭄/가물. 넝쿨/덩굴. 옥수수/강냉이. 땅콩/호콩. 개수통/설거지통

2. 방언은 지역적 정감의 산실이다

1) 방언을 사용하여 독특한 지역적 특성의 정감을 환기할 수 있다

방언은 바로 여러 지역의 사투리를 가리키는 말이다. 즉 특정의 지역사회에서만 제한적으로 통용되는 폐쇄성을 지닌 언어이다. 따라서 방언은 물론 표준어는 될 수 없다. 따라서 일반인을 대상으로 하는 공식적인 글에서 방언을 사용하는 것은 옳지 않다. 근래 국어 순화운동의 일환으로서 방언과 표준어를 엄격히 구분하고 방언을 되도록이면 표준어로 고쳐 쓰는 작업이 진행되고 있다. 그러나 개인적인 생각으로는 방언은 국어순화의 대상은 아니라고 본다. 즉 표준어가 있다고 해서 방언을 버려야 하는 것은 아니라는 것이다.

방언은 그 나름대로의 긍정적 기능을 지닌 귀한 우리말이다. 방언은 의미를 전달하는 기능 이외에도 그 어떤 정서를 강하게 불러일으키는 독특한 기능을 지니고 있다. 예를 들어 '밥 먹었니?' 라는 표준어의 표현을 경상도 방언의 표현인 '밥 뭇나?' 로 바꾸어보자. 앞의 표현은 식사의 여부를 묻는 단순한 의미전달의 기능을 지닐 뿐이다. 반면 뒤의 표현은 이러한 의미전달의 기능뿐만 아니라 경상도의 풍토에서 우러나오는 독특한 지역적 정감, 그리고 그런 표현을 쓰는 사람의 혹은 억세게, 혹은 순박하게 느껴지는 독특한 개인적 정감을 환기하는 기능까지도 지니고 있는 것이다.

표준어는 공식적인 의사소통이 궁극적인 목적이다. 따라서 의미전달이 가장 효과적으로 이루어지도록 규격화되고 획일화되게 마련이다. 따라서 의미의 차원을 넘어서는 독특한 정감의 세계를 섬세하게 표현하는 데 있어 표준어는 아무래도 한계를 지닌 언어이다. 하지만 이런 측면에 있어 그 어떤 언어도 따라올 수 없는 특출한 능력을 발휘하는 언어가 바로 방언인 것이다.

앞서도 말했듯이 방언은 우선 향토의 언어로서 독특한 지역색을 드러낼 수 있다. 또한 방언은 일상생활과 가장 밀착된 언어로서 개인의 독특한 원초적 생활감정을 드러낼 수 있다. 지역색이나 원초적 생활감정 등은 말이 지닌 의미만으로는 결코 그 전모가 드러나지 않는다. 그것들은 의미를 넘어선 정서의 영역에 속하는 것들이기 때문이다. 따라서 의미전달에 치중하는 표준어로는 결코 이러한 것들을 표현해 낼 수가 없다. 이러한 표준어의 한계와 부족을 메워줄 수 있는 것이 바로 방언이다. 표준어를 안다고 해서 방언을 버려야 하는 것은 아니라는 말은 바로 이러한 이유 때문이다.

방언을 사용할 수 있고 또 많이 사용하는 글에는 크게 두 가지 종류가 있다. 첫째, 사적인 글이다. 즉 글쓰는 이와 개인적으로 특수한 관계에 있는 사람에게 특수한 목적을 가지고 쓰는 글이다. 편지글 같은 것이 대표적인 것이다. 이런 글에서는 둘 사이에 흐르는 개인적 정감을 서로에게 확인시키기 위해 흔히 방언을 사용한다. 둘째는 문학적인 글이다. 문학적인 글은 인물이나 사건, 배경 등을 구체적으로 형상화하는 것이 특징이다. 따라서 인물이나 배경의 성격을 두드러지게 하려는 목적으로 흔히 방언을 사용한다.

"진수야!"

"예."

"니, 우짜다가 그래 댔노?"

144

"전쟁하다가 이래 안 됐심니꾜. 수루탄 쪼가리에 맞았심더."

"수루탄 쪼가리에?"

"예."

"음……."

"얼른 낫지 않고 막 썩어들어가기 땜에 군의관이 짤라버립디더. 병원에서예."

"……."

"아부지!"

"와?"

"이래 가지고 나 우째 살까 싶습니더."

"우째 살긴 뭘 우째 살아. 목숨만 붙어 있으면 다 사는 기다. 그런 소리 하지 마라."

"……."

"나 봐라. 팔뚝이 하나 없어도 잘만 안 사나. 남 봄에 좀 덜 좋아서 그렇지. 살기사 와 못 살아."

"차라리 아부지같이 팔이 하나 없는 편이 낫겠어예. 다리가 없어노니, 첫째 걸어댕기기에 불편해서 똑 죽겠심더."

"야야, 안 그렇다. 걸어댕기기만 하면 뭐 하노. 손을 지대로 놀려야 일이 뜻대로 되지."

"그럴까예?"

"그렇다니. 그러니까, 집에 앉아서 할 일은 니가 하고, 나댕기메 할 일은 내가 하고, 그러면 안 되겠나, 그제?"

"예."

—하근찬, 〈수난 이대〉 중에서

아버지와 아들이 경상도 사투리로 대화를 나누고 있는 글이다. 작가는 이 인물들의 성격에 대해 단 한마디의 설명도 해주지 않았지만 우리는 이 인물들이 마치 매일 만나는 사람들이기나 한 것처럼 그들의 성격을 생생히 알 수 있다. 배운 것 없고 가진 것 없어 항상 당하고만 살아온 사람들, 그럼에도 불구하고 억센 생명력과 구수한 인정으로 꿋꿋이 내일의 삶을 꾸려나가는 사람들이라는 것을 가슴으로 느낄 수 있다. 이것이 바로 방언의 마력이다. 설명이 아니라 느낌으로만 알 수 있는 인간성의 한 측면을 그 어떤 언어보다도 효과적으로 전달할 수 있는 것이 바로 방언인 것이다.

3. 외국어와 외래어는 유식을 드러내는 도구가 될 수 없다

1) 외국어와 외래어는 쓸 자리를 가려서 써야 한다

외래어는 외국에서 들어온 말 중 이미 국어로 인정받고 있는 말이다. 따라서 외래어는 국어가 아닌 외국어와는 엄밀히 구별되어야 할 개념이다. 외래어가 국어로 인정받고 있는 이유는 거기에 해당하는 우리말이 없기 때문이다. 그렇다고 해서 그 말을 쓰지 않을 수는 없으므로 이를 그대로 받아들여 국어로 인정하게 된 것이다. 따라서 외국어와 외래어를 구별하는 방법은 간단하다. 우리말로 대체될 수 있는 것은 모두가 외국어이다. 예를 들어 나이프는 우리말 칼로 대체할 수 있으므로 외국어이다. 하지만 버스는 이에 해당하는 우리말이 없으므로 국어로 받아들여 쓰게 된 외래어이다.

외국어는 꼭 필요한 경우가 아니고서는 사용해서는 안 된다. 흔히 자신의 지식을 과시하려는 목적에서 우리말을 써도 될 곳에 굳이 외국어를 쓰는 사람이 있는데 이는 오히려 교양의 천박성을 드러내줄 따름이다. 그리고 듣는 이에게 호감을 주지도 못한다. 잘 생각해보면 이는 쉽게 알 수 있다. 듣는 이가 그 외국어를 아는 경우에는 그 것이 무슨 별다른 유식함도 되지 않을 것이고 듣는 이가 그 외국어를 모르는 경우에는 그에게 지적인 소외감을 줌으로써 잘난 척한다는 소리밖에 들을 수 없는 것이다.

우리말에는 유난히 외래어가 많은 편이다. 이처럼 외래어가 많이 사용되는 데에는 이유가 없는 것도 아니다. 우선 근대화과정에서 외국의 문물이 지나치게 빠른 속도로 유입되었기 때문이다. 따라서 이에 대응하는 국어를 일일이 만들어낼 시간적 여유를 가질 수 없었던 것이다. 이에 대응하는 국어를 만들어낸 경우라도 또한 이를 대중화시키기가 어려웠다. 독특한 내포를 지닌 외국어를 우리말로 옮기는 과정에서 그 내포를 왜곡하거나 훼손하는 사례가 많았고 또한 그 내포를 정확히 표현한 경우라 하더라도 일상생활에 쓰이기에는 지나치게 불편한 표현이 되기가 일쑤였기 때문이다.

오래 전에 대대적인 국어순화운동을 펴면서 흔히 쓰이는 각종 스포츠 용어를 국어로 바꾼 일이 있었다. 그런데 그 대체어가 지나치게 생경하고 우스꽝스러워 많이 웃었던 기억이 난다. 이를테면 골키퍼를 수문장이라고 부르는 식이었다. 결국 이 대체어들은 사람들에게 받아들여지지 못한 채 폐기되고 말았다. 그러므로 적절한 대체어를 만들지 못해 이미 완전히 국어화된 외국어를 굳이 국어로 바꾸려는 일은 어렵기도 하려니와 절실한 필요성도 없다고 생각된다. 물론 가장 바람직한 경우는 사람들이 모두 좋아하며 쓸 수 있을 만큼 적절한 대체어가 만들어지는 것이겠지만 말이다.

문제가 되는 것은 외래어 아닌 외래어의 경우이다. 다시 말해 이에 대응하는 우리말이 분명히 있는데도 오히려 이를 쓰는 것이 더욱 일반화되어버린 외국어들을 말하는 것이다. 우리말 대체어가 있으니 외래어라 할 수도 없고 완전히 국어화하였으니 외국어라 하기도 어려운 묘한 경우이다. 이러한 외래어 아닌 외래어 또한 우리말에는 유난히 많다.

그 이유는 험난했던 우리의 역사를 돌이켜보면 쉽게 알 수 있다. 우리나라는 유달리 외국의 침략을 많이 받은 나라이다. 때로는 나라의 뿌리가 흔들릴 만큼 외국의 영향력이 강성했던 때도 있었다. 고려시대에는 몽고가, 조선시대에는 일본이, 그리고 해방 후에는 미국이 그러한 영향력을 행사한 적이 있었다. 그리고 굳이 어느 때라 할 것 없이 중국은 항상 우리나라에 대해 강력한 영향력을 행사하고 있었다. 이러한 외국의 영향력과 함께 그 나라의 언어도 국어에 대해 영향력을 행사하게 되었다. 몽고어와 일본어, 그리고 영어와 한자 등이 우리말에 스며들어와 마치 국어인 것처럼 행세하게 된 것이다. 국어에 외래어 아닌 외래어가 유난히 많은 이유는 바로 이러한 역사적 조건의 결과인 것이다.

이러한 외래어들이 그 어떤 언어적 필요성에서 유입된 것이 아님은 말할 것도 없다. 이제 우리나라는 명실상부한 독립국이다. 이러한 외래어가 유입될 수밖에 없었던 역사적 조건은 이제 모두 사라진 것이다. 따라서 이러한 외래어들이 쓰여져야 할 아무런 이유도 없다. 마땅히 버려야 할 것이다. 편리하다고 해서, 또는 유식하게 보이려고 이러한 외래어들을 마냥 사용하는 것은 어찌 보면 참으로 지각 없는 행동이다. 우리가 그렇게 청산해버리려고 애썼던 역사적 조건들, 즉 외국의 영향력을 스스로 인정하는 꼴이 되고 말기 때문이다.

따라서 이러한 외래어들은 보편적으로 사용되는 우리말 대체어가 있는 경우에는 즉시 버려야 한다. 그리고 그러한 우리말 대체어가 없는 경우라 해도 시급히 대체어를 만들어 이를 대중화시켜 나가야 한다.

북한에서처럼 아이스크림을 얼음보숭이로 부르는 언어생활을 할 필요는 없다. 그런다고 해서 반드시 튼튼한 주체성이 유지되는 것도 아니다. 그러나 칼이나 전화, 근성이나 차다라는 우리말이 있는데도 굳이 나이프나 텔레폰, 곤조나 히야시 등의 말을 쓰는 또 다른 형태의 작위적인 언어생활은 이제 사라져야 한다. 쓸데없이 외국어를 남용한다든지 불행했던 역사적 조건 아래에서 비정상적으로 유입된 외래어를 남용한다든지 하는 행위는 주체적이지 못한 인격을 그대로 드러내 보여주는 것이기 때문이다.

오늘날 우리 사회에서 쓰지 않아야 할 이유가 가장 분명하면서도 또한 가장 흔히 쓰이고 있는 외래어가 바로 일어계 외래어이다. 다음에 흔히 쓰이는 일어계 외래어와 이를 국어로 순화한 것을 몇 가지 들어보았다.

2) 버려야 할 일어계 외래어들

▶일어를 그대로 받아 쓴 말들
- 가다마이   양복
- 가라   무늬/바탕(가라는 좋은데 옷감이 안 좋다)
- 가이당   계단(이 건물은 가이당이 너무 가파르다)
- 고데   흙손/인두/머리지지개(고데하다)
- 곤   감(청)색(곤색 양복)
- 곤죠   근성 또는 좋지 않은 성격
- 기스   흠
- 기지   천/옷감(하늘색 기지)
- 노가다   공사판 노동자
- 다라   네모지게 만든 그릇/함지(고무 다라이)
- 다마네기   양파
- 단까   들것(모래 두 단까만 가져 와라)
- 단도리   '段取'. 준비/채비(단도리를 잘해라)

- 도키다시   갈닦이 (저희 집 도키다시 잘 부탁합니다)
- 루베   입방미터 (모래 1루베만 가져 와라)
- 몸뻬   여자 바지
- 무데뽀   '無鐵砲'. 무모한/막된 사람 또는 무모하게/막되
          게 (무데뽀로)
- 사시미   생선회 (이 집 사시미 맛이 좋다)
- 삼마이   희극배우/멍청이 (에라, 이 삼마이 같은 녀석아)
- 소데나시   소매 없는 옷
- 소라   '空'. 하늘(색) (소라색 하늘)
- 소바   국수 (메밀 소바)
- 스시   초밥 (스시 1인분)
- 스키다시   곁들이 안주 (와사비랑 스키다시 좀더 주시오)
- 식사라   개인 접시
- 아나고   붕장어
- 아사리   수라장/무법천지/난장판 (거기는 완전히 아사리판
          이다)
- 야지   야유/조롱/훼방
- 오자미   놀이주머니 (오자미 던지기 놀이)
- 와사비   고추냉이
- 우라   안/안감 (이 옷은 몇 번 빨면 우라가 뒤집혀서 못 쓴
          다)
- 우와기   저고리
- 유도리   여유/이해심
- 쿠사리   면박/야단
- 헤베   평방미터 (자갈을 10헤베만 한 층으로 깔아라)
- 히야시   차게 하다 (히야시 잘된 맥주)
- 히야카시   희롱 (다 큰 처녀가 늦게 다니니 히야카시 당하지)

▶일어식으로 변형된 말들
- 간데라　　　칸데라/등. 포르투갈어 candela의 일어식 발음
- 간스메　　　통조림. can의 일어식 변형. 'can+스메'
- 뎀뿌라　　　튀김. 포르투갈어의 일어식 발음
- 동까스　　　fork cutlet의 일어식 변형. '豚+카스레쓰'
- 레지　　　　lady 또는 register의 일어식 발음으로 추정
- 마호병　　　보온병. '마호(魔法의 일어)+瓶'
- 보루바쿠　　포/판지상자. boardbox의 일어식 발음
- 비후까스　　beef cutlet의 일어식 발음 '비후카스레쓰'에서 온 말
- 사라다　　　샐러드의 일어식 발음
- 조루　　　　물뿌리개. 포르투갈어 jorro의 일어식 발음
- 함박스텍　　hamburg steak의 일어식 발음

4. 신조어와 유행어에 대한 이용방법

　신조어는 새로이 만들어진 말을 모두 가리킨다. 신조어가 만들어
지는 첫 번째 이유는 기존의 언어로는 표현할 수 없는 새로운 사상
(事象)이 자꾸 나타나기 때문이다. 신조어의 창조 및 사용은 불가결
하다. 따라서 새로운 사상을 적절히 표현할 수 있고 언중의 지지를
받는 신조어라면 이를 마다할 이유가 없다. 오히려 적극적으로 이를
사용하는 것이 풍족한 언어생활을 누리는 데 도움이 될 것이다.
　하지만 신조어는 기존의 언어를 좀더 편리하게, 또는 특색 있게
사용하기 위해 만들어지는 경우도 많다. 신조어의 사용에 신중을 기
해야 하는 것은 바로 이 두 번째 경우이다. 이러한 목적을 가진 신
조어는 대개 기존의 언어를 조금 변형하여 만들어진다. 기존의 언어

를 간략하게 줄이거나 또는 음운을 특이하게 변형시키는 것이 대표적이다. 이러한 신조어는 주로 유행어, 비속어, 은어 또는 각종 상품이나 업체의 이름 등에서 그 예를 찾아볼 수 있다. 개성적이고 지성적이고 발랄한 사람을 의미한다는 개지랄, 쓸 만하다는 의미를 지닌다는 쓰리쓰리하다, 그리고 살로만 만들었다는 의미의 살로우만, 나들이를 변형한 나드리, 또 오고 또 오라는 의미의 또또와 등이 모두 그러한 예이다.

물론 언어를 좀더 편리하게, 또는 특색 있게 사용하는 것이 나쁠 것은 없다. 하지만 이러한 신조어들이 대부분 언어의 품위를 떨어뜨리는 표현을 지니고 있는 것은 우려할 만할 일이다. 그리고 사용의 편리성이나 의미의 특색 있는 전달이라는 본래의 목적을 떠나 기발하고 신기한 표현을 통해 감각을 자극함으로써 천박한 흥미를 유발하려는 의도를 지니고 있는 것 또한 우려할 만한 일이다. 이러한 신조어의 만연을 나는 언어가 자본주의의 나쁜 측면에 감염된 것으로 본다. 즉 내실보다는 선정적 자극으로 구매를 유도하려는 상업주의에 의해 언어가 상품화된 것으로 보는 것이다. 이러한 신조어들의 목적이 오로지 잘 팔리는 것, 즉 되도록이면 여러 사람의 입에 많이 오르내리는 것이라는 것만 생각해도 이러한 점을 쉽게 알 수 있다.

유행어란 특정한 시기에 사람들에 의해 집중적으로 사용되는 말이다. 유행어의 등장은 당시의 사회적 조건과 밀접한 연관이 있다. 예를 들어 1960년대에 사회의 각계각층에 나일론이란 말이 대유행을 한 적이 있다. 사람들은 무엇이 좋다는 것을 강조하고 싶을 때는 어디에든 나일론이란 말을 붙였다. 즉 나일론 참외 하면 최고의 참외라는 뜻이다. 이것은 당시 새로이 등장한 나일론이 기존의 다른 섬유에 비해 월등히 많은 장점을 지니고 있어 많은 사람들에게 사랑을 받았던 데서 일어난 현상이다. 그런데 섬유기술이 더욱 발달하여 나일론보다 훨씬 좋은 품질의 섬유가 속속 등장하게 되자 이제 나일론이란 말은 좋지 않다는 것을 강조하고 싶을 때면 어디든 붙이는 말로 또 한 번 유행어가 되었다. 즉 나일론 박수 하면 성의 없이 대충대충 치는 박수를 의미한다. 이처럼 유행어는 당대의 사회현실을 반영하는 독특한 기능을 지니고 있다. 자유분방한 애정관을 지닌 여성들이 등장하기 시작했을 때는 자유부인이란 말이 유행했었고 뇌물이나 청탁으로 일을 해결하려는 풍조가 만연했을 때는 사바사바라는 말이 유행했었다.

유행어가 당대 현실을 반영하여 나타나는 이상 그 사용을 인위적으로 규제할 수는 없는 일이고 또 그럴 필요도 없다. 그러나 근래 만들어져 유행어가 되고 있는 말들을 자세히 살펴보면 현실의 반영이라는 본래의 목적을 떠나 선정적 표현으로 천박한 흥미만을 유발하려는 것이 많다. 그 표현이 언어의 품위를 떨어뜨리는 표현임은 말할 것도 없다. 주로 인기를 노리는 연예인들에 의해 인위적으로 생산되어 현실적 효용가치가 전혀 없이 대중매체의 영향력을 업고 언어의 건강성을 훼손시키고 있을 따름인 것이다.

이처럼 근래 만들어지고 있는 신조어나 유행어는 새로운 사상의 표현, 언어사용의 편리성, 의미의 특색 있는 전달, 시대현실의 반영 등 본래의 긍정적 기능과는 무관하게 사용되고 있는 것이 많다. 상업주의에 감염되어 천박한 표현으로 사람들의 관심을 끄는 데만 몰두하고 있는 것이다. 그러한 신조어가 곧 그러한 유행어가 되고 있다는 사실은 전혀 이상한 일이 아니다. 결국 그 성격은 동일한 것이기 때문이다.

앞서도 말했듯이 언어와 사회는 상호작용을 하는 존재이다. 사회현실이 언어에 영향을 미칠 뿐 아니라 언어 또한 사회현실에 영향을 미친다. 천박한 신조어와 유행어가 만연하는 사회는 그러한 언어처럼 어느 정도 천박해질 수밖에 없다. 그리고 그러한 말을 쓰는 사람 역시 사정은 동일한 것이다. 이를 분명히 인식하여 이러한 신조어와 유행어와는 되도록이면 거리를 두어야 할 것이다. 여기에는 개인의 품위를 유지하는 것은 물론이려니와 사회의 품위를 유지한다는 더 높은 차원의 의의가 숨어 있는 것이다.

5. 비속어와 은어는 어떻게 쓸 것인가

비속어란 격이 낮고 상스러운 언어를 말한다. 비어를 경멸의 의도를 지닌 천박한 말로서, 그리고 속어를 그런 의도가 드러나진 않지만 상스럽고 통속적인 말로 구분하여 말하기도 한다. 거짓말을 공갈이라고 하는 것이 속어이고 입을 주둥아리라고 하는 것이 비어라고 한다면 좀더 이해하기가 쉬울 것이다. 그러나 이 둘은 모두 교양인이 쓰기에는 지나치게 격이 낮은 말이어서 굳이 구별하여 쓰지 않고 비속어로 통칭하는 것이 일반적이다.

지금까지의 설명에서 이미 드러나 있듯이 비속어는 쓰지 말아야 할 대표적인 어휘이다. 흔히 문장에 재미를 주려는 얕은 의도에서 생각 없이 함부로 비속어를 쓰는 경향이 있는데 이것은 사적인 글에서나 가능한 것이고 공적인 글에서는 절대 금해야 할 일이다. 보통 정당한 능력으로 남의 관심을 받지 못하는 이가 단순히 관심을 끌기 위해 비속어를 사용하는 경우가 많다. 철없는 중·고등학생 사이에서 비속어의 사용이 심한 이유가 바로 이 때문이다. 비속어의 사용으로 일시적으로 상대방의 흥미를 유발할 수는 있을 것이다. 그러나 이로 인해 글쓴이의 인격은 여지없이 의심받게 된다는 것을 명심하여야 한다.

은어는 어떤 특정 집단의 구성원들만이 배타적으로 쓰는 언어이다. 따라서 그 집단 이외의 사람이 그 의미를 알기란 쉽지 않다. 범죄 집단 같은 데서 형사를 곰, 두목을 왕초라고 하는 경우를 들 수 있다. 은어를 사용하는 이유에는 크게 두 가지가 있다. 집단 내의 비밀을 유지하기 위한 목적이 하나, 집단의 동질성을 강조하기 위한 목적이 또 하나이다. 은어 역시 공식적인 글에서는 절대 금해야 할 언어이다. 은어란 오히려 공식적이고 보편적인 의사소통을 배제하기 위해 만들어진 언어이기 때문이다.

6. 어감에 대하여

1) 어감으로 언어의 독특한 분위기를 만들어낼 수 있다

언어에는 크게 두 가지 형식이 있다. 소리, 즉 청각적 매체를 이용하는 음성언어와 글자, 즉 시각적 매체를 이용하는 문자언어가 바로 그것이다. 음성언어와 문자언어는 각기 장단점을 지니고 있다. 음성언어는 멀리까지 미치지 못하는 공간적 제약과 발화 즉시 소멸해버리는 시간적 제약을 지니고 있다. 또한 내용의 수정 및 기억이 어렵다. 문자언어는 음성언어의 이러한 제약을 보완하기 위해 생겨난 것이라 할 수 있다. 시간적, 공간적 제약이 없고 내용의 기억과 수정이 용이하다.
　그러나 음성언어가 단점만을 지니고 있는 것은 아니다. 음성언어는 의미의 전달과 수용에 있어 언어 외적인 요소, 즉 발화상황의 도움을 받을 수 있다. 다시 말해 독자가 시각이라는 단일한 감각만으로 의미를 수용하는 문자언어와는 달리 음성언어는 청자가 오감을 모두 동원하여 발화상황을 파악하면서 의미를 받아들일 수 있다. 따라서 음성언어는 문자언어로는 도저히 표현할 수 없는 포괄적이고 섬세한 의미를 쉽고 빠르게 전달할 수 있다. 그러나 이것 또한 장점이 되는 것만은 아니다. 즉 음성언어는 논리적, 개념적 사고의 내용은 전달하기 어려운 약점을 지니고 있다. 이러한 내용의 수용에는 감각의 활동이 도움을 주기 어려울 뿐더러 오히려 감각의 활동이 이러한 내용의 수용에 필요한 냉정한 이성의 활동을 방해할 수 있기 때문이다.

이처럼 언어는 소리 또는 문자라는 형식에 의미라는 내용이 결합되어 이루어진 하나의 기호이다. 언어의 궁극적 목적은 의미전달이다. 그런데 이러한 의미의 전달에 크나큰 영향을 미치는 요소가 있으니 그것이 바로 어감이다. 어감이란 말 그대로 언어가 풍겨내는 독특한 느낌이나 뉘앙스로서 언어의 분위기라 할 수 있다.

이 어감을 만들어내는 요소는 언어의 내용과 형식 양 영역에 걸쳐 있다. 우선 언어의 의미가 어감을 만들어낸다. 평어를 쓰느냐 경어를 쓰느냐 또는 비속어를 쓰느냐 고운 말을 쓰느냐에 따라 언어의 분위기가 크게 달라지는 것을 우리는 쉽게 알 수 있다. 다음으로 언어의 형식 또한 어감을 만들어낸다. 그런데 여기서는 소리만이 큰 구실을 할 뿐 문자는 거의 아무런 구실도 하지 못한다. 어감은 청각에 호소하는 것이기 때문이다. 다시 말해 소리의 성격이 어감을 만들어내는 것이다.

소리의 성격을 나타내는 것을 음운이라고 한다. 음운에는 자음이나 모음과 같이 따로 분리해낼 수 있는 분절음운과 고저, 강약, 장단 등과 같이 따로 분리해내기가 어려운 비분절음운이 있다. 바로이 음운의 독특한 사용을 통해 어감이 결정되는 것이다. 평음과 경음, 그리고 격음이 각기 다른 어감을 풍긴다는 것, 유성음과 무성음이 각기 다른 어감을 풍긴다는 것, 그리고 약한 음과 강한 음, 높은 음과 낮은 음, 긴 음과 짧은 음이 각기 다른 어감을 풍긴다는 것 등을 생각해보면 이를 쉽게 알 수 있다. 자동차의 경적이 울리는 소리를 방방이라고 표현할 때와 빵빵이라고 표현할 때, 그리고 팡팡이라고 표현할 때 우리가 받게 되는 느낌의 차이를 생각해보면 되는 것이다.

앞서도 말했듯이 어감은 언어의 의미작용에 크나큰 영향을 미친다. 의미의 형성에서부터 의미의 전달과 수용에 이르기까지 어감이 관여하지 않는 곳은 없다. 독일어와 불어의 차이를 생각해보라. 우리는 그 말의 의미를 모르면서도 왠지 독일인은 딱딱하고 차갑고 규격적인 사람, 그리고 프랑스인은 부드럽고 따뜻하고 자유분방한 사람으로 느끼게 되지 않는가. 언어에 독특한 내포를 부여하고 싶거나 의미의 전달과 수용을 용이하게 하고 싶은 사람은 무엇보다도 어감의 적극적 활용에 신경을 써야 할 것이다. 어감에 대해 보다 자세히 알기 위해 저명한 국어학자 이희승 씨의 글을 인용해본다.

어감이란 것은 언어의 생활감, 다시 말하면 언어의 생활력입니다. 어감 없이는 모든 말이 개념적으로 취급되어 버립니다. 즉 어감 없이는 말은 언어의 시체이거나 그렇지 않으면 정신 상실자입니다. 이와 같이 어감(語感)은 언어활동에 있어서 생활하는 힘을 가지고 있습니다. 그리하여 사상을 전달하는 언어활동은 감정을 이입함으로써 표출자(表出者)의 표현효과를 훨씬 증대시킬 수 있습니다.

그러면 어감의 정체는 무엇인가. 그것을 다시 한 번 생각하여보려 합니다. 대개 언어(言語)에는 의미, 즉 뜻과 음성, 즉 소리의 두 대면(大面)이 있습니다. '사람'이란 말은 '사'란 발음과 '람'이란 발음이 합하여 성립되어 가지고 '人(사람)'이란 개념, 즉 의미를 나타내게 됩니다. 그러므로 발음은 말의 형식이요, 의미는 말의 내용입니다. 그리하여 어감이란 것이 형식과 내용에 다 관계를 가지고 있습니다.

형식 즉 발음이 어감을 규정하는 데는 다음과 같은 조건이 있습니다. 발음의 강약입니다. '바람', '구름', '달', '꽃' 등과 같은 명사라든지 '얼른', '천천히'와 같은 부사라든지, '아름답다', '탐스럽다' 등의 형용사와 같은 동일(同一)한 어(語)라도 그 발음의 강약은 무수히 변화시킬 수 있습니다. 그 강약(強弱)이 말의 표현효과를 크게도 할 수 있고, 적게도 할 수 있습니다.

㉠발음의 지속 즉 장단입니다. 발음의 장단(長短)은 명사의 어감에도 크게 관계가 있겠지마는 형용사, 부사, 감탄사 같은 것에 더욱 효과적이라 생각합니다. '바람이 솔솔 분다'는 말과 '바람이 소―ㄹ 소―ㄹ 분다'는 말이라든지, '걸음을 느릿느릿 걷는다'는 말과 '걸음을 느리―ㅅ 느리―ㅅ 걷는다'는 말의 어감의 차(差)는 지금 저의 발음을 들으시는 여러분이 안이(安易)히 판단하실 줄 압니다.

㉡발음의 고저(高低)입니다. 발음의 고저는 발음의 강약과는 다른 것입니다. 발음의 강약은 음파의 진폭(振幅)의 대소(大小)에 달렸습니다마는 그 고저는 음파의 진동수(振動數)에 달렸습니다. 그리고 강음과 고음, 약음과 저음은 항상 일치되는 것은 아닙니다. 남성(男聲)은 저음인 동시에 강음이요, 모깃소리는 약하면서도 높은 소립니다. 그리하여 이 고저가 또한 어감을 크게 좌우합니다.

㉢발음 속에 섞인 모음(母音)의 명음(明音)입니다. 명랑한 모음이 포함되고 음암(陰暗, 컴컴)한 모음이 포함됨에 따라 그 말의 어감은 엄청나게 달라집니다. 그리하여 그 의미까지 달라지다시피 합니다. 조선(朝鮮)말에는 이와 같은 예가 퍽 많습니다. 명사로도 '가짓말'과 '거짓말'이라든지, '모가지'와 '며가지', '뱅충이'와 '빙충이' 등이 '가', '모', '뱅'이란 발음은 퍽 명랑하고 가벼운 소리요, '거', '며', '빙'이란 발음은 매우 어둡고 무거운 소립니다. 그러나 형용사나 부사에 이런 예가 가장 많습니다. (중략)

이상(以上)은 결국 언어의 품위를 결정하는 것이 됩니다. 말의 품위와 리듬이 잘 조화 일치될 때에 한 개의 단어로서 생동 발랄한 힘을 갖고 나타나게 됩니다. 이 위에서 말씀한 것은 개개의 단어에 대한 문제입니다마는, 어구라든지 문장 전체로서는 어떠하냐 하면 여러 개의 단어가 종합될 때에 또한 그 각 개 단어의 발음이나 의미와 잘 조화되도록 전체로서의 억양(인토네이션)과 완급(緩急)이 이루어져야 할 것입니다. 그리하여 의미와 음성의 훌륭한 멜로디과 율동이 창조될 것입니다. 언어가 이와 같이 표현될 때 그것은 듣는 이에게 호감을 줄 뿐 아니라 사상을 가장 완전히 전달할 수 있으며 언어 그것만으로도 훌륭한 예술이 될 것입니다.

앞에서 나는 어감의 형성에 문자가 아무런 구실을 하지 못한다고 했다. 그렇다면 말을 할 때와는 달리 글을 쓸 때는 어감을 고려할 필요가 없는 것인가. 결코 그렇지 않다. 시각을 통해 받아들인 문자를 독자는 마음속에서 소리로 재생해 내기 때문이다. 따라서 문자언어를 사용하는 글쓰기에서도 역시 어감은 중요한 구실을 하는 것이다.

내 마음의 어딘 듯 한 편에 끝없는
강물이 흐르네

돋쳐 오르는 아침 날 빛이 빤질한
은결을 도도네

가슴엔 듯 눈엔 듯 또 핏줄엔 듯
마음이 도른도른 숨어 있는 곳

내 마음의 어딘 듯 한 편에 끝없는
강물이 흐르네
                              ─김영랑, 〈끝없는 강물이 흐르네〉

순수한 내면의 세계를 강물의 이미지를 통해 보여주고 있는 시다. 마음의 평화를 갈구하는 지은이의 심정이 잘 드러나 있다. 그런데 이러한 지은이의 심정은 시의 의미를 통해 전달되기도 하지만 그보다는 오히려 언어가 지니는 소리의 특성을 통해 더 잘 드러나고 있다. 즉 음성모음보다는 양성모음을 많이 사용하고 또한 ㄴ, ㄹ, ㅁ, ㅇ, 모음 등의 유성음을 많이 사용하는 한편 비슷한 음운을 반복하여 사용함으로써 이 시는 전체적으로 부드럽고 따뜻한 느낌을 주고 있다. '도른도른'이나 '도도네' 같은 표현은 감미로운 느낌마저 준다.

이처럼 부드럽고 따뜻한 느낌을 주는 시어들을 가만히 읽어내려가다 보면 우리의 마음 역시 부드럽고 따뜻한 정서 속에 파묻히게 된다. 그리하여 우리는 이 시에 드러난 지은이의 심정을 더 잘 이해하고 공감할 수 있게 되는 것이다. 어감을 잘 활용하여 정서적 호소력을 더욱 증대시키고 있는 좋은 시라 하겠다.

7. 언어순화에 대하여

앞에서 살펴보았듯이 어휘는 그 성격과 용도에 따라 여러 가지 종류로 구분할 수 있다. 사람이 그러하듯이 좋은 용도로 쓰이는 것도 있고 나쁜 용도로 쓰이는 것도 있다. 또한 바람직한 성격의 것도 있고 그렇지 못한 성격의 것도 있다. 그러니만큼 어휘의 사용에는 신중을 기해야 한다. 나쁜 성격의 어휘를 좋지 못한 용도로 사용하는 사람이 좋은 인상을 주기 어렵기 때문이다.

언어와 인간은 상호작용을 하는 관계에 있다. 즉 인격은 언어를 규정하고 또한 언어는 인격에 영향을 미친다. 천박한 인격을 지닌 사람은 천박한 언어를 쓰게 마련이다. 그의 인격이 언어에 숨김없이 반영되기 때문이다. 그런가 하면 품위 있는 언어를 쓰는 사람은 절로 그 인격이 고상해진다. 언어에는 인격을 형성해내는 신비한 힘이 있기 때문이다.

이 말은 인간들이 모여 이루고 있는 사회에도 그대로 적용된다. 즉 사회현실은 언어를 규정하고 또한 언어는 사회현실에 영향을 미친다. 각박하고 매정한 사회현실은 자연히 거칠고 저속한 언어를 만들어내며 또한 거칠고 저속한 언어는 사회현실을 더욱 각박하고 매정하게 만드는 것이다.

독일의 유명한 언어철학자 훔볼트는 언어를 무엇을 이루어내는 힘이라 하였다. 이 말을 아주 쉽게 풀이한다면 앞서 말한 바와 같은 내용이 된다. 즉 좋은 내용과 표현을 지닌 언어는 바람직한 인성과 사회를 만들어내고 나쁜 내용과 표현을 지닌 말은 저급한 사회와 인성을 만들어낸다는 것이다. 즉 훔볼트는 언어가 단순한 의사전달의 도구가 아니라 특정의 사회와 인성을 형성하는 하나의 독립된 주체라고 생각하고 있는 것이다.

국어순화운동이란 바로 이러한 믿음을 근거로 실행되고 있는 것이다. 여기서 순화란 물론 나쁜 것을 걸러내고 좋은 알갱이만을 남기자는 것이다. 외국에서 빌려온 말을 토박이말로 바꾸는 것, 천하고 속된 말을 고운 말로 바꾸는 것, 어려운 말을 쉬운 말로 바꾸는 것, 틀린 말을 올바른 말로 바꾸는 것 등이 바로 그러한 국어순화의 대표적인 본보기이다.

좋은 어휘를 쓰기 위해 지켜야 할 첫 번째 규범은 바로 이처럼 순화된 어휘를 써야 한다는 것이다. 언어는 마음의 거울이라는 말이 있듯이 언어에는 그 말을 쓰는 이의 인격의 바탕이 숨김없이 드러난다. 따라서 저급한 어휘를 대할 때 독자는 글쓴이의 인격을 의심하지 않을 수 없다. 글쓴이의 인격을 의심하고 있는 독자에게 그 글이 호소력을 지닐 수는 없다.

　하지만 순화된 어휘를 사용해야 하는 이유는 이러한 소극적인 이유에서 그치는 것만은 아니다. 앞서도 말했듯이 언어는 인격을 반영할 뿐 아니라 인격을 형성하기도 하는 것이다. 따라서 무엇보다도 스스로의 인격을 고매하게 가꾸기 위해 우리는 반드시 순화된 어휘를 사용하도록 노력해야 할 것이다.

제3부

주제와 소재에 대한 이해

글을 쓰는 데 있어 가장 중요한 일은
'무엇'에 대해 쓸지를 분명히 결정하는 일이다.
'무엇'에는 세 가지 차원이 있다.
우선 소재로서의 무엇, 제재로서의 무엇,
그리고 주제로서의 무엇이 그것이다.

제1장 주제와 소재로 들어가는 길

1. 풍부한 소재는 글쓰기의 바탕이 된다

1) 글의 재료가 되는 소재에 대해 바른 눈을 떠야 한다

중학교 때 국어시간이었다. 선생님이 흰 시험지를 나누어주더니 자유롭게 작문을 해보라고 하였다. 나는 멀거니 흰 종이를 보고 한참 동안이나 앉아 있었다. 무엇을 써야 할지 알 수가 없었다. 선생님이 지나다니다가 한 자도 쓰지 않고 앉아 있는 나를 보더니, "쓸 것이 그렇게도 없니" 하였다. 나는 너무 부끄러워 고개를 숙이고 있었다. 그 시간이 끝날 때쯤 되어서야 '그래, 우리 동네 다리 밑 움막에 살고 있는 거지가족에 대해서 써보아야겠다'는 생각이 떠올랐다.

내가 거지가족을 떠올린 것은 우리들의 놀이터가 다리 밑에서 얼마 떨어지지 않은 모래밭이었기 때문이었다. 공놀이를 하다가 공이 굴러가서 움막 거적 앞에 멈추어 설 때도 있었고, 놀다가 지쳐서 흐르는 강물가에 앉아 있을 때면 엄마거지가 깡통에 철사로 손잡이를 단 밥통을 돌로 쌓아 만든 아궁이 위에 걸어놓고 나무토막을 모아다가 불을 지피고 있는 것도 볼 수 있었다. 나는 무서움에 떨면서 이들을 훔쳐보았고, 어쩌다가 이들과 눈이라도 마주치면, "야, 왜 보니?" 하고 물을까 봐 겁이 났다.

그런데 막상 이들을 글로 써보려고 하니까, 이들에 대해 무엇을 쓰고 싶어하는가, 또 이들의 생활에 대해 무엇을 알고 있는가, 그리고 이들에 대해 나 자신이 어떤 마음을 가지고 있는가 하는 점에 대해 아무것도 손에 잡히는 것이 없었다.

나는 제목을 '우리 동네에 사는 거지가족'이라고만 써놓고 시간을 다 보내고 말았다. 국어선생님은 끝나는 종소리가 나자 교탁에서 시험지를 거둬들이다가 나처럼 제목만 써놓은 아이들을 칠판 옆에 서게 하였다. 모두 열 명이 넘었다. 선생님은 운동장 철봉대로 우리를 데리고 가서, "이놈들, 저편에 보이는 낡은 온실이나 앙상한 나뭇가지를 보고 느낀 점을 적어내. 한 시간 내로 제출하지 않으면 집에 못 가는 줄 알아" 하고는 교무실로 들어갔다. 우리는 서로 얼굴을 쳐다보다가 어쩔 수 없이 철봉대 밑에 앉았다. 어제까지만 해도 이 철봉대 밑의 모래밭은 우리들의 놀이터였는데 그때는 마치 뜨거운 프라이팬 위에 놓인 것같이 얼굴이 벌겋게 달아오르는 자리가 되었다.

한참을 낡은 온실을 보고 있노라니 유리창 너머로 노랗게 피어 있는 국화꽃들이 줄줄이 서 있는 모습이 보였다. 낡은 온실의 겉만 본다면 누구도 온실 안에 국화꽃이 피어 있으리라고는 상상할 수 없을 것이라는 생각이 들었다. 나는 이 겉과 속이 다른 온실에 대해 써보려고 궁리를 하게 되었고, 결국 다리 밑에 사는 거지가족과 그들의 움막에서도 한 가족이 살고 있다는 것에 생각이 미치게 되었다.

낡은 온실이라는 겉 속에 아름다운 국화라는 속이 있듯이 낡은 움막 속에도 따뜻한 가족이 있는 것이기에 우리는 겉만 보면서 살지 말고 속도 보면서 살아야 한다고 작문을 썼다.

종례가 끝나고 집으로 가려고 아이들이 나올 때가 되어서야 겨우 시험지를 메워 교무실로 들어갔다. 국어선생님은 우리 담임선생님과 이야기를 나누고 있었다. 담임선생님이 또 무어라고 하실까 봐 마음을 졸이며 시험지를 내밀었다. 국어선생님은 내 글을 한참 동안 읽어보더니 갑자기 시험지를 담임선생님에게 내밀며 "이 글 좀 보세요. 얼마나 잘 썼어요" 하는 것이었다. 담임선생님도 내 글을 읽어보더니 "아버지께 보여드려도 잘 썼다고 하실 거야" 하며 내 머리를 쓰다듬었다. 그 후 내 글은 교지에 실리기까지 하였다.

무슨 글을 쓰고자 할 때마다 나는 이 체험에서 얻은 교훈이 얼마나 소중한 것인가를 새롭게 깨닫곤 한다.

나의 이 체험에는 글을 쓰고자 하는 경우, 펜을 들기 전에 무엇을 어떻게 해야 하는지의 과정이 소상하게 들어 있다. 내가 글을 쓰지 못하고 운동장으로 끌려나가게 된 것은 '무엇을 쓸 것인가' 하는 제재의 선택을 하지 못하고 있었던 탓이다. 비록 거지가족의 생활에 대한 소재(subject matter)는 가지고 있었으나 글의 내용이 될 수 있는 소재로서의 의미를 그 속에서 찾아내지 못하고 있었던 것이다.

그리고 한 가지 덧붙인다면 이들을 어떻게 조직적인 하나의 글로 만드느냐에 대한 이해가 없었던 것이다.

글을 쓴다는 것은 펜을 드는 것에서부터 시작을 하지만, 무엇을 쓰느냐에 대한 생각이 나지 않으면 한 자도 적어나갈 수 없다. 그러므로 먼저 자신이 무엇을 쓰고자 하는가에 대해 생각해보아야 하는 것이다.

2) 체험만이 소재가 될 수 있는 것은 아니다

글의 재료가 되는 것은 참으로 무한하다. 어린 시절부터 겪어온 체험에서부터 자연의 모든 현상에 이르기까지 인간의 모든 것과 우주의 삼라만상이 모두 소재가 되는 것이다.

얼마 전 시낭송회에 간 적이 있다. 시낭송회에 참석한 이들끼리 모여서 회식을 하는 자리에서 어느 30대 주부가 하소연을 했다. 문화센터의 수필 창작반에 다니고 있는데 요즈음에는 가기가 싫다는 것이다. 자신이 없어졌다는 것이다.

나는 곁에서 듣고 있다가 "무엇에 자신이 없어요?" 하고 물었다. 그러자 주부는 수업시간이면 선생님이 주부들이 써온 글을 읽게 하고 하나하나 평가를 하는데 모두들 어쩌면 그렇게 많은 체험을 했는지 알 수가 없다는 것이었다. 자신은 대학을 졸업하고 곧 결혼을 하여 아들 둘을 낳아 기르는 동안 집 안에만 있었으니 세상물정에 어두운 것은 할 수 없다고 치더라도, 다섯 공주 집안의 끝에서 둘째라서 어려서도 집 안에서만 자라 다른 아이들과 놀러다녔던 일조차 기억나는 것이 없다는 것이었다. 또 서울서만 줄곧 살아서 자연과 교감해볼 수 있는 기회도 없었다는 것이다. 그러다보니 다른 주부들의 글이 가지고 있는 화려한 체험의 고백에 밀려서 무미건조한 일상만을 소재로 글을 쓰려니 자신이 없어지고, 다양하고 깊이 있는 글을 쓸 수가 없다는 강박감 때문에 창작반에 다니는 것이 싫어진다는 것이었다.

이러한 고백이 드러내고 있는 문제는 독자의 시각에서도 찾을 수 있다. 내가 고등학교에 다닐 때였다. 우리 집 앞에서 문방구를 하고 있던 아저씨는 소설을 아주 좋아해서 항상 소설책을 펴놓고 읽고 있었다. 아저씨는 나만 보면 우리 집에 있는 소설책을 빌려달라고 했다. 그러던 어느 날 아저씨는 나를 붙잡고, "너는 소설가 정비석을 알지?" 하고 물었다. 나는 "네, 우리 집에도 오셨구요. 후암동에 살고 계세요" 하고 대답을 하였다. 그러자 아저씨는 "정비석 씨는 여자관계가 복잡한 분이시지?" 하고 묻는 것이었다. 깜짝 놀라서 "그렇지 않은데요" 하고 대답을 하였다.

그날 밤 아버지가 집에 오셨을 때 나는 "아버지, 정비석 선생님이 여자관계가 복잡한가요?" 하고 물었다. 아버지는 어처구니없다는 표정으로 "누가 그런 말을 하더냐?"라고 하셔서 동네 문방구집 아저씨가 그러더라고 말씀드렸더니 "내일 찾아가서 왜 그렇게 생각하시는지를 물어보라"고 하셨다. 다음날 아저씨에게 가서 왜 정비석 씨가 여자관계가 복잡하다고 생각하는지를 물었다. 그러자 아저씨는 "이놈아, 그분이 쓴 《청춘산맥》을 읽어보니 체험이 없이는 도저히 그렇게 절실하게 쓸 수가 없을 거라는 생각이 들어서 한 말이야" 하고 대답을 하였다. 집에 와서 아버지께 그대로 전해드리니까 아버지는 크게 웃으며, "그 사람 소설을 제대로 읽지 않았군. 소설의 내용에는 체험만 있는 것이 아니라 상상도 있는 것인 줄을 모르는 모양이야" 하셨다.

이것은 쓰는 이나 읽는 이 모두 소재가 되는 것이 체험에만 근거하고 있다는 생각을 가지고 있음을 드러낸 일이라고 할 수 있다.

3) 관심을 갖고 사물을 바라보아야 한다

진실로 소재는 어느것이나 될 수 있는 것이다. 그러나 수없이 많은 소재를 가지고도 막상 글을 쓰려면 막막해져서 한 줄의 글도 쓸 수 없게 되는 것은 소재를 글의 내용으로 변환시키는 데 있어서 몇 가지 방법을 소홀히 하였기 때문이다.

첫째, 관심을 가지고 사물을 바라보지 않기 때문이다.

먼저 한 인물의 생김새를 그려내는 데 있어서 작가의 관심이 사물에 어떻게 드러나는가를 살펴보기로 한다.

　민우가 을지로 6가로 해서 동대문 밖 숙소로 돌아오자니까 웬 구두
닦이 아이놈이 불쑥 앞을 막아서면서 양복 소매를 잡아 흔든다.

　그때 민우는 뭣 때문인지 마음이 좀 우울한데다 갓 지어 입은 양복
을 그 때묻은 손에다 잡힌 것도 좀 불쾌해서,

　"안 닦는다, 임마!"

하고, 빽 고함을 질렀다.

　그러나 아이놈은 조금도 탓하지 않고, 연방 검잡은 소매를 흔들면
서,

　"아니오, 선생님 지 몰라요?"

　그러고보니 어디서 많이 본 얼굴 같기도 하다. 그러나 얼른 생각이
나지 않는다.

　"부산서요, 늘 선생님 신 닦잖았어요?"

　민우는 비로소 기억이 또렷해진다.

　"오오 인제 알겠다. 구칠이, 응 그래 너 이놈 언제 서울 왔니?"

　"봄에 왔어요!"

　"그래, 왜 부산 재미없던?"

　구칠이는 그제서야 잡았던 소매를 놓고 입이 실쭉해지면서 발끝을
내려다본다. 그와 함께 구두코에 눈물 한 방울이 뚝 떨어진다.

　영문을 모른 채 민우도 마음이 언짢다.

　팔꿈치에 구멍이 나고 소매 끝이 터실터실 풀린 도꾸리 샤쓰, 번들
번들 윤이 나도록 때가 묻은 검정 즈봉. 이런 몰골은 이런 아이들에
게서 흔히 볼 수 있지만, 제 발이 한꺼번에 둘이라도 들어갈 만큼 크
고, 유독 코가 뭉툭한 군화를 신은 것이 거추장스럽고 우습기도 하
다. 민우는 담배를 꺼내면서,

　"그래 너 혼자만 왔나?"

구칠이는 대답 대신 민우의 소매를 잡아끌면서,

"이리 오이소……."

민우는 끄는 대로 옆 골목 안으로 따라 걷는다. 어느 집 블록담 밑에다 구칠이는 그 간단한 나무의자를 놓고 민우를 앉으라고 한다. 신부터 닦자는 것이다. 민우는 연모통 위에다 한 발을 올려놓으면서,

"네게 닦는 것도 참 오랜만이다. 한 1년도 넘지?"

"이 신 아직도 그때 신이네요?"

　　　　　　　　　　　　　　　　　　—오영수, 〈후조〉 중에서

위의 글에서 민우가 만나게 되는 구두닦이 소년의 생김새는 전형적인 구두닦이의 모습 그대로이다. 윤이 나게 닳은 바지와 소매 끝이 풀어진 털셔츠 등은 이런 형상을 구체적으로 만들고 있다. 유별나게 소년의 특징이 되고 있는 것은 군화이다. 유독 코가 뭉툭한 군화는 소년의 발이 두 개나 들어갈 만큼 헐렁한 것이기에 우습고 거추장스럽게 보이는 것이다.

작가는 이 소년이 구두닦이의 모습을 하고 있으면서도 유독 군화를 신고 있는 모습의 독특함을 내세워 소년이 지니고 있는 개성을 드러내 보여주고 있다. 요사이도 길가에 조그마한 알루미늄으로 된 칸살막이 안에서 구두를 닦고 있는 소년을 보면 무릎 근처가 구두를 올려놓고 닦아서 반질거리는 것을 볼 수 있을 것이다.

작가가 아무런 관심도 갖지 않았다면 구두닦이의 모습을 제대로 그릴 수 없었을 것이라는 점은 누구나 다 이해할 수 있을 것이다. 그러면서도 작가가 남들이 다 보는 것 가운데서도 유별나게 군화라는 독특한 신발을 소년에게 신겨줄 수 있었던 것은 다름아닌 작가의 사물에 대한 관심의 깊이 때문이라고 할 수 있다.

길에서 구두를 닦아 신어본 적이 있는 사람이라면 누구나 구두닦이가 어떤 옷을 입고 연모통이 어떻게 생겼는지를 잘 그릴 수 있지

만 이처럼 소년을 독특한 개성으로 장식하는 일은 결코 쉬운 일이 아니다. 그러므로 소재를 선택할 때는 소재에 들어 있는 전형적인 요소와 개성적인 요소에 대한 깊이 있는 이해가 있어야 한다.

4) 사물의 다양한 의미를 찾아내어야 한다

다음의 시를 보면 소재를 갈고 닦아서 표현하려고 하는 내용에 어떻게 맞추고 있는가를 알 수 있을 것이다.

《해바라기》는
고등학교 시절
육필로 쓴 내 단권 시집
나지막한 초가지붕
그 너머로 해바라기가 있는
장정은 친구가 맡아주었다.

자주 이사하는 북새통에
오죽잖은 습작이나마
그것을 잃어버렸다
그때의 허전함
젊은 날의 꿈이
일시에 정지되는 것 같았다.
시골길을 가다가
오랜만에 그것과 마주쳤다
《해바라기》와
세상 떠난 그 친구에 대해서
한참을 생각했다.

오늘 빈집 앞마당
키가 커서 그런지
해바라기가 수척해보였다.

—임강빈, 〈해바라기〉 중에서

이 시에서 해바라기는 두 가지의 의미망을 지니고 있다. 첫째는 임강빈 시인이 고등학교 때 처음으로 만들어본 단권 시집의 제목이 었던 해바라기의 세계이고, 다음은 시골 어느 빈집 앞마당에 수척하게 자란 해바라기가 담고 있는 세계이다. 이 두 세계는 시인이 이 시에서 보여주고 싶어하는 주제에 의해서 하나로 묶여지고 있다. 즉 어린 날의 해바라기가 품고 있는 세계는 청춘의 꿈이 담겨 있는 추억의 해바라기이고, 수척해 보이는 지금의 해바라기는 현실에 던져 져 살아가야 하는 변해버린 현존적 해바라기인 것이다.

시인이 해바라기와 우연히 마주쳤을 때 지나간 추억의 먼지 속에 담겨져 있던 첫 시집인 《해바라기》를 끄집어내게 된 것은 해바라기를 앞에 놓고 상상의 꽃을 피울 수 있었기 때문이라고 할 수 있을 것이다.

예를 들어 수없이 많은 날들을 아침마다 똑같은 길로 출근을 하게 되어 그 길가에 세워진 간판들을 다 외울 수 있게 되어도 그에 대해 아무런 관심을 가지고 있지 않을 경우 출근하는 이와 길 사이의 상 관성은 조금도 발전할 수 없게 된다. 그러나 어느 날 버스가 고장이 나서 어느 지점에서 쉬었다가 다시 다른 차편을 이용하였다면 기억 의 창고에 쉬었다 갔다는 사실은 입력이 되는 것이다.

이 시인이 예리한 시각으로 사물의 다양한 의미세계를 찾아내고 있다는 것은 바로 그가 사물이 지닌 세계를 그 겉만 보고 지나쳐버 리지 않고 기억의 창고에 그것을 잘 소장하고 있음을 말해주는 한 예가 되는 것이다.

해바라기에 대해서도 마찬가지이다. 일반적으로 해바라기라고 하면 키가 크다는 통념적 인상에 매달리게 되지만 이 시인은 키가 큰 것을 뛰어넘어 수척하다는 인상을 하나 더 갖고 있고, 이것이 이 시를 옛날과 연결하는 고리의 역할을 하고 있는 것이다. 사물을 깊이 보는 버릇을 가져야 훌륭한 글을 남과 다르게 쓸 수 있게 되는 것이다.

2. 주제는 글쓰기의 초점이다

1) 주제가 확실해야 내용이 질서를 갖출 수 있다

무엇을 쓰고자 하는 생각이 있어야 글이 될 수 있다. 글이 길다거나 짧다거나 하는 문제를 떠나서 글은 상상의 표현이므로 무엇을 쓰고자 하는 그 뜻이 곧 주제가 되는 것이다. 그리고 주제가 있어야 문장의 통일을 이룰 수 있다.

흔히 글을 쓰고자 하면서도 무엇에 대해서 쓰고 싶은가에 대한 명확한 주제를 가지고 있지 않기 때문에 문장의 중심된 내용이 없는 글을 쓰게 되는 것이다.

얼마 전 안면도에 간 적이 있다. 철이 지난 한낮의 바닷가 횟집은 텅 비어 있었다. 인심이 좋아보이는 30대의 주인 아주머니가 모듬회를 내놓더니 앞자리에 앉으며, "이렇게 늦가을 때가 되어야 파도소리가 귀에 들려요" 하는 것이었다. 그리고, "여름의 바다는 즐겁지만 눈이라도 펑펑 내리는 겨울의 바다는 너무 적막해요" 하고 바닷가 생활을 이야기하였다.

서울로 올라오는 차에 앉아 있는데 아주머니의 푸념이 다시 그대로 귓가에 들려왔다. 그런데 파도소리가 들리는 늦가을의 바닷가와 눈이 내리는 바닷가에 대한 이야기가 서로 맞지 않는다는 느낌을 주는 것이었다. 번잡스럽게 사람들이 횟집에 찾아와서 그들의 수발을 드느라고 파도소리조차 들을 수 없었던 시끄러운 여름에 대한 역겨움을 말하려는 것이었는지, 겨울 바닷가의 외로움을 말하고자 한 것인지 어리둥절하였던 것이다. 결국 아주머니는 사람이 많은 소란스러움도 역겹고 사람이 없어서 쓸쓸한 것도 싫어하는 양면성을 지니고 있구나 하고 미루어 생각할 수밖에 없었다.

이 아주머니의 말과 같이 문장에서도 글의 초점이 없고 말하고자 하는 의도가 드러나지 않으면 좋은 글이 될 수 없다.

2) 주제는 한정적인 것이어야 한다

글을 쓰고자 할 때에 먼저 주의해야 할 점은 쓰고자 하는 내용의 중심이 한정적이어야 한다는 점이다. 다음의 예문에는 작가가 말하고자 하는 것을 어떻게 한정시키고 있는지가 잘 나타나 있다.

염소는 힘이 세다. 그러나 염소는 오늘 아침에 죽었다. 이제 우리 집에 힘센 것은 아무것도 없다. 나는 때때로 홍수의 꿈을 꾼다. 오늘 아침에도 나는 홍수의 꿈을 꾸었다. 황톳빛 강물이 부글부글 끓듯이 거품을 일으키고 무서운 소리를 내며 빠르게 흐르고 있었다. 나는 강변에 있는 마을의 폐허 위에 서 있었다. 간밤의 폭우 때문에 집들은 더러운 판자더미가 되어 있었고, 강물이 흐르며 내는 소리—그 무겁고 한순간도 휴지가 없는 쭈욱 이어서 들리는, 그래서 그 소리에 귀를 기울이고 있는 사람들은 끝날 때를 기다리지만 차츰 그 소리가 음악이나 사람들의 울음소리와는 달라서, 결코 언젠가 끝날 수 있는 소리가 아니라는 것을 확신하게 되고 그러자 그것이 생명과 의지를 가진 괴물처럼 생각되어 온몸에 식은땀이 흐르는 그러한 강물소리가 울려서인지, 그 비에 젖어 시꺼멓게 된 판자더미는 덜덜덜 떨리고 있었다. 나는 그 소리로부터 도망치려고 몸을 돌렸다. 그때 판자더미 속에서 "매애애—"하는 염소의 울음소리가 약하게 들려왔다. 나는 판자더미를 헤쳤다. 하얀 털을 가진 염소새끼 한 마리가 그 속에 있었다. 나는 그놈을 가슴에 안았다. 새끼염소에 정신이 팔려 있는 동안은 내 귀에 들리지 않던 무서운 강물소리가 내가 그놈을 가슴에 안고, 어디서 이놈의 임자가 나타나지 않을까 하고 사방을 두리번거리는 동안에 다시, 나를 휩쓸고 갈 듯이 달려들었다. 나는 새끼염소를 안은 채 도망쳤다. 그 무서운 강물소리, 그것은 소리라기보다는 소리의 메아리라고나 하는 편이 좋을 만큼 귀신 같은 데가 있는데, 그 웅웅거림이 끝없이 나를 쫓아오고 있었고 그리고 내 가슴에 안긴 새끼염소는 나의 달음박질을 독려하듯이 쉬임없이 그 곱게 떨리는 목소리로 울고 있었다. 나는 잠이 깨었고 눈을 떴다. 그것은 내가 우리 집 염소를 처음 얻은 때의 바로 그 사정인 꿈이었다.

—김승옥, 〈염소는 힘이 세다〉 중에서

이 소설은 서두에서 주인공 '나'라는 인물이 꿈을 꾸고 있는 이야기를 그리고 있다. 이 글에서 찾을 수 있는 것은 먼저 무너진 판자더미 속에서 염소새끼를 발견하고 가슴에 품고 있노라면 세차게 흐르는 강물소리가 들리지 않는데, 염소새끼의 생각에서 벗어나서 누가 빼앗으러 오지 않을까 하는 걱정을 하게 되면 강물소리가 웅웅거리며 들린다는 이야기이다.

이 이야기에서 작가가 말하고 싶었던 것이 무엇이었는가를 좁게 살펴보면 염소새끼와 강물소리가 무엇을 의미하고 있느냐 하는 점이다. 작가가 첫 문장에서 밝히고 있듯이, 힘이 센 염소는 지금까지 집을 지탱해오던 힘의 상징물이고, 흐르는 강물은 이를 파괴하는 변화라고 할 수 있다. 작가는 염소새끼가 표상하고 있는 순수하고 착한 삶의 정신이 혼탁한 기계문명의 도도한 강물로 인해 죽음을 맞게된다는 것을 말하고자 했음을 알 수 있다. 즉 기계문명의 급속한 발전과정 속에서 마모되어버린 순수한 인간성이 이 이야기의 감추어진 주제라고 할 수 있는 것이다. 작가의 섬세한 시각은 결국 이러한 주제를 염소새끼 한 마리의 죽음을 근거로 하여 보여주고 있는 것이다.

이와 같이 주제는 염소의 이야기가 아니라 염소새끼가 보여준 세계 속에 감추어져 있는 의미와 연관되어 있다. 그러므로 이야기의 내용이 통일된 구조체로 연결되기 위해서는 작가가 새끼염소를 등장시켜서 무엇을 보여주고자 했는지를 제대로 드러내야 한다.

이와는 달리 포괄적인 주제를 선정하면 드러내고자 하는 뜻의 초점이 흐려진다. 예를 들어 '사랑'에 대한 글을 쓰고자 한다면, 사랑에는 짝사랑, 풋사랑, 첫사랑 등 여러 형태가 있을 수 있고, 부부 사랑, 이웃 사랑, 인간 사랑 등 계층이나 인간관계를 중심으로 한 사랑도 있을 수 있다. 이들 각각은 꽃이 저마다 향기가 다르듯이 서로 다른 성향을 가지는 것이라서, 이를 포괄적으로 다루다보면 자칫 사랑의 정의를 규명하고자 하는 의도만 드러낼 뿐이다. 그러므로 쓰고자 하는 주제를 한정시키는 일이 중요하다.

3) 주제는 독창적인 것이어야 한다

이와 함께 주제를 선택함에 있어서 또 하나 생각해보아야 하는 것은 참신한 독창성이 있느냐 하는 점이다. 일반적으로 신기하고 야릇한 내용을 담아 남의 시선을 끄는 것을 독창적인 주제를 내세우는 것이라고 생각하는 이들이 있다. 예를 들어 환경을 보호해야 한다는 포괄적 주제를 보다 선명하게 드러내기 위해서 자동차를 폐기하고 걸어다녀야 한다고 주장하면서, 남들은 이러한 주장을 하지 않으니 독창적인 것이라고 한다면 누구나가 웃을 것이다. 오히려 배기가스를 철저하게 줄여나가야 한다는 극히 상식적인 주제가 더 설득력이 있고 가치가 있을 것이다.

이 독창성의 문제는 주제의 선택과 이를 드러내는 소재의 선택에 있어서도 서로 상관성을 가지고 있다. 신기한 소재를 선택했을지라도 주제가 진부하면 글은 낡은 것이 되고, 소재는 진부하더라도 새로운 시각에서 주제가 정립이 되면 신선한 글이 되는 것이다.

—은수저 한 벌 샀어요.

집에 돌아온 나를 보자 아내가 몹시 즐거운 표정으로 말했다.

—그래?

그리고 덤덤하게 저녁상을 받았다. 그녀는 밥상머리에서 순지로 싼 은수저를 내보였다. 여인용이었다. 예뻤다.

—당신 수저요?

—원, 내가 뭘 하게 내 수저를 사요.

—그럼?

—막내 거지요.

막내는 국민학교에 다니는 사내녀석이다.

—그럼 왜 여자 숟갈을 샀지?

나는 기가 막혔다. 국민학교도 졸업하지 않은 막내의 장가갈 일을 미리 생각하고 그 며느리를 위해서 은수저를 마련하는 그녀가 정상적인 사람 같지 않았다.

—무슨 소리요, 이처럼 딱한 처지에.

화가 났다. 하지만 그녀는 태연했다.

—살림이 옹색하니 미리 마련해두는 거 아녜요.

그리고 그녀는 장롱 서랍을 열었다. 은수저가 의외로 여러 벌 준비되어 있었다. 그것을 쏟아놓고 아이 수대로 한 쌍씩 짝지어 늘어놓으며 무척 만족한 얼굴로 그녀는 바라보고 있었다. 막내며느리를 위해서 마련한 은수저를 채우자 성례가 끝난 아이들 내외를 나란히 세워놓은 듯 만족한 모양이었다.

'언제 저것을 마련했을까.'

나도 모르는 일이었다. 쓴웃음을 띠면서도 푼푼이 돈을 모아 미래에 맞이할 며느리를 위하여 은수저를 마련하는 아내의 어리석을 정도로 섬세한 마음씨와 그것을 모아놓고 즐겁게 바라보는 눈에서 나는 문득 효창공원에서 이스라엘 선수들을 바라보던 모씨 부인의 눈을 느꼈다. 여인다운 섬세한 소망과 그것으로 빛나는 여인다운 눈…….

'쯧쯧…….'

혀를 차면서도 측은한 생각이 들어 눈시울이 뜨거워졌다.

이것은 나를 통하여 모씨 부인의 이야기를 들은 또 한 분의 모씨 이야기였다.

　　　　　　　　　　　　　　—박목월, 〈하나의 주제〉《문장의 기술》 중에서

이 글의 주제가 되는 것은 섬세한 여인의 아름다운 마음씨다. 소재로 등장한 은수저는 얼마 전까지만 해도 서민들이 지니고 싶어했던 살림살이의 하나였다. 요새야 은수저로 밥을 먹는다는 것이 별일이 될 수 없는 것이지만 그때만 해도 한밤중에 좀도둑이 부엌에 들어가서 은수저를 훔쳐가곤 했다. 그러한 사정을 감안한다면 이해가 쉽게 될 것이다.

이 글에서 찾을 수 있는 것은 여인의 섬세함을 드러내는 소재의 선택이다. 아직 초등학교에 다니고 있는 아이의 은수저를 마련하는 것에 그치지 않고 그 며느리를 위해서까지 마음을 다해 은수저를 마련한 여인의 아름다운 마음씨는 눈시울을 뜨겁게 한다.

실제로 가난한 형편에 아들 것만 마련하기도 힘들 텐데 푼푼이 아껴서 며느리 것까지 마련하였다는 내용은 이 글의 주제를 진부한 자식 사랑으로 전락하지 않게 하고, 글이 참신성을 지닐 수 있도록 한다. 이와 같이 담고 싶은 주제가 비록 보편적이고 평범한 것이라 하더라도 시각의 변화나 소재 해독의 예리함을 통해서 신선한 내용을 담을 수 있는 것이다.

다음의 시에서는 하나의 사물이 깊이 있는 시인의 눈을 거쳐 어떻게 참신한 모습을 드러내는가를 볼 수 있다.

늦은 저녁때 오는 눈발은 말집 호롱불 밑에 붐비다

늦은 저녁때 오는 눈발은 조랑말 발굽 밑에 붐비다

늦은 저녁때 오는 눈발은 여물 써는 소리에 붐비다

늦은 저녁때 오는 눈발은 변두리 빈터만 다니며 붐비다
—박용래, 〈저녁 눈〉 중에서

이 시를 쓴 박용래 시인은 〈저녁 눈〉이라는 시에 대한 '작가의 말'에서 다음과 같이 말하고 있다.

"그리운 사람을 못 견디게 그리워하는 것은 격정이다. 미운 사람을 못 견디게 미워하는 것도 일종의 격정이랄 수밖에. 나에게 격정이 있었을까."

늦은 저녁때 내리는 눈발을 보면서 시인이 말하고자 했던 것은 바로 격정이었다. 그리고 그것은 이 네 가지의 저녁 눈이 드러내보이고 있는 똑같은 흔들림의 중심에 자리잡고 있다. 쓸쓸한 말집 호롱불 밑에 내리는 눈발은 아무도 보아주지 않는 등불 아래 내리는 눈이다. 또 조랑말 발굽에 깔려 소멸하는 눈발도 그렇다. 눈발이 적막을 흔들며 내려 쌓이는 소리는 여물 써는 소리에 묻혀 들리지 않는다. 그러기에 눈발은 변두리 빈터만 흔들고 다닐 뿐이다.

이는 저녁 눈이 지니고 있는 여러 가지 다양한 모습을 그려낸 것이지만, 그들이 지닌 의미는 하나로 모아진다. 즉 시인은 격정을 가지고 싶어하는 마음과는 달리 자신의 모습이 변두리 빈터에 떨어져 스러지고 있는 저녁 눈의 모습과 같아 보임을 암시적으로 말하고 있는 것이라고 할 수 있다.

이 시에는 '늦은 저녁때'와 '붐비다'라는 변하지 않는 저녁 눈의 형상이 있지만, 이들은 각각 달리 놓여져 있다. 그러면서도 이 시를 읽어가노라면 저녁에 내리는 눈은 아무도 보아주지 않는 공간에 던져지고 있다는 동질성을 지니고 있음을 감지할 수 있다. 그리고 이 저녁 눈처럼 어쩔 수 없이 변두리 빈터에 뿌리를 내리고 살아가야 하는 쓸쓸한 이들이 겪는 외로움의 가슴앓이를 느끼게 되는 것이다.

따라서 시인의 다양한 시각으로 잡아낸 여러 가지 모양의 저녁 눈이 결국은 하나의 주제를 위한 합창이었음을 알게 된다. 예리한 시인의 눈으로 잡아낸 다양성이 하나의 주제를 살리고 있는 것이다.

4) 주제는 명확한 것이어야 한다

어느 술집에서 한 사람이 술은 몸에 좋다고 하자, 옆에 앉아 있던 다른 사람이 술은 몸에 해롭다고 주장했다. 자연스럽게 언성이 높아지고 그 주장들이 첨예하게 부딪쳐갔다. 그때 또 한 사람이 나서더니 "술은 인체에 유익하기도 하고 해독을 끼치기도 하는 것이다"라고 선언하자 좌중은 잠잠해졌다. 나는 혼자서 웃지 않을 수 없었다. 애초에 논쟁거리가 되지 않는 것으로 논쟁을 시작하였던 것이다.

우리가 글을 쓸 때도 마찬가지이다. 이럴 수도 있고 저럴 수도 있는 명제를 가지고 글을 쓰면 주제가 흔들려서 "그러니까 무엇을 말하고자 하는 겁니까"라는 질문이 곧 뒤따를 수 있는 것이다. 원래 글을 쓰는 목적은 무엇을 밝히기 위한 것인데, 이것일 수도 있고 저것일 수도 있는 답을 얻기 위해 글을 쓴다는 것은 무의미한 일이기 때문이다.

또한 하나의 글에 두 가지를 한꺼번에 밝히려 할 때 글의 초점이 흐려질 수밖에 없다. 가을의 느낌을 글로 쓰고자 할 때 가을은 결실의 계절이라는 것과 가을은 조락의 계절이라는 두 가지 주제를 하나의 글로 엮는다면 결실과 조락을 하나의 의미체로 만드는 것과 같은 결과가 된다.

흔히 산문의 경우보다도 시나 시조에서 이러한 현상이 잘 나타나는데, 암시적 언어를 사용하여 표현하고자 하는 경우 이러한 의미의 복합적 유대가 제대로 이루어지지 않아서 그 시가 담고 있는 선명하고 감동적인 형상을 제대로 드러내지 못하는 것을 볼 수 있다.

주제를 선정하여 이를 담고자 할 때 꼭 기억해야 할 것들 중의 첫째는 우선 통일성을 가진 문장이 되어야 한다는 점이다. 하나의 주장에 알맞은 논리를 펼쳐가다가 거기서 파생된 지엽적인 문제를 가지고 다시 이를 논증하고자 하면 앞에서 제시된 논리구조가 허물어질 수밖에 없는 것이다. 이 통일성은 '무엇'이라는 주제의 선명함을 드러내는 기초적 형식임을 생각해야 할 것이다.

둘째는 긴밀성이다. 문장과 문장 사이에 서로 탄탄한 관계를 맺어주는 문맥의 연결고리를 튼튼하게 해야 할 것이다. 그리고 예증이나 소재도 주제와 가장 가까운 거리에 있는 것을 선택하여 긴밀한 상관성을 지니게 하여야 할 것이다. 예를 들어 이기주의의 병폐를 드러내고 싶어서 보행자가 건널목을 건너다가 차에 부딪혀 쓰러지면서 그가 들고 있던 돈이 길에 쏟아지자 사람들이 다친 이는 거들떠보지도 않고 돈을 줍느라고 혈안이 되었더라는 이야기를 쓰고는 이것을 버스 속에서 술 취한 사람이 너무 크게 떠들어 여러 사람을 괴롭혔다는 이야기와 연결했다고 가정해보자. 언뜻 두 가지 모두 이기주의의 테두리 안에 들어가는 것이라 볼 수도 있지만 버스 안에서의 술 취한 사람의 행패는 공중도덕을 모르는 도덕성의 결여로 보는 것이 타당할 것이다.

끝으로 주제를 드러내는 강조성이 문장에 담겨 있어야 한다. 이 말은 주장을 확고하게 하여야 한다는 뜻보다는 말하고자 하는 내용이 제대로 드러나도록 해야 한다는 뜻이다. 어물거리기만 하고 애매하게 결론을 내린다면 주제는 오리무중이 될 것이기 때문이다.

제2장 주제와 소재의 이론적 접근

　이제 주제와 소재의 뜻을 바르게 정립하기 위해서 진전된 논리를 살펴보기로 하자. 그러기 위해서 글을 쓰고자 하는 뜻을 가진다는 말이 처음이 된다. 그러기에 시작이 절반이란 말이 있다. 시작이 좋으면 일의 절반은 이루어진 것이나 다름없다는 말이다.

　모든 것이 그러하지만 글 역시 어떻게 시작하느냐가 가장 중요하다. 글은 무엇에 대해 쓸 것인지를 결정하면서 시작된다. 무엇에 대해 쓸 것인지를 결정하는 과정이 충실하지 않으면 좋은 글은 기대하기 어렵다.

　이제부터는 글쓰기에 있어서 가장 중요한 시작의 과정, 즉 무엇에 대해 쓸 것인지를 결정하는 과정에 대해 자세히 살펴보기로 하자.

1. 소재, 제재, 주제

1) 무엇에 대해 쓸지를 분명히 결정하고 글을 시작해야 한다

글을 쓰기 위해 가장 먼저 해야 할 일은 바로 무엇에 대해 쓸지를 분명히 결정하는 일이다. 무엇에 대해 쓸지를 분명히 결정하지 않고 글을 시작해서는 안 된다. 이 말은 사실 너무도 당연한 말이어서 이 말을 듣고 코웃음을 치는 사람도 없지 않을 것이다. '아니, 이걸 모르는 사람이 어디 있어? 세상에 무엇에 대해 쓸지도 결정하지 않고, 자기가 무엇에 대해 쓰는지도 모르면서 글을 쓰는 사람도 있단 말이야? 아주 형편없는 것들만 가르쳐주고 있군' 하는 생각이 들기도 할 것이다.

하지만 이 사람의 생각은 잘못된 것이다. 실제로 아주 많은 사람들이 무엇에 대해 글을 쓸지를 분명히 결정하지 않은 채 글을 시작하고 있고 그 결과 자신이 무엇에 대해 쓰는지도 모르면서 글을 쓰고 있다.

학생들에게 가장 많이 받는 질문이 바로 어떻게 하면 글을 잘 쓸 수 있느냐 하는 것이다. 그럴 때마다 나는 무조건 많이 읽고 많이 써보는 것 이외에는 방법이 없다고 일러주면서 매일매일 일기를 써볼 것을 권하곤 한다. 어느 날 한 학생이 내게 하소연을 해왔다.

"선생님, 선생님의 말씀을 듣고 매일 일기를 쓰기로 마음먹었습니다. 처음 며칠 간은 그럭저럭 하루도 빠짐없이 일기를 썼습니다. 그런데 며칠 후 지금껏 쓴 일기를 읽어보니 영 마음에 들지를 않았습니다. 아침에 일어나서 학교 가고 강의 듣고 또 친구 만나고 이런 식으로 매일같이 쓴 내용이 똑같았기 때문입니다. 그래서 앞으로는 이런 일들은 쓰지 않아야겠다고 마음을 먹었는데 이상하게도 그 다음부터는 영 일기를 쓰기가 힘들어졌습니다. 한두 줄 생각나는 것이 있어 쓰고 나면 그 다음에 쓸 것이 영 생각나지 않는 것입니다. 한 시간이고 두 시간이고 앉아 있어도 가끔씩 한두 줄씩 머리에 떠오를 뿐 한 페이지의 절반조차 채워지지 않는 것입니다. 그래서 너무 힘이 들어 일기 쓰는 것을 그만두고 말았습니다. 전 아무래도 글쓰기에 소질이 없는 것 같아요."

나는 이 말을 듣고 그 학생의 문제가 무엇인지를 곧 깨달았다. 그 학생은 일기를 써야 한다는 생각만 가지고 있었을 뿐 무엇에 대해 쓸지를 결정하지 않은 상태에서 글을 시작했던 것이다. 무엇에 대해 써야 할지를 모르니 생각이 떠오를 리 없다. 한두 시간 아니라 열 시간, 스무 시간을 앉아 있어도 그는 글을 쓸 수 없었을 것이다.

처음 며칠 간은 그럭저럭 일기를 쓸 수 있었다고 했는데 이것은 그가 그 당시에는 무엇에 대해 쓸지를 결정하고 글을 썼기 때문이다. 처음에 그는 '일기니까 오늘 하루 있었던 일을 그대로 한번 써보자'라는 생각을 하였을 것이다. 무엇에 대해 쓸지가 결정된 것이다. 그래서 그는 비교적 어렵지 않게 일기를 쓸 수 있었으리라. 그런데 그는 며칠 후 매일같이 일기의 내용이 똑같은 것에 화가 나서 매일같이 일어나는 일은 쓰지 않기로 마음먹었다. 이제 그는 비일상적인 특별한 일을 써야 할 무엇으로 결정했던 것이다. 그러나 그가 그렇게 결정했다고 해서 갑자기 무슨 특별한 일이 매일같이 일어날 리가 없다. 여기서 그는 써야 할 무엇을 갖지 못하게 되었고 따라서 일기를 쓸 수 없게 된 것이다.

나는 그 학생에게 대충 이런 내용의 충고를 해주었다.

"일기를 쓰기 전에 너는 그날 하루의 일과를 되돌아볼 것이다. 많은 사람을 만났고 많은 곳엘 갔으며 많은 이야기를 듣고 많은 장면을 보았을 것이다. 너는 그중 단 한 가지에 대해서만 일기를 써보도록 해라. 웃기는 말을 했던 한 친구에 대해, 지겨웠던 국어학개론

시간의 강의실 정경에 대해, 또는 때를 놓쳐 혼자서 늦게 핀 뒷동산의 여름장미에 대해, 심지어는 담벼락에 붙어 있던 지저분한 영화 포스터의 구도에 대해서라도 좋으니 단 한 가지에 대해서만 오래 생각하고 글을 써보도록 해라. 너는 매일같이 만나는 것들이 똑같아서 며칠 쓰고 나니 금방 쓸 것이 없어졌다고 말했지만 내 생각은 다르다. 이런 식으로 매일 한 가지씩 쓸 것을 고르다보면 너는 네가 매일같이 만나는 것이 얼마나 많은지를 금방 깨닫게 될 것이다. 너는 1년 내내 일기를 써도 그것들을 다 쓸 수 없을 것이다."

한동안의 시간이 지난 후 그 학생은 참으로 밝은 얼굴을 하고 나를 다시 찾아왔다. 그리고는 놀라운 기적을 경험한 것처럼 내게 말했다.

"선생님의 말대로 매일같이 제가 만나는 것들 중에서 단 한 가지씩만 쓸 것을 골라 거기에 대해 곰곰이 생각한 후 일기를 썼습니다. 제가 가장 놀란 것은 하루 종일 있었던 그 많은 일들에 대해 쓰는 것보다 그중의 단 한 가지에 대해 쓰는 것이 오히려 쓸거리가 더 많다는 사실이었습니다. 선생님 덕분에 한결 글쓰기가 쉬워졌습니다. 매일같이 같은 내용을 쓰는 일은 물론 없어졌고요. 그리고 어떤 한 가지에 대해 골똘히 생각하다보니 세상에 대한 이해의 폭도 많이 넓어졌습니다. 처음에는 사물의 겉모습만 그려내는 데 급급하던 제가 이제는 제법 그 속에 감추어진 의미까지도 생각해보게 되었습니다. 어떤 때는 이게 정말 내 생각일까 싶을 정도로 대견한 글을 써내기도 합니다. 아직은 한 페이지를 넘기는 때보다는 못 채우는 때가 더 많지만 이제는 글쓰기가 즐거워졌습니다. 오늘은 또 무엇에 대해 쓸까 하고 생각해보는 일이 참 즐겁습니다."

그는 참으로 진심 어린 감사의 표시를 하고 돌아갔다. 하지만 나는 과분한 감사를 받은 것 같아 좀 부끄러운 생각이 들었다. 무엇에 대해 쓸지를 분명히 결정하고 글을 써야 한다는 것, 나는 그에게 누구나 알고 있는 이 평범한 사실 하나를 가르쳐준 데 지나지 않았기 때문이었다.

이처럼 글을 쓰는 데 있어 가장 중요한 일은 바로 무엇에 대해 쓸지를 분명히 결정하는 일이다. 이 사실을 모르는 이는 거의 없다. 설령 이 사실을 모르는 이라 하더라도 글을 쓸 때는 우선 무엇에 대해 쓸지를 결정하고 쓸 것이다. 그러지 않고서는 글을 쓸 수 없기 때문이다. 그렇다면 위에서 말한 학생처럼 훨씬 글쓰기가 쉬워져야 할 텐데 정작은 그리 되지 않는다. 도대체 왜 이런 일이 벌어지는 것일까.

그것은 바로 그 '무엇'이 무엇인지를 잘 모르고 있기 때문인 것이다. 예를 들어 어떤 사람이 국화에 대해 글을 쓰기로 마음먹었다고 하자. 그럼 그는 무엇에 대해 쓸지를 결정한 것일까. 결코 그렇지 않다. 그것만으로는 무엇에 대해 쓸지를 결정한 것이 아닌 것이다. 그럼에도 불구하고 그는 무엇에 대해 쓸지를 결정했다고 생각한다. 그리곤 글을 쓰기 시작한다. 하지만 그는 글을 쉽게 써나가기가 어려울 것이다. 자신은 그 써야 할 '무엇'을 결정했다고 생각하지만 실제로는 그것이 결정되지 않았기 때문이다. 그렇다면 그 '무엇'이란 무엇일까? 이제부터 여기에 대해 구체적으로 살펴보기로 하자.

2) '무엇'에는 세 가지 차원이 있다

그 '무엇'을 대략 세 가지 차원으로 나누어 설명할 수 있다. 우선 소재로서의 무엇, 그리고 제재로서의 무엇, 그리고 주제로서의 무엇이 바로 그 세 차원이다. 이 세 가지 차원의 무엇이 구체적으로 어떤 것들을 의미하는지 알아보기 위해 문학작품을 예로 들어보겠다.

국화야 너는 어이 삼월 동풍 다 보내고

낙목한천(落木寒天)에 너 홀로 피었는다.
아마도 오상고절(傲霜高節)은 너뿐인가 하노라.

—이정보

소재란 바로 글쓰기의 바탕이 되는 구체적인 재료, 즉 얘깃거리를 가리킨다. 구체적인 어떤 대상이 소재가 될 수도 있고 구체적인 어떤 행위나 사건이 소재가 될 수도 있다. 그런데 소재란 보다 엄격한 의미에서는 이러한 구체적인 재료의 있는 그대로의 본디 모습, 즉 거기에 대해 아무런 설명이나 해석이 가해지지 않은 상태의 모습을 가리키는 말이다. 이 시조는 국화에 대해서 썼다, 라고 할 때의 국화가 바로 소재인 것이다.

소재에는 여러 가지 속성과 측면이 있다. 소재가 지닌 여러 가지의 속성과 측면 중에서 글쓴이가 주로 관심을 갖고 주목하는 중심적인 측면이나 속성, 바로 이것을 가리켜 제재라 한다. 예를 들어 위의 시조에서 작가는 국화가 지닌 여러 가지 속성과 측면 중에서 주로 가을에 피기 시작하는 생태에 주목하고 있다. 작가가 바라보는 국화는 그저 들판에 아무렇게나 피어 있는 국화가 아니다. 작가가 바라보는 국화는 바로 다른 모든 꽃이 시드는 가을에 바람과 서리를 이겨내고 홀로 꿋꿋이 피어나는 국화인 것이다. 이러한 국화에서 작가는 과연 어떤 느낌을 받게 되었을까. 아마도 시련에 굴하지 않는 고고함과 강인함 같은 것을 느꼈을 것이다. 따라서 위의 시조에서 제재는 국화의 고고함과 강인함, 바로 그것이다.

주제란 바로 이 제재에 글쓴이가 어떤 의미나 가치를 부여하여 글 전체의 중심적인 의미나 사상으로 삼은 것을 말한다. 위의 시조에서 국화의 고고함과 강인함을 통해 작가가 우리에게 하고 싶었던 말은 무엇일까. 우리도 이러한 국화를 본받아 지조 있고 절개 있는 삶을 살아야 한다는 충고가 아니었을까? 그렇다면 바로 이것이 주제이다.

위의 시조의 주제는 바로 지조 있고 절개 있는 삶의 추구, 그것인 것이다.

소재가 같다고 해서 모두 같은 글이 나오진 않는다. 하나의 소재에서 헤아릴 수 없이 많은 제재가 나온다. 다시 국화를 두고 얘기해 보자. 국화에는 여러 가지 속성이 있다. 많은 국화에서 살펴볼 수 있는 대표적인 속성으로서 둥글넓적한 모습, 노란 색깔, 가을바람이 불 무렵 피기 시작해 순식간에 가장 아름다운 절정의 순간을 맞이하고는 갑자기 시들어버리는 생태 등을 들 수 있다. 이 모든 것이 다 제재가 될 수 있다.

제재가 달라지면 당연히 주제도 달라진다. 국화의 둥글넓적한 모습에서는 원만한 인격에의 추구가, 노란 색깔에서는 뜨거운 정열에의 추구가, 절정의 순간에 갑작스레 시드는 모습에선 삶의 무상함에 대한 자각이 각각 주제가 될 수 있다. 그런가 하면 제재가 같다고 해서 또한 항상 같은 주제가 나오는 것도 아니다. 위의 시조에서 작가는 국화가 가을에 홀로 피는 생태를 지조와 절개를 지닌 인격에의 추구라는 주제로 연결시켰지만 다르게 생각하는 사람도 물론 있을 것이다. 어떤 이는 거기에서 같은 무리와 화합하지 못하는 고독이나 힘든 운명을 자처하는 고지식함을 주제로 이끌어낼 수도 있을 것이다.

이처럼 하나의 소재에서 수많은 제재가, 그리고 그 많은 제재에서 또 더 많은 주제가 나올 수 있다. 무엇에 대해 쓸지를 결정하였다는 것은 곧 소재와 제재, 그리고 주제, 이 세 가지를 모두 결정하였다는 것을 의미한다. 대부분의 사람들이 이 세 가지 중 한 가지만 결정해놓고는 무엇에 대해 쓸지를 결정하였다고 생각한다. 예를 들어 국화라는 소재만 정해놓고는 대뜸 글을 쓰기 시작하는 것이다. 하지만 그는 몇 마디 쓰지도 못하고 오랜 시간을 책상 앞에 앉아 고민만 계속하게 될 것이 뻔하다. 그는 제재와 주제에 대해서는 전혀 생각해보지 않았다. 따라서 실상 무엇에 대해 쓸지를 아직 결정하지 못한 것이다. 무엇에 대해 써야 할지를 모르는데 어떻게 글이 쉽게 쓰여지겠는가.

이처럼 무엇에 대하여 쓸지를 결정하는 일은 사람들의 생각처럼 그리 단순한 일도 쉬운 일도 아니다. 대상에 대한 끈질긴 사색과 성찰이 없이는 이루어지지 않는 일이다. 따라서 많은 노력과 시간을 필요로 하는 힘든 작업일 수밖에 없다. 이 세 가지가 모두 결정되었다면 글의 절반은 이미 쓰여진 것이나 다를 바가 없다. 따라서 이제 글쓰기는 그리 어렵지 않을 것이다.

3) 무엇에 대해 쓸지를 결정하는 과정은 다양하다

지금까지 '무엇'의 세 가지 차원, 즉 소재와 제재, 그리고 주제에 대해 알아보았다. 그런데 나는 이에 대해 설명하면서 국화라는 소재에 대해 먼저 이야기하고 그 다음 이로부터 이끌어낸 제재에 대해, 그리고 다시 이로부터 이끌어낸 주제에 대해 마지막으로 이야기하는 순서를 밟았다. 이러한 설명을 듣고 오해를 하는 사람도 있을 것이다. 즉 이를 무엇에 대해 쓸지를 결정하는 과정으로 받아들인 사람도 있을 것이라는 말이다.

물론 소재를 먼저 결정하고 그 다음 이로부터 제재를 이끌어내고 다시 이로부터 주제를 이끌어내는 과정도 무엇에 대해 쓸지를 결정하는 과정의 한 좋은 방식이 될 수 있다. 그러나 이것이 유일한 방식은 아니다. 정반대의 과정을 밟아 주제를 먼저 결정하고 그 다음 이로부터 제재를, 그리고 다시 이로부터 소재를 이끌어낼 수도 있다. 이제 위의 시조를 대상으로 하여 무엇에 대해 쓸지를 결정하는 과정에 대해 생각해보자.

작가는 우선 국화라는 대상에 매혹되어 글을 쓰기로 마음먹었을 수도 있다. 그리하여 국화에 대해 찬찬히 생각해본 결과 그것의 가을에 홀로 피는 생태에 주목하게 되었고 바로 여기서 지조 있고 절개 있는 삶을 살아야 한다는 결론을 얻었을 수도 있다. 이것은 소재—제재—주제의 과정을 밟아 무엇에 대해 쓸지를 결정한 것이다. 그러나 정반대일 수도 있다. 즉 작가는 우선 지조와 절개의 인간상에 대해 글을 쓰기로 마음먹었을 수도 있다. 그리하여 이러한 인간상의 두드러진 특징이 무엇인가를 생각해보게 되었고 그 결과 시련에 굴하지 않는 고고함과 강인함이 떠오르게 되었을 수도 있다. 그리고 다시 이러한 성격을 가장 효과적으로 드러낼 수 있는 대상이 무엇인가를 깊이 생각해본 결과 국화라는 자연물에 주목하게 되었을 수도 있다. 이것은 주제—제재—소재의 과정을 밟아 무엇에 대해 쓸지를 결정한 것이다.

이처럼 무엇에 대해 쓸지를 결정하는 과정은 단일한 것이 아니다. 두 방식 다 좋은 방법이 될 수 있다. 이러한 두 가지 방식 중에서 어느쪽을 선택할 것인가 하는 것은 완전히 글쓰는 이의 자유로운 의사에 달린 것이다. 그러나 이러한 선택은 쓰고자 하는 글의 성격이 어떠한 것인가에 의해 많이 영향을 받기도 한다.

주관성이 많이 허용되고 정서적인 경향이 강한 글, 그리고 비교적 자유로운 형식을 지닌 글에서는 소재—제재—주제의 순서로 무엇에 대해 쓸지를 결정하는 일이 많다. 기술방식으로 따지면 주로 묘사나 서사의 글, 그리고 문의 종류로 따지면 수필과 같은 형식의 글이 대표적인 예가 될 것이다. 반면에 객관성이 많이 요구되고 이성적인 경향이 강한 글, 그리고 비교적 굳어진 형식을 많이 따지는 글에서는 주제—제재—소재의 순서를 밟아 무엇에 대해 쓸지를 결정하는 일이 많다. 기술방식으로 따지면 설명과 논증의 글, 그리고 문의 종류로 따지면 논설문과 같은 형식의 글이 역시 대표적인 예가 될 것이다.

지금까지의 설명을 통해 무엇에 대해 쓸지를 결정한다는 것이 무엇을 의미하는 것인지 어느 정도 이해가 되었을 것이다. 그런데 내가 예로 든 글이 상당히 특수한 형식의 글인 시조였기 때문에 아직 그 의미가 쉽게 다가오지 않는 사람도 있을 것이다. 보다 일반적인 글을 예로 들어서 소재와 제재, 그리고 주제의 의미에 대해 한 번만 더 설명하고 넘어가기로 하겠다.

문명(文明)의 발생론(發生論)은 수없이 많은 원시사회(原始社會) 가운데서 어떻게 하여 특정한 몇몇 제1대 문명이 발생할 수 있었느냐 하는 문제이다. 수많은 원시사회 가운데서 어느 특정한 인간집단만이 '문명'으로 질적 비약을 할 수 있었던 까닭은 그 집단만이 자연환경으로부터 오는 '도전(挑戰)'에 대하여 '응전(應戰)'하는 데 성공하였기 때문이다. 초대 문명 중 이집트(Egypt) 문명과 수메르(Sumer) 문명은 해양(海洋)이라는 도전, 인도 문명과 마야 문명은 열대성 삼림의 왕성한 번무(繁茂)라는 도전, 안데스 문명은 해안지대의 건조한 고원(高原)과 사막(砂漠)이라는 도전, 중국 문명은 소택(沼澤)과 홍수(洪水)라는 도전을 받고 거기 응전하는 데 성공한 결과로 각각 문명으로 탄생하였다고 한다.

이집트 문명과 수메르 문명의 예를 들어서 좀더 구체적으로 설명해보자. 아프리카 지방의 기후는 본시 열대성이었는데 기후의 변화가 일어나기 시작하여 온대성 한발이 다가오게 되었다. 이 기후의 변화는 거기 살고 있던 많은 원시사회의 주민들에게는 일대 도전이었다. 그들은 종래의 생활양식을 그대로 유지하면서 열대성 기후가 남쪽으로 이동해가는 데 따라 삶의 터를 옮기든가 그렇지 않으면 생활양식을 새 기후에 적응시키든가 하지 않으면 안 되었다. 이 두 응전 중의 어느것도 하지 않은 자들은 멸망하였다. 생활양식을 고치지 않고 남쪽으로 이동한 자들은 현재의 중앙 아프리카 열대지방의 원시인의 조상이 되었다. 삶의 터를 옮기지 않고 생활양식만을 바꾼 자들은 아프라시아 초원지대의 유목민이 되었다. 그런데 삶의 장소와 생활양식을 둘 다 변경시키는 이중(二重)의 응전을 한 자들이 바로 나일 강 유역과 메소포타미아 평야에서 농경문화(農耕文化)라는 새 문명을 창조하였다.

여기서 토인비는 문명을 발생케 한 자연환경은 살기 좋은 환경이 아니라 살기 힘든 환경이라고 규정한다. 살기 좋은 환경은 새로운 것을 창조하게 할 만큼 충분히 자극적인 도전이 되지 못한다는 것이다. 예컨대, 중국 문명이 양자강(揚子江) 유역에서 발생하지 않고 황하(黃河) 유역에서 발생한 것은 후자의 자연조건이 전자의 자연조건보다 훨씬 살기 어려웠기 때문이라고 한다. 그러나 자연조건이 너무 가혹할 경우에는 그 조건에 직면한 인간들에게 지나친 정신적, 육체적 긴장을 강요하여 문명이 잉태하더라도 결국 도태하고 만다. 그러므로 가장 성공적인 응전을 불러일으키는 자연환경은 너무 살기 힘든 데도 아니고 너무 살기 어려운 데도 아닌 '중용(中庸)'의 도전이라고 한다.

그런데 자연환경의 도전에 대한 응전에 성공한 결과 원시사회에서 문명으로 비약한 사회들이 계속 성장하려면, 새로운 도전에 대하여 응전에 계속 성공하지 않으면 안 된다. 한 문제의 해결에서 또 새로운 문제가 일어날 때 그 새로운 문제에 직면하여 그것을 해결하는 도전과 응전이 계속되지 않으면 문명은 성장을 계속하지 못한다. 이 성장기의 도전은 자연환경으로부터의 도전이기도 하고 이웃의 다른 문명이나 야만사회(野蠻社會)의 침략과 같은 인간환경으로부터 오는 도전일 수도 있으나 가장 중대한 도전은 그 문명 자체가 만들어내는 문제다. 그 문제는 경제적인 것일 수도 있고 정치적인 것일 수도 있고 도전적인 것일 수도 있으나, 한 문명이 성숙하면 할수록 도전의 성질이 물질적인 데서 도전적, 정신적인 데로 그 차원이 높아진다. 이 과

194

정을 그는 '승화과정(昇華過程, etherialization)'이라고 한다.

성장하는 문명이 부딪치는 문제는 그것이 어떤 성질의 문제이든 간에 그 문제는 항상 새로운 문제이기 때문에 그 해결은 항상 창조성(創造性)을 필요로 한다. 그리고 하나의 문제를 해결하면 그 해결이 곧 새로운 문제를 낳는다. 그러므로 성장하는 사회는 계속 창조적으로 새 문제의 해결에 성공해야 한다.

—노명식, 〈토인비의 문명사관〉 중에서

조금 길고 딱딱한 내용의 글이다. 그러나 내가 위에서 설명한 내용을 상기해보면 이 글이 '무엇'에 대해 쓰고 있는지를 알아차리기란 그리 어려운 일이 아니다.

우선 소재에 대해 알아보자. 소재란 글쓰기의 바탕이 되는 구체적인 얘깃거리라 하였다. 이 글에서는 인류 역사상 최초의 문명이었던 이집트와 수메르, 그리고 중국의 문명에 대한 여러 가지 이야기를 통해 글의 논리를 풀어가고 있다. 바로 이 이야기들이 소재이다.

그렇다면 제재는 무엇일까. 소재의 여러 측면 중에서 글쓴이가 주로 관심을 가지고 있는 측면이 바로 제재라 하였다. 윗글에서 글쓴이는 소재로 삼은 여러 이야기들의 어떤 측면에 주로 관심을 지니고 있을까. 우선 그는 이 소재들을 일단 문명이라는 관점에서 바라보고 있다. 즉 이 소재들은 모두 문명이라는 측면에서 글쓴이에게 관심의 대상이 되고 있는 것이다. 그렇다면 문명이 바로 이 글의 제재인 것이다.

그렇지만 문명이란 상당히 넓은 의미에서의 제재일 뿐이다. 글쓴이는 이 소재들을 일단 문명이라는 관점에서 바라보면서 다시 그 관심을 좀더 좁은 곳으로 집중시키고 있다. 그것은 바로 그러한 문명의 발생과 성장의 측면이다. 결국 글쓴이는 이 소재들을 문명의 발생과 성장이라는 측면에서 바라보고 있는 것이며 이것이 바로 이 글의 보다 분명한 제재가 되는 것이다.

마지막으로 주제에 대해 알아보자. 주제란 제재에 글쓴이가 어떤 의미나 가치를 부여하여 글 전체의 중심의미나 중심사상으로 삼은 것을 말한다고 하였다. 이 글에서 글쓴이가 문명의 발생과 성장에 대해 말하면서 궁극적으로 하고 싶었던 말은 무엇일까. 그것은 바로 적절한 도전과 창조적인 응전이 있어야만 문명의 발생과 지속적인 성장이 가능하다는 것일 것이다. 이를 어구식으로 요약해보자. '문명의 발생과 성장의 원동력으로서의 도전과 응전' 정도가 될 것이다. 바로 이것이 이 글의 주제다.

이제까지 우리는 무엇에 대해 쓸지를 결정한다는 것이 글쓰기에 있어 얼마나 중요한 것인지, 그리고 그것이 구체적으로 무엇을 의미하는 것인지에 대해 살펴보았다. 이제부터는 무엇에 대해 쓸지를 결정하는 구체적인 방법과 과정에 대해 살펴보기로 하겠다.

2. 주제의 설정

1) 주제설정의 과정

▶ 주제에는 세 가지 차원이 있다

글을 쓰기 위해 제일 먼저 밟아야 할 과정은 바로 주제를 설정하는 일이다. 어떤 글을 두고, 이 글은 '무엇'에 대해 썼다라고 말할 때 이 '무엇'을 일러 바로 주제라 한다. 다시 말하자면 한마디로 '무엇'이라고 말할 수 있는 글의 중심내용을 바로 주제라 하는 것이다. 그러나 글의 중심내용이라는 이 말은 겉보기처럼 그렇게 단순한 것이 아니다. 예를 들어 설명해보자.

‘삶을 즐길 수 있는 능력’이라는 점에서 취미는 교양과 같다(적절하게 계발된 취미는 그 소유자의 품성을 순화시켜준다). 가장 이상적인 삶의 하나는 하는 일 자체가 ‘취미’와 일치되는 것이겠지만 이미 그때는 그것은 취미이기를 그쳐버리고 말 것이다. 당자에게 즐거움과 마음의 평정을 선사하면서 동시에 순화에도 기여하는 취미의 배양과 육성은 하는 일이 점점 외곬으로 치달아가는 현대생활에 있어서는 일종의 생리적인 필요처럼 되어가고 있다.

—유종호, 〈나의 취미〉 중에서

　이 글이 무엇에 대해 쓴 것인지 생각해보자. 우선 ‘취미’에 대해 쓴 것이라 할 수 있다. 그러나 좀더 구체적으로는 ‘현대생활에 있어서의 취미의 의의’에 대해 쓴 것이라 할 수도 있다. 또한 글쓴이가 궁극적으로 말하고자 하는 바를 고려하여보면 ‘현대인은 품성의 순화를 위해 취미의 배양과 육성이 필요하다’라는 내용에 대해 쓴 것이라 할 수도 있다. 그렇다면 과연 이 세 가지 중에서 어느것이 주제, 즉 이 글의 중심내용일까.
　그러나 사실 이러한 질문은 의미가 없다. 이 세 가지를 모두 다 주제라 할 수 있기 때문이다. 이 세 가지가 모두 다 주제라 불리면서도 그 모습이 조금씩 다른 이유는 무엇일까. 그것은 바로 주제에 여러 가지 차원이 있기 때문이다. 이 세 가지는 바로 주제가 지니고 있는 여러 가지 차원의 구체적인 모습을 보여주고 있는 것이다.
　우선 ‘취미’는 이 글의 대체적인 중심내용이라 할 수 있다. 그리고 ‘현대생활에 있어서의 취미의 의의’는 이 글의 구체적인 중심내용이라 할 수 있다. 그리고 ‘현대인은 품성의 순화를 위해 취미의 배양과 육성이 필요하다’는 이 글의 중심사상을 하나의 문장의 형식으로 나타낸 것이라 할 수 있다. 주제는 이처럼 대체적인 중심내용, 구체적인 중심내용, 그리고 중심사상의 세 가지 차원으로 나뉘어진다. 대체적인 중심내용을 가주제라 하고 구체적인 중심내용을 참주제라 한다. 그리고 중심사상을 문장화해놓은 것을 주제문이라 한다.

주제에 이처럼 세 가지 차원이 있다는 것을 아는 것은 중요하다. 이에 대한 이해가 주제의 올바른 설정과 밀접한 관련을 맺고 있기 때문이다. 이제 주제를 설정하는 구체적인 과정에 대해 알아보기로 하자.

▶ 가주제를 설정하여야 한다

일단 글을 쓰기로 마음먹었다면 그 다음에 해야 할 일은 당연히 무엇에 대해 쓸지를 결정하는 일이다. 우선 아주 막연하게 무엇에 대해 쓰고 싶다는 생각이 들 것이다. 사랑에 대해 쓰고 싶다든지, 또는 학문에 대해 쓰고 싶다든지 하는 식으로 말이다. 바로 이 막연한 무엇을 일러 가주제라 한다.

가주제는 그 범위가 넓고 막연한 상태의 주제를 말한다. 앞서도 말했듯이 글의 대체적인 중심내용인 것이다. 사람에 따라서는 이를 제재 또는 화제라 부르기도 한다. 가주제는 글의 전체적인 내용과 범위를 결정해준다. 하지만 가주제가 정해졌다고 해서 곧바로 글을 시작할 수 있는 것은 아니다.

가주제는 그 범위가 지나치게 넓고 막연하여 실제로 글을 쓰는 데는 거의 도움을 주지 못한다. 그냥 학문에 대해, 사랑에 대해 쓰고 싶다는 생각만 가지고는 글의 첫머리를 열어갈 수 없는 것이다. 따라서 실제로 글을 시작하기 위해 가주제는 좀더 구체적인 내용으로 나아가야만 한다. 가주제를 일러 잠정적 주제라 하는 까닭이 바로 여기에 있다.

▶ 참주제를 설정하여야 한다

가주제의 범위가 좀더 좁혀져 글의 실질적인 내용과 범위가 되었을 때 이를 일러 참주제라 한다. 다시 말해 글의 구체적인 내용인 셈이다. 참주제는 글쓴이의 관심에 따라 가주제의 범위를 한정함으로써 결정된다. 예를 들어 사랑에 대해 생각해보자. 사람마다 사랑에 대해 관심을 느끼고 있는 부분이 다를 것이다. 어떤 사람은 사랑의 유형에 대해 관심을 가질 것이고 또 어떤 사람은 사랑의 의의에 대해, 또는 사랑의 개념에 대해 관심을 가질 것이다. 사랑이 가주제라 한다면 앞서 말한 사랑의 유형, 사랑의 의의, 사랑의 개념 등은 모두 그것의 참주제가 될 수 있다. 제각기의 관심에 따라 사랑의 범위를 한정한 것이기 때문이다. 이런 의미에서 참주제를 한정된 주제라 하기도 한다.

어느 범위까지를 가주제라 하고 어느 범위까지를 참주제라 해야 하는지 절대적으로 구분할 수 있는 기준은 없다. 앞에서 참주제는 글의 실질적인 내용과 범위라 하였다. 그러나 이는 어디까지나 상대적인 개념이어서 사람에 따라 아주 구체적으로 말할 수도 있고 조금 포괄적으로 말할 수도 있다. 또한 가주제는 참주제가 무엇이냐에 의해 결정되는 것이다. 참주제에 이르기 전까지는 어차피 모두가 가주제일 수밖에 없기 때문이다.

예를 들어 동양학문의 특성은 직관적이고 서양학문의 특성은 논리적이라는 내용에 대해 쓴 글이 있다고 하자. 이 글의 가주제와 참주제는 무엇일까. 먼저 참주제에 대해 말해보자. 우선 학문의 특성이라 할 수 있다. 그러나 좀더 구체적으로는 학문의 지역적 특성이라 할 수 있다. 아주 꼼꼼한 사람은 더욱 구체적으로 동양학문의 특성과 서양학문의 특성이라고 할 수도 있다. 다음으로 가주제에 대해 말해보자. 이는 참주제에 따라 달라진다. 우선 그저 학문이라고 할 수도 있다. 좀더 좁혀서 학문의 특성이라고 할 수도 있다. 더욱 구체적으로는 학문의 지역적 특성이라 할 수도 있다.

이처럼 가주제와 참주제의 구분이 절대적이지 않은데도 굳이 이를 구별하여 말하는 이유는 무엇일까. 그것은 바로 글에는 글쓴이의 중심사상이 뚜렷이 드러나야 하기 때문이다. 글의 중심사상이 뚜렷이 드러나기 위해서는 글의 모든 내용이 이를 중심으로 집약되어 짜임새 있게 조직되어야 한다. 다시 말해 중심사상과 직접적인 관련이 없는 내용은 모두 제거되어야 한다. 그런 내용은 모두 중심사상을 뚜렷이 드러내는 데 장애가 될 뿐이기 때문이다. 따라서 넓고 막연한 내용을 가진 가주제는 중심사상과 관련이 있는 내용만으로 좁혀져야만 한다. 중심사상을 얘기하는 데 빼놓을 수 없는 내용만이 남아 더 이상 이를 좁힐 수 없을 때까지 자꾸자꾸 좁혀져야만 한다. 그리고 마침내 더 이상 좁혀질 수 없는 이 내용을 가리켜 바로 참주제라 하는 것이다.

이를 위에서 말한 예를 들어 다시 한 번 설명해보자. 동양학문의 특성은 직관적이고 서양학문의 특성은 논리적이라는 중심사상을 이야기하려는 글이 학문의 특성이라는 광범위한 내용을 전제로 삼고 있다면 이것은 참으로 문제가 아닐 수 없다. 다른 분야에서는 그렇지 않은데 학문만이 이러한 성격을 지녔다느니, 옛날의 학문은 이러했는데 오늘날의 학문은 저러하다느니 등등 학문의 특성에 관한 이런저런 생각이 여기저기서 튀어나와 산만하기 그지없는 글이 될 것이다. 이런 상황 속에서 글쓴이가 위의 중심사상에 대해 한두 마디 했다고 해서 이것을 주목할 독자는 없을 것이다. 그러나 내용의 범위를 학문의 지역적 특성으로 좁혔다고 해보자. 중심사상을 전달하는 데 한결 효과적인 글이 될 것이다. 하지만 이런 지역에서는 이러한 학문이 발달했는데 저런 지역에서는 그러하지 않았다느니, 한국의 학문은 이러한데 중국의 학문은 저러하다느니 하는 쓸데없는 이야기는 여전히 등장할 것이다. 따라서 전체 글에 있어서 위의 중심사상이 지니는 중요성은 상당히 훼손될 것이다. 그러나 내용의 범위를 동양학문의 특성과 서양학문의 특성으로 더욱 좁혔다고 생각해 보자. 글의 내용이 위의 중심사상을 중심으로 집약되어 쓸데없는 군더더기를 지니지 않을 것이다. 독자는 글쓴이의 중심사상을 명쾌하게 이해하고 이에 대해 강한 인상을 받을 것이다.

결국 가주제와 참주제를 구별하는 이유는 어떤 글에 있어서 그것이 각각 무엇인지를 알기 위해서가 아니다. 좋은 글은 중심사상을 뚜렷이 드러내는 것이어야 하고 이를 위해서는 글의 내용이 오로지 중심사상과 관련 있는 내용만으로 집약되어야 한다는 것을 글쓰는 이로 하여금 깨닫게 하기 위해서이다. 다시 한 번 말하지만 참주제, 즉 글의 실질적인 내용과 범위는 중심사상과 관련 있는 내용만으로 집약되어야 한다. 그리고 주제란 바로 이 참주제에 이르기 전까지는 결국 모두가 가주제, 즉 잠정적 주제일 뿐이다. 이러한 참주제와 가주제의 진정한 의미를 분명히 인식하지 못하고서는 결코 좋은 글을 쓸 수 없다.

▶ 주제문을 만들어보아야 한다

앞에서 가주제를 통해 참주제를 이끌어내는 과정에 대해 설명하였다. 그러나 참주제가 결정되었다고 해서 또한 바로 글을 시작할 수 있는 것은 아니다. 참주제는 어디까지나 글이 다루게 될 내용의 범위를 한정해주는 데 지나지 않는다. 따라서 실제로 글을 쓰기 위해서는 이 내용을 어떤 식으로 펼칠 것인가, 그리고 어떤 식으로 매듭을 지을 것인가 하는 등등의 글의 구체적인 전개방향을 결정해야만 한다. 이러한 글의 전개방향을 결정해주는 것이 바로 글의 중심사상이다. 따라서 참주제를 결정한 다음에는 반드시 글의 중심사상을 결정하여야만 한다.

중심사상이란 참주제에 대한 필자 나름의 중심적인 생각이나 의견을 말한다. 예를 들어 종교라는 가주제에서 종교의 현실참여문제라는 참주제를 이끌어내었다고 하자. 그렇다면 글쓰는 이는 이 문제에 대해 어떤 식으로든 나름대로의 결론을 지니고 있을 것이다. 종교는 현실문제에 적극적으로 참여하여야 된다든지, 아니면 되도록이면 거리를 유지하여야 된다든지, 그것도 아니면 상황과 대상을 고려하여 제한적으로 참여하여야 한다든지 하는 생각이 있을 것이다. 바로 이러한 결론적인 생각이 그 글의 중심사상이 되는 것이다. 글의 중심사상은 명확할수록 좋다. 그래야만 글의 전개방향 역시 보다 명확하게 설정될 수 있기 때문이다.

참주제가 결정된 다음에는 주제문을 만들어야 한다. 주제문은 글의 중심사상을 하나의 문장으로 나타낸 것이다. 주제문을 작성하는 이유는 바로 글의 중심사상을 보다 명확하게 설정하기 위해서이다. 하나의 완결된 문장으로 분명히 표현될 수 있는 정도가 되어야 그 중심사상은 비교적 명확하게 설정되었다고 볼 수 있기 때문이다.

결국 주제의 설정은 가주제의 설정에서 시작하여 이를 참주제로 한정하는 과정을 거쳐 명확한 주제문의 설정에까지 이르러야 비로소 끝난다고 할 수 있다. 이 모든 과정을 거치지 않고서는 주제가 올바로 설정되었다고 할 수 없으며 따라서 무엇을 쓸지에 대해 분명히 결정하였다고도 할 수 없다. 무엇을 쓸지가 결정되지 않았는데 글이 쉽게 쓰여질 리도 없다. 이처럼 무엇을 쓸지를 결정한다는 것은 생각처럼 단순한 작업이 아니다. 이를 분명히 인식하고 주제의 올바른 설정에 노력을 아끼지 말아야 할 것이다.

2) 좋은 주제의 요건

▶ 좋은 주제의 요건
주제에도 좋은 주제가 있고 나쁜 주제가 있다. 글의 내용만 조리 있고 알차면 되는 것이지 주제가 무슨 상관이냐고 생각하는 사람이 있을 것이다. 잘못된 생각이다. 주제 자체가 바람직하지 못한 것이라면 그 글의 내용이 조리 있고 알차게 되는 일은 결코 없다. 주제가 바로 글의 내용이기 때문이다. 이제 좋은 주제의 요건에 대해 살펴보자.

우선 주제는 작을수록 좋다. 그 이유는 크게 두 가지이다. 우선 주제가 작을수록 글을 쓰기가 쉽다. 예를 들어 사랑이란 주제로 글을 쓰기로 마음먹었다고 하자. 하지만 그냥 이대로는 도저히 글문을 열 수가 없을 것이다. 주제가 너무도 막연하여 도저히 쓸거리가 생각나지 않을 것이기 때문이다. 그러나 어머니의 사랑으로 주제를 좀더 좁혔다고 해보자. 한결 주제가 선명해지며 조금씩 쓸거리가 떠오르게 될 것이다. 다시 주제를 좀더 좁혀 우리 어머니의 사랑으로 했다고 해보자. 쓸거리가 저절로 정해져서 누구나 곧바로 글을 시작할 수 있을 것이다. 이처럼 주제가 작을수록 글을 쓰기가 쉬워진다. 따라서 글쓰기의 초보자들은 허황된 욕심만으로 거창한 주제에 매달리기보다는 되도록이면 작은 주제를 정해 쉽고 편하게 글을 쓰는 요령을 터득해야 될 것이다. 그래야만 글쓰기에 재미를 붙일 수 있기 때문이다.

두 번째로는 주제가 작을수록 글의 중심사상을 분명히 드러낼 수 있기 때문이다. 앞서도 말했듯이 글에는 중심사상이 분명히 드러나야 하며 이를 위해서는 글의 내용이 중심사상과 관련 있는 내용만으로 집약되어야 한다. 따라서 글의 주제는 되도록이면 중심사상과 관련 있는 최소한의 범위만으로 제한되어야 한다. 글쓰기의 초보자들은 단지 자신의 지식을 과시하려는 목적에서 중심사상과 별반 관련도 없는 내용을 이것저것 떠벌리는 경우가 많다. 이 경우 그 글은 결국 중심사상이 분명히 드러나지 못해 지식을 과시하기는커녕 횡설수설한다는 인상밖에 줄 수 없다. 따라서 글쓰기의 초보자들은 중심사상과 직접적인 관련이 있는 내용만으로 주제를 집약하는 데 특히 주의를 기울여야 할 것이다.

　다음으로 주제는 쉬울수록 좋다. 주제가 쉽다는 것은 글쓰는 이가 잘 알고 있는 내용이라는 의미이다. 글쓰는 이는 자신이 잘 알고 있으며 따라서 이에 대한 생각이 잘 정리되어 있는 내용에 대해서만 글을 써야 한다. 그래야만 쉽게 글을 쓸 수 있기 때문이다. 물론 잘 모르고 있더라도 이에 대한 관심이 대단하여 반드시 글로 써보고 싶은 내용도 있을 것이다. 하지만 이 경우 역시 그 내용은 비교적 짧은 시간 안에 자신의 능력으로 충분히 그 재료를 수집하고 연구할 수 있는 내용이어야만 한다. 예를 들어 고등학생이 관심이 있다는 이유만으로 상대성원리나 언어철학에 대해 분석하는 글을 쓰려고 한다면 이것이 좋은 글이 될 수 없다는 것은 너무나 분명한 사실이다. 특히 제한된 시간 안에 쓰기로 되어 있는 논술문 같은 글의 경우 쉬운 주제에 대해 써야 한다는 원칙은 무엇보다도 먼저 고려되어야 할 원칙이다.

　다음으로 주제는 재미있을수록 좋다. 주제가 재미있다는 것은 그것이 독자의 관심과 흥미를 불러일으킬 수 있는 내용이라는 의미이다. 주제가 재미있는 것이 되기 위해 지녀야 할 첫째 요건이 바로 참신성이다.

　참신성이란 바로 좋은 글의 요건에서 말한 바 있는 독창성을 의미하는 것이다. 소재의 독창성, 그리고 시각의 독창성 등이 주제의 참신성을 확보하는 밑거름이 될 것이다. 그리고 이 또한 같은 자리에서 언급된 것이지만 이러한 독창성은 반드시 보편적인 공감을 불러일으키는 것이어야 한다. 보편성을 무시한 독창성은 온갖 신기한 것으로 독자의 관심을 끄는 삼류잡지의 선정주의에 불과하다는 것을 다시금 상기하여야 한다.

3) 좋은 주제문의 요건

이제 올바른 주제문의 요건에 대해 알아보자. 앞서 말한 것처럼 주제문의 작성은 중심사상의 명확한 설정을 위한 것이다. 따라서 올바른 주제문의 요건이란 곧 중심사상을 가장 명확하게 설정할 수 있는 요건을 말하는 것이다.

주제문은 글의 실질적인 전개방향을 결정하는 것이다. 따라서 올바른 주제문의 작성여부는 곧 좋은 글의 여부를 결정하는 것이기도 하다.

좋은 주제문이 되기 위해 갖추어야 할 요건으로는 다음과 같은 것들이 있다.

  하나의 완결된 문장이어야 한다.
  의문문의 형태를 써서는 안 된다.
  비유적인 표현을 써서는 안 된다.
  막연한 표현을 써서는 안 된다.
  지나치게 자명한 이치의 내용이어서는 안 된다.
  양립할 수 없는 둘 이상의 내용이 담겨서는 안 된다.
  주제에 대한 필자의 의견이 집약적으로 드러나야 한다.
  제재의 한정된 국면에 초점을 맞추어야 한다.
  근거에 의해 증명될 수 있는 내용이어야 한다.

주제문은 우선 명확하여야만 한다. 주제문의 명확성은 곧 중심사상의 명확성을 드러내는 것이기 때문이다. 따라서 주제문은 분명하게 의미가 전달되는 하나의 완결된 문장이어야만 한다. 우선 의문문은 완결된 생각을 표현하는 것이 아니므로 주제문이 될 수 없다. "사랑은 눈물의 씨앗이다"와 같은 비유적 표현, 그리고 "사랑은 인생에 있어 아주 중요하다"와 같은 막연한 표현도 주제문으로서는 부적합하다. 분명하게 의미가 전달될 수 없기 때문이다.

양립할 수 없는 둘 이상의 내용이 담겨서도 안 된다. 즉 서로 무관한 내용 또는 대립되는 내용이 함께 담겨져서는 안 된다.

전자의 예로서 "문학은 현실을 반영하는 것이며 무용은 행위로 이루어지는 예술이다" 같은 문장을, 그리고 후자의 예로서 "문학은 현실을 반영하지만 예술은 현실과는 무관한 것이다" 같은 문장을 들 수 있다.

그러나 서로 밀접하게 연관되는 내용은 둘 이상이 담겨도 상관없다. 보다 넓게 보아 이는 결국 하나의 내용을 담고 있는 것이라 할 수 있기 때문이다. "아는 것은 힘이요 병이다"라든지 "문학은 언어로 이루어진 예술이며 무용은 행위로 이루어진 예술이다" 하는 문장이 바로 그러한 예이다.

이들 문장은 언뜻 보아 대립되거나 무관한 내용을 담고 있는 듯하지만 보다 넓은 견지에서 하나의 내용으로 포괄될 수 있는 내용을 담고 있는 것이다.

중심사상이 참주제에 대한 필자의 중심적인 의견이나 생각이라는 것을 잘 이해했다면 주제문이 필자의 의견을 집약적으로 드러내야 한다든지 제재의 한정된 측면에 초점을 맞추어야 한다든지 하는 것은 절로 이해가 될 것이다. 또한 지나치게 상식적인 내용은 누구에게도 흥미를 불러일으킬 수 없는 내용이니 역시 주제문의 내용으로는 적합하지 않다.

마지막으로 주제문은 논거에 의해 증명될 수 있는 내용이어야 한다. 의견이나 생각이 설득력을 갖기 위해서는 확실한 논거가 있어야 하기 때문이다.

3. 소재의 수집

1) 좋은 소재의 요건

좋은 소재의 첫 번째 요건은 바로 주제를 뒷받침하는 것이어야 한다는 것이다. 많은 사람들이 소재만 있으면 글을 쓸 수 있는 것으로 생각한다. 물론 우리가 쓰는 글이 어떤 대상에 대한 관찰의 결과를 늘어놓는 과학적인 글이라면 그럴 수도 있을 것이다. 하지만 우리가 쓰는 글이 그런 것이 아니라면 결국 글의 목적은 필자의 사상이나 의도를 전달하는 것이다. 소재란 이를 위한 수단에 지나지 않는다. 어디까지나 주제를 효과적으로 뒷받침하는 데 소재의 의의가 있는 것이다. 소재 자체에만 몰두하는 태도는 절대 금해야 한다. 따라서 아무리 좋은 소재라도 주제와 무관하거나 상반되는 내용이어서는 안 된다.

다음으로 소재는 확실한 것이어야 한다. 확실하다는 것은 정확한 정보를 바탕으로 한 것이라는 뜻이다. 막연하게 주위들은 이야기, 떠돌아다니는 풍문 등은 소재가 될 수 없다. 소재가 확실한 것이 되기 위해서는 출처와 근거가 분명하여야만 한다. 그리고 사실과 의견이 분명히 구별되어야 한다. '~라고 하더라'라는 식으로 표현되어야 할 것이 '~이다'라는 식으로 표현되는 일이 있어서는 안 된다. 그리고 소재가 의견이라면 그것은 반드시 합리성과 타당성을 지닌 것이어야만 한다. 합리성과 타당성을 지니지 못한 의견을 소재로 삼는 것은 글의 신뢰성을 떨어뜨릴 따름이다.

다음으로 소재는 독자가 흥미를 느낄 수 있는 것이어야 한다. 재미도 없는 소재를 지루하게 늘어놓는 글을 읽으려는 이는 없을 것이다. 소재가 흥미 있는 것이 되기 위해서는 무엇보다도 독창성을 지녀야만 한다. 상식적인 얘기가 아니어야 하는 것이다. 그리고 추상적이기보다는 구체적인 것이어야 한다. 그러나 신기하고 기발한 것이라 해서 모두 좋은 소재가 되는 것은 아니다. 독자의 공감을 얻을 수 있는 친근성과 보편성을 또한 갖추어야만 한다.

마지막으로 소재는 풍부하고 다양할수록 좋다. 다채로운 이야기는 글을 흥미롭게 만드는 지름길이다. 그러나 이 다양함과 풍부함은 반드시 주제로 집약될 수 있는 통일성을 갖추어야만 한다. 여러 소재가 통일성을 지니지 못할 때 소재의 다양함과 풍부함은 오히려 좋은 글의 저해요인이 된다. 소재의 풍부함과 다양함은 어디까지나 주제를 효과적으로 전달하기 위한 방편이라는 사실을 분명히 인식하고 소재의 다양함과 풍부함 그 자체에 집착하는 일은 없도록 해야 한다.

제4부 ··· 글의 구조에 대한 이해

좋은 문장의 요건

문장성분 사이의 호응이 이루어져야 한다.

조사를 정확하게 써야 한다.

외국어 번역투의 표현을 피해야 한다.

연관되는 어휘를 서로 가까이 놓아야 한다.

부적절한 명사형의 표현을 피해야 한다.

단어를 함부로 분리해서는 안 된다.

부적절한 명사문을 쓰지 말아야 한다.

복수접미사를 남용하지 말아야 한다.

수를 나타내는 표현에 유의하여야 한다.

존대를 나타내는 표현에 유의하여야 한다.

완결된 문장을 써야 한다.

'~것이다'의 사용에 유의하여야 한다.

구어적 표현을 피해야 한다.

제1장 문장

1. 문장의 구조

1) 국어의 기본문형

문법에 맞는 문장을 쓰기 위해서는 먼저 문장의 구조에 대해 알아야 한다. 문장을 구성하는 각각의 요소들을 문장성분이라 한다. 문장성분은 필수성분과 수의성분으로 나눌 수 있다. 문장이 성립되기 위해서 반드시 있어야 하는 최소한의 요건이 되는 것이 필수성분(주성분)이다. 주어, 목적어, 보어, 서술어 같은 것이다. 그리고 문장의 성립을 위해 반드시 있어야 하는 것은 아니지만 문장의 의미를 풍부하게 하기 위해 필요한 것이 수의성분(부속성분)이다. 관형어와 부사어, 독립어 등이 이에 해당된다.

문장의 구조를 흔히 문형이라 한다. 그리고 필수성분만으로 이루어진 문형을 기본문형이라 한다. 기본문형은 모든 문장의 근간이 되는 가장 기본적인 문장의 구조이다. 국어의 기본문형에는 세 가지가 있다. 다음은 그 세 가지 기본문형의 모습을 보인 것이다.

(1) 새가 난다.
(2) 새가 벌레를 먹는다.
(3) 새는 식물이 아니다.

(1)은 주어+서술어로 구성된 문형이며 (2)는 주어+목적어+서술어로 구성된 문형이다. 그리고 (3)은 주어+보어+서술어로 구성된 문형이다. 국어의 모든 문장은 이 세 가지 기본문형에 좀더 살을 붙인 것에 지나지 않는다. 부사어, 관형어, 독립어 등은 바로 그 살들의 이름을 말하는 것이라 생각하면 된다.

그런데 이러한 문형을 결정하는 요소는 바로 서술어이다. 우선 서술어가 타동사일 때 이 서술어는 목적어를 반드시 필요로 하게 된다. 그리하여 문장은 (2)의 문형을 지니게 된다. 그리고 서술어가 '되다'와 '아니다'일 때 이러한 서술어는 보어를 반드시 필요로 하게 된다. 그리하여 문장은 (3)의 문형을 지니게 된다. 그리고 마지막으로 서술어가 타동사나 '되다', '아니다' 이외의 것일 경우 이러한 서술어는 아무것도 반드시 필요로 하지는 않는다. 따라서 문장은 (1)의 문형을 지니게 된다.

기본문형을 결정하는 요소가 서술어인 만큼 국어의 문장을 올바로 쓰기 위해서는 서술어의 특성을 올바로 인식하는 것이 가장 중요하다. 대부분의 비문은 서술어의 특성을 올바로 알지 못해 생겨나는 것이다.

2) 기본문형의 확장

앞서 국어의 모든 문장은 세 가지 기본문형에다 부사어, 관형어, 독립어 등의 살을 덧붙여 만든 것에 지나지 않는다고 했다. 이제부터는 이러한 기본문형의 확장에 대해 살펴보기로 하자.

국어의 문장은 주어와 서술어의 관계, 즉 주술관계가 몇 번이나 나타나는가에 따라 크게 두 부류로 나눌 수 있다. 홑문장과 겹문장이 바로 그것이다. 홑문장은 주술관계가 한 번만 나타나는 문장을 말한다. 그리고 겹문장은 주술관계가 두 번 이상 반복되는 문장을 말한다.

기본문형의 확장은 크게 홑문장 안에서의 확장과 겹문장으로의 확장, 두 가지로 나누어 살펴볼 수 있다.

▶ 홑문장 안에서의 확장

(1) 아! 새가 난다.
(2) 하얀 새가 작은 벌레를 맛있게 먹는다.
(3) 새는 식물이 결코 아니다.

관형어란 명사, 대명사, 수사 등의 앞에 붙어서 이를 꾸며주는 역할을 하는 문장성분이다. 즉 '어떠한'에 해당하는 말이다. 부사어는 주로 동사, 형용사 등의 앞에 붙어 이를 꾸며주는 역할을 하는 문장성분이다. 즉 '어떻게'에 해당하는 말이다. 그리고 독립어는 문장에 어떤 의미를 더해주기는 하지만 문장 안의 다른 성분과 직접적인 관련을 지니지는 않는 문장성분을 말한다.

위의 예문들은 부사어, 관형어, 독립어 등이 덧붙어 앞서의 기본문형이 확장된 모습을 보여주고 있다. (1)의 '아'가 바로 독립어이고, (2)의 '하얀'과 '작은'이 관형어이다. 그리고 (3)의 '맛있게'는 부사어이다.

이 문장들은 기본문형이 확장된 모습을 보여주고 있지만 문장의 주술관계는 역시 한 번밖에 나타나지 않는다. 이를 일러 홑문장 안에서의 확장이라 한다.

▶ 겹문장으로의 확장

그러나 기본문형은 아주 많이 확장되어 주술관계가 두 번 이상 나타나는 겹문장으로 발전할 수도 있다. 겹문장이 만들어지는 데는 크게 두 가지 방식이 있다.

첫 번째는 둘 이상의 문장이 서로 연결되어 하나의 문장으로 통합되는 방식이다.

(1) 나는 낚시를 좋아하고 철수는 축구를 좋아한다(대등적으로 이어진 문장).
(2) 봄이 오면 꽃이 핀다(종속적으로 이어진 문장).

위의 문장들은 그 예를 보여주고 있다. (1)은 '나는 낚시를 좋아한다'와 '철수는 축구를 좋아한다'라는 두 문장이, 그리고 (2)는 '봄이 온다'와 '꽃이 핀다'라는 두 문장이 서로 연결되어 하나의 문장으로 통합되고 있다.

이처럼 두 개의 문장이 서로 연결되어 나타나는 새로운 문장을 가리켜 이어진 문장이라 한다.

그런데 가만히 살펴보면 (1)과 (2)는 두 문장이 연결되는 방식이 서로 다르다. (1)의 두 문장은 서로 대등한 자격을 지니고 연결되어 있다. 그러나 (2)의 두 문장은 하나가 중심이 되고 다른 하나는 이에 종속되는 방식으로 연결되고 있다. 즉 '꽃이 핀다'라는 문장은

'봄이 온다' 라는 문장에 철저히 종속되어 있는 것이다.

이처럼 두 문장이 서로 연결되는 방식은 대등적으로 이어지는 방식과 종속적으로 이어지는 방식의 두 가지가 있다. 앞의 방식에 의해 나타나는 새로운 문장을 대등적으로 이어진 문장이라 하고 뒤의 방식에 의해 나타나는 새로운 문장을 종속적으로 이어진 문장이라 한다.

겹문장이 만들어지는 두 번째 방식은 하나의 문장이 다른 문장의 한 성분으로 안기는 방식이다. 다음의 예를 보자.

(3) 비가 소리 없이 내린다(부사어로 안긴 문장―부사절).

(4) 토끼는 귀가 길다(서술어로 안긴 문장―서술절).

(5) 그가 떠났다는 소식을 우리는 들었다(관형어로 안긴 문장―관형절).

(6) 나는 그 주장에 동의할 수 없음을 밝힙니다(목적어로 안긴 문장―명사절).

(3)은 '소리가 없다' 라는 문장이 '비가 내린다' 라는 문장에 부사어가 되어 안기고 있다. 이처럼 (4)는 '귀가 길다', (5)는 '그가 떠났다', (6)은 '나는 그 주장에 동의할 수 없다' 라는 문장이 각각 다른 문장에 한 성분이 되어 안기고 있다.

이때 다른 문장의 한 성분이 되어 안기는 문장을 안긴 문장이라 하고 다른 문장을 한 성분으로 안고 있는 문장을 안은 문장이라 한다. 안긴 문장은 안은 문장 안의 어떤 성분이 되어 안기느냐에 따라 여러 유형이 있다.

위의 예문들은 이러한 안긴 문장의 여러 유형을 각기 하나씩 보여주고 있다.

2. 좋은 문장의 요건

1) 문장성분 사이의 호응이 이루어져야 한다

▶ 주술의 호응이 이루어져야 한다

외국어와 크게 다른 국어의 중요한 특징으로서 주어의 생략이 비교적 자유롭다는 사실을 들 수 있다. 예를 들어 한 친구가 "어디 가니?"라고 물었을 때 질문을 받은 다른 친구는 "집에"라고 대답한다. 여기서 '너는'이나 '나는'과 같은 주어가 생략될 수 있는 것은 발화의 상황을 통해 이를 쉽사리 짐작할 수 있기 때문이다. 물론 주어만 생략될 수 있는 것은 아니다. '간다'와 같은 서술어 역시 발화의 상황을 통해 쉽사리 짐작할 수 있기 때문에 생략이 가능하다.

이처럼 구어에서는 발화의 상황을 통해 짐작이 가능한 문장의 요소는 무엇이든 생략이 가능하다. 이것은 구어가 무엇보다도 경제성의 원칙에 입각하고 있기 때문이다. 즉 구어는 최소한의 어휘를 사용하여 최대한의 의미를 전달하려 한다. 따라서 의미의 전달만 가능하다면 웬만한 어법쯤은 무시해도 크게 문제가 되지 않는다. 그러나 이것은 어디까지나 구어의 경우이다.

문어는 무엇보다도 정확성의 원칙에 입각해 있다. 따라서 경제성을 위해 정확한 어법을 희생하는 일 따위는 절대 받아들여지지 않는다. 좋은 글을 쓰기 위해 가장 중요한 것은 바로 이러한 구어와 문어의 차이에 대한 인식이다. 글을 쓰기 전에 구어의 습관은 일단 버리려는 자세가 필요하다. 좋은 글의 첫 번째 요건은 바로 정확한 어법인 것이다.

하나의 문장이 성립되기 위한 가장 기본적인 조건은 바로 주어와 서술어이다. 다시 말해 어떤 경우이든 주어와 서술어는 존재해야 문장이 이루어진다는 것이다. 목적어, 보어가 없는 문장은 있어도 주어, 서술어가 없는 문장은 존재하지 않는다. 문장의 형성은 주어와 서술어의 긴밀한 연관에 의해 비로소 가능해지는 것이다. 따라서 어떤 주어가 있으면 반드시 이에 연결되는 서술어가 있어야 하고 어떤 서술어가 있으면 반드시 이에 연결되는 주어가 있어야 한다. 또한 서로 연결되는 주어와 서술어는 논리상으로도 반드시 어울리는 것이어야 한다. 이를 일러 바로 주술의 호응이라 한다.

(1) 그런데 우리 소설사가 뒤에 단편소설로 자리를 바꾸면서 그 사고적인 것, 사상성 같은 것이 거의 무시되어 버리고 만 <u>사실이다.</u>
(2) 그런데 <u>중요한 것은</u> 우리가 더 이상 서구문화의 홍수에 잠겨서 고유의 정체의식을 상실해서는 안 된다.
(3) 그 당시 그의 <u>얼굴은</u> 기쁨과 슬픔, 그리고 만족감과 허탈감이 미묘하게 어우러진 <u>감정이었다.</u>

위의 예문을 보면 (1)의 경우 '사실이다'라는 서술어에 연결되는 주어가 없다. '그런데' 다음에 '중요한 것은'이나 '이상한 것은' 등과 같은 말을 넣어 '사실이다'의 주어를 만들어주어야 옳은 문장이 된다. 그리고 (2)의 경우 '중요한 것은'이라는 주어에 연결되는 서술어가 없다. 따라서 문장 끝에 '는 점이다'와 같은 말을 넣어 '중요한 것은'의 서술어를 만들어주어야 한다. (3)의 경우 '얼굴은'이라는 주어에 '감정이었다'라는 서술어가 연결되어 있기는 하다. 그러나 이 둘은 논리적으로 어울리지 않는 것임을 쉽사리 알 수 있다. 따라서 '감정이었다'를 '감정을 보여주고 있었다'와 같이 고쳐주어야 문맥이 통하게 된다.

위의 예문은 주술의 호응을 지키지 않은 대표적인 경우 세 가지를 보여준 것이다. 이러한 잘못을 쉽게 발견한 사람도 있을 것이나 그것은 아마도 남의 글이기 때문일 것이다. 자신이 글을 쓸 때는 이러한 잘못을 발견하기가 쉽지 않다.

주술의 호응을 지키지 못하는 가장 큰 이유는 바로 겹문장을 쓰기 때문이다. 겹문장이란 하나의 문장 안에 주술의 관계가 여러 번 반복되는 경우를 일컫는 말이다. (1)의 문장을 보면 주술관계가 세 번 반복되면서 겹문장을 이루고 있는 것을 알 수 있다. '중요한 것은'과 '사실이다', '우리 소설사가'와 '바꾸면서', '그 사고적인 것, 사상성 같은 것이'와 '무시되어 버리고' 등이 바로 이 겹문장에 나타난 주술관계이다.

이처럼 겹문장을 쓰게 되면 주술관계가 여러 번 반복됨으로 해서 서로 연결되는 주어와 서술어가 어떤 것인지 혼동을 일으킬 수 있다. 또한 '중요한 것은'과 '사실이다'에서 볼 수 있듯이 주어와 이에 연결되는 서술어 사이의 거리가 아주 멀어지는 일이 생겨서 어느 한쪽을 잊어버리고 쓰지 않게 되는 수도 많다. 따라서 주술의 호응을 지키기 위해서는 무엇보다도 하나의 문장 안에 여러 번의 주술관계가 반복되도록 하는 것을 피해야 한다. 그리고 주어와 이에 연결되는 서술어 사이의 거리는 되도록이면 가깝게 유지하여야 한다.

그러나 복합적인 사고의 내용을 표현하려고 하다보면 이러한 것들이 어려운 경우도 생길 것이다. 그럴 때는 문장을 쓰고 난 후 반드시 점검을 해보아야 한다. 문장 안의 모든 주어와 서술어를 찾아보고 거기에 각기 연결되는 서술어와 주어가 있는지, 그리고 있다면 그것들이 서로 논리적으로 호응하는지 등을 꼼꼼히 살펴보아야 할 것이다.

물론 귀찮은 작업이겠지만 더 이상의 왕도는 없다. 우선 간결하게 쓸 것, 그럴 수 없다면 확실하게 점검할 것, 이것이 권할 수 있는 방법의 전부이다. 대부분의 비문이 바로 이러한 주술의 호응을 지키지 못하는 데서 발생한다는 사실을 알아야 한다. 그렇다면 결코 이 작업을 게을리해서는 안 된다는 사실 또한 자연스럽게 깨닫게 될 것이다.

지금까지 주술의 호응에 대해 살펴보았다. 글을 쓸 때는 구어에서처럼 주어와 서술어를 함부로 생략할 수 없다는 것을 알았을 것이다. 그러나 구어에서처럼 발화상황의 도움을 받을 수는 없을지라도 어떤 문장의 주어가 무엇인지를 의심의 여지없이 알아차릴 수 있는 경우도 있을 것이다. 대표적인 경우가 두 가지 있다. 우선 '우리'와 같이 불특정한 일반인을 주어로 삼는 경우이다. 다음으로 바로 앞에 나온 문장의 주어를 그대로 받아서 뒤의 문장을 이어 쓰는 경우이다. 이러한 경우에는 문어라 하더라도 주어를 생략할 수 있다.

(4) 이제 우리의 역사적 사명이 무엇인지 명확히 자각해야 한다.

(5) 경찰은 어제부터 교통법규 위반자에 대한 대대적인 단속에 나섰다. 그리하여 어제 하루에만도 무려 2,700여 명에 이르는 위반자를 적발했다.

(6) 정부는 청소년 탈선을 방지하기 위해 청소년 통금제도를 실시하는 방안을 검토하고 있다. 이 법안에 따르면 밤 10시 이후부터는 특별한 사유 없이 집 바깥을 나다닐 수 없게 된다.

(4)의 경우 주어가 '우리는'이라는 것쯤은 쉽게 짐작할 수 있다. 따라서 주어를 생략해도 무방하다. 하지만 이 경우도 역시 문장에 힘을 주기 위해서는 주어를 써주는 것이 더 좋을 것이다. (5)의 경우 뒷문장의 주어는 앞문장의 주어와 동일하다. 이러한 경우에는 뒷문장의 주어를 생략할 수 있음은 물론 이를 생략하는 것이 오히려 더 좋은 문장이 된다. 정확성의 원칙에 어긋날 우려가 없기 때문에 이제는 경제성의 원칙이 고려되어야 하는 것이다. 따라서 반복되는 주어 '경찰은'을 뒷문장에 다시 쓰게 되면 오히려 미숙한 글쓰기라

는 인상을 주게 된다.

(6)의 경우는 신경을 써서 살펴볼 필요가 있다. 뒷문장은 주어가 없지만 문맥을 제대로 파악한 사람이라면 '청소년은'이 주어라는 것쯤은 쉽게 알아차릴 수 있다. 그렇다면 주어를 쉽게 짐작할 수 있으니까 이를 생략해도 되는 걸까. 결코 그렇지 않다. 앞문장의 주어를 그대로 받는 경우가 아닌 이상 주어를 알 수 있다고 해서 이를 생략하진 못한다. 이것이 바로 구어와 문어의 차이점이다. 어법으로 따진다면 뒷문장의 생략된 주어는 앞문장의 주어인 '정부는'이 되고 만다. 따라서 이 문장은 문맥이 흐트러진 기괴한 문장이 될 수밖에 없다.

(6)과 같은 경우는 우리가 문장쓰기에서 가장 흔히 범하는 실수 중의 하나이다. 자신이 쓰는 글의 내용을 자신은 누구보다 잘 안다. 그러다보니 (6)과 같은 문장을 써놓고는 잘못을 발견하지도 못한다. 뒷문장의 주어가 '청소년은'인 것은 자신에게는 너무나 당연하기 때문이다. 이런 실수를 피하기 위해서는 문장의 정확성에 대한 의식적인 노력을 게을리하지 말아야 할 것이다.

▶ 목술의 호응이 이루어져야 한다

목적어와 서술어의 호응, 즉 목술의 호응 역시 반드시 지켜야 할 사항이다. 목술의 호응이란, 목적어가 있다면 반드시 이에 연결되는 타동사 서술어가 있어야 하고 타동사 서술어가 있다면 반드시 이에 연결되는 목적어가 있어야 한다는 것이다. 너무나 당연한 말 같지만 실제로는 지켜지지 않는 경우가 많다.

(1) 무엇에 끈질기게 매달려서 마침내 <u>이루어냈을</u> 때의 심정이라고나 할까?

(2) 어젯밤 작은 누나가 마침내 어여쁜 <u>공주님을</u> 탄생하였다.

(3) 나는 영화가 <u>보고 싶다.</u>
(4) 토끼는 귀가 길다.

(1)의 문장은 '이루어냈을'이라는 타동사에 호응하는 목적어가 없다. 그 앞에 나오는 '무엇에'를 목적어로 생각하는 사람이 있을지 모르지만 잘못된 생각이다. 거기에는 목적격 조사가 붙어 있지 않기 때문이다. 따라서 '이루어냈을' 앞에 '그것을' 정도의 목적어를 끼워넣어 주어야만 옳은 문장이 된다. (2)의 문장은 '공주님을'이라는 목적어에 호응하는 타동사가 없다. '탄생하였다'는 자동사이지 타동사가 아니다. 따라서 이를 '낳았다' 정도의 타동사로 바꾸어주어야 한다.

(3)의 경우 역시 '보고 싶다'라는 타동사에 호응하는 목적어가 없다. 그 앞에 나오는 '영화가'는 목적어가 될 수 없다. '이/가'는 주격이나 보격에만 쓸 수 있는 조사이기 때문이다. 따라서 '영화가'를 '영화를'로 바꿔주어야만 옳은 문장이 된다.

(3)과 같은 문장은 틀린 줄도 모르고 자주 쓰는 문장이다. '참외가 먹고 싶다', '공부가 하고 싶다' 등과 같은 문장들이 모두 같은 예이다. 왜 그럴까? 그것은 바로 이런 문장들이 (4)의 문장과 동일한 종류의 문장이라고 생각하기 때문이다. (4)의 문장은 올바른 문장이다. '토끼는'의 서술어는 '귀가 길다'이며, '귀가'의 서술어는 '길다'이므로 아무런 잘못이 없다. 그러나 (3)은 이 문장과는 다른 종류의 문장이다. 즉 '영화가'는 결코 '보고 싶다'의 주어가 될 수 없는 것이다. 이처럼 다른 두 종류의 문장을 혼동하는 일이 없어야 할 것이다.

(5) 우리는 굳은 <u>신념을 유지를</u> 해야 한다.
(6) 파손된 <u>건물을 보수를</u> 시작했습니다.

(7) 새 정부청사를 공사중에 있다.

(8) 우리는 굳은 신념을 유지해야 한다.

(9) 파손된 건물의 보수를 시작했습니다.

(10) 새 정부청사를 공사하고 있다.

이중목적어가 나타나는 비문은 목술의 호응을 지키지 못한 문장의 대표적인 예이다. (5)의 문장이 그 예이다. (5)에서 '하다'라는 타동사는 '유지를'과는 호응하지만 '신념을'과는 호응하지 않는다. (5)를 올바로 고치면 (8)의 문장이 된다. '유지하다'라는 단어를 '유지를…'과 '하다'라는 두 요소로 부당하게 분리해버린 결과 만들어진 비문이 바로 (5)이다. (6) 역시 '시작하다'라는 타동사는 '보수를…'과는 호응하지만 '건물을'과는 호응하지 않는다. (6)을 올바로 고치면 (9)의 문장이 된다. '건물의 보수'라는 어구를 '건물을'과 '보수'라는 두 요소로 부당하게 분리해버린 결과 만들어진 비문이 바로 (6)이다.

이중목적어를 가진 비문은 주위에서 쉽게 발견할 수 있다. 앞에서 설명했듯이 이런 비문이 나오는 이유는 분리될 수 없는 하나의 요소를 부당하게 두 요소로 분리해버리기 때문이다. 주의해야 할 것이다.

명사를 동사로 착각하여 목적어를 취하는 경우 역시 목술의 호응을 지키지 못하는 이유의 하나가 된다. (7)의 문장이 그 예이다. '공사'라는 명사를 '공사하다'라는 동사로 착각하여 '정부청사를'이라는 목적어를 취하고 있다. 명사가 목적어를 취할 수 없다는 것은 누구나 아는 사실이다. 따라서 (10)과 같이 명사를 타동사로 바꾸어주어야 옳은 문장이 된다. 이런 비문은 주로 신문, 잡지 등에서 표제를 붙이는 방식을 보고 배운 것이다. 신문, 잡지 등의 표제는 '오늘부터 버스요금을 인상' 등과 같이 명사로 끝나는 문장을 자주 쓰

기 때문이다. 물론 이 문장 역시 틀린 것이다. '버스요금 인상'이
정확한 표현이다. 역시 명사는 목적어를 취할 수 없기 때문이다.

▶부술의 호응이 이루어져야 한다

부술의 호응이란 부사어와 서술어의 호응을 말한다. 우리말의 부
사어 중에는 특정한 표현형태의 서술어와만 호응하는 것들이 있다.
'모름지기'는 '~해야 한다'처럼 당위를 표현하는 서술어와, '결코'
는 '~않다'처럼 부정을 표현하는 서술어와, '설령'은 '~할지라도'
처럼 양보를 표현하는 서술어와 호응하는 것 등이 대표적인 예이다.
이러한 부술의 호응관계를 잘 알지 못해 이를 지키지 못하게 되면
마치 초등학생이 쓴 것처럼 우스운 내용의 글이 나오게 된다. 다음
에 특정 형태의 서술어를 요구하는 부사어의 용례를 몇 가지 들어보
았다.

(1) 앉아서 죽느니 차라리 싸웠다(싸우는 편을 택했다—선택).
(2) 왜냐하면 우리가 그 사실을 알지 못했다(못했기 때문이다—원인).
(3) 같이 모여 노는 것은 우리는 그다지 좋아했다(좋아하지 않았다
—부정).
(4) 우리 가게는 전자제품을 일절 취급한다(취급하지 않는다—부정).

서로 호응하는 부사어와 서술어의 짝을 따로따로 물어보면 모르는
사람은 거의 없다. 하지만 글을 쓸 때는 부술의 호응을 지키지 못하
는 사람이 많다. 글을 쓸 때는 하나하나의 단어를 고심해서 선택해
가며 말을 이어나가게 된다. 그러다보니 한참 앞에서 사용했던 부사
어를 문장의 뒷부분에 와서는 잊어버리게 되는 일이 잦다. 부술의
호응을 지키지 못하는 이유는 주로 여기에 있다 하겠다. 항상 문장
전체를 한 단위로 하여 사고하는 습관을 길러야겠다.

한마디 덧붙일 것은 서로 호응하는 부사어와 서술어의 경우 부사어는 흔히 생략되기도 한다는 것이다. 짝을 이루는 부사어와 서술어는 이미 그 연결이 관습화되어 우리의 머릿속에 저장되어 있다. 따라서 부사어를 생략하더라도 서술어의 형태만 가지고 생략된 부사어를 충분히 유추해낼 수 있다. 따라서 굳이 서술어와 짝이 되는 부사어를 꼭꼭 챙겨넣지 않아도 된다. 너무 부사어를 꼭꼭 챙겨넣으면 오히려 문장이 딱딱하고 고리타분해 보인다. '~때문이다'라는 서술어가 있는데 굳이 '왜냐하면'이라는 부사어를 붙여야 할 필연성은 없는 셈이다.

2) 조사를 정확하게 써야 한다

▶보조사의 의미를 정확히 알아야 한다

국어의 중요한 특징 중의 하나가 바로 조사를 통해 단어의 문법적 의미나 실질적 의미를 전달할 수 있다는 것이다. 따라서 조사는 국어에서 아주 큰 역할을 한다. 조사는 크게 세 종류로 나눌 수 있다. 첫째가 격조사이다. 격조사는 단어의 격을 지정하는 문법적 역할을 한다. 즉 어떤 단어에 붙어 그것이 문장 안에서 주어, 목적어, 서술어, 보어, 관형어, 부사어 등의 구실을 하도록 하는 것이다. 주격, 목적격, 보격, 서술격, 부사격, 관형격 등의 격조사가 있다. 알아두어야 할 것은 격조사는 격의 지정이라는 문법적 역할만을 지니고 있을 뿐 그 어떤 실질적인 의미를 지니지는 않는다는 것이다.

다음으로 접속조사가 있다. 접속조사는 문장 안의 두 요소를 동일한 자격으로 이어주는 문법적 역할을 한다. 접속조사 또한 두 요소의 대등적 접속이라는 문법적 역할만을 지니고 있을 뿐 그 어떤 실질적인 의미를 지니지는 않는다.

(1) 나의 동생이 선생님이 되었다.

(2) 나에게 사과를 준 사람이 철수이다.

(3) 사과와 배, 귤이며 딸기, 수박이랑 감 등을 마음껏 먹었다.

(1)과 (2)는 조사 중에서 격조사만이 사용된 문장이다. (1)의 '~의'는 관형격, 첫 번째 '~이'는 주격, 두 번째 '~이'는 보격, (2)의 '~에게'는 부사격, '~를……'은 목적격, '~이다'는 서술격에 각각 해당하는 격조사이다. (3)은 다양한 접속조사를 보여주고 있는 문장이다. 두 단어를 연결하고 있는 '~와', '~이랑', '~이며' 등이 모두 접속조사이다. 앞서도 말했듯이 격조사와 접속조사는 문법적 역할만을 지니고 있을 뿐 어떤 실질적 의미를 지니고 있는 것은 아니다. 따라서 (1), (2), (3)은 겉으로 드러난 의미 이외의 어떤 의미도 지니지 않은 무미건조한 문장이다.

마지막으로 보조사가 있다. 보조사는 어떤 문법적 구실을 하는 것이 아니라 단어의 섬세한 의미를 전달하는 조사이다. 즉 보조사는 글쓴이가 전달하고자 하는 섬세한 뉘앙스를 아주 간단하고도 함축적으로 표현해내는 구실을 한다. 또한 보조사는 아무 단어에나 자유로이 붙을 수 있으며 다른 보조사와의 결합을 통해 보다 넓고 섬세한 의미로 확장되기도 한다. 국어가 다른 외국어로는 도저히 표현해낼 수 없는 섬세하고도 풍부한 의미를 적절히 표현해낼 수 있는 것은 많은 부분 이러한 보조사의 역할에 기대고 있는 바가 크다.

(1) 내가 너를 믿는다.

(2) 나는 너를 믿는다.

두 문장의 차이는 단지 조사 하나의 차이이다. 그러나 두 문장의 의미는 크게 다르다. (1)의 문장은 겉으로 드러난 대로 단지 '내가 너를 믿는다'는 사실만을 알려줄 뿐이다. 그러나 ⑵의 문장은 이 사실과 함께 '다른 사람은 너를 못 믿을지 몰라도'라는 의미까지도 포함하고 있다. 이러한 의미의 차이가 생기는 이유는 바로 조사 '는' 때문이다. 즉 이 조사는 이것과 결합하고 있는 단어가 지칭하는 대상이 다른 것과 대조된다는 사실을 강조하는 의미를 지니고 있기 때문이다.

이처럼 보조사는 반드시 어떤 특정의 의미를 지니고 있다는 것을 명심해야 한다. 그냥 격조사처럼 여기고 아무 생각 없이 쓰다가는 스스로 전달하고자 하는 의미를 크게 왜곡시키는 일이 벌어질 수 있다. 반면에 이러한 조사의 의미를 잘 파악하고 이를 효과적으로 사용할 수 있다면 어떤 다른 표현을 통해서도 전달하기 어려운 아주 섬세한 의미를 참으로 쉽게 표현할 수 있을 것이다.

다음에 자주 쓰이는 몇몇 보조사의 의미에 대해 간략히 설명해보았다.

⑴ 그 사람이야말로 훌륭한 인격자다(확신).
⑵ 후보선수치고는 운동을 아주 잘한다(예외).
⑶ 산이든지 강이든지 아무데든 떠나자(선택— '던'이 아님).
⑷ 그럴 수야 없는 일이다(당위).
⑸ 난들 뾰족한 수가 있겠느냐(보편)?

▶조사를 어법에 맞게 써야 한다

조사를 잘못 사용하는 경우에는 보조사를 잘못 사용해 의미를 왜곡시키는 경우 이외에도 어법에 맞지 않게 조사를 사용하는 경우가 있다.

⑴ 미국에게 항의했다.

(2) 꽃에게 물을 주었다.

(3) 사슴에 먹이를 주었다.

우선 '에게'와 '에'를 혼동하는 일이 잦다. '~에게'는 유정물, 즉 사람이나 동물처럼 움직일 수 있고 감정이 있는 대상에만 쓰이는 조사이며, '~에'는 무정물, 즉 무생물이나 식물처럼 움직일 수 없고 감정이 없는 대상에만 쓰이는 조사이다. 따라서 위의 예문은 모두 조사를 잘못 쓴 비문이다. 각각 '미국에', '꽃에', '사슴에게' 등으로 고쳐야 옳다. 무정물에 '에게'를 붙이는 버릇은 아마도 문학적인 글들의 영향인 것 같다. 문학적인 글들은 흔히 무정물에 감정을 불어넣어 의인화하는 일이 있기 때문이다. 그러나 일반적인 글에는 결코 그렇게 써서는 안 된다.

(4) 갈릴레이는 "그래도 지구는 돈다"고 말했다.

(5) 갈릴레이는 그래도 지구는 돈다라고 말했다.

(6) 죽음으로서 적들을 막아냈다.

(7) 학생으로써 해서는 안 되는 일이다.

인용조사도 자주 틀린다. '~고'는 따옴표를 쓰지 않는 간접인용에, '~라고'는 따옴표를 쓰는 직접인용에 쓰인다. 따라서 (4)와 (5)는 모두 틀린 문장이다. '~로써'는 수단이나 방법을 나타내는 조사이며, '~로서'는 자격이나 신분을 나타내는 조사이다. 따라서 (6)과 (7) 역시 모두 틀린 문장이다.

(8) 누구던지 나와서 이 문제를 풀어보아라.

(9) 선생님에게 의논해보십시오.

(10) 나는 가난한 농부에 아들로 태어나서 오늘의 자리에 이르렀다.

(8)의 '~던'은 조사가 아니라 과거를 나타내는 어미이다. 선택을 나타내는 조사 '~든'으로 고쳐야 옳다. 동일한 이유로 '가던지 말던지'는 '가든지 말든지'로 고쳐야 한다. 과거의 의미가 아니라 선택의 의미를 나타내는 어구이기 때문이다. (9)의 '~에게'는 '~과'로 고쳐야 한다. '의논하다'는 의논이라는 똑같은 행위에 관련되어 있는 여러 사람을 전제하는 동사이다. 따라서 상관(相關)을 의미하는 조사 '~과'를 써야 한다. (9)와 같은 잘못은 흔히 발견되는데 이는 '선생님에게 물어보십시오'와 같은 문장에서 잘못 배운 것이다. '물어보다'는 '의논하다'처럼 여러 사람이 같은 행위에 관련되어 있는 것이 아니라 한 사람이 다른 사람을 상대로 일방적으로 행위하는 것이다. 따라서 상대를 의미하는 조사 '~에게'를 쓰게 되는 것이다. (10)의 '~에'는 당연히 '~의'로 고쳐야 한다. 이런 실수를 보고 웃는 사람이 있을지도 모르나 실제로 이런 실수는 상당히 많다. '~의'의 발음이 '~에'로 나는 경우가 자주 있기 때문에 알면서도 혼동을 일으켜 저지르는 실수인 것이다.

조사를 잘못 쓰는 경우는 이외에도 헤아릴 수 없이 많다. 지금까지 살펴본 것은 가장 흔히 볼 수 있는 잘못 몇 가지에 지나지 않는다. 한정된 지면에 이 모두를 다 살펴볼 수는 없는 것이고 또 다 살펴보는 것이 그리 중요한 것도 아니다. 가장 중요한 것은 결국 틀리게 쓰지 않아야 한다는 긴장된 자세이다.

▶ 관형격 조사를 남용해서는 안 된다

(1) 국민의 이해가 필요하다.
(2) 불신의 극복이 중요하다.
(3) 아버지의 모자가 어디 있느냐?
(4) 이 시는 세태풍자의 주제를 지니고 있다.

(1)의 '~의'는 형태는 관형격이지만 사실상 주격의 의미를 지니고 있다. 밑줄친 부분의 실제 의미는 '국민이 이해하는 것'이기 때문이다. 이런 식으로 '~의'의 실제 의미를 살펴보면 (2)는 목적격, (3)은 소유격, (4)는 동격의 의미로 쓰이고 있음을 알 수 있다. 이처럼 관형격 조사 '~의'는 상당히 쓰임새가 많다. 그러므로 '~의'가 쓰인 문장은 곰곰이 살펴 그 정확한 의미를 짚고 넘어가야 할 것이다. 가령 '나의 그림'이라는 어구만 해도 '내가 그린 그림'에서부터 '나를 그린 그림', '내가 가진 그림', 그리고 심지어는 비유적 의미로 사용되어 '나라는 그림'에 이르기까지 참으로 다양한 의미를 지닐 수 있기 때문이다.

'~의'가 이처럼 많은 의미를 지니고 있다보니 많이 사용되기도 한다. 그것이 결코 나쁜 것은 아니지만 부적절한 남용만은 피해야 한다. '~의'가 남용되는 현상은 주로 명사가 연속되어 나타나는 문장에서 발견된다. 다음의 예문을 보자.

(5) 국민의 권리의 보장의 방안은 무엇인가.
(6) 국민의 권리의 보장 방안은 무엇인가.
(7) 국민의 권리 보장 방안은 무엇인가.
(8) 국민 권리의 보장 방안은 무엇인가.
(9) 국민 권리 보장의 방안은 무엇인가.
(10) 국민 권리 보장 방안은 무엇인가.
(11) 국민의 권리를 보장하는 방안은 무엇인가.

이 문장들은 국민, 권리, 보장, 방안이라는 네 개의 명사가 연속되어 나타나는 문장을 여러 가지 모양으로 변형시켜본 것이다. (5)는 '~의'를 지나치게 많이 써서 어색해진 문장이다. 물론 이렇게까지 '~의'를 남용하는 경우는 드문 편이다. 하지만 (6), (7), (8),

(9), (10) 등의 문장은 실제로도 많이 쓰는 문장이다. (8)을 제외하고는 모두 좋은 문장이 아니다. 우선 (6) 역시 '~의'가 연속적으로 두 번 사용되어 문장이 어색해졌다. 남용이라는 느낌을 주는 것이다. 그리고 (7)은 의미가 왜곡될 우려가 있는 문장이다. 즉 본래 의미와는 달리 권리를 보장하기 위해 국민이 할 수 있는 일은 무엇인가라는 의미로 해석되기가 더욱 쉬운 것이다. 앞서 설명한 것처럼 '~의'가 여러 의미로 사용될 수 있다는 것을 고려하지 않은 문장이다. (9)는 '국민 권리 보장'과 같이 명사의 나열이 계속되어 또한 어색한 느낌을 주는 문장이다. 즉 글이 매끄러운 연결의 느낌을 주지 못하고 마디마디 토막지는 듯한 느낌을 주고 있는 것이다. (10)은 이러한 경향이 더욱 심해져 더욱 나쁜 문장이 되었다.

이상에서 살펴본 것과 같이 관형격 조사 '~의'가 지나치게 연속되거나 또는 이를 생략한 명사만의 나열이 지나치게 연속되는 것은 모두 좋은 문장이 아니다. 또한 '~의'가 한쪽에만 치우치게 사용되어 의미를 왜곡하는 것 또한 물론 좋은 문장이 아니다. 그런 의미에서 제일 무난한 것이 (8)의 문장이다. 의미를 왜곡하지 않으면서 '~의'의 연속이나 명사의 나열을 적절히 피하고 있기 때문이다.

그러나 (8) 역시 아주 좋은 문장은 아니다. 가장 좋은 문장은 바로 (11)과 같은 문장이다. (11)은 '국민 권리 보장 방안'이라는 명사의 나열을 하나의 문장처럼 생각하여 후반부를 서술형으로 풀어쓰고 있다. 즉 명사가 연속되어 나타나는 문장은 이를 되도록이면 서술형으로 풀어쓰는 것이 의미의 명료성과 표현의 세련성을 함께 보장하는 가장 좋은 방법이 되는 것이다. 다음의 예문을 보자.

(12) 국민 권리의 보장을 위해서는 어떻게 해야 할까?
(13) 어머니의 외침을 듣고 달려갔다.
(14) 전쟁의 주장은 범죄이다.

(15) 국민의 권리를 보장하기 위해서는 어떻게 해야 할까?

(16) 어머니께서 외치는 소리를 듣고 달려갔다.

(17) 전쟁을 주장하는 것은 범죄이다.

　(12), (13), (14)는 모두 명사의 연속을 '~의'를 붙여 해결한 경우이다. 그리고 (15), (16), (17)은 모두 이를 서술형으로 풀어써서 해결한 경우이다. 후자의 경우가 한층 명료한 의미, 세련된 표현을 지니고 있음을 쉽게 알 수 있다. '~의'를 적절한 다른 조사로 바꾸어주는 것도 명료한 의미, 세련된 표현에 이르는 좋은 방법이다.

(18) 바닷가의 바람은 차가웠다.

(19) 두 채의 집이 서 있었다.

(20) 바닷가에는 바람이 차가웠다.

(21) 집 두 채가 서 있었다.

　역시 (18)과 (19)보다는 (20)과 (21)이 한결 좋은 표현이라는 것을 쉽게 알 수 있다. 특히 국어는 일반적으로 (19)와 같은 표현을 쓰지 않는다는 사실을 알아야 한다. 즉 한 필의 말, 한 채의 집, 한 명의 일꾼 등과 단위를 가리키는 명사에 '~의'를 붙여 쓰는 일은 많지 않다는 것이다. 곰곰이 생각해보면 이런 식의 표현을 구어에서는 결코 쓰는 법이 없다는 것을 알 수 있다. 쓰는 사람은 별로 의식을 못하겠지만 읽는 사람의 입장에서는 상당히 어색한 표현이다. 말 한 필, 집 한 채, 일꾼 한 명 등이 더욱 좋은 표현이다.

　지금까지 살펴본 것처럼 명사가 연속되어 나타나는 경우 이를 '~의'를 붙여 간단히 해결하려는 태도는 좋지 않다. 되도록이면 서술형으로 풀어쓰고 '~의' 이외의 적절한 다른 조사로 바꾸어준다면 한결 좋은 문장이 될 수 있을 것이다.

3) 외국어 번역투의 표현을 피해야 한다

▶ 외국어투의 지시어를 쓰지 말아야 한다

⑴ 우리나라의 인구는 일본의 그것보다 적다.

⑵ 여자는 약하지만 어머니는 강하다. 전자의 사랑은 정열이지만 후자의 사랑은 신앙이다.

⑶ 의지는 젊음의 표상이다. 이것을 잃고서는 젊은이도 젊은이라 할 수 없다. 그러나 이것을 지니고 있다면 늙은이도 젊은이라 할 수 있다.

⑷ 우리나라의 인구는 일본보다 적다.

⑸ 여자는 약하지만 어머니는 강하다. 여자의 사랑은 정열이지만 어머니의 사랑은 신앙이다.

⑹ 의지는 젊음의 표상이다. 의지를 잃고서는 젊은이도 젊은이라 할 수 없다. 그러나 의지를 지니고 있다면 늙은이도 젊은이라 할 수 있다.

구미어의 중요한 특징 중의 하나는 지시어의 용법을 아주 엄격하게 지킨다는 것이다. 즉 구미어에서는 앞에서 나온 내용이 뒤에서 다시 반복될 때 표현상의 특수한 효과를 노리는 경우를 제외하고는 이를 반드시 지시어로 바꾸어 표현한다. 반복되는 내용이 어휘이든 어구이든 혹은 문장 자체이든 이는 마찬가지이다. 논리적 엄격성을 추구하는 서구인의 성격을 잘 보여주는 특징이다. 우리나라 사람들이 구미어를 읽는 데 애를 먹는 것은 이러한 특징이 커다란 이유의 하나가 되고 있다.

국어에서도 물론 지시어가 많이 사용된다. 그러나 국어에서는 지시어의 용법을 그다지 엄격하게 지키지 않아도 된다. 표현상의 특수한 효과를 노리는 경우가 아니라도 반복되는 내용을 굳이 지시어로 바꾸어 표현해줄 필요가 없다. 그리고 지시어를 생략해도 문맥이 통하는 데 지장이 없는 경우 심지어는 지시어를 없애버리기도 한다. 이는 논리적 엄격성보다는 정서적 포용성을 추구하는 우리나라 사람들의 성격을 잘 보여주는 특징이다.

(2)는 전형적인 구미어의 표현이다. 반복되는 어휘인 여자와 어머니를 전자와 후자라는 지시어로 바꾸어 표현하고 있다. 상당히 어색하게 보인다. (3) 또한 굳이 틀렸다고는 할 수 없지만 좋은 표현은 아니다. 어색하긴 마찬가지이다. 우리말은 (2)와 (3)처럼 쓰지 않는다. 지시어를 사용하지 말고 그냥 (5)와 (6)처럼 표현해주는 것이 좋다. (1) 역시 전형적인 구미어의 표현이다. 우리나라의 인구와 비교되는 대상은 일본이 아니라 일본의 인구이므로 이를 정확히 밝혀 '일본의 그것'이라고 써주고 있다. 문법적, 논리적으로는 정확한 표현이겠지만 실제로는 아주 어색한 표현이다. 우리말은 이렇게 쓰지 않는다. 지시어를 밝혀주는 것이 오히려 어색하고 또 이를 생략해도 문맥이 통할 경우 과감하게 이를 생략한다. (4)처럼 쓰는 것이 올바른 우리말의 표현이다.

지식과 교양수준이 높은 사람에게서 외국어투의 지시어를 많이 사용하는 경우를 볼 수 있다. 특히 구미어의 해독능력이 있는 사람에게서 더욱 많이 발견된다. 우리말은 이렇게 쓰지 않는다. 어색한 느낌을 무릅쓰고 논리를 고수하기보단 마음 편하게 사는 쪽을 택한다. 논리를 파괴하는 것이 아니라 논리를 넘어서는 것이다.

▶외국어투의 시제표현에 주의하여야 한다
구미어는 시제의 용법 또한 아주 엄격하게 지켜 쓴다. 현재, 과거, 미래 등의 기본시제에다 완료형의 시제를 덧붙이고 여기에 또 진행형의 시제까지 덧붙여 모든 시제를 꼼꼼하게 세분화해놓고 이를 문법적으로 엄밀히 표현하도록 한다. 그러나 국어에서의 시제표현은 그렇게 완고한 문법적 원칙을 지니는 것이 아니다. 문맥이 통할 경우 현재, 과거, 미래의 기본시제만으로 모든 시제를 표현하는 것이 허용된다. 문맥이 통하기만 하면 심지어는 과거, 현재, 미래의 시제표현을 서로 섞어쓸 수도 있다. 다음의 예를 보자.

(1) 어제 내가 학교에 가는데 누가 내게 길을 물었다.
(2) 지금 나는 학교에 간다.
(3) 내일 나는 학교에 간다.

위의 세 문장은 모두 현재형의 표현을 쓰고 있다. 그러나 그것이 의미하는 시제가 모두 현재인 것은 아니다. (1)은 과거진행의 시제, (2)는 현재진행의 시제, (3)은 미래의 시제를 의미하고 있는 것이다. 따라서 이를 구미어식으로 엄격하게 표현한다면 (1)은 '가고 있었는데', (2)는 '가고 있다', (3)은 '갈 것이다'로 바꾸어주어야 옳은 것이 된다. 그러나 위 문장들의 표현을 틀렸다고 하는 사람은 아무도 없다. 각기 어제, 오늘, 내일이라는 부사어를 갖고 있어 문맥을 통해 본래의 시제를 정확히 알 수 있기 때문이다.

이처럼 국어는 문맥상 본래의 시제를 정확히 알 수만 있다면 시제표현의 자유를 거의 무한정으로 허용하고 있다 해도 과언이 아니다. 따라서 국어에서는 시제를 엄밀히 따져 억지로 이를 문법적으로 표현내려 하지 않아도 된다. 그렇게 한다면 오히려 문장이 어색해질 따름이다. 시제표현을 엄밀히 하여 문장을 어색하게 만들기보다는 어색하지 않은 시제표현을 하고 본래의 시제는 문맥을 통해 유추하도록 하는 것이 보다 세련된 문장이 된다. 시제를 나타내는 부사어를 적절히 쓰면 본래의 시제를 나타내는 데에는 그리 어려운 것이 없을 것이다.

(4) 우리는 학회에 <u>참석했었었는데</u> 바로 거기서 철수를 만났다.

(5) 그는 법학을 <u>공부했습니다.</u>

(6) 그는 법학을 <u>공부했었습니다.</u>

(4)는 구미어식의 시제표현으로 문장을 어색하게 만들고 있다. 철수를 만난 것이 과거의 일인데 학회에 참석한 것은 그보다 더욱 과거의 일이니 이를 엄밀히 표현하기 위해 과거완료의 표현을 쓴 것이다. 이 표현은 그냥 과거시제로 표현해주어도 시제 표현상의 잘못이 없다. 그렇게 하여도 철수를 만난 것보다 학회에 참석한 것이 먼저라는 사실이 문맥을 통해 분명히 밝혀지기 때문이다. 따라서 그냥 '참석했는데', 또는 '참석했었는데'라고 써주면 된다. 그러면 문장은 훨씬 부드러워진다.

위에서 '했었는데'와 '했는데'의 두 표현을 다 쓸 수 있다고 했는데 그러면 이 두 표현은 차이가 없는 것일까? 그렇지 않다. 과거시제를 나타내는 형태소 '았/었'을 두 번 반복하여 쓴 표현 '았었/었었'은 특수한 의미를 지닌다. 그 행위를 과거의 일회적 행위로 한정하는 의미를 지니는 것이다. 즉 과거와 현재를 단절시켜 과거에 한번 그런 적이 있었다거나 과거에는 그랬는데 지금은 그렇지 않다는 의미를 지니는 것이다.

따라서 (5)와 (6)은 의미가 다른 문장이다. (5)에서 우리는 그가 과거에 법학을 공부했다는 사실만을 알 수 있을 뿐 그 이외의 어떤 사실도 알 수 없다. 그러나 (6)에서 우리는 이 사실 이외에도 그가 지금은 법학을 공부하지 않고 있다는 사실까지 알 수 있는 것이다.

▶ 물주구문을 함부로 쓰지 말아야 한다

(1) <u>갑작스레 내린 비가</u> 우리를 그곳에 머물게 했다.

(2) 이런 좋은 사업이 계속 행해져야 한다.

(3) 갑작스레 내린 비 때문에 <u>우리는</u> 그곳에 머물러야 했다.

(4) 이런 좋은 사업을 <u>(우리는)</u> 계속하여야 한다.

(5) 불법 건물이 녹지를 훼손하고 있다.

(6) 불법 건물 때문에 <u>녹지가</u> 훼손되고 있다.

(7) <u>(사람들이)</u> 불법 건물을 지어 녹지를 훼손하고 있다.

　　물주구문이란 무생물을 주어로 하는 문장을 말한다. 우리말에서는 인간과 무생물이 서로 관련되는 어떤 내용을 표현하려 할 때 이를 물주구문으로 표현하는 일이 거의 없다. 거의가 인간을 주어로 하는 인주구문으로 이를 표현한다. 이는 아마도 인본주의적 전통의 영향일 것이다. 그러나 구미어에서는 그렇지 않다. 어떤 특수한 이유로 무생물을 강조하여야 할 경우에는 반드시 물주구문으로 이를 표현한다. 위의 예문을 통해 자세히 알아보자.

　　(1)～(4)는 모두 인간과 무생물이 서로 관련된 어떤 내용을 표현하고 있는 문장이다. 우리말은 이를 (3)과 (4)처럼 인주구문으로 표현한다. 그러나 구미어에서는 (1)과 (2)처럼 이를 무생물을 주어로 하는 사동문이나 피동문의 형태로 표현한다. 앞서도 말했듯이 이러한 구미어의 물주구문은 무생물을 강조하려는 의도에서 나온 것이다. 그러나 우리말은 무생물을 강조해야 할 필요성이 있는 경우라도 물주구문의 표현이 아닌 다른 방법을 쓴다. (3)과 (4)에서 볼 수 있듯이 무생물을 문장의 첫머리로 도치시키는 것이 대표적인 방법이다.

　　요즘 (1)과 (2)와 같은 물주구문을 쓰는 일이 많아졌다. 번역서에서 우리말 표현의 특징을 고려하지 않고 생각 없이 외국의 문장을 직역한 것을 보고 배운 탓이다. 물론 물주구문 자체가 나쁜 것은 아니다. 어떤 내용은 무생물을 주어로 하여 표현하는 것이 더 낫다.

(5)와 같은 문장이 그 예이다. 이 문장은 무생물과 무생물이 서로 관련된 어떤 내용을 표현하고 있다. 따라서 물주구문이 되어도 상관이 없다. 이를 (6)처럼 표현해도 물주구문이 되는 것은 마찬가지이다. (6)은 (5)보다 더 좋을 것도 더 나쁠 것도 없는 문장이다.

이처럼 무생물과 무생물이 서로 관련된 어떤 내용을 표현할 때는 물주구문을 사용하는 것이 오히려 자연스럽다. 이를 굳이 인주구문으로 만들어 (7)처럼 표현하는 것은 오히려 어색하다.

그러나 인간과 무생물이 관련된 어떤 내용을 표현하려 할 때에는 반드시 인주구문이 되도록 하는 것이 올바른 우리말 표현이라는 것을 명심하여야 한다.

▶ 이중사동의 표현을 피해야 한다

(1) 그분에게 저 좀 <u>소개시켜</u> 주세요.
(2) 노동자를 <u>혹사시키는</u> 노동환경을 개선해야 한다.
(3) 우리의 이상을 <u>실현시키기</u> 위해 노력하여야 한다.

타동사에다 다시 '시키다'라는 말을 붙여 이중사동의 표현으로 만드는 경우가 많다. 위의 예문들에서 이런 표현을 볼 수 있다. '소개하다', '혹사하다', '실현하다'는 타동사이다. 여기에 다시 '시키다'를 붙여 이중사동의 표현이 되고 말았다. 이중사동은 명백히 문법에 어긋난 표현이다. 따라서 이중사동의 표현이 되지 않도록 주의하여야 한다. '시키다'를 붙일 때에는 그 어휘가 자동사인지 타동사인지를 다시 한 번 확인하는 습관을 지녀야 한다.

이러한 이중사동의 표현 역시 외국어에서 잘못 배운 것이다. 구미어의 사역동사에 대한 인상이 강하다보니 이런 표현이 나오는 것이다.

▶ 자동사의 피동형 또는 이중피동의 표현을 피해야 한다

(1) 열차가 <u>도착되고</u> 있습니다.
(2) 그는 <u>당황된</u> 표정으로 그것을 감추었다.

자동사는 결코 피동형의 표현으로 쓰일 수 없다. 그런데도 이를 피동형의 표현으로 쓰는 일이 많다. (1)과 (2)에서 '도착하다'와 '당황하다'는 자동사이다. 그런데도 이를 피동형으로 표현했다. 이러한 표현은 문장에 나타나지 않는 그 어떤 다른 행위자를 지나치게 의식한 결과 생겨난 잘못이다. 즉 (1)에서는 열차를 도착하게 한 기관사를, 그리고 (2)에서는 그를 당황하게 한 그 무엇을 지나치게 의식한 결과 이러한 행위자가 문장에는 나타나지 않는다는 사실을 순간적으로 잊어버린 것이다. 그리하여 기관사가 열차를 도착하게 했으니 열차는 기관사에 의해 도착된 것이고 무엇이 그를 당황하게 했으니 그는 무엇에 의해 당황된 것으로 생각하게 된 것이다. 이러한 실수를 범하지 않으려면 피동형을 쓸 때마다 그것이 혹시 자동사는 아닌지 다시 한 번 확인하는 습관을 길러야 할 것이다.

(3) 그의 연구로 마침내 의문은 <u>풀려졌다.</u>
(4) 그는 국문학계의 큰 스승으로 <u>불려진다.</u>
(5) 음주운전에 대한 단속이 <u>강화되어졌다.</u>

국어에서는 피동형을 만들기 위해 피동을 나타내는 접미사나 보조용언 등을 붙인다. '이/히/리/기'와 같은 접미사나 '아지다/어지다', '받다/당하다' 등의 보조용언이 대표적인 예이다. 이런 방법을 사용하면 '풀다'는 '풀리다'로, '부르다'는 '불리다'로, '강화하다'는 '강화되다'로 피동을 표현할 수 있다. 그런데 위의 예문들을 살

펴보면 피동을 나타내는 형태소들이 겹쳐서 사용된 것을 알 수 있다. (3)의 경우 '풀다'를 피동형으로 만들기 위해 '리'와 '어지다'가 겹쳐서 사용되고 있다. 이러한 이중피동의 표현 역시 명백히 문법에 어긋난다. 피동을 나타내는 형태소들을 명확히 인식하여 이러한 실수가 없도록 해야 한다. 위의 예문에서 나타난 이중피동의 표현은 각각 '풀렸다', '불린다', '강화되었다'로 고쳐야 옳다.

4) 연관되는 어휘를 서로 가까이 놓아야 한다

▶주어와 서술어를 가까이 놓아야 한다

주술관계가 여러 번 나타나는 겹문장의 경우 전체 문장의 주어와 서술어의 거리가 아주 멀어지기 쉽다. 주어와 서술어 사이에 많은 절이 안기게 되기 때문이다. 이처럼 주어와 서술어가 멀리 떨어져 있으면 그 호응관계를 파악하기가 힘들다. 주술의 호응관계는 글쓴이가 문법적으로 맞추어주기만 하면 독자가 알아서 파악해야 할 문제이긴 하다. 그러나 되도록이면 이를 쉽게 파악하도록 배려해주는 것이 깔끔한 글이라는 인상을 줄 수 있을 것이다. 따라서 서로 호응하는 주어와 서술어는 되도록이면 가까이 위치하도록 하는 것이 좋다. 위치가 가까울수록 그 호응관계를 파악하기가 쉬워지기 때문이다. 다음의 예문을 보자.

(1) 우리는 전과자가 지난날의 과오에서 벗어나 밝은 새 삶을 꾸려나갈 수 있도록 그들에게 힘과 용기를 주어야 할 것이다.
(2) 떠나는 이의 발걸음은 앞으로의 삶에 대한 뚜렷한 확신이 없음에도 불구하고 더 이상 지금의 삶에 머물러 있지 않아도 된다는 기쁨 때문에 가볍기만 하다.
(3) 일본은 유럽의 전쟁에 개입하지 않고 사태를 관망하던 미국에

대규모 폭격을 가하여 태평양 전쟁을 <u>일으켰다.</u>

위의 문장들은 전체 문장의 주어와 서술어 사이에 많은 내용이 끼여들어 둘 사이의 거리를 아주 멀리 떨어뜨리고 있다. 따라서 주술의 호응관계를 파악하기가 힘들어 문장의 의미가 모호해졌다. 이럴 때는 주어와 서술어를 가까운 거리에 위치하도록 해주어야 한다. 그래야만 주술의 호응관계가 명확해져 문장의 모호성을 줄일 수 있다. 우리말에서 서술어의 위치는 문장의 맨 끝으로 정해져 있다. 따라서 주어와 서술어 사이의 거리를 가깝게 하기 위해서는 주어를 서술어 가까이로 옮기는 수밖에 없다.

(1)에서 '우리는'을 '그들에게'의 앞으로 옮겨주면 이것이 '주어야 할 것이다'의 주어라는 것이 분명해진다. 그리고 (2)에서는 '떠나는 이의 발걸음은'을 '가볍기만 하다'의 앞으로 옮겨주면 역시 주술의 호응관계가 보다 분명해진다. (3)은 주어의 위치를 반드시 옮겨주어야 하는 경우이다. 그렇지 않으면 '일본은'이 '개입하지 않고'의 주어로 오인될 수도 있다. '일본은'을 '대규모'의 앞으로 옮겨주어야 주술의 호응관계가 분명해진다.

앞부분에서 이미 말한 바 있지만 가장 이해하기 쉬운 문장은 주술의 호응관계가 분명한 문장이다. 한 문장의 의미는 주술의 관계를 중심으로 하여 형성되기 때문이다. 주술의 호응관계를 분명하게 하기 위해서는 되도록이면 안은 문장 형태의 겹문장을 피하여야 한다. 이를 피할 수 없다면 주어와 서술어 사이의 거리를 되도록이면 가깝게 만들어주어야 한다.

▶ 수식어와 피수식어를 가까이 놓아야 한다
수식어와 피수식어 사이의 수식관계가 분명하지 않으면 또한 문장의 의미가 모호해지게 된다. 이러한 모호성을 피하기 위해서는 수식

240

어와 피수식어를 되도록이면 가까운 곳에 위치시켜 수식관계를 분
명하게 해주어야 한다.

    ⑴ <u>온통</u> 사회가 범죄로 가득 차 있는 것 같은 느낌이다.
    ⑵ <u>절대</u> 외상 사절.

  부사어는 동사, 형용사 등을 수식하고 관형어는 명사, 대명사, 수
사 등을 수식한다. ⑴과 ⑵의 '온통'과 '절대'는 부사어이다. 그
런데 이러한 부사어들과 피수식어인 '가득 차 있는', '사절' 등과의
거리가 멀어짐으로써 문장이 어색하게 되었다. '온통'은 '사회가'
나 '범죄로'의 뒤로, 그리고 '절대'는 '사절'의 앞으로 옮겨주어야
한다. 하나의 수식어가 둘 이상의 피수식어를 꾸미거나 둘 이상의
수식어가 하나의 피수식어를 꾸미는 경우에도 의미의 모호성이 생
겨나기 쉽다. 다음의 예문을 보자.

    ⑶ 언제나 노력하는 그가 사랑하는 친구.
    ⑷ 엄청난 시간과 돈의 낭비.
    ⑸ 언제나 노력하는, 그가 사랑하는 친구.
    ⑹ 시간과 돈의 엄청난 낭비.

  ⑶은 '언제나 노력하는'과 '그가 사랑하는'이라는 두 개의 수식
어가 '친구'라는 하나의 피수식어를 꾸며주고 있다. 그런데 이 어구
에서 '언제나 노력하는'은 '그'를 수식하는 것으로 오해될 우려가
있다. 이러한 오해를 없애기 위해서는 쉼표를 사용하여 ⑸와 같이
고쳐주어야 한다. 그리고 ⑷는 '엄청난'이라는 하나의 수식어가
'시간의 낭비'와 '돈의 낭비'라는 두 개의 피수식어를 꾸며주고 있
다. 그런데 이 어구에서 '엄청난'은 '시간의 낭비'만 수식하고 '돈

의 낭비'는 수식하지 않는 것으로 오인될 우려가 있다. 이러한 오해를 없애기 위해서는 어구를 변형하여 (6)과 같이 고쳐주는 것이 좋다. 이처럼 수식어나 피수식어가 여러 개여서 생겨나는 의미의 모호성은 구두점을 사용하거나 문장을 변형하여 수식관계가 분명히 드러나도록 고쳐주어야 한다.

5) 부적절한 명사형의 표현을 피해야 한다

국어에서는 동사나 형용사에 '(으)ㅁ'이나 '기' 등을 붙여 이를 마치 명사처럼 쓰는 일이 많다. 이 '(으)ㅁ/기'를 가리켜 명사형어미 또는 명사파생접미사라 한다. 그런데 이 '(으)ㅁ/기'가 어떤 경우에 명사형어미라 불리고 어떤 경우에 명사파생접미사로 불리는지 알아둘 필요가 있다. 한마디로 말하자면 이 '(으)ㅁ/기'가 붙어 동사나 형용사가 완전히 명사로 바뀌면 이를 명사파생접미사라 부르고, 동사나 형용사의 성질은 그대로 지닌 채 명사처럼 쓰이면 이를 명사형어미라 부른다고 할 수도 있다. 예를 들어 설명해보자.

(1) 김 선생님의 <u>가르침을</u> 한시라도 잊어서는 안 된다.
(2) 김 선생님이 우리를 <u>가르침은</u> 우리에게는 좋은 추억이었다.

두 문장이 모두 '가르치다'라는 동사에 'ㅁ'을 붙여 이를 명사처럼 사용하고 있다. 그러나 (1)의 '가르침'은 동사가 완전히 명사로 바뀐 경우이다. '김 선생님의'라는 관형어에 의해 수식되고 '을'이라는 조사가 붙어 있는 등 완전히 명사의 성질을 지니고 있기 때문이다. 따라서 이때의 'ㅁ'은 명사파생접미사라 할 수 있다. 그러나 (2)의 '가르침'은 '은'이라는 조사가 붙어 명사처럼 쓰이고 있지만 여전히 동사이다. 왜냐하면 '김 선생님이'라는 주어의 서술어가 되

242

고 있기 때문이다. 따라서 이때의 'ㅁ'은 명사형어미라 할 수 있다. 한 번 더 예를 들어 이를 확실히 알아보도록 하자.

(3) 세월의 <u>흐름</u>에 따라 모든 것은 변하게 마련이다.
(4) 세월이 <u>흐름</u>에 따라 모든 것은 변하게 마련이다.
(5) 수많은 역경을 <u>극복함</u>으로써 그는 오늘의 자리에 이르렀다.
(6) 그의 말에서 나는 많은 <u>서운함</u>을 느꼈다.

(3)의 '흐름'은 '흐르다'라는 동사가 명사로 바뀐 것이다. '세월의'라는 관형어에 의해 수식되고 '에'라는 조사가 붙어 있는 등 완전히 명사의 성질을 지니고 있기 때문이다. 그러나 (4)의 '흐름'은 '에'라는 조사가 붙어 명사처럼 쓰이고 있지만 여전히 동사이다. '세월이'라는 주어의 서술어가 되고 있기 때문이다. 따라서 (3)의 'ㅁ'은 명사파생접미사이고 (4)의 'ㅁ'은 명사형어미이다. (5)의 '극복함'은 '역경을'이라는 목적어의 서술어가 되고 있다. 따라서 이것은 동사이며 여기에 쓰인 'ㅁ'은 명사형어미이다. 그리고 (6)의 '서운함'은 '서운하다'라는 형용사가 명사로 바뀐 경우이다. 따라서 여기에 붙은 'ㅁ'은 명사파생접미사가 된다.

명사형어미와 명사파생접미사에 대한 설명을 이처럼 길게 늘어놓은 데에는 이유가 있다. 즉 서술형으로 표현하여야 할 것을 이러한 명사형의 표현으로 바꾸어놓는 일이 없어야 한다는 것을 알리기 위해서이다. 우선 명사형어미를 사용한 표현은 되도록이면 서술형으로 바꾸어 표현하는 것이 좋다. 앞서도 살펴보았듯이 명사형어미는 서술어로 쓰이고 있는 동사나 형용사를 억지로 명사형으로 바꾸어놓은 것이다. 따라서 문장이 어색해지지 않을 수 없다. 위의 예문들에서 명사형어미를 사용한 표현을 서술형으로 바꾸어보면 다음과 같다.

(2) 김 선생님이 우리를 <u>가르치신</u> 것은 우리에게는 좋은 추억이었다.

(4) 세월이 <u>흐르면서</u> 모든 것은 변하게 마련이다.

(5) 수많은 역경을 <u>극복하여</u> 그는 오늘의 자리에 이르렀다.

어색하고 딱딱한 느낌이 한결 줄어들어 문장이 자연스러워졌다. 이것은 당연한 일이다. 왜냐하면 서술어는 서술형으로 표현하는 것이 가장 자연스럽기 때문이다.

그러나 명사파생접미사를 사용한 표현은 반드시 서술형으로 바꾸어주어야 좋은 것은 아니다. 그것이 서술어로 쓰이고 있는 것은 아니기 때문이다. 서술어로 쓰이고 있지도 않은 것을 굳이 서술형으로 바꾸어줄 필요는 없다. 사실 위에서 인용한 (1), (3), (6)의 문장에서 우리는 그다지 어색함을 느끼지 못한다. '가르침', '흐름', '서운함' 등은 서술어로 쓰인 것이 아니라 그냥 명사로 쓰인 것이기 때문에 명사형으로 표현한다고 해서 어색해질 이유는 없는 것이다.

그러나 명사파생접미사를 사용한 표현 역시 어색함이 있을 때에는 서술형으로 바꾸어주는 것이 좋다. 다음의 예문을 보자.

(7) 이층의 창문에서는 사람들의 <u>오고감</u>이 잘 보인다.

(8) 할머니의 <u>부르심</u>을 듣고 뛰어왔다.

(9) 이층의 창문에서는 <u>사람들이 오고 가는 것</u>이 잘 보인다.

(10) <u>할머니가 부르시는 소리</u>를 듣고 뛰어왔다.

(7)과 (8)의 밑줄친 부분은 본디 서술어로 쓰여야 할 것을 억지로 명사로 만들어버린 것이다. 따라서 어색하게 느껴질 수밖에 없다. 본래의 서술형으로 바꾸어주어야 문장이 자연스러워진다. (9)와 (10)의 표현으로 고쳐야 옳다.

이상에서 설명한 것처럼 본디 서술형으로 쓰여야 할 것을 억지로 명사형으로 바꾸어놓은 표현은 문장을 딱딱하고 어색하게 만든다. 따라서 명사형의 표현을 할 때에는 이를 서술형의 표현으로 고치는 것이 더 적절하지 않은지 항상 확인하고 넘어가는 습관을 길러야 할 것이다. 다음에 부적절한 명사형의 표현을 서술형으로 옳게 고친 예를 좀더 들어보았다.

(11) 더 이상 북한의 도발을 좌시할 수 <u>없음이다</u>(없다).

(12) 친구를 <u>무시함은</u> 좋지 않은 버릇이다(무시하는 것은).

(13) 사람들이 도시로 <u>몰려듦과 함께</u> 농촌은 황폐해지기 시작했다 (모여들면서).

(14) 그는 목숨을 <u>버림으로써</u> 절개를 지킨 의로운 사람이다(버려서).

(15) 나는 연구를 <u>계속함으로써</u> 마침내 그 사실을 알아내고야 말았다(계속하여).

(16) 물가가 <u>치솟음에도 불구하고</u> 좋은 대책이 없다(치솟는데도).

6) 의미의 중복이 없어야 한다

(1) 유도 <u>경기를 관전했다</u>(경기를 보았다).

(2) 남성의 <u>담배 흡연율이</u> 매우 높아졌다(흡연율이).

(3) <u>과반수를 넘는</u> 사람들이 찬성했다(과반수의).

(4) 대략 <u>30여 명 가량이</u> 왔다(30명 가량).

(5) 개미는 <u>무리를 지어</u> 군집을 이루며 살아간다(무리를 지어).

위의 예문들은 모두 의미를 중복하여 쓴 표현을 지니고 있다. (1) 의 '관전'은 경기를 본다는 뜻이며, (2)의 '흡연'은 담배를 피운다는 뜻이다. 그리고 (3)의 '과반수'는 반수를 넘는다는 뜻이며, (4)의

'가량'은 대략의 의미를 지니고 있다. 그리고 (5)의 '군집'은 무리를 이룬다는 뜻이다. 따라서 의미가 중복된 부분을 없애야 옳은 표현이 된다.

의미의 중복이 일어나는 이유는 한마디로 어휘실력이 부족하거나 어휘의 명확한 의미를 살펴보지 않아서이다. 의미가 중복된 표현의 대표적인 유형은 바로 한자어의 의미에 포함되어 있는 내용을 다시 우리말로 반복해주는 경우이다. 위의 예문들은 모두 이 유형에 속하는 의미중복의 표현들이다. 이는 물론 한자어의 정확한 뜻을 잘 살펴보지 않고 문장을 쓰기 때문이다. 의미중복의 표현을 줄이는 근본적인 방법은 어휘실력을 기르는 것뿐이다. 그러나 한자어가 나타날 때 그 의미를 다시 한 번 곰곰이 생각해보기만 해도 이러한 실수는 상당히 줄일 수 있을 것이다.

7) 단어를 함부로 분리해서는 안 된다

엄연히 한 단어임에도 불구하고 이를 분리하여 마치 두 단어인 것처럼 쓰는 일이 흔히 있다.

(1) 우리 사회가 발전을 하기 위해서는(발전하기)
(2) 우리가 이와 같은 신념을 유지를 하기 위해서는(유지하기)
(3) 그와 같은 신념이 더 이상 유지가 되기 어려울 것이다(유지되기).
(4) 우리 사회가 발전을 이룩하기 위해서는

(1)에서 '발전하다'는 '발전'이라는 단어에 '하다'라는 접미사가 붙어서 만들어진 파생어로서 새로이 독립한 완전한 하나의 단어이다. 그런데 이를 독립된 하나의 단어로 인식하지 못하고 함부로 분

리하여 사용하고 있다. 즉 '발전'이라는 말이 있고 또 '하다'라는 말이 있다고 해서 이를 '발전을 하다'라는 말의 준말 정도로 생각하고 있는 것이다. 위 예문의 밑줄친 부분은 '발전하기'로 고쳐야 옳다. 그냥 우리 사회가 발전하는 것이지 우리 사회가 발전이라는 대상을 어떻게 하는 것이 아니기 때문이다. 그러나 (4)의 문장은 옳다. '발전을 이룩하기'는 '발전'과 '이룩하다'라는 두 단어를 서로 연관시킨 것일 따름이다.

나머지 문장들도 (1)과 같은 잘못을 범하고 있다. '유지하다'와 '유지되다'가 하나의 독립된 단어라는 것을 명확히 인식하지 못하고 그냥 두 개의 단어가 연관된 형태로만 인식하여 이를 분리해서 쓰고 있다. 주의하여야 할 것이다.

8) 부적절한 명사문을 쓰지 말아야 한다

명사문이란 명사와 서술격 조사 '이다'의 결합으로 이루어진 말이 서술어가 되고 있는 문장을 말한다. 어법상 부적절한 명사문 또한 많이 쓰이고 있다. 다음의 예를 보자.

(1) 국가공무원들의 부정부패가 심각한 상태에 이르렀다는 <u>지적이다.</u>
(2) 잘못된 교통신호체제를 시급히 개선해야 한다는 <u>여론이다.</u>
(3) 정치인들이 당리당략에만 치중하고 있다는 <u>비판이다.</u>

위의 문장들은 모두 명사문이다. 그런데 자세히 살펴보면 어법이 정확하지 않다는 것을 알 수 있다. 즉 서술어인 '지적이다', '여론이다', '비판이다'에 호응하는 주어가 없다. 올바로 고치자면 이를 '지적이 일고 있다', 또는 '지적이 있다'라는 식의 표현으로 바꾸어야 할 것이다.

어법상 분명히 틀린 이러한 명사문이 많이 쓰이고 있는 것은 신문이나 방송에서 자주 쓰는 말투를 배운 것이다. 신문이나 방송 등에서는 말에 무게를 싣기 위해 흔히 이런 표현을 쓴다. 지금 당장이라도 신문의 아무 페이지나 펼쳐보라. 이런 표현을 숱하게 발견할 수 있을 것이다.

남들이 쓴다고 해서, 또는 멋있게 보인다고 해서 어법에 맞지 않는 이런 표현을 써서는 안 될 것이다.

9) 복수접미사를 남용하지 말아야 한다

복수의 의미를 지니는 말마다 꼼꼼하게 복수접미사를 챙겨넣는 사람이 많다. 그러나 국어에서는 복수접미사를 붙이지 않아도 문맥을 통해 복수임이 드러날 수 있는 경우에는 복수접미사를 생략할 수 있는 특성이 있다. 따라서 복수접미사를 꼼꼼하게 챙겨넣는 것은 국어의 어법이 아니다. 이 또한 구미어를 보고 배운 버릇의 일종이라 할 수 있다.

(1) 그 사고로 많은 사람들이 다쳤다(사람이).
(2) 한용운의 시들에는 역설적인 표현들이 많이 있다(시에는, 표현이).
(3) 오늘은 하루 종일 노래들을 부르고 싶다(노래를).

밑줄친 명사들이 복수라는 것은 문맥을 통해 명확히 알 수 있다. 이 경우 여기에 복수접미사를 굳이 붙여주면 오히려 어색한 표현이 된다. 괄호 안의 표현처럼 고쳐주는 것이 좋다.

10) 수를 나타내는 표현에 유의하여야 한다

숫자를 가리키는 말에는 고유어와 한자어 두 가지가 있다. 하나, 둘, 셋, 열, 스물 등은 고유어이고 일, 이, 삼, 십, 이십 등은 한자어이다. 백, 천, 만 등과 같이 단위가 큰 숫자는 고유어를 쓰지 않고 한자어만을 쓴다. 이전에는 온, 즈믄과 같은 고유어를 쓰기도 했으나 지금은 쓰지 않는다. 숫자를 세는 단위 역시 고유어와 한자어 두 가지가 있다. 사람의 숫자를 셀 때 쓰이는 단위를 살펴보면 '사람'은 고유어이고 '명'은 한자어이다.

  ⑴ 연필 5자루, 집 5채, 5살, 5달, 5해
  ⑵ 1명/한 명, 1개/한 개, 1장/한 장

아라비아 숫자는 한자어로 읽힌다는 사실을 알아야 한다. 즉 1, 2, 3 등은 일, 이, 삼 등으로 읽는 것이지 하나, 둘, 셋 등으로 읽지 않는다. 또 이의 관형형인 한, 두, 세 등으로도 읽지 않는다. 물론 여기에는 예외가 있다. 2시라는 표현은 아라비아 숫자를 썼지만 두 시라고 읽는 것이다.

그리고 숫자와 숫자를 세는 단위가 결합될 때는 고유어는 고유어끼리, 한자어는 한자어끼리 결합되려는 경향이 강하다는 사실도 알아두어야 한다. 따라서 ⑴의 표현은 모두 틀린 것이다. 고유어로 된 단위는 고유어로 된 숫자와 결합하려 한다는 사실을 잊어버린 표현이다. 다섯 자루, 다섯 채, 다섯 살, 다섯 달, 다섯 해로 바꾸어 주어야 한다. 다섯 달은 5개월로, 다섯 해는 5년으로 바꾸어 표현해도 된다. 그러나 여기에도 물론 예외가 있다. ⑵는 고유어냐 한자어냐에 관계없이 숫자와 단위가 아무렇게나 결합할 수 있는 예를 든 것이다.

이처럼 수를 표현하는 방법에는 일정한 원칙이 있으므로 이를 지켜 써야 한다. 예외에 해당하는 경우는 따로 알아두는 수밖에 없다.

11) 존대를 나타내는 표현에 유의하여야 한다

(1) 여기에 대해서는 홍길동 교수님의 연구를 참고하는 것이 좋다.
(2) 이순신 장군께서는 문무를 겸비한 인물이셨다. 그분의 ~
(3) 이순신은 문무를 겸비한 인물이었다. 그의 ~

글 속에서 어떤 사람에 대해 언급할 때 존대를 나타내는 표현을 쓰는 일이 흔히 있다. 존칭접미사 '님', 존칭어미 '시', 존칭조사 '께서', 존칭지시어 '그분' 등을 쓰는 것이 다 그러한 표현이다. 이러한 표현은 물론 글쓰는 이가 사적으로 그를 존경하고 있다는 의사의 표시이다. 사적으로 누구를 존경하는 것을 굳이 숨길 필요는 없다. 주관적이고 정서적인 성격이 강한 글에서는 이러한 존대의 표현은 얼마든지 허용된다.

그러나 객관적이고 논리적인 성격이 강한 글에서는 이러한 표현을 삼가야 한다. 왜냐하면 우선 글이 사적인 감정에 의해 좌우되고 있는 듯한 느낌을 줄 수 있기 때문이다. 객관적이고 논리적인 글에서 이런 느낌을 주게 되면 글의 신뢰성을 치명적으로 떨어뜨리게 된다. 다음으로는 독자를 고려하지 않는 듯한 느낌을 줄 수 있기 때문이다. 글쓰는 이가 존경한다고 해서 독자 또한 그를 존경해야 할 이유는 없다. 존대의 표현을 쓰는 것은 그 글을 읽는 독자에게 그를 존경하라고 강요하는 것이나 마찬가지이다.

(1)은 내용으로 보아 객관적이고 논리적인 글이 분명하다. 따라서 존칭접미사 '님'을 써서는 안 된다. (2)에서는 충무공에 대한 글쓴이의 존경의 감정이 뚜렷하게 드러나는 표현을 쓰고 있다. 주관적이

고 정서적인 글이라면 이러한 표현은 아무런 문제가 되지 않는다. 그러나 객관적이고 논리적인 글이라면 역시 잘못된 표현이다. 존칭조사와 존칭어미, 그리고 존칭지시어를 모두 일반적인 표현으로 고쳐야 한다. (3)과 같은 표현이 적절하다.

12) 완결된 문장을 써야 한다

불가피한 경우를 제외하고는 되도록이면 제대로 완결된 문장을 쓰는 것이 좋다.

(1) 이러한 상황을 극복하기 위해 얼마나 많은 노력을 기울여야 할지…….

(2) 핵무기의 위협, 생태계의 파괴, 그리고 환경의 오염. 오늘날 인류가 해결해야 할 문제는 한두 가지가 아니다.

(3) 그는 한국사의 연구에 나섰다. 민족의식의 앙양을 위해서는 무엇보다도 역사에 대한 분명한 인식이 필요했던 것. 찬란했던 역사의 복원을 통해 고난의 현실을 극복할 수 있는 힘을 얻어야 했던 것.

(4) 한시라도 늦추어서는 안 된다, 통일조국을 향한 힘찬 발걸음을.

위의 예문들은 제대로 완결되지 않은 문장의 대표적인 유형들을 보인 것이다. (1)은 말줄임표로 끝낸 문장이고, (2)는 어구로 끝낸 문장이다. (3)은 명사로 끝낸 문장이며, (4)는 주술이 도치된 문장이다.

이 문장들이 완결된 문장의 형식을 갖추지 않은 것은 물론 글쓴이의 미숙함 때문이 아니다. 모두 그 나름의 특수한 효과를 노리고 수사학적으로 기교를 부린 것이다. 그리고 모두가 상당히 숙련된 기교여서 의도한 효과를 십분 달성하고 있다. 즉 내용만으로는 드러내기 어려운 글쓴이의 주관적 감정을 아주 섬세하게 드러내줌으로써 글에는 힘을 실어주고 독자에게는 강한 인상을 남기고 있다.

이러한 문장은 자기표현의 목적을 지닌 주관적이고 정서적인 글이나 웅변과 같이 특수한 목적을 지닌 실용적인 글에는 아주 좋은 표현이다. 그러나 논술문과 같이 객관적이고 논리적인 글에서는 되도록이면 피해야 한다. 감정에 호소하는 듯한 인상, 겉멋을 부리는 듯한 인상을 주기 때문이다. 글이란 항상 성격과 목적에 어울리는 표현을 써야 한다. 어떤 글에는 문장에 힘을 실어주고 독자에게 강한 인상을 남겨주는 표현이 다른 글에서는 경박함과 유치함의 인상을 풍겨줄 수도 있는 것이다.

객관적이고 논리적인 글에서 위의 문장들은 다음과 같이 제대로 완결된 문장으로 바뀌어야 한다.

(1) 이러한 상황을 극복하기 위해 얼마나 많은 노력을 기울여야 할지 모른다.

(2) 핵무기의 위협, 생태계의 파괴, 그리고 환경의 오염 등 오늘날 인류가 해결해야 할 문제는 한두 가지가 아니다.

(3) 그는 한국사의 연구에 나섰다. 민족의식의 앙양을 위해서는 무엇보다도 역사에 대한 분명한 인식이 필요했던 것이다. 그리고 찬란했던 역사의 복원을 통해 고난의 현실을 극복할 수 있는 힘을 얻어야 했던 것이다.

(4) 통일조국을 향한 힘찬 발걸음을 한시라도 늦추어서는 안 된다.

13) '~것이다'의 사용에 유의하여야 한다

(1) 전통은 재창조되어야 한다. 전해내려 오는 그대로의 모습이 아니라 오늘날의 현실에 적합한 모습으로 바뀌어야 하는 것이다.

(2) 중요한 것은 그것이 바로 우리의 현실이라는 것이다.

(3) 인내와 노력만이 영광된 내일을 가져올 수 있는 것이다.

(4) 증거가 있는데도 그는 한사코 자기가 한 짓이 아니라는 것이었다.

'~것이다'라는 표현은 어떤 글에서나 흔히 볼 수 있는 표현이다. 그런데 가끔 이 '~것이다'라는 표현을 아주 습관적으로, 상투적으로 쓰고 있는 글을 대하게 된다. 그러나 이 표현은 그저 쓰고 싶다고 해서 함부로 쓸 수 있는 표현은 아니다. '~것이다'라는 표현을 쓰기 위해서는 몇 가지 조건이 필요하다.

첫째, 앞에서 한 말을 다시 부연해서 설명할 때 쓴다. (1)은 뒷문장이 앞문장을 부연하여 설명하고 있다. 이때는 '~것이다'를 쓸 수 있다. 둘째, 주술의 호응을 지키기 위해 필요한 경우에 쓴다. (2)의 문장의 주어인 '중요한 것은'은 반드시 '것이다', 또는 '점이다'와 같은 형태의 서술어와 호응해야 한다. 따라서 이때는 '~것이다'를 쓸 수밖에 없다. 셋째, 문장에 힘을 주고 의미를 강조하려 할 때 쓴다. (3)의 문장의 서술어는 사실 그냥 '있다'라고만 표현해도 무방하다. 그러나 그래서는 문장에 힘이 실리지 않기 때문에 이를 '있는 것이다'라는 표현으로 바꾸어준 것이다. 넷째, 어떤 이야기를 전달하는 입장에 섰을 때 쓴다. (4)에서 글쓴이는 다른 이의 얘기를 전달하는 입장에 서 있다. 따라서 '~것이다'라는 표현을 쓸 수밖에 없다.

이처럼 '~것이다'를 쓰기 위해서는 합당한 이유가 있어야 한다. 함부로 써서는 안 되는 것이다. '~것이다'라는 표현이 많아지는 이유는 대부분 자신의 글에 자신이 없기 때문이다. 내용에 자신이 없다보니 표현을 통해 이를 보완하려는 것이다. 독자가 아무래도 자신의 말을 잘 알아듣지 못할 것 같아서, 또는 중요한 것인데도 그냥 지나칠 것 같아서 '~것이다'를 쓰지 않고는 배길 수가 없는 것이다.

본디 자신의 말이란 다 중요한 것처럼 생각되게 마련이고 또 그 중요성을 남들은 잘 깨닫지 못하는 것처럼 느껴지게 마련이다. 하지만 자신의 말이라 하여 모두 중요한 것도 아니고 또 독자가 중요한 것을 그냥 지나칠 만큼 어리석다고 믿을 이유는 어디에도 없다. 잘 헤아려보아 반드시 필요한 부분에만 '~것이다'란 표현을 쓰도록 노력해야 한다. 쉴새없이 나타나는 '~것이다'라는 표현에도 불구하고 실제 문장의 내용이 이를 쓸 만한 이유나 가치를 지니지 못한 것일 때 독자는 허탈감을 느끼거나 유치함을 느끼게 된다.

글이란 체험과 사색의 기록이어야 하는 것이다. 그리고 체험과 사색에는 시간이 필요한 것이다. 따라서 글이 읽을 만한 것이 되도록 하려면 체험하고 사색할 시간의 여유를 가져야 할 것이다. 일단 붓을 들면 심혈을 기울여 써야 할 것이다. 거짓 없이 성실하게 그리고 사실에 어긋남이 없이 써야 할 것이다. 잔재주를 부려서는 안 될 것이고 조금 아는 것을 많이 아는 것처럼 속여서도 안 될 것이며 일부의 사실을 전체의 사실처럼 과장해서도 안 될 것이다.

위의 글은 말끝마다 '~것이다'를 쓰고 있다. 겉보기에는 문장에 힘이 들어가 글의 내용이 강조된 것처럼 느껴지기도 한다. 그러나 계속 읽다보면 우스운 생각이 든다. '~것이다'라는 표현이 오히려 경박해보이기도 한다. 밑줄 친 부분은 '~것이다'를 써야 할 필연성이 거의 없는 곳이다. 이를 모두 평범한 종결형으로 바꾸고 글을 다시 한 번 읽어보라. '~것이다'를 쓴 곳에는 적절하게 힘이 실리고 전체적으로는 보다 자연스러운 문장이 되어 훨씬 강한 인상을 주는 글이 될 것이다.

14) 구어적 표현을 피해야 한다

대화할 때나 쓰이는 구어투의 표현을 쓰는 일이 많다. 구어와 문어는 그 성격이 전혀 다르다. 이 점을 명확히 인식하여 구어투의 표현을 쓰는 일이 없도록 해야 한다.

    (1) 그런 식의 사고방식은 <u>그러니까</u> 하루바삐 지양되어야 할 것이다.
    (2) 지금 우리 사회의 도덕적 타락성은 <u>뭐랄까</u> 지옥의 정경을 연상하게 한다.

구어적 표현의 대표적인 유형은 바로 불필요한 투어의 사용이다. 투어란 상투어라고도 하는데 버릇이 되어버려 예사로 쓰이는 말을 의미한다. 대화에서는 이러한 불필요한 투어가 많이 사용된다. 대화하면서 '음~, 에~, 저기 있잖아, 그러니까' 등의 투어를 쓰지 않는 사람은 거의 없을 것이다. 대화에서 이러한 투어의 사용은 사실 불가피한 측면이 있다. 대화 도중에 생각을 잠시 정리할 필요가 있거나, 마땅한 생각이나 표현이 떠오르지 않거나, 호흡을 잠시 유지하려 하거나, 의미의 단위를 끊어서 표현하고 싶을 때에는 투어를 사용하여 잠시 말을 끊는 것이 아주 효과적이기 때문이다.
그러나 문어에서는 이러한 투어의 사용이 용납되지 않는다. 위에서 말한 투어 사용의 필요성들은 문어에서는 일어나지 않거나 다른 방법으로 해결할 수 있는 것들이기 때문이다. 투어는 고리타분한 느낌을 주어 문장의 독창성과 신선미를 떨어뜨린다. 또한 어법에도 맞지 않는 것이다. 문맥을 형성하는 데 있어 도움이 되지 않는 불필요한 투어는 문장에서 완전히 없애야 한다. (1)의 '그러니까'와 (2)의 '뭐랄까'는 구어에서 많이 쓰이는 투어를 문어에 그대로 옮겨온 것이다. 없애야 한다.

　(3) 그렇게 생각하기보담은 좀더 적극적으로 상황에 대처하는 것이 좋다.

　(4) 근데 가만히 생각해보면 그것이 어쩜 우리에게 더 도움이 될 수도 있는 거다.

　(5) 이거나 그거나 다를 바가 없다.

　구어적 표현의 두 번째 유형은 어휘를 함부로 변형하는 것이다. 구어에서는 음운의 생략이나 축약, 변형을 통해 어휘의 형태를 바꾸는 경우가 많다. 좀더 부드럽고 가벼운 느낌의 어휘, 좀더 발음하기 편리한 어휘를 추구하는 경향이 강하기 때문이다. 이러한 어휘의 변형을 통해 구어는 대화 상대와의 친밀감을 좀더 확대하고 대화의 분위기를 좀더 부드럽게 이끈다.

　그러나 문어에서는 함부로 어휘를 변형해서는 안 된다. 어법을 파괴하는 것이기 때문이다. 위의 예문들은 모두 구어식으로 어휘를 변형하여 쓴 표현들을 지니고 있다. 정상적인 어법으로 고쳐주어야 한다. (3)의 '보담은'은 '보다는'으로, (4)의 '근데', '어쩜', '거다'는 각각 '그런데', '어쩌면', '것이다'로, 그리고 (5)의 '이거나 그거나'는 '이것이나 그것이나'로 고쳐야 한다.

　(6) 미국이랑/하고 일본이 항상 우리 편이란 생각을 해서는 안 된다.

　(7) 자기가 그래놓고는 다른 사람더러 뭐라고 하는 것이었다.

　(8) 요번 기회를 안 놓쳐야 한다.

　(9) 미국과 일본이 항상 우리를 도와줄 것이란 생각을 해서는 안 된다.

　(10) 자신이 한 짓을 다른 사람의 탓으로 돌리는 것이었다.

(11) 이번 기회를 놓쳐서는 안 된다.

구어적 표현의 세 번째 유형은 구어에서만 주로 통용되는 표현을 쓰는 것이다. 위의 (6), (7), (8)은 모두 구어에서나 통용되는 표현을 쓰고 있다. 문장이 아주 경박해보인다. (9), (10), (11)과 같이 고쳐야 한다. 특히 문어에서는 '요번', '요렇게', '조렇게' 등의 표현은 쓰지 않는다는 것을 명심하여야 한다.

(12) 오늘날 인류의 생존을 위협하는 것으로서 환경의 오염과 핵무기의 개발 등을 들 수 있는데 이러한 것들은 한두 사람의 노력으로는 없어지는 것이 아니라서 전인류의 일치된 노력이 필요한 것인데 각국이 모두 말로는 이에 대한 대책이 필요하다고 하면서 실제로는 자국의 이익만 챙길 따름이지 거의 대책을 세우지 않고 있는 상황이라서 나의 생각이 실현되기 어려운 것이긴 하지만 이에 대한 해결방안을 언급해보고자 한다.

(13) 오늘날 환경의 오염과 핵무기의 개발 등은 인류의 생존을 위협하고 있다. 이러한 문제는 한두 사람의 노력으로 없어지는 것이 아니라 전인류의 일치된 노력으로만 없앨 수 있는 것이다. 그러나 각국은 모두 말로만 이에 대한 대책이 필요하다고 할 따름이지 실제로는 자국의 이익만 챙기면서 거의 대책을 세우지 않고 있다. 실현되기 어려운 것이긴 하지만 이에 대한 해결방안을 나 나름대로 제시해보고자 한다.

구어적 표현의 네 번째 유형은 문장을 적절히 맺고 끊지 않는 경우이다. 구어에서는 종결형을 써서 문장을 확실히 끝맺지 않는 경우가 많다. 그렇게 하여도 의미전달에는 별반 무리가 없다. 발화상황의 도움을 받을 수도 있고 중간중간 상세한 설명을 끼워넣을 수도 있기 때문이다. 그러나 문어를 이런 식으로 쓰면 의미가 분명히 전달되지 않는 아주 지리멸렬한 글이 되고 만다. (12)의 예문을 보면 이를 확실히 알 수 있다. 문장을 적절히 맺고 끊고, 문장 사이의 접속관계를 분명히 밝혀주어야 한다. (13)처럼 고치면 적절하다.

제2장 단락

1. 단락의 의미

1) 내용단락과 형식단락

단락의 의미는 크게 두 가지로 구분하여 말할 수 있다. 우선 단락은 들여쓰기를 한 행이 다음 들여쓰기를 한 행을 만날 때까지의 글의 한 부분을 말한다. 이러한 의미의 단락을 형식단락이라 한다. 또한 단락은 몇 개의 문장이 모여 하나의 중심사상을 드러내고 있는 글의 한 부분을 의미하기도 한다. 이러한 의미의 단락을 내용단락이라 한다.

형식단락과 내용단락은 일치할 수도 있고 일치하지 않을 수도 있다. 하나의 형식단락이 하나의 중심사상을 지니고 있으면 일치하는 것이고 하나의 형식단락이 둘 이상의 중심사상을 지니거나 둘 이상의 형식단락이 하나의 중심사상을 지니고 있으면 일치하지 않는 것이다. 형식단락과 내용단락 중에서 보다 본질적인 의미의 단락은 바로 내용단락이다. 형식단락이란 단지 내용단락을 다른 내용단락과 선명히 구분지어주기 위해 사용하는 수단일 따름이다. 형식단락이란 완전히 내용단락에 종속된 개념이라 볼 수 있다. 여기서 우리는 형식단락이 내용단락에 의해 결정될 때, 다시 말해 내용단락과 형식단락이 일치할 때, 가장 좋은 단락이 만들어진다는 것을 쉽게 알 수 있다.

글에서 각각의 단락을 구분하여 표시하는 이유는 무엇일까. 그것은 바로 한 단위의 사고내용과 다른 단위의 사고내용을 구분하여 보여줌으로써 글의 각 부분의 구성관계가 보다 명확히 드러나도록 하기 위해서이다. 그리고 이를 통해 독자는 글의 전체적인 내용을 보다 쉽게 이해할 수 있을 것이다.

전체 글에서 각각의 단락이 지니는 기능은 한 단락에서 각각의 문장이 지니는 기능을 생각해보면 쉽게 이해할 수 있다. 단락이 구분되어 있지 않은 글은 문장이 분리되어 있지 않은 단락과 같다. 적절하게 분절되지 않은 하나의 긴 문장이 한 단락을 구성하고 있다고 생각해보라. 그 단락이 짜임새 있는 조직으로 의미를 분명하게 전달하는 단락이 될 수 없음은 물론이다.

이처럼 글과 단락의 관계는 단락과 문장의 관계와 같다. 따라서 단락에 있어 문장이 그러하듯이, 단락은 글의 효과적인 전개를 위한 가장 기본적인 단위가 된다. 올바른 단락의 구성이 좋은 글에 이르는 가장 가까운 길인 것이다. 이제부터 단락의 구조와 유형, 그리고 좋은 단락의 요건 등에 대해 자세히 살펴보겠다. 앞서도 말했듯이 글과 단락의 관계는 단락과 문장의 관계와 같다. 따라서 이제부터 설명되는 단락의 원리는 모두가 글의 원리에도 그대로 적용되는 것들이다. 주의깊은 이해가 필요함은 말할 나위도 없다.

2. 단락의 구조

1) 소주제문과 뒷받침문

전체 글의 주제는 상당히 포괄적인 것이다. 따라서 이를 자세히 독자에게 이해시키기 위해서는 이를 좀더 작은 여러 개의 하위항목으로 나누어 설명하는 것이 효과적일 것이다. 예를 들어 "인간이 문명을 생성, 발전시킬 수 있었던 것은 다른 동물과는 다른 여러 장점이 있었기 때문이다"라는 것이 글 전체의 주제라 하자. 만약 글쓰는 이가 이에 대해 머리에 떠오르는 대로 이것저것 두서 없이 이야기한다면 그 글은 짜임새 없는 글이 되어 독자를 힘들게 할 것이다. 하지만 이 주제를 "인간은 도구를 제작할 수 있었다", "인간은 언어를 사용할 수 있었다", "인간은 조직적인 사회를 구성할 수 있었다"는 등의 여러 하위항목으로 나누고, 이 하위항목들을 하나씩 자세히 설명한 다음 이를 종합하여 위의 주제에 이른다면 참으로 짜임새 있는 글이 되어 독자에게 선명한 인상을 남길 수 있을 것이다.

좋은 글은 대부분 이런 방식으로 주제를 펼치고 있다. 주제를 세분화한 여러 하위항목들은 각기 하나, 혹은 여러 개의 단락을 구성한다. 내용이 간략하거나 주제와의 관련성이 작은 하위항목은 하나의 단락만으로도 충분한 설명이 되겠지만 내용이 포괄적이거나 주제와의 관련성이 큰 하위항목은 여러 단락에 걸친 설명을 필요로 할 것이다.

앞서 각각의 단락은 하나의 중심사상을 갖는다고 말했다. 이를 일러 소주제라 한다. 그렇다면 결국 각 단락의 소주제는 혼자서, 또는 여럿이서 모여, 주제를 좀더 세분화한 각각의 하위항목을 구성하는 단위가 된다. 따라서 각각의 하위항목을 구성하는 하나의 소주제,

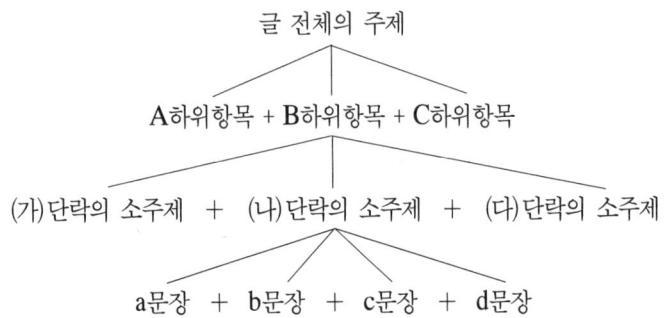

글 전체의 주제

A하위항목 + B하위항목 + C하위항목

(가)단락의 소주제 + (나)단락의 소주제 + (다)단락의 소주제

a문장 + b문장 + c문장 + d문장

또는 여러 소주제를 종합한 중간 크기의 주제 등을 모두 종합하면 결국 글 전체의 주제가 된다. 이를 도식화하면 위의 그림과 같다.

지금까지의 설명을 통해 소주제의 성격에 대해서는 대충 짐작이 되었을 것이다. 즉 소주제는 한 단락의 모든 문장의 내용이 집약된 중심사상이지만 이것은 또한 글 전체의 중심사상, 즉 주제를 세분화한 각각의 부분적 내용이 되는 것이다. 단락의 구조를 알기 위해서는 소주제의 이러한 성격에 대한 명확한 인식이 필요하다.

각각의 단락은 대개 하나의 소주제문과 여러 개의 뒷받침문으로 구성된다. 글이 주제를 효과적으로 드러낼 수 있도록 조직되어야 하는 것과 마찬가지로 단락 역시 소주제를 효과적으로 드러낼 수 있도록 조직되어야 한다. 그리고 이를 위한 가장 이상적인 단락의 구조가 바로 하나의 소주제문과 여러 개의 뒷받침문으로 구성된 구조이다.

소주제문은 단락의 소주제를 분명하게 드러내고 있는 문장을 말한다. 그리고 뒷받침문은 소주제문의 내용을 구체화시켜 해명하고 있는 문장을 말한다. 소주제문은 단락 전체의 내용을 집약하고 있는 문장이니만큼 어느 정도 추상적 진술로 이루어지는 것이 보통이다. 그리고 뒷받침문은 소주제문을 좀더 구체화시킨 구체적 진술로 이루어지는 것이 보통이다. 지금 나는 추상적 진술이니 구체적 진술이니 하는 말을 사용하였다. 여기에 대해서는 좀더 자세한 설명이 필요하다.

2) 추상적 진술과 구체적 진술

추상적 진술이란 상대적으로 포괄적이며 일반적인 진술을 말한다. 즉 상대적으로 집약적이고 전체적이며 따라서 보다 경험하거나 감각하기 쉬운 내용을 담고 있는 진술이다. 구체적 진술이란 상대적으로 세부적이며 특수한 진술을 말한다. 즉 상대적으로 분석적이고 단편적이며 따라서 좀더 감각하거나 경험하기 쉬운 내용을 담고 있는 진술이다. 여기서 상대적이라는 말은 어떤 문장이 추상적 진술인지 구체적 진술인지의 여부는 반드시 다른 문장과의 관계를 통해서만 결정될 수 있다는 의미이다. 즉 어느 한 문장을 절대적으로 추상적 진술이니 구체적 진술이니 하고 규정할 수는 없다는 것이다.

지금까지의 얘기를 종합하면 추상적 진술은 구체적 진술의 상위범주가 되는 개념이라 할 수도 있을 것이다. 예를 들어 설명해보자.

⑴ 환경오염이 심각하다.
⑵ 수질오염이 심각하다.
⑶ 하천오염이 심각하다.

위의 예문에서 ⑴은 ⑵보다 추상적 진술이다. ⑴은 ⑵를 포괄하는 보다 일반적인 진술이기 때문이다. ⑴보다 ⑵가 좀더 경험하거나 감각하기 쉬운 내용임은 말할 것도 없다. 마찬가지 이유로 ⑵는 ⑶보다 추상적 진술이다. 이처럼 우리는 각각의 진술이 담고 있는 내용 중에서 어느것이 보다 포괄적이며 일반적인 것인가를 보고 추상적 진술과 구체적 진술을 쉽게 구별할 수 있다. 그러나 각각의 진술이 담고 있는 내용이 그 자체만으로는 서로간의 포괄관계를 분명히 드러내지 않는 경우도 있다. 이 경우 우리는 어느것이 추상적 진술이며 어느것이 구체적 진술인지의 여부를 문맥을 통하여 추론할 수밖에 없다. 다음의 예를 보면 이해가 쉬울 것이다.

(1) 친구가 부자이면 나도 부자인 것이다.
(2) 친구의 것은 곧 내 것이기 때문이다.

위의 예문 (1)과 (2)는 내용 그 자체만으로는 서로간의 포괄관계를 드러내지 않는다. 친구가 부자라면 나도 부자라는 진술과 친구의 것은 곧 내 것이라는 진술 사이에는 범주상의 상하관계가 존재하지 않기 때문이다. 그러나 우리는 이 두 문장 중 어느것이 추상적이고 어느것이 구체적인지를 문맥을 통해 추론할 수 있다. 그것은 바로 '때문이다'라는 말이 있기 때문이다. '때문이다'라는 말 때문에 이 두 문장 사이에는 이유와 주장, 또는 근거와 결론의 관계가 형성된다. 이유와 근거를 알아야 주장과 결론을 이해할 수 있다. 다시 말해 이유와 근거를 알지 못하고서는 주장과 결론을 이해할 수 없다. 그렇다면 이유와 근거는 구체적 진술이, 그리고 주장과 결론은 추상적 진술이 될 수밖에 없다. 따라서 우리는 위의 예문에서 (2)가 구체적 진술이며 (1)이 추상적 진술이라는 것을 알 수 있다.

이처럼 우리는 또한 각각의 진술이 담고 있는 내용 중에서 어느것이 전제에 해당하는 것인가를 보고 추상적 진술과 구체적 진술을 쉽게 구별할 수 있다.

3) 소주제문의 요건

단락의 소주제를 뚜렷이 드러내기 위해서는 이를 집약적으로 표현하고 있는 문장, 즉 소주제문을 단락 안에 배치하는 것 이상으로 좋은 방법이 없다. 단락 안에 소주제문을 배치하면 단락의 중심사상이 분명해져 글이 엉뚱한 방향으로 빗나갈 우려가 적다. 따라서 당연히 글쓰기가 쉬워질 것이며 독자 또한 이를 이해하기가 쉬워질 것이다. 소주제문이 지니는 이러한 중심의 효과를 보다 분명히 하려면 소주제문을 단락의 첫부분에 배치하는 두괄식의 단락을 쓰는 것이 좋다.

  소주제문은 한 단락의 전체 내용을 펼쳐가는 중심이자 기준이 되는 중요한 문장이다. 따라서 심사숙고하여 결정하여야만 한다. 소주제문의 내용이 적절하지 않을 경우 이를 중심으로 펼쳐가는 나머지 내용이 짜임새 있는 내용이 되기는 어렵기 때문이다. 이제 좋은 소주제문을 구성하는 요건에 대해 알아보기로 하자.

  여기서 미리 말해둘 것은 글 전체의 주제문과 소주제문의 관계이다. 글 전체의 중심사상을 집약적으로 드러내고 있는 문장을 주제문이라 한다. 이 주제문과 소주제문의 관계는 앞서 말한 주제와 소주제의 관계와 같다. 즉 소주제문은 주제문을 세분화한 각각의 하위항목이 되는 것이다. 좋은 주제문의 요건은 그대로 좋은 소주제문의 요건이 된다. 이 둘은 모두 주제문이란 동일한 성격을 지니고 있기 때문이다. 좋은 주제문의 요건에 대해서는 이 다음에 자세히 살펴볼 기회가 있을 것이다. 따라서 좋은 소주제문의 요건에 대해 여기서 구체적인 언급을 하지는 않겠다. 이 다음에 나오는 주제문의 요건을 참고하면 될 것이기 때문이다. 여기서는 다만 주제문의 요건과 구별되는 소주제문의 특별한 요건 몇 가지에 대해서만 집중적으로 살펴보기로 하겠다.

  ▶ 적절한 범주의 추상적 진술이어야 한다

  소주제문은 지나치게 추상적, 포괄적 진술이어서는 안 된다. 그렇게 되면 한 단락 안에서 완벽히 다루기가 힘들어지기 때문이다. 소주제문은 또한 지나치게 구체적, 세부적 진술이어서도 안 된다. 그렇게 되면 한 단락을 구성할 만한 내용적 충실성을 가질 수 없기 때문이다. 앞서 말했듯이 소주제는 한 단락의 내용을 종합한 것이자 글 전체의 주제를 세분화한 일부분이다. 따라서 소주제는 지나치게 넓지도 또 좁지도 않은 적절한 크기의 추상성을 지니게 된다. 이러한 소주제의 성격을 고려해보면 소주제문이 어느 정도의 추상성을 지녀야 하는지는 쉽게 짐작이 될 것이다.

예를 들어 "독서는 여러 측면에서 효용가치가 있다"라는 소주제문은 지나치게 추상적이어서 한 단락 안에서 완벽히 다루기가 힘들다. 이것은 글 전체의 주제문으로 적당할 것이다. 또한 "독서는 전문지식을 넓혀주는 효용을 지니고 있다"라는 소주제문은 지나치게 구체적이어서 한 단락을 구성할 만한 내용이 되지 못한다. 따라서 이 두 문장의 중간 정도의 크기에 해당하는 "독서는 실용적 측면에서 여러 가지 효용을 지니고 있다"는 정도의 추상적 진술이 소주제문으로는 합당하다 할 수 있다.

▶단일한 내용이어야 한다

소주제문은 서로 무관하거나 대립되는 둘 이상의 내용이 포함되어서는 안 된다. 이것은 글 전체의 주제문 역시 마찬가지이다. 그러나 주제문은 그 내용이 서로 연관성을 지니고 있을 경우에는 둘 이상의 내용을 함께 다루어도 상관이 없다. 그러나 주제문의 경우와는 달리 소주제문은 둘 이상의 내용이 대등한 중요성을 지니고 있을 때는 양자가 비록 연관성을 지니고 있다 하더라도 되도록이면 이들을 함께 다루지 않는 것이 좋다. 대등한 중요성을 지닌 둘 이상의 내용을 함께 다룰 경우 우선 단락의 초점이 한군데로 모아지지 않아 단락의 내용이 산만해지기 쉽다. 또한 대등한 중요성을 지닌 내용들인 만큼 이들을 다루는 비중이 균일해야 할 것인데 글을 쓰다보면 이것이 생각보다 쉽지 않다는 것을 알게 된다. 보다 잘 알고 있는 어느 한쪽으로 내용이 조금씩 치우치게 되는 것이다. 그리고 마지막으로 여러 내용을 다루다보니 자연 단락이 지나치게 비대해져서 다른 단락과의 분량상의 균형을 이루지 못하게 된다.

따라서 소주제문이 대등한 중요성을 지닌 둘 이상의 내용을 포함하고 있을 때에는 되도록이면 이것들을 분리하여 두 개의 소주제문으로 만드는 것이 낫다. 예를 들어 "문학은 언어를 매체로 하는 예술이요, 무용은 행위를 매체로 하는 예술이다"라는 소주제문이 있다면 이것은 "문학은 언어를 매체로 하는 예술이다"라는 소주제문과 "무용은 행위를 매체로 하는 예술이다"라는 소주제문으로 분리하는 것이 낫다.

그러나 둘 이상의 내용이 같이 다루어지지 않으면 안 될 정도의 밀접한 연관성을 지니고 있다거나 내용이 유사하여 굳이 별개의 내용으로 보기 어려운 경우, 그리고 대등한 중요성을 지닌 것이 아니라 주와 종의 관계를 형성하고 있는 경우에는 오히려 같이 다루어주는 것이 좋다. 예를 들어 "노력이란 힘들지만 보람이 있다"라는 문장의 경우 힘들다는 내용과 보람이 있다는 내용은 분리되어 다루어질 수 없다. 이 두 내용은 상호간의 대조를 통해 보다 더 큰 내용으로 나아가는 밀접한 연관성을 지니고 있기 때문이다. 또한 "음악은 기쁨을 주며 위안을 준다"라는 문장의 경우 역시 기쁨을 준다라는 내용과 위안을 준다는 내용은 같이 다루어지는 것이 오히려 낫다. 이 두 내용은 보다 더 큰 의미에서는 서로 통합될 수 있는 유사성을 지니고 있기 때문이다.

▶ 명료하고 간결해야 한다

주제문은 사실 글의 겉으로 분명히 드러나는 경우가 적다. 글 전체의 내용을 통해 이를 자연스럽게 알게 되는 것이 대부분이다. 그러나 소주제문은 오히려 글의 겉으로 드러나는 경우가 많다. 한 단락의 내용을 보다 쉽게 쓰고 이해하기 위한 초점의 구실을 하기 때문이다. 따라서 소주제문은 실제적인 표현의 측면 역시 대단히 중요하다. 글쓰는 이나 글읽는 이가 가장 명쾌하게 그 의미를 이해할 수 있는 표현을 갖추어야만 하는 것이다.

이를 위해 소주제문은 우선 명료해야 한다. 모호한 표현은 금물이다. 명쾌한 인상을 주지 못하는 유보적, 소극적 표현도 되도록이면 피한다. '~인 것 같다', '~이 아닐까?' 하는 의문과 추정의 형식 대신 단호하고 단정적인 표현을 쓰는 것이 좋다. 또한 간결해야 이해하기 쉽다. 쓸데없는 수식을 피하고 소주제와 이에 대한 글쓴이의 의견만을 집약적으로 나타내야 한다. 수식이 많으면 소주제문의 의미는 산만해질 수밖에 없다.

4) 구체화의 방법

뒷받침문은 소주제문의 내용을 보다 구체화시켜 해명하는 문장이다. 구체화란 추상적 진술을 보다 구체적 진술로 바꾸어 좀더 이해하기 쉽도록 만드는 것을 의미한다. 뒷받침문이 소주제문을 구체화하는 방법으로는 크게 세 가지를 들 수 있다. 첫째는 상세화, 둘째는 합리화, 셋째는 예시 또는 예증이다.

▶ 부연하고 상술하여 구체화한다

상세화란 상술 또는 부연을 통해 추상적 진술, 즉 소주제문의 내용을 상세하게 풀이해주는 것이다. 상술이란 보다 상세하게 풀이하는 말, 그리고 부연이란 덧붙여서 이해를 돕는 말이란 뜻이다. 다음의 예문을 보자.

인간의 힘에 의한 사회개조의 가능성의 인식은 필연적으로 구체적인 내용과 구상을 요청하게 된다. 다시 말하면 인간이 스스로의 힘으로 사회를 보다 살기 좋게 개조할 수 있다면 구체적으로 어떠한 사회를 이룩할 것인가, 정치는, 경제는, 사회체제는 구체적으로 어떻게 개혁하는 것이 가장 인간사회의 진보를 촉진시키고 인간성의 완성에 적합한가를 생각하지 않을 수 없게 된다.

예술의 기능은 대체로 미적 기능과 사회적 기능 두 가지로 구분된다. 미적 기능이란 쾌락적 기능이라고 할 수 있는 것으로서 예술이 주는 감동적 자극을 의미하며, 사회적 기능이란 교시적(敎示的) 기능이라고 할 수 있는 것으로서 예술이 주는 정치적, 교육적, 도덕적인 여러 종류의 광범한 사회적 영향을 의미한다.

위의 인용문들은 상세화를 통해 소주제문을 구체화하고 있는 글의 전형적인 예이다. 소주제문인 첫 번째 문장을 이후의 문장이 아주 자세하게 풀이해주고 있다.

상세화는 주로 대상에 대한 정보를 제공하는 설명적인 글에 많이 쓰인다. 소주제문에서 대상에 대한 개략적이고 전체적인 정보를 준 다음 뒷받침문에서 상술이나 부연을 통해 이를 구체화하는 것이다. 상세화의 방법은 아주 다양하다. 상세하게 풀이해서 이해를 돕는 방식은 무엇이나 상세화가 될 수 있다. 대상을 세분화해서 분석하는 것, 개념을 풀이하거나 해석하는 것, 대상을 구체적으로 묘사하는 것 등이 모두 상세화의 방법이다.

▶ 이유와 근거를 제시해 구체화한다

합리화란 이유나 근거의 제시를 통해 추상적 진술, 즉 소주제문의 내용을 입증해주는 것이다. 다음의 예문을 보자.

내 생각엔, 진정한 여성의 교양미는 그 여성이 아름다워지려고 애쓴 흔적이 있을 때 가장 잘 나타나는 것 같다. 아마 이렇게 반문할 사람이 있을지도 모르겠다. "사람의 외모란 태어날 때 가지고 나오는 것인데, 그럼 못생긴 사람은 죽으란 말이냐"고 말이다. 그러나 그것은 진정한 아름다움을 모르고서 하는 소리다. 현대의 아름다움은 '예쁜' 데서 오는 것이 아니다. 얼굴이 예쁜 여자는 사실 몇 되지 않는다. 요즘의 아름다움은 단순히 예쁜 데 지나지 않고 '멋'에 있다. 이 '멋'은 '교양'에 통한다. 옛날 여인들의 아름다움은 선천적인 것이었다. 그러나 지금은 다르다. 노력에 따라 얼마든지 아름다워질 수 있다. '예쁜 여자'라는 말은 못 들어도 '멋이 있는 여자'라는 말은 들을 수 있다. 그리고 이 '멋이 있는 여자'야말로 최고의 찬사가 되는 것이다. 모든 예술이 내용과 형식의 두 가지 면에서 골고루 조화를 이뤄야 하듯이, 여성에게 있어서도 내용(마음)과 형식(외모)이 조화를 이룰 때 나타나는 것이 '멋'이요, '교양'이기 때문이다.

첫 번째 문장이 소주제문이다. 글쓴이는 여성의 교양미란 아름다워지려는 노력을 통해 나타나는 것이라는 주장을 하고 있다. 그리고 이후의 문장에서 근거를 제시함으로써 이러한 주장의 타당성을 입증하고 있다. 즉 현대의 아름다움이란 예쁜 용모에 있는 것이 아니라 멋에 있으며 이 멋이란 교양과 통하는 것이기 때문에 아름다움을 추구하는 것이 곧 교양을 추구하는 것이라는 것이다.

문학은 '살아가는 이야기'를 그 주된 대상으로 한다. 그것은 문학이 우리 주위에서 벌어지는 여러 가지 일상적(日常的)인 삶의 모습들과, 거기에서 야기되는 복잡 다단한 문제들을 작가의 미적(美的) 태도(態度)에 의해 보다 의미 있는 것으로 부각시키고, 예술적 형상화의 과정을 통해 작품으로 수렴하기 때문이다. 그런 면에서, 작가는 현실(現實)과 동떨어져 존재할 수 없고, 작품 역시 그러한 작가적 현실을 어떤 방식으로든 매개하지 않을 수 없다. 따라서 문학에 있어서 중요한 것 중의 하나는, 작가의 삶에 대한 태도, 다시 말해 현실을 바라보는 안목(眼目)이라고 할 수 있다.

이 글의 소주제문은 마지막 문장이다. 위의 인용문과는 달리 근거를 먼저 제시하고 이를 통해 어떤 주장을 자연스럽게 이끌어내고 있다. 글쓴이는 작가의 삶에 대한 태도가 문학에서는 아주 중요한 것이란 주장을 하고 있다. 문학이란 삶을 다루는 것인데 문학에서 다루는 삶이란 작가의 미적 태도에 의해 수렴된 삶이기 때문이란 것이다.

앞에서도 살펴보았듯이 합리화는 주로 주장을 하고 이를 입증하는 논증적인 글에 많이 쓰인다. 소주제문에서 결론에 해당하는 주장을 한 다음 뒷받침문에서 이유나 근거를 제시해 이를 입증하는 것이다.

▶ 예시와 예증을 통해 구체화한다

예시 또는 예증이란 예를 들어보이는 것을 말한다. 사실 엄밀히 말하자면 예시나 예증은 상세화나 합리화의 한 방법이라 할 수 있다. 예시란 예를 들어보임으로써 내용을 상세하게 풀이해주는 것이고 예증이란 예를 들어보임으로써 내용을 입증해주는 것이기 때문이다. 하지만 예시나 예증은 워낙 특징적인 모습을 지니고 있고 또한 많이 사용되는 방법이라 따로 독립된 구체화의 한 방법처럼 여기고 있는 것이다. 다음의 예문을 보자.

돼지는 후각이 뻬어나게 발달되어 있다. 멧돼지는 몇십 리 밖에 있는 포수의 화약냄새를 맡고 일찌감치 도망해버릴 정도로 후각이 발달되어 있다. 집돼지도 마찬가지로 냄새 맡는 기능이 매우 발달되어 있다. 예를 들면, 제 새끼와 다른 새끼를 구별하는 데나, 주인과 남을 구별하는 데에 주로 후각을 사용한다. 다른 동물이 침입했는지, 먹이가 들어왔는지를 알아차리는 데도 주로 후각을 이용한다.

예시를 통해 소주제문을 구체화하고 있는 글이다. 돼지의 후각이 발달되어 있다는 사실을 여러 가지 구체적인 예를 들어 상세하게 설명하고 있다.

인류도 마찬가지여서 민족간에는 자존성이 있다. 유색인종과 무색인종간에 자존성이 있고 같은 종족 중에서도 각 민족의 자존성이 있어 서로 동화하지 못하는 것이다. 예컨대, 중국은 한 나라를 형성하였으나 민족적 경쟁은 실로 격렬하지 않았는가. 최근의 사실만 보더라도 청나라의 멸망은 겉으로 보기에는 정치적 혁명 때문인 것 같으나 실은 한민족과 만주족의 쟁탈에 연유한 것이다. 또한 티베트족이나 몽고족도 각각 자존을 꿈꾸며 기회만 있으면 궐기하려 하고 있다. 그 밖에도 아일랜드나 인도에 대한 영국의 동화정책, 폴란드에 대한 러시아의 동화정책, 그리고 수많은 영토에 대한 각국의 동화정책은 어느 하나도 수포로 돌아가지 않은 것이 없다.

위의 글에서 글쓴이는 민족은 각기 자존성이 있어 서로 동화하기 어렵다는 주장을 하고 있다. 그리고 강대국의 식민지 동화정책이 실패한 예를 여럿 들어 이러한 주장의 타당성을 입증하고 있다. 예증의 방법으로 소주제문을 구체화하고 있는 글이다.

앞의 글은 설명의 글이며 뒤의 글은 논증의 글이다. 이처럼 예시, 예증은 어떤 양식의 글에나 두루 쓰이고 또 가장 많이 쓰이는 구체화의 방식이다.

▶접속어를 이용하면 보다 쉽게 구체화할 수 있다

지금까지 말한 구체화의 방법 세 가지를 잘 알고 있으면 소주제문을 해명하는 뒷받침문을 만들기란 아주 쉽다. 단락과 소주제문의 성격을 잘 파악하여 여러 구체화의 방법 중 어떤 것이 적절한 것인지를 결정한 다음 결정한 방법에 따라 구체적 진술을 해나가면 되는 것이다. 하지만 실제로는 구체적 진술의 내용이 잘 떠오르지 않는 경우도 있을 것이다. 이때는 각각의 구체화의 방법에서 흔히 쓰이는 접속어들을 알아두는 것이 크게 도움이 될 것이다.

상세화에서는 즉, 다시 말해, 환언하면, 말하자면, 구체적으로 말해서, 쉽게 말하면, 특히 등의 접속어가 자주 쓰인다. 합리화에서는 왜냐하면, 그 이유는, 그 까닭은 등의 접속어가 자주 쓰인다. 만약 단락이 뒷받침문이 먼저 나오고 소주제문이 뒤에 나오는 구조를 취하고 있다면 이러한 접속어들은 그러므로, 따라서, 그리하여, 그 결과 등의 접속어로 바뀌게 될 것이다. 그리고 예시, 예증에서는 예를 들어, 예컨대 등의 접속어가 자주 쓰인다.

속으로 이러한 접속어들을 되뇌이면서 구체적 진술을 해나간다면 한결 그 내용이 잘 떠오를 것이다. 이러한 접속어들은 꼬박꼬박 적어주어야 하는 것은 아니다. 물론 적어줄 필요가 있는 경우도 있겠지만 문장이 시작될 때마다 이러한 접속어가 나타난다면 오히려 눈에 거슬릴 것이다.

3. 단락의 유형

단락의 유형을 가르는 가장 일반적인 기준은 바로 단락의 구조이다. 즉 단락 안에서 소주제문과 뒷받침문이 어떤 모습을 지니고 나타나는가에 따라 단락의 유형을 여러 가지로 구분해보는 것이다. 이 방식에 따라 단락의 유형을 살펴보면 다음과 같다.

1) 단락의 초점이 분명해지는 두괄식 단락

먼저 두괄식 단락이 있다. 소주제문이 단락의 첫부분에 위치하고 뒤이어 뒷받침문이 나타나는 단락이다. 두괄식 단락은 가장 많이 사용되고 또 가장 권장받는 단락의 유형이다. 단락의 중심사상을 먼저 제시해놓은 다음 단락을 펼쳐나가기 때문에 단락의 초점이 뚜렷해지는 장점이 있기 때문이다. 따라서 단락의 내용이 엉뚱한 방향으로 빗나가 산만해질 우려가 적고 독자 또한 이를 분명하게 이해할 수 있다.

그러나 결론을 미리 알고 글을 읽게 되기 때문에 글의 내용이 단조롭게 느껴질 우려도 있다. 따라서 두괄식 단락을 사용할 때에는 구체적 진술이 흥미 있는 내용이 되도록 신경을 써야 한다. 다음은 두괄식 단락의 예를 보인 것이다.

그러나 겉보기에 무해한 오락물같이만 보이는 인디애나 존스 시리즈에는, 철저한 백인중심주의의 이데올로기가 숨어 있다. 고고학자로서의 그의 기량은 오로지 성궤나 성배를 찾는 데에만 바쳐지고, 그 과정에서 그 자신에 의하여 직접·간접으로 파괴되는 원주민들의 문화유산에는 별다른 관심을 보이지 않는다. 비유럽인들은 대개—특히 〈인디애나 존스 2〉 편에서—미개하고 괴이한 인간들로 묘사되고, 그들 중 똑똑한 몇몇은 인디의 부하로 일하는 '영예'를 누린다. 물론 그들은 인디에게 전적인 존경과 충성을 바친다. 나머지는 백인을 '구세주'라고 믿는 순박한 '선인'들과, 기괴한 의식을 통해 힘을 얻고 선인들을 괴롭히다 비참한 종말을 맞이하는 악인들로 뚜렷이 양분된다.

첫 문장이 소주제문이다. 소주제문을 서두에 위치시켜 글의 초점을 분명히 한 다음 여러 뒷받침문을 통해 이를 구체화하고 있다.

2) 독자의 흥미를 지속적으로 유지해주는 미괄식 단락

두 번째로 미괄식 단락이 있다. 뒷받침문이 되는 구체적 진술이 먼저 나타나고 단락의 끝부분에 소주제문이 나타나는 단락이다. 이때 소주제문의 첫머리에는 대개 따라서, 그러므로, 결국, 이처럼, 여기서, 한마디로 등의 접속어가 나타나게 된다. 소주제문은 그 앞부분의 내용을 집약하는 구실을 하기 때문이다.

미괄식 단락은 독자의 흥미를 지속적으로 유지할 수 있는 장점이 있다. 즉 여러 구체적 진술을 통해 글쓰는 이가 무엇을 말할 것인지에 대한 독자의 궁금증을 유발한 후에 끝에 가서 결론을 극적으로 제시함으로써 단락 전체를 일관하여 독자의 흥미를 지속적으로 붙잡아둘 수 있는 것이다. 그러나 앞부분을 써나갈 때는 글의 초점이 뚜렷하지 않기 때문에 글의 내용이 엉뚱한 곳으로 빗나갈 우려가 있다. 결국 미괄식 단락은 두괄식 단락의 장점과 단점을 서로 맞바꾼 것이라 생각하면 쉽다. 따라서 미괄식 단락을 사용할 때에는 무엇보다도 단락의 초점을 분명하게 유지하려는 노력이 필요하다. 이를 위해서는 소주제문을 미리 분명히 결정해두고 마치 이것이 단락의 첫 부분에 있는 것처럼 생각하고 글을 써나가는 것이 좋다. 다음은 미괄식 단락의 예를 든 것이다.

독서, 즉 글을 읽는다는 것은 무엇인가? 글을 읽는다는 것은 단순히 글을 소리내어 읽는 능력과는 구별된다. "익은 벼가 고개를 숙인

다"는 말을 글자의 음대로만 읽었다고 하여 읽기가 완결된 것은 아니
다. 그 의미를 이해하고 해석하여, 그 내용에 어떤 반응을 보일 수
있어야 글을 완전히 읽은 것이라 할 수 있다. 따라서 독서는 문자로
표기된 문자언어의 의미를 이해하고 해석하여, 어떤 반응을 나타내는
과정으로 볼 수 있다. 이것은 곧 문자언어를 해독하여, 그 언어 기호
의 의미를 이해하고 그것을 음미한 다음, 어떤 반응을 나타내어야 읽
기가 완료된다는 것을 뜻한다.

이 글의 소주제문은 마지막 문장이다. 단락의 서두에서 질문을 던
져 독자의 궁금증을 유발한 다음 이에 대한 해명을 점차 구체화시켜
마침내 결론에 이르고 있다.

3) 소주제문을 뚜렷이 강조해주는 양괄식 단락

다음으로는 양괄식 단락이 있다. 소주제문이 단락의 첫부분과 끝
부분에 두 번 나타나고 그 사이에 뒷받침문이 위치하는 단락이다.
그렇다고 해서 양괄식 단락이 소주제문을 두 개 가진 것은 아니다.
다만 같은 소주제문이 두 번 나타나는 것일 따름이다. 이처럼 소주
제문이 두 번 나타나는 것은 소주제문을 뚜렷이 강조하여 독자에게
분명히 인식시키기 위해서이다. 따라서 양괄식 단락이 사용되는 것
은 주로 다음과 같은 경우이다.

우선 바로 그 단락의 소주제문이 글 전체의 주제를 이해하는 데
있어 매우 중요한 구실을 하고 있을 때이다. 따라서 소주제문의 반
복을 통해 그 내용을 독자에게 명확하게 인식시키려는 것이다. 다음
으로 단락의 첫부분에 소주제문이 나타났지만 이어지는 뒷받침문이
매우 길어졌을 때이다. 뒷받침문이 오래 계속되다보면 앞서 나왔던
소주제문으로부터 독자의 관심이 멀어지기 쉬우므로 이를 다시 한

번 상기시키기 위해 끝에 가서 한 번 더 소주제문을 제시하여주는 것이다. 다음으로 그 단락의 소주제문이 다음 단락의 내용과 밀접한 연관성을 지니고 있을 때이다. 이 경우에는 소주제문과 다음 단락을 직접적으로 연결시켜주는 것이 좋으므로 미괄식 단락이 아니라면 소주제문을 한 번 더 반복해주는 수밖에 없을 것이다.

양괄식 단락은 위에서 본 바와 같이 그 나름대로의 쓰임이 있지만 같은 내용이 반복되는 데서 오는 지루함을 피하기가 어렵다. 따라서 끝부분의 소주제문은 앞부분의 소주제문과 그 내용과 표현이 완전히 같아서는 안 된다. 내용은 같더라도 표현양식을 조금 달리 하거나 또는 그 의미를 훼손시키지 않는 범위 내에서 내용을 조금 발전시키는 것이 좋다. 다음은 양괄식 단락의 예이다.

인간의 역사는 또 생각하고 표현하는 자유, 즉 사상의 자유가 꾸준히 확대되는 방향으로 발전해왔다. 지구가 도는 것임을, 만민이 평등함을, 권력은 국민의 것이어야 함을, 재부가 만민의 것임을 남보다 먼저 말했다가 희생된 사람들이 많았지만, 아무리 무서운 권력도 뿌리 깊은 인습도 인간의 '생각하고 말하는 자유'를 계속 누를 수는 없었다. 사상의 자유야말로 인간의 역사를 앞으로 나아가게 하는 원동력 가운데 하나였던 것이다.

인간의 역사는 사상의 자유가 확대되는 방향으로 발전해왔다는 내용의 소주제문을 단락의 서두에 놓고 있다. 그리고 부연을 통해 이를 구체화한 다음 단락의 말미에 가서 이를 다시 확인하고 있다. 그런데 단락의 말미에 붙은 내용은 서두의 내용과는 조금 다르다. 즉 사상의 자유가 인간의 역사를 발전시킨 원동력이었다는 내용으로 서두의 내용이 조금 더 발전된 모습을 보여주고 있는 것이다.

4) 가벼운 서술로 출발할 수 있는 중괄식 단락

　다음으로는 중괄식 단락이 있다. 소주제문이 단락의 중간으로 오고 그 앞뒤로 뒷받침문이 위치하는 단락이다. 두괄식 단락이나 미괄식 단락은 단락이 처음부터 끝까지 아주 논리적으로 조직되어야만 한다. 다시 말해 소주제문이 먼저 나왔다면 뒷받침문이 이를 명쾌하게 해명해주어야만 하며 뒷받침문이 먼저 나왔다면 이로부터 소주제문이 논리적으로 이끌려나올 수 있어야 한다. 그러나 중괄식 단락은 이러한 논리성의 부담에서 어느 정도 벗어나 가벼운 서술로 출발할 수 있는 장점이 있다. 앞서 나온 뒷받침문과 뒤이어 나온 소주제문의 관계가 명료하지 않더라도 마지막의 뒷받침문을 이용하여 이를 보강해줄 수 있기 때문이다.

　일반적으로 중괄식 단락은 주의환기에 적절한 비교적 가볍고 자유로운 서술로 단락의 말문을 연 뒤 이를 통해 잠정적으로 소주제문을 유도하고 다시 뒷받침문을 통해 이를 좀더 논리적으로 보강하는 형식을 띤다. 가볍게 출발하므로 글쓰는 이가 쉽게 쓸 수 있을 뿐 아니라 독자도 쉽게 읽을 수 있다. 그러나 또한 단점도 있다. 우선 소주제문이 한눈에 드러나지 않는다. 단락의 가운데에 위치하고 있기 때문이다. 또한 서두의 가벼운 서술만으로 바로 소주제문을 이끌어내게 되므로 논리적 비약이라는 인상을 주기도 쉽다.

　상식이 지배하는 정치가 자리잡을 수 있는 하나의 가능성은 아마도 정치가들에 대한 주문으로 이어질 수밖에 없을 것이다. 어떠한 정치가들이라야 상식의 정치가 가능해질 수 있을까. 정치꾼은 많지만 정치가는 참으로 드물다. 미사여구(美辭麗句)의 선언문만으로는 보다 더 큰 거리감만을 느끼게 해준다. 웅변이나 선언문이 아니라 정치가의 의식과 능력이 바로 상식의 정치를 틀 잡게 할지도 모른다. <u>상식</u>

의 정치는 정치가가 의식의 면에서는 아마추어적이고, 능력의 면에서는 프로페셔널할 때 비로소 기대될 수 있는 것이기도 하다. 바꾸어 말하면 정치가의 의식은 항상 그 자신이 뽑힌 사람이 아니라 국민의 부름을 받은 심부름꾼에 불과하다는 생각이며, 그러면서도 정치를 스포츠처럼 정정당당하게 겨루어보려는 생각이라 할 수 있다. 그러나 정치가의 능력은, 그가 맡은 문제에 대해서만은 어느 전문가의 능력에도 뒤떨어지지 않을 정도로 우수함이 입증될 수 있어야 할 것이며, 그 방면의 최고의 권위자로 일할 수 있어야 할 것이다. 공해문제에 대하여, 청소년문제에 대하여, 농민소득에 대하여, 도시교통에 대하여, 외교문제에 대하여 그 나름의 능력이 기여될 수 있어야 할 것이다.

이 단락의 소주제문은 단락의 한가운데에 위치하고 있다. 밑줄 그은 부분이 바로 그것이다. 단락의 서두에서 일단 어떠한 정치가라야 상식의 정치를 할 수 있을까라는 질문을 던져 독자의 주의를 환기하고 있다. 그리고는 정치가의 의식과 능력이 중요하다는 매개적 진술을 한 다음 아마추어의 의식과 프로페셔널의 능력을 지닌 정치가가 상식의 정치를 이룰 수 있다는 소주제문을 제시하고 있다. 그리고 이후의 문장에서 어떤 정치가가 이러한 정치가인지를 구체화하여 보여주고 있다. 아주 짜임새 있게 구성된 중괄식 단락이라 할 수 있다.

5) 소주제문이 겉으로 드러나지 않는 무괄식 단락

마지막으로 무괄식 단락이 있다. 소주제문이 겉으로 드러나지 않는 단락이다. 하지만 그렇다고 해서 그 단락에 소주제가 존재하지 않는 것은 아니다. 그렇다면 그 단락은 단락으로서의 요건을 갖추지 못한 것이 되어버리기 때문이다. 무괄식 단락이 사용되는 이유는 크게 두 가지이다.

우선 소주제문이 지나치게 상식적이고 보편적인 내용일 경우이다. 예를 들어 "어머니는 자식을 사랑하신다"라는 소주제문은 너무나 당연한 내용이어서 이를 뚜렷이 드러내는 경우 단락의 내용 전체가 진부한 것으로 비춰질 우려가 있다. 따라서 이런 경우에는 소주제문을 없애고 뒷받침문만을 제시하여 독자 스스로 소주제문을 발견해내도록 유도하는 것이 더욱 효과적이다. 즉 어머니의 사랑의 구체적 실례들만을 주욱 보여준다면 독자는 거기서 어머니의 사랑이라는 결론을 스스로 유추해낸 뒤 이에 대해 미처 몰랐던 사실처럼 새로이 감동을 받을 것이다.

다음으로는 뒷받침문만으로도 단락의 소주제를 독자가 명확히 알 수 있는 경우이다. 예를 들어 단락의 내용이 비둘기의 얼굴과 몸통, 그리고 다리에 대해 소상히 묘사하고 있는 것이라면 그 단락이 비둘기의 겉모습에 대해 설명하고 있는 것이라는 것을 모를 독자는 없다. 이 경우 "비둘기는 다음과 같은 겉모습을 지니고 있다"라는 소주제문을 넣어주는 것은 사실 의미가 없다.

라면을 맛있게 끓이려면 무엇보다도 물의 양이 알맞아야 한다. 우선, 냄비에 계량컵으로 정확히 물의 양을 측정하여 붓는다. 그리고 나서 부엌 여기저기에 굴러다니는 양파를 썰어 넣어 물이 팔팔 끓도록 기다린다. 물이 끓으면 라면을 수프와 함께 넣고 냄비의 뚜껑을 비스듬히 냄비 위에 올려놓아 넘치지 않게 한다. 면이 익기까지의 7~8분 간은 가장 분주한 순간이다. 라면의 맛을 돋우기 위해 여러 가지 재료들을 준비해야 하기 때문이다. 파를 씻어 송송 썰어 넣고 묵은 김치도 준비해놓는다. 라면이 익은 후에는 달걀을 풀어 영양가를 높인다. 1~2분 동안 달걀이 익는 것을 기다린 후 예쁜 그릇에 담으면 모든 것이 끝난다. 묵은 김치와 함께 자신이 직접 만든 뜨거운 라면을 먹는 것은 출출함을 달램은 물론 하나의 즐거운 일이 되기까지도 한다.

위의 단락에는 소주제문이 없다. 그러나 이 글이 라면을 맛있게 끓이는 법에 대해 말하고 있다는 것을 모를 사람은 없다. 따라서 "라면을 맛있게 끓이려면 다음과 같은 방법을 쓴다"라는 식의 소주제문을 넣어주는 것은 오히려 미숙한 글쓰기라는 느낌을 준다.
 앞서도 말했듯이 무괄식 단락은 소주제가 없는 단락이 아니다. 소주제문을 명시하지 않는 것이 더욱 효과적이기 때문에 이를 쓰지 않은 단락일 뿐이다. 무괄식 단락을 사용할 때에도 글쓰는 이는 소주제문이 단락의 서두에 존재한다고 생각하고 글을 써나가야 한다. 그렇지 않으면 글을 써나가는 도중에 소주제에 대한 의식이 흐려져 초점이 없는 산만한 글이 되기가 쉽다.

4. 단락의 요건

1) 통일성을 지녀야 한다

▶단락의 모든 내용은 하나의 소주제로 집약되어야 한다
 단락의 통일성이란 한 단락 안의 모든 내용이 하나의 소주제로 집약될 수 있어야 한다는 것이다. 단락의 통일성이 확보되기 위해서는 우선 소주제가 하나여야만 한다. 불가피하게 둘 이상의 화제를 다루어야 하는 경우라도 그 두 화제는 하나의 더 큰 소주제로 통합될 수 있는 내용이어야 한다. 그리고 소주제와 무관하거나 상반되는 내용의 뒷받침문을 써서는 안 된다. 뒷받침문이 약간 불충분하다는 생각이 들 때 그저 분량을 늘리려는 목적으로 쓸데없는 일반 지식을 늘어놓거나 불필요한 수식에 매달리는 경우를 흔히 볼 수 있다. 하지만 그런다고 해서 내용이 좀더 충실해보이는 것은 아니다. 오히려 단락의 초점을 흐리고 집중력을 약화시킨다.

인간은 신과 같이 완전한 존재가 아니다. 따라서 그가 누구이건 단점을 지니고 있게 마련이다. 단점을 지니고 있다는 것은 곧 그가 인간이란 증거인 셈이다. 흔히 '인간적'이란 말을 쓴다. 이 말은 누구나 호감을 가지는 긍정적인 개념이라 생각된다. 그러나 여기에도 물론 단점이 있다라는 의미가 포함되어 있다. 따라서 단점을 가진다는 것은 오로지 배척해야만 하는 악덕은 아닌 것이다. 그것은 오히려 인간을 보다 인간답게 만드는 한 측면인 것이다. 나 역시 완전한 존재가 아닌 이상 장점을 지니고 있는 동시에 많은 단점을 지니고 있다. 하지만 누구나 그렇듯이 훌륭한 인격을 지닌 사람이 되고 싶다. 그래서 장점은 살려나가되 단점이라 생각되는 부분은 최선을 다해 고쳐나가려 노력하고 있다. 모든 단점이 고쳐졌다 생각되는 날까지 나의 이런 노력은 끝나지 않을 것이다. 물론 그런 날은 오지 않을 터이니 결국 나의 노력은 죽는 날까지 계속되게 될 것이다.

위의 글은 통일성이 없는 단락의 예이다. 단락의 앞부분에서는 단점을 지닌 것이 오히려 인간적이라 하여 이를 긍정하는 태도를 취하고 있다. 그러나 단락의 뒷부분에서는 훌륭한 인격을 지닌 사람이 되기 위해 모든 단점을 고쳐나가겠다고 함으로써 이를 부정하는 태도를 취하고 있다. 따라서 이 단락에는 전체의 내용을 집약할 수 있는 요지가 없다. 결코 조화될 수 없는 상반된 시각이 함께 나타나고 있기 때문이다. 결국 글쓴이가 말하고자 하는 바가 무엇인지 독자는 도무지 짐작할 수가 없게 된다.

이 단락을 통일성을 지닌 단락으로 만들기 위해서는 크게 두 가지 방법이 있다. 우선 상반된 시각 중의 하나를 제거하는 것이다. 즉 단점을 긍정하는 앞부분의 내용을 없애거나 단점을 부정하는 뒷부분의 내용을 없애는 것이다. 다음으로는 이 두 시각을 조화시켜 보다 넓은 하나의 시각으로 통합하는 방법이다. 예를 들어 단점이 있는 것이 인간적으로 보이긴 하지만 그렇다고 해서 단점이 용서받을 수 있는 것은 아니라는 식의 새로운 논리를 마련할 수 있을 것이다. 즉 두 시각을 역접의 관계로 연결하여 하나의 더 큰 시각 속에 통합시키는 것이다.

매화는 다른 꽃들과는 달리 겨울의 추위 속에서 피어나는 꽃이다. 매화가 선구자적이고 초지상적인 느낌을 주는 데는 이것이 커다란 이유가 된다. 또한 매화는 그 모습에서 기품과 아취가 넘쳐 항상 몸을 단정히 하고 글 읽는 선비를 연상시킨다. 또한 매화에는 좋은 향기와 청초한 빛깔이 있어 사모하는 님을 가진 아름다운 여인의 모습이 어른거리기도 한다. 매화는 이른 봄에 백색 또는 연분홍의 꽃이 피는 앵도과의 교목이다. 그 열매는 한약재로 쓰기도 한다. 눈을 배경으로 피어나는 야생매가 아니라 화분에 담겨 피는 분매라 하더라도 이러한 그윽한 성품을 버리지 않는 것이 어디서나 한결같은 지조의 풍모를 더욱 짙게 한다.

위의 글 역시 통일성을 잃고 있는 단락이다. 겉보기에는 매화의 특성에 대해 논한 글로서 통일성에 아무런 문제가 없는 것 같다. 그러나 그렇지 않다. 이 글은 매화의 여러 가지 특성에서 정신적인 의미를 발견해내고 있는 주관적이고 정서적인 글이다. 매화의 풍모를 고결한 인격을 지닌 인간에 비유하고 있는 데서 이를 쉽게 알 수 있다. 그런데 밑줄 그은 부분에 이르러서는 갑자기 글의 성격이 바뀌었다. 지극히 사무적인 어투로 매화에 대한 정보를 제공하고 있는 객관적이고 논리적인 글, 즉 설명의 글이 되어버린 것이다. 단락의 통일성은 내용의 측면에만 한정되는 것이 아니다. 글의 성격과 문체에 있어서도 통일성은 지켜져야만 한다. 이를 반드시 명심하여야 할 것이다.

▶ 단락의 통일성을 얻기 위해 유의해야 할 사항들

단락의 통일성을 확보하기 위해서는 다음과 같은 사항에도 유의하여야 한다. 우선 소주제를 되도록이면 명확하고 한정된 개념으로 잡아야 한다. 뒷받침할 재료가 보다 풍부하게 마련될 것 같은 느낌에 막연하고 추상적인 넓은 범주의 개념을 소주제로 잡는 사람이 많다. 언뜻 생각하면 그럴 것 같은데 실제로 글을 써보면 이상하게도 정반대의 현상이 일어난다. 화제가 명확하지 않은데 재료가 명확하게 떠오를 수는 없는 법이다.

다음으로 단락의 처음에서 끝까지 항상 소주제문을 염두에 두고 글을 써나가야 된다. 많은 사람들이 그저 앞의 문장과의 연관성만 생각하고 다음 문장을 이어나간다. 언뜻 생각하면 계속 앞문장과 연관되는 문장만을 써왔으니 전체 단락도 당연히 서로 연관되는 내용으로만 채워질 것 같다. 그런데 실제로 글을 써보면 역시 정반대의 현상이 일어난다. 즉 제일 처음의 문장과 제일 마지막의 문장은 전혀 연관성이 없는 엉뚱한 내용을 각각 말하고 있는 경우가 많은 것이다. 인간의 단점에 대한 상반된 두 시각을 함께 담고 있는 앞서의 인용문은 이러한 이유로 하여 통일성을 잃게 된 글의 대표적인 예라 하겠다.

소주제문을 제외한 단락의 모든 문장은 결국은 소주제문을 뒷받침하는 문장에 불과하다. 따라서 앞문장과의 연관성도 물론 중요하겠지만 보다 중요한 것은 결국 소주제문과의 연관성이다. 앞문장과 논리적으로 연결된다고 해서 그 문장이 반드시 소주제문과 연관되는 것은 아니다. 따라서 앞문장의 맥락만을 생각하고 뒷문장을 쓰는 버릇은 반드시 고쳐야 한다. 그렇지 않을 경우 글의 내용은 고삐 풀린 망아지처럼 어디까지 달려갈지도 모르는 것이다. 항상 소주제문을 염두에 두고 이를 중심으로 모든 문장을 통제하려는 습관을 길러야 한다.

다음으로 문체의 통일성 역시 잃지 않아야 한다. 앞에서 인용한 매화의 특성에 대한 글을 상기해보면 무슨 말인지 이해가 갈 것이다. 뒷받침문의 표현형식은 소주제문의 표현형식과 통일되도록 해야 한다. 논리적이고 객관적인 표현형식의 소주제문을 써놓고 이를 감정적이고 주관적인 표현형식으로 뒷받침해서는 안 된다. 또한 소주제문은 단호하고 단정적인 어투로 표현해놓고는 이를 그럴 수도 있을 것이라는 식의 추정적이고 유보적인 어투로 뒷받침해서도 안 된다.

2) 완결성을 지녀야 한다

▶ 단락의 소주제는 충분하고도 구체적으로 해명되어야 한다

단락의 완결성이란 단락의 소주제는 뒷받침문을 통해 충분하고도 구체적으로 해명되어야 한다는 것이다. 소주제문은 분명히 드러나 있는데 뒷받침문의 내용이 이를 분명히 이해할 수 있을 만큼 충분하지 않다든지 뒷받침문이라 짐작되는 구체적 내용은 풍부한데 이를 집약하고 통일할 만한 소주제는 없다든지 하는 것은 모두 단락의 완결성이 결여된 것이다. 물론 단락의 소주제문이 직접적으로 드러나지 않는 단락도 있다. 하지만 그렇다 하더라도 뒷받침문의 내용이 일관성이 있어 이를 충분히 짐작해낼 수 있다면 완결성을 지닌 단락

이라 할 수 있다. 그러나 단락의 전체 내용이 도대체 무엇을 말하려는 것인지 알 수 없다면 이는 분명히 완결성이 결여된 단락이다.

완결성을 얻기 위해서는 뒷받침문의 내용이 독자가 소주제를 분명히 납득할 수 있을 만큼 충분해야 한다는 것은 이미 말했다. 따라서 완결성의 수준은 대상 독자와 소주제의 내용에 따라 달라진다. 소주제가 쉬운 개념이고 독자의 지식수준이 높다면 뒷받침문의 내용은 그다지 풍부할 필요가 없다. 아주 상식적인 소주제라면 사실 뒷받침문은 거의 필요하지조차 않다. 굳이 이를 이리저리 뒷받침하는 것이 오히려 글의 효과를 줄일 수도 있다. 그러나 소주제가 어려운 개념이고 독자의 지식수준이 낮다면 상당히 풍부하고도 자세한 내용의 뒷받침문이 필요하다. 하나의 단락이 다른 단락에 비해 아주 길어지는 경우도 있을 것이다.

소주제를 뒷받침하는 방법에 대해서는 이미 말한 바 있다. 즉 상세화, 합리화, 예시와 예증 등의 방법을 써서 소주제를 좀더 구체화해주면 될 것이다.

개인과 사회는 서로 조화를 이루며 협조할 수도 있으나 때에 따라서는 심한 대립과 반발의 관계가 될 수도 있다. 개인이 사회를 거부하거나 사회가 개인을 부정할 때에는 갈등과 모순을 피할 수가 없게 된다. 전체주의 사회에서 개인들이 자유를 찾아 투쟁했던 역사를 본다든지 독재국가에서 지성인들이 처해 있는 상황을 보면 우리는 이 사실을 잘 알 수 있게 된다. 그러나 개인이 사회를 위하고 사회가 개인을 위할 때에는 협동과 유대가 넘쳐나게 된다.

완결성을 지니지 못한 단락의 예이다. 이 단락의 주제는 첫 번째 문장에 잘 드러나 있다. 개인과 사회는 조화될 수도 대립할 수도 있으며 조화하게 되면 협조가 이루어지고 대립하게 되면 갈등을 피할 수 없다는 것이다. 그런데 이 글은 대립과 갈등의 관계에 대해서는 예를 들어 자세히 설명하고 있으나 조화와 협조의 관계에 대해서는 요지만 제시하고 있을 뿐 아무런 구체적인 설명도 하지 않고 있다. 따라서 이 글의 주제는 충분히 해명되지 않은 것이며 그렇다면 이 글은 완결성이 결여되었다 할 수밖에 없는 것이다.

이 글이 완결성을 갖춘 단락이 되려면 두 가지 방법이 있다. 첫째는 물론 해명되지 않은 부분에 대해 충분한 해명을 덧붙이는 것이다. 즉 개인과 사회가 조화, 협조하는 관계에 대해 예를 들어 자세히 설명해주면 될 것이다. 둘째는 뒷받침문의 내용이 균형을 이루도록 하는 것이다. 개인과 사회가 조화할 수도 대립할 수도 있다는 이 단락의 주제는 사실 평범한 내용이다.

따라서 뒷받침은 풍부하고 자세할 필요가 없다. 밑줄 친 부분 정도만 있어도 충분한 뒷받침이 될 것이다. 그런데 이 글은 조화의 관계에 대해서는 더 이상 언급하지 않은 채 대립의 관계에 대해서만 더욱 자세한 뒷받침을 시도함으로써 전체적인 뒷받침문의 내용이 균형을 상실하게 되었다. 따라서 "전체주의 ~ 있게 된다"의 내용을 삭제해 균형을 회복해주는 것이 오히려 어색한 느낌을 줄이는 한 방법이 될 수 있다.

이 가운데서 가장 유치한 노래는 〈정석가〉이다. 또한 동요에 지나지 않는 노래로 〈사모곡〉이 있다. 얼마간의 문예성을 지닌 것으로는 〈동동〉이 있고, 보다 많은 향수층을 지녔던 것으로 〈가시리〉가 있다. 그러나 〈가시리〉는 선뜻선뜻한 재치가 뛰어남은 인정할 수 있으나 깊이가 없어서 경쾌한 노래에 지나지 않는다.

이 단락에는 단락 전체의 내용을 집약할 수 있는 주제문이 없다. 명시적으로 드러나 있지 않을 뿐 아니라 이를 추론해낼 수도 없다.

단락의 내용이 초점이 없는 산만한 얘기들로 구성되어 있기 때문이다. 주로 고려가요에 대해 얘기하고 있는 것으로 보아 고려가요에 대한 개괄적 해설을 소주제라 볼 수도 있다. 그러나 그렇게 보기에는 단락의 내용이 지나치게 충실하지 못하다. 단지 몇몇 작품만을 대상으로 하여 해설의 기준도 뚜렷하지 않은 단편적인 감상만을 하나둘씩 툭툭 던지고 있기 때문이다. 완결성이 없어 전체적으로 몽땅 뜯어고쳐야 할 단락이다.

3) 연결성을 지녀야 한다

▶ 단락의 각 문장은 유기적 연관성을 지녀야 한다

단락의 연결성이란 단락 안의 문장들이 유기적으로 연관되어 있어야 한다는 것이다. 이를 긴밀성이라 하기도 한다. 단락이 연결성을 갖추기 위해서는 단락 안의 여러 문장들이 그 의미와 논리에 있어 서로 맞물리는 것이 되어야 한다.

각 문장 사이에 의미상, 또는 논리상의 단절이 있는 경우, 예를 들어 앞문장의 내용을 아무리 읽어보아도 뒷문장이 왜 나왔는지를 잘 이해할 수 없는 경우가 있다면 이 단락은 연결성이 결여된 단락이다.

또한 그러한 각 문장 사이의 연관성은 겉으로 분명히 드러나야만 한다. 곰곰이 생각해보아 그 의미와 논리의 연관성을 유추해낼 수 있다 하더라도 이것이 겉으로 분명히 드러나 있지 않다면 이 또한 연결성이 결여된 단락이라 할 수 있는 것이다.

연결성이 없는 단락은 서로 상관없는 문장들의 무의미한 집합에 지나지 않는다. 흔히 문맥이 통한다느니 통하지 않는다느니 하는 이야기를 한다. 이때의 문맥이란 바로 단락의 연결성을 가리키는 말이다.

각 문장이 서로 연관성을 지니기 위해서는 앞문장의 내용의 일부분을 받아서 뒷문장을 이어나가야 한다. 따라서 뒷문장에는 대개 앞문장의 내용의 일부분이 반복되는 부분이 있게 된다.

결국 단락의 연결성을 확보하는 데에는 반복이 가장 핵심적인 요소가 되는 것이다. 그러나 반복되는 부분이 지나치게 길어지면 글은 당연히 장황하고 단조로운 느낌을 주게 된다. 이러한 장황함과 단조로움을 피하기 위해서는 반복되는 부분을 지시어나 접속어로 바꾸어주는 것이 좋다.

사회마다 독특한 문화특성은 오랜 세월에 걸쳐 축적되어온 생활지혜의 결과이다. 사람들은 각기 자기 문화에 더욱 친숙하고 편안함을 느낀다. 우리나라 사람들은 세계 어디에 가더라도 김치와 된장 맛을 잊지 못하고 온돌방에 향수를 느낀다. 외래문화가 전파되더라도, 전통적인 생활양식의 힘이 강하면 그것을 수정하여 독특한 새로운 문화특성을 만들어내기도 한다. 근래 우리나라에 많이 건설된 아파트의 난방방식이 파이프를 이용한 온돌식으로 된 것은 좋은 예라 할 수 있다.

위의 글은 연결성이 결여된 단락의 예이다.

전체적으로 보아 문장 사이의 논리적 연관성은 충분히 짐작이 된다. 그러나 그러한 논리적 관계가 겉으로 분명히 드러나지 않아 문맥의 형성을 어렵게 하고 있다. 접속어를 사용하여 각 문장 사이의 논리적 관계를 확실히 밝혀주면 좀더 짜임새 있고 분명한 내용의 글이 될 것이다.

두 번째 문장 앞에는 '그래서', 세 번째 문장 앞에는 '가령'이나 '예를 들면', 네 번째 문장 앞에는 '그리고' 정도를 넣어주면 적당할 것이다.

4) 강조성을 지녀야 한다

▶ 중요한 내용은 강조되어야 한다

강조성이란 단락의 여러 내용은 제각기 지닌 중요도에 따라 그 중요성이 분명히 드러날 만큼 강조되어야 한다는 것이다. 통일성, 완결성, 연결성 등이 잘 갖추어진 단락은 특별한 강조 없이도 문맥을 통해 각 내용의 중요도가 저절로 드러나게 되어 있다. 따라서 강조성은 단락의 본질적 요건은 아니라 할 수 있다. 그러나 내용에 대한 독자의 이해를 돕고 독자에게 강한 인상을 심어주기 위해 강조성 또한 무시되어서는 안 될 덕목이다. 왜냐하면 강조되어야 할 내용이 반드시 주제에 해당하는 내용만은 아니기 때문이다. 구체적 내용 중에서도 적절히 강조되어야 할 부분이 있으며 이를 통해 단락의 중심 사상은 더욱 선명하게 드러날 수 있을 것이다.

이제부터 여러 가지 강조의 방법에 대해 구체적으로 살펴보기로 하자.

▶ 글의 내용을 통해 강조할 수 있다

우선 글의 내용을 통해 중요한 부분을 강조할 수 있다. 내용을 통해 강조하는 방법은 크게 어휘에 의한 강조와 반복에 의한 강조로 나눌 수 있다.

어휘에 의한 강조란 강조의 의미를 지닌 어휘를 사용하여 중요한 부분을 강조하는 방법이다. '중요한 것은', '요컨대', '첫째', '둘째' 등 강조의 의미를 지닌 어휘는 헤아릴 수 없이 많다. 그러나 이러한 어휘는 적절하게 사용되어야만 실제적인 강조의 효과를 낳을 수 있다. 과장된 강조의 어휘를 사용한다든지, 또는 강조의 어휘가 지나치게 남발된다든지 한다면 오히려 역효과를 낳는다.

무엇보다도 자체적인 기술개발에 힘써야 한다. 산업간의 균형을 회복하는 것 또한 더없이 중요하다. 요컨대 중소기업의 활성화에 힘써야 하는 것이다. 해외협력의 강화 역시 일차적인 과제라 아니할 수 없다. 노동자에게 정당한 대우를 해주는 것도 잊어서는 안 된다. 노사화합을 이루어야 하는 것이다. 그러나 무엇보다도 중요한 것은 경제 각 부문에서의 제도개혁이라 할 수 있다.

세계화시대에 대처하기 위한 경제개혁의 방안에 대해 논하고 있는 글이다. 그런데 이 글은 모든 문장, 모든 내용이 다 중요한 것이 되어버렸다. 오히려 중요하지 않은 문장에 더 관심이 갈 정도이다. 별로 중요하지도 않은 것을 가지고 괜히 흥분하고 있다는 인상을 준다. 지나친 호들갑은 비웃음을 살 뿐이다.

반복에 의한 강조란 중요한 부분을 한두 번 더 반복해줌으로써 이에 대한 인상을 강하게 심어주는 방법이다. 반복은 때로 그 자체만으로도 반복되는 내용에 대한 강한 믿음을 유발하는 주술적인 효과를 지니고 있다. 종교나 의식 등에서 사용하는 주문 같은 것을 생각해보면 이 말을 어느 정도 수긍할 수 있을 것이다. 이러한 주문을 읊조리는 사람들은 사실 그 주문의 구체적 의미조차도 모르고 있는 경우가 대부분이다. 하지만 의미도 잘 모르고 그 주문을 단순히 반복하기만 하는데도 그들은 또한 대부분 마음의 평정을 얻거나 원하는 것이 곧 이루어질 듯한 믿음에 휩싸이게 된다.

반복이 어떻게 하여 이러한 효과를 낳을 수 있는지는 심리학이 풀어야 할 과제이다. 하지만 규칙적인 반복, 즉 리듬으로 이루어지는 예술인 음악의 경우를 생각해보면 어느 정도 이를 이해할 수 있을 것 같기도 하다. 음악은 지성이나 논리보다는 생리와 감정에 호소한다. 생리와 감정의 자극이 그 어떤 논리보다도 강한 설득력을 지닐 수 있다는 것은 모두가 아는 바이다. 반복은 아마도 우리의 생리와 감정을 자극하는 그 어떤 메커니즘을 지니고 있을 것이다.

　시문학에서는 이러한 효과를 노린 반복의 기법을 흔히 찾아볼 수
있다.

　　풀이 눕는다.
　　비를 몰아오는 동풍에 나부껴
　　풀은 눕고
　　드디어 울었다.
　　날이 흐려서 더 울다가
　　다시 누웠다.

　　풀이 눕는다.
　　바람보다도 더 빨리 눕는다.
　　바람보다도 더 빨리 울고
　　바람보다도 먼저 일어난다.

　　날이 흐리고 풀이 눕는다.
　　발목까지
　　발밑까지 눕는다.
　　바람보다도 늦게 누워도
　　바람보다도 먼저 일어나고
　　바람보다도 늦게 울어도
　　바람보다도 먼저 웃는다.

　　날이 흐리고 풀뿌리가 눕는다.

　　　　　　　　　　　　　　　　　　　—김수영, 〈풀〉

끊임없이 바람에 시달리면서도 다시 웃고 일어설 줄 아는 풀의 끈질긴 생명력을 노래하고 있는 시이다. 이 풀은 대개 억압받는 민중을 상징하는 것으로 해석되고 있다. 그런데 이러한 풀의 끈질긴 생명력을 주장하기 위해 시인은 아무런 논리적 설명도 근거도 제시하지 않고 있다. 또한 우리의 정서를 자극할 만한 별다른 수사나 기교를 사용하고 있는 것도 아니다. 그런데도 우리는 이 시를 읽고 풀의 끈질긴 생명력에 대해 강한 믿음을 가지게 되며 또한 감동받게 된다. 그것은 바로 반복의 기법이 가져다주는 주술적인 효과 때문인 것이다.

얼굴다운 얼굴이 없다. 얼굴다운 얼굴이 하나도 없다. 신앙은 우리들의 얼굴을 얼굴다운 얼굴로 만드는 일일 것이다. 맑고, 고귀하고, 부드럽고, 겸허하고, 이 같은 얼굴이 얼굴이고, 그렇지 못한 것은 얼굴이 아니다.

교육도 우리들의 얼굴을 얼굴다운 얼굴로 만드는 일일 것이다. 교양도, 문학도, 도덕도 우리들의 얼굴을 얼굴다운 얼굴로 만드는 일일 것이다. 정치도, 경제도 우리들의 얼굴을 얼굴다운 얼굴로 만드는 일일 것이다.

그런데 그렇지가 못하다. 우리들의 신앙, 교육, 교양, 문학, 도덕, 정치, 경제, 그리고 혁명조차도 우리들의 얼굴을 위(僞)되고 천하고 교만하고 보기 흉하게 만든다. 남성의 장하고 무서운 얼굴, 여성의 아름답고 향기로운 얼굴이 우리들 사이에서 사라진 지 오래다. 허영과 교만과 아첨의 얼굴 껍질과 분과 화장술과 머리 모양을 한데 뒤섞어 가지고 자기들 얼굴이라 일컫고 있다.

오늘 우리들의 병도 어디까지나 얼굴의 병이다. 그리고 얼굴의 병은 결국 심정의 병이고, 얼굴이 맑고, 고귀하고, 부드럽고, 겸허한 자가 아니고는 우렁찬 새로운 역사를 향도(嚮導)하기 어려울 것이다.

효과적인 반복을 통해 강한 인상을 심어주는 좋은 글이다. '얼굴' 또는 '얼굴다운 얼굴'이란 말이 계속 반복되고 있는데도 장황한 느낌, 산만한 느낌, 지루한 느낌을 주지 않는다. 오히려 글에 힘이 실리고 내용이 주는 호소력이 강화된다. 그리하여 우리에게 우리의 삶의 자세를 다시 한 번 되돌아보게 하는 정서적 자극을 주고 있다.

하지만 모든 반복이 이러한 효과를 낳을 수 있는 것은 아니다. 오히려 반복은 글을 산만하고 지루하게 하여 독자의 짜증을 유발하는 경우가 대부분이다. 산만함과 지루함의 위험을 피하면서도 내용을 적절히 강조할 수 있는 효과적인 반복의 방법은 없는 것일까.

효과적인 반복이 되기 위해서는 우선 같은 내용이 그대로 복사되어서는 안 된다. 적절한 표현의 변화와 의미의 발전이 있어야 한다. 즉 이전의 표현과 유사한 의미의 다른 표현으로, 또는 같은 의미를 지니는 비유적 표현으로 형식이 바뀌어야 하며 의미 역시 이전보다는 조금이라도 심화된 점진적 발전의 모습을 지녀야 한다. 결국 효과적인 반복의 여부는 어느 정도 수사적인 문제라 할 수 있다. 많은 동의어와 유의어를 알아야 하며 비유법에 대한 많은 지식이 있어야 한다. 그리고 어휘의 이미지와 뉘앙스에 관해서도 자세히 알아야 한다. 사실 이러한 능력은 단시일 내에 배양되는 것이 아니다. 따라서 자신이 없을 때는 반복을 통한 강조보다는 어휘를 통한 강조가 더 낫다고 할 수 있다. 반복되는 부분을 서로 붙여놓는 것보다는 떼어놓는 것도 효과적인 반복의 한 방법이 될 수 있다.

▶ 글의 형식을 통해 강조할 수 있다

다음으로 글의 형식을 통해 중요한 부분을 강조할 수 있다. 형식을 통해 강조하는 방법은 크게 분리에 의한 강조와 위치에 의한 강조로 나눌 수 있다.

분리에 의한 강조란 중요한 부분만을 따로 떼어내어 아예 한 단락으로 독립시키는 것이다. 이 방법은 시각적 효과를 통해 독자에게 분리된 부분에 대한 강한 인상을 심어준다. 하지만 이 방법을 자주 사용하는 것은 좋지 않다. 이때의 분리된 단락은 물론 본질적인 의미에서의 단락이 될 수 없다. 앞서 얘기한 단락의 요건을 갖추지 못하고 있기 때문이다. 이처럼 부적절하게 단락화된 부분이 많아지면 자연 전체 글은 혼란스러워지게 된다. 독자의 이해가 어려워질 것임은 물론이다. 다음 예문의 두 번째 단락은 강조를 위해 분리시킨 단락이다.

글쓰기의 초보자는 흔히 자기가 실제 그렇다고 생각하는 것을 쓰기보다는 그렇다고 생각해야 한다고 여기는 것을 쓰려는 경향이 있다. 자기가 실제로 그렇게 생각하고 있지 않으면서 남들이 그래야 한다고 생각할 것을 추측하여 쓴 글은 좋은 글이 아니다. 따라서 애국이나 효도를 권장하는 것 같은 도덕적으로 바람직한 주제를 애써 선택하기 전에 실제로 자기가 그렇게 생각하고 있는지를 마음에 되새겨보아야 한다.
진실은 가장 큰 힘이다. 진실이 담긴 글이야말로 읽는 이를 설득하는 큰 힘을 발휘한다.

위치에 의한 강조란 단락 안에서 독자의 관심이 가장 집중되는 곳에 중요한 부분을 가져다놓는 방법이다. 단락 안에서 독자의 관심이 가장 집중되는 부분은 아무래도 서두부분일 것이다. 그 다음에는 말미부분이 될 것이다. 중간부분은 독자의 집중된 관심이 미치기는 어려운 부분이다. 단락의 소주제가 대부분 서두나 말미에 위치하는 것은 위치에 의한 강조의 일종이다.
위치에 의한 강조는 범위를 좁혀 한 문장 안에서도 쓰일 수 있고 범위를 넓혀 전체 글에서도 쓰일 수 있다. 중요한 부분을 문장의 첫

머리에 도치시킴으로써 강조하는 것은 흔히 있는 일이다. 그리고 전체 글에서도 가장 중요한 부분인 화제제시부분이나 결론부분은 글의 서두나 말미에 위치하게 마련이다.

5. 단락의 길이

단락의 길이에 절대적인 기준이 있는 것은 아니다. 길어야 좋다든지 짧아야 좋다든지 하는 기준은 없다. 단락의 길이는 완결성을 충족시킬 수 있는 정도면 된다. 즉 소주제를 충분히 해명할 수 있을 정도로만 길면 되는 것이다.

따라서 쉽고 가벼운 글은 비교적 짧은 단락을 만든다. 수필이나 소설, 신문이나 잡지의 기사 등의 글은 대개 200자 원고지 2~3장의 분량, 즉 100~150개의 단어 정도가 한 단락을 구성한다고 한다. 그리고 어렵고 무거운 글은 비교적 긴 단락을 만든다. 학술적이고 전문적인 내용의 글은 대개 200자 원고지 3~4장의 분량, 즉 150~200개의 단어 정도가 한 단락을 구성한다고 한다. 그리고 단락의 길이는 되도록이면 다른 단락의 길이와 균형을 맞추는 것이 짜임새가 있어보인다는 것도 명심하여야 한다.

제3장 서론과 결론

글이란 그 성격에 따라 제각기 다른 형식을 지니게 마련이다. 그럼에도 불구하고 가장 일반적인 글의 형식을 들라고 하면 바로 서론, 본론, 결론으로 구성되는 삼단구성의 형식을 들 수 있다. 삼단구성의 형식이란 서론을 도입부로 삼아 일단 과제를 제시하고 그 다음 본론을 전개부로 삼아 과제를 구체적으로 해명한 뒤 마지막으로 결론을 정리부로 삼아 주장이나 대의를 집약하는 형식을 말한다. 흔히 말하는 사단구성이니 오단구성이니 하는 형식 역시 결국은 특수한 효과를 노리고 이러한 삼단구성의 형식을 조금 변형시킨 것에 지나지 않는다.

사단구성이나 오단구성 등이 삼단구성을 변형한 것이라는 것을 전제한다면 삼단구성은 설명이나 논증과 같은 논리적인 글에는 거의 빠짐이 없이 채택되는 글의 형식이라 할 수 있다. 그리고 표현의 목적으로 쓰여지는 비논리적인 글들 역시 삼단구성의 형식을 채택하고 있는 경우를 적잖이 볼 수 있다. 삼단구성의 형식이 이처럼 일반적인 글의 형식인 만큼 그 구체적 모습을 자세히 알아두는 것은 앞으로 글을 쓰는 데 상당히 도움이 될 것이다. 여기서는 바로 그 삼단구성의 가장 일반적인 모습에 대해 알아보고자 한다.

본론은 과제의 구체적 해명을 담당하는 부분이므로 화제의 성격에 따라 그 모습이 달라지게 마련이다. 그러나 서론과 결론은 화제의 성격이 어떠한 것이든 간에 대부분 일정한 모습을 지니고 있다. 따라서 여기서는 본론의 모습에 대한 설명은 피하고 서론과 결론의 모습에 대해서만 살펴보기로 한다.

1. 서론에 대하여

1) 서론의 성격

사람도 그러하듯이 글 역시 호감을 주는 것이 되려면 첫인상을 좋게 남기는 것이 중요하다. 서론은 바로 글의 첫인상을 좌우하는 부분이다. 따라서 이제부터 설명하는 서론의 성격과 좋은 서론의 요건 등을 잘 공부하여 자신의 글이 바람직한 첫인상을 남기도록 노력하여야 할 것이다. 서론은 한마디로 무엇을 왜 어떻게 쓰는가를 밝히는 부분이다. 즉 서론에는 쓰고자 하는 화제, 이를 쓰게 된 동기와 목적, 그리고 이를 쓰는 방식 등이 담겨야 한다. 그러나 학술적인 논문과 같이 엄격한 양식의 글이 아닌 이상 굳이 이러한 형식에 얽매일 필요는 없다. 가장 중요한 것은 자신이 쓰는 글의 성격에 맞는 서론이 되어야 한다는 것이다.

그러나 그 어떤 성격의 글이건 서론에는 반드시 담겨야 할 내용들이 있다. 주의환기와 화제제시가 바로 그것이다. 주의환기란 독자가 그 글을 읽고 싶은 생각이 들도록 독자의 주의를 끄는 것을 말한다. 그리고 화제제시란 그 글이 쓰고자 하는 중심적인 내용, 즉 화제를 밝히는 것을 말한다.

대부분의 독자는 글의 첫부분을 조금 읽어보고는 그 글을 끝까지 읽을 것인가 말 것인가를 결정한다. 따라서 글의 첫부분은 독자가 그 글을 끝까지 읽고 싶은 생각이 들도록 관심과 흥미를 불러일으켜야만 한다. 이것이 서론에서 주의환기가 필요한 이유이다. 또한 글의 전반적인 내용과 성격도 모르는 상태에서 무턱대고 그 글을 읽으려는 독자는 없을 것이다. 따라서 글의 첫부분은 반드시 그 글이 이제부터 다루게 될 화제에 대해 간략히 언급함으로써 독자가 내용의 대강을 추측할 수 있도록 해주어야 한다. 이것이 서론에서 화제제시가 필요한 이유이다.

우리는 대체로 머리끝에서 발끝까지를 서양식으로 꾸미고 있다. "목은 잘라도 머리털은 못 자른다"고 하던 구한말의 비분강개를 잊은 지 오래다. 외양뿐 아니라 우리가 신봉하는 종교, 우리가 따르는 사상, 우리가 즐기는 예술, 이 모든 것이 대체로 서양적인 것이다. 우리가 연구하는 학문이 또한 예외가 아니다. 피와 뼈와 살을 조상에게서 물려받았을 뿐, 문화라고 일컬을 수 있는 거의 모든 것이 서양에서 받아들인 것들인 듯싶다. 이러한 현실을 앞에 놓고서 민족문화의 전통을 찾고 이를 계승하자고 한다면, 이것은 편협한 배타주의나 국수주의로 오인되기에 알맞은 이야기가 될 것 같다.

그러면 민족문화의 전통을 말하는 것은 반드시 보수적이라는 멍에를 메어야만 하는 것일까? 이 문제(問題)에 대한 올바른 해답을 얻기 위해서는, 전통이란 어떤 것이며, 또 그것은 어떻게 계승되어 왔는가를 살펴보아야 할 것이다.

—이기백, 〈민족문화의 전통과 계승〉 중에서

민족문화의 전통과 계승에 대해 논하고 있는 글의 서론이다. 글의 첫머리에서 서구문화가 판을 치는 오늘날의 상황을 진술함으로써 독자의 주의를 환기하고 있다.

그리고 주의를 환기하는 과정에서 나타난 문제의식을 바탕으로 하여 이 글의 화제, 즉 전통이란 무엇이며 전통은 어떻게 계승되어야 하는지를 알아보겠다는 것을 자연스럽게 제시하고 있다. 아주 짜임새 있는 서론이라 하겠다.

2) 좋은 서론의 요건

▶ 가벼운 내용으로 시작하여야 한다

괜히 무거운 내용을 끌어안고는 골머리를 썩이고 싶은 독자는 없다. 전문적인 학자이거나 절실한 필요에 의해 어쩔 수 없는 경우를 제외하고는 거의 모든 독자는 자신이 충분히 이해할 수 있는 가벼운 내용의 글을 선호한다. 따라서 글의 서두는 되도록이면 가벼운 내용이어야 한다.

어려운 개념이나 난해한 표현으로 글을 시작하는 사람이 있다. 대부분 쓸데없이 자신의 지식을 과시하고 싶어서이다. 이런 서두를 보면 독자는 절망한다. 혹은 비웃는다. 서론이 이 정도니 그 뒤의 내용은 보나마나라고 생각하고 글을 집어던지게 될 것이다.

가벼운 내용을 쓸데없이 무거운 내용인 것처럼 포장하는 일은 없어야 한다. 무거운 내용이라 하여도 가벼운 내용으로 바꾸어 보여줄 수 있어야 한다. 학자와 같이 생각하고 대중과 같이 말하라는 말이 있다. 생각은 깊이 하되 표현은 쉽게 해야 한다는 말이다. 서론은 무엇보다도 독자의 관심과 흥미를 불러일으켜야 한다는 사실을 잊지 말아야 한다.

▶결론을 미리 말해서는 안 된다

결론에 해당하는 주장이나 견해를 미리부터 명확하게 제시해서는 안 된다. 결론을 뻔히 알고 있는 글에서 독자가 흥미를 느끼기는 어렵다. 또한 근거가 제시되지 않은 상태에서 미리 주장을 밝히는 것은 그 주장이 감정적이거나 성급하다는 인상을 줄 뿐만 아니라 주장에 대한 인상이 너무도 강하여 나머지 내용이 그 주장을 위해 억지로 메워지고 있다는 인상을 풍길 수도 있다. 주장은 어디까지나 근거의 제시를 통해 자연스럽게 펼쳐져 나와야 하는 것이다.

흔히 서론의 화제제시에 대해 잘못 알고 있는 사람이 많다. 글의 화제를 간략히 언급하여야 한다는 말을 자신의 주장을 분명히 밝혀야 한다는 말로 잘못 이해하고 있는 경우를 말하는 것이다. 화제제시는 화제에 대한 간략한 언급을 통해 독자가 글의 전반적인 성격과 방향을 추측하게 하는 정도로 그쳐야 한다. 자신이 지닌 주장의 전모를 본격적으로 서술한다면 그것은 결론이지 서론이 아니다. 결론을 이미 읽었는데 다시 본론을 읽고자 하는 독자는 없을 것이다.

글읽는 이에게 글의 인상을 강하게 심어주기 위해서 일부러 그렇게 한다는 사람도 가끔 있다. 예를 들어 어떤 쟁점에 대해 찬반의 의견을 밝히라는 과제가 주어진 논술문을 쓰면서 서론에 찬성한다 또는 반대한다 등의 결론적 주장을 딱 부러지게 말해놓고 글을 쓰는 학생들이 많다. 이런 사람들은 그러한 방식이 글의 인상을 강하게 심어줄지는 모르지만 앞에서 말한 바와 같은 단점 역시 지니고 있다는 것을 한번쯤 생각해보아야 할 것이다.

▶지나치게 많은 내용을 담아서는 안 된다

본론에서 할 이야기들을 서론에 요약하여 길게 늘어놓는 경우를 흔히 볼 수 있다. 이 역시 서론의 화제제시에 대해 잘못 알고 있는 경우이다. 즉 화제제시를 내용의 요약으로 잘못 알고 있다는 것이다. 아무리 요약이라 하더라도 본론에서 할 이야기를 서론에서 다 해버리면 본론은 다만 지루한 동어반복이 될 따름이다.

이런 식으로 서론을 쓰는 사람은 공교롭게도 거의 대부분이 결론에서 또 본론을 요약하여 길게 늘어놓곤 한다. 뒤에서 설명하겠지만 이 역시 결론의 요약이 지니는 성격에 대해 잘못 이해하고 있는 경우이다. 결국 그 글은 서론에서 대충 한 말을 본론에서 조금 늘여 반복하고 결론에서 다시 이를 요약하여 반복한 글이 되고 만다. 그 글을 보는 느낌이 어떠하겠는가. 할말이 없어 중언부언하는 인상밖에 풍기지 못할 것이다.

서론에 지나치게 많은 내용을 담는 일은 없어야 한다. 본론을 요약하여 늘어놓는 일은 물론이고 글의 내용과 깊은 관련이 없는 말을 쓸데없이 늘어놓는 일도 없어야 한다. 내용과 깊은 관련이 없는데도 괜히 멋있다고 생각되는 표현들을 이리저리 끌어대서 서론을 장황하게 만드는 경우는 흔히 볼 수 있다. 서론에서 멋있는 첫인상을 남겨야 한다는 생각에 지나치게 집착한 결과이다. 그러나 서론이 거창할수록 본론은 상대적으로 빈약해보이는 법이라는 것을 명심하여야 한다. 특히 서론에서 거창하게 큰소리를 쳐놓고는 정작 본론에 가서는 그에 관한 언급이 전혀 없는 것을 발견하게 될 때 독자는 심한 허탈감과 배신감을 느끼지 않을 수 없다.

상식적인 이야기를 길게 늘어놓는 것도 피해야 한다. 서론의 첫부분을 하나마나한 상식적인 이야기로 시작하는 사람도 참으로 많다. 이런 식의 서론은 독자에게 지루한 느낌만 줄 뿐 아무런 흥미와 관심도 불러일으키지 못한다. 서론이 지니는 주의환기의 효과를 오히려 갉아먹고 있으니 제 스스로 무덤을 파는 꼴이다.

일반적인 짧은 글의 경우에는 서론에 굳이 서술의 동기·목적, 방법·범위 따위를 명확히 밝히지 않아도 된다. 이러한 것들은 이에 대한 정보가 없이는 글의 올바른 이해가 곤란해지는 전문적인 글들에서나 요구되는 것이다. 일반적인 짧은 글의 경우 서술의 동기·목적 등은 보통 서론의 내용을 통해, 그리고 방법·범위 등은 보통 본론의 내용을 통해 쉽게 드러나게 마련이다. 그런데도 굳이 이러한 것들을 밝히게 되면 필요 이상으로 산만하고 장황한 느낌, 그리고 지나치게 형식에 얽매인 듯한 딱딱한 느낌을 주게 될 따름이다. 더욱이 자연 서론이 지나치게 길어져 전체적인 글의 모양이 배보다 배꼽이 더 큰 볼썽사나운 모양이 되어버리기 십상이다.

서론의 분량은 물론 일률적으로 정해져 있는 것은 아니나 지금껏 얘기한 데서 짐작할 수 있듯이 지나치게 길어져서는 안 된다. 일반적으로 전체 글의 5분의 1 정도가 적당한 것으로 알려져 있다. 전체 글의 분량에 비추어보아 서론의 분량이 지나치게 길 때에는 앞에서 설명한 내용들에 대해 한번쯤 자기점검을 해보아야 할 것이다.

▶자신의 글에 대해 변명하거나 화제를 회피해서는 안 된다(화제가 주어지는 글의 경우)

요즈음 각급 학교에서는 학력평가의 한 방식으로 논술문시험을 채택하고 있는 경우가 많다. 이러한 논술문시험은 대개 어떤 화제에 대한 의견을 개진하라는 식으로 출제된다. 내가 근무하고 있는 학교에서도 논술문시험을 치는데 그 답안들을 주욱 검토하면서 몇 가지 깨닫게 된 사실이 있다.

첫째, 학생들의 글 속에서 출제자 또는 채점자를 의식하고 쓴 것 같은 표현들이 상당히 많이 눈에 띈다는 사실이다. 주로 주어진 화제에 대해 또는 이에 대해 쓰고 있는 자신의 글에 대해 학생들 스스로 어떤 평가를 내리고 있는 내용들을 말하는 것이다.

화제가 주어지는 글의 경우 글쓰는 이는 화제에 대한 자신의 생각을 있는 그대로 쓰기만 하면 된다. 그 이외의 내용은 일체 써서는 안 된다. 화제나 자신의 글에 대한 평가를 학생들이 할 필요는 없다. 그것은 출제자나 채점자가 할 일이다. 그런데도 이러한 일들이 벌어지는 것은 자신의 글에 자신이 없는 학생들이 스스로를 변명하려 하기 때문이다. 이러한 변명의 유형은 크게 두 가지로 나뉜다.

우선 호소형이다. 화제에 대한 자신의 지식이나 사고가 부족함을 솔직히 고백하고 자신의 글에 미숙함이 있더라도 용서해달라는 식의 말을 한다. 다음으로는 불평형이다. 화제가 자신의 수준에는 지나치게 어려우므로 자신의 글이 미숙하더라도 그것은 당연한 것이라는 투의 말을 한다. 앞의 경우에는 그래도 겸손의 미덕이라도 있지만 이런 태도는 참으로 거만하게 보인다. 그럴 리가 있느냐고 반문하는 사람이 있겠지만 이런 경우는 상당히 많다. 너무 생소한 화제에 부딪치게 되니 자기도 모르는 사이에 감정이 격앙되어 나오는 태도일 것이다.

이 두 가지 외에도 많은 유형이 있다. 달리 공부하거나 생각해본 바가 없어서, 아직 학생의 신분이라 경험이 부족하여, 나의 관심 분야가 아니라서, 잘 모르는 내가 건방지게 함부로 말하기가 어려워서, 문제가 무슨 의미인지 잘 몰라서 등등 이유야 가지가지이지만 한결같이 자신의 글이 미숙한 것을 너그럽게 용서해달라는 요지의 말들이다.

한마디로 이러한 말들은 쓸데없을 뿐 아니라 오히려 손해를 가져온다. 출제자는 수험생이 이 정도의 문제는 해결할 수 있으리라는 전제하에 출제를 한다. 따라서 글이 미숙하면 미숙한 대로, 괜찮으면 괜찮은 대로, 다시 말해 있는 그대로 평가할 따름이지 이러한 말들에 아무런 영향을 받지 않는다. 또한 이러한 말들은 논술의 내용과는 무관한 것들을 얘기한 것이어서 감점의 요인이 된다.

그리고 무엇보다 중요한 것은 이러한 말들이 글읽는 이의 의식에 미치는 악영향이다. 글쓴이가 스스로 미숙하다고 고백한 이상 글읽는 이는 무의식적으로 이 글은 아마 미숙할 것이라는 생각을 하게 된다. 그리고 그런 관점에서 글을 읽으면 정말 그런 것처럼 보일 수밖에 없다. 특히 불평형과 같은 거만한 태도가 글읽는 이에게 불러일으킬 반감은 말할 나위도 없다.

따라서 생소한 화제가 출제되었다 해서 절대 자신의 글에 대해 변명하는 태도를 보여서는 안 된다. 지식과 사고가 부족하더라도 자신감을 잃지 않고 최선을 다하는 태도가 중요하다. 자신에게 어려운 화제라면 아마 다른 사람에게도 어려운 화제일 것이다.

둘째로 주어진 화제를 의도적으로 회피하는 학생들이 많다는 것이다. 즉 주어진 화제와는 거의 무관한 얘기들로 내용의 대부분을 채우는 경우이다. 이들이 화제를 회피하는 이유는 물론 거기에 대해 좋은 글을 쓸 자신이 없기 때문일 것이다. 하지만 이들은 변명하는 대신 아주 교묘한 논리로 화제를 회피한다. 즉 주어진 화제에 대해 알기 위해서는 먼저 이러한 것들을 알아야 한다는 논리를 펴서 일단 말꼬리를 자신이 있는 다른 화제 쪽으로 돌린다. 그리고는 스스로 선택한 화제에 대해 집중적으로 언급하면서 간간이 주어진 화제에 대한 내용으로 양념을 친다.

이런 학생들은 물론 주어진 화제에 대해 글을 쓸 때보다는 좋은 글을 쓰게 될 것이다. 자신이 있는 화제를 스스로 선택해서 쓰는 만큼 상당히 좋은 글을 써내는 학생들도 있을 것이다. 그러나 아무리 좋은 내용, 타당한 주장일지라도 주어진 화제와 무관한 내용은 아무런 소용이 없다. 주어진 화제와 무관한 내용은 오히려 감점의 요인이 될 뿐이다. 따라서 주어진 화제를 회피하는 태도는 가장 경계하여야 한다.

자신의 글에 대해 변명하려는 태도, 그리고 주어진 화제를 회피하려는 태도가 집중적으로 발견되는 부분이 바로 글의 서론부분이다. 서론은 글의 첫인상을 좌우하는 부분인 만큼 이런 태도로 글의 첫인상을 흐려버리는 일이 결코 있어서는 안 되겠다.

▶상투적인 표현을 쓰지 말아야 한다

글의 서론부분은 대개 주의환기와 화제제시로 그 역할이 고정되어 있다. 그러다보니 서론부분에만 쓰이는 상투어구들이 생겨나게 되었다. 대표적인 경우가 바로 화제제시에 쓰이는 어구이다. '~에 대해 살펴보겠다. 알아보겠다. 생각해볼 필요가 있다. 고찰해보자' 등등을 대표적인 예로 들 수 있지만 이외에도 화제제시에 쓰이는 상투어구는 헤아릴 수 없이 많다.

상투어구는 진부한 느낌을 준다. 서론에서 받은 이러한 인상은 본론을 읽을 때에도 지속되게 마련이다. 되도록이면 이러한 표현을 쓰지 않고 화제제시와 본론을 자연스럽게 연결시킬 수 있는 방법에 대해 연구해보아야 할 것이다.

3) 주의환기의 방법

이제부터는 서론의 주의환기를 위해 많이 쓰이는 방법들에 대해 살펴보기로 하겠다.

▶시사적인 상황에 대해 언급한다

주의환기를 위해 가장 많이 쓰이는 방법이 바로 상황진술이다. 시사적인 상황에 대해 언급함으로써 말머리를 여는 방식이다. 주로 근래에 일어난 사건이나 화제가 된 문제가 그 내용이 된다. 대부분의 사람들이 알고 있는 내용이므로 관심을 불러일으킬 수 있으며 또한 구체적인 상황의 진술이 극적인 효과를 가져와 흥미를 고조시킬 수도 있다.

상황진술의 이러한 효과는 언급되는 사건이나 문제가 보다 최근의 것, 보다 많은 사람이 알고 있는 것, 보다 충격적인 것일수록 높아진다. 사람들은 이러한 것에 본능적인 호기심을 갖고 있기 때문이다. 그러나 절대적으로 그런 것은 아니라는 것 또한 알아야 한다. 지나치게 일반화된 문제나 사건은 오히려 통속적인 인상을 주어 신선감을 떨어뜨릴 수도 있고 또한 지나치게 충격적이거나 새로운 것은 거기서 보편적인 결론을 이끌어내기가 쉽지 않다는 단점을 지니기도 한다.

그러나 이러한 상황진술의 방식은 우선 생활주변에서 이야깃거리를 쉽게 찾아낼 수 있다는 장점이 있다. 또한 구체적 상황에 대한 언급은 분명한 근거가 될 수 있어 글쓴이의 주장에 신뢰감을 주기도 한다. 그리고 시사적인 상황에 대해 해석하고 평가하는 작업은 그 자체로 상황의 의미에 대해 알고자 하는 모든 사람으로부터 지적 호기심을 이끌어낼 수도 있다.

〈장군 마에다〉의 상영을 계기로 일본 대중문화 수입개방 문제에 대한 논쟁이 치열해지고 있다. 얼마 전 일본은 일본 대중문화에 대해서만 한정적으로 수입을 금지하고 있는 한국정부에 대해 공식적인 항의를 전달해왔다. 그러나 정부는 대일관계의 특수성을 강조하는 전래의 논법으로 이 항의를 묵살했다. 그러나 일부 시민을 중심으로 심지어는 정부 내에서조차 일본문화 수입의 당위성을 인정하는 의견이 속출하고 있다. 그리고 이에 대응하여 수입 불가의 당위성을 주장하는 목소리 또한 커지고 있다. 일본문화 과연 수입해야 하는가? 말아야 하는가?

최근의 시사적인 상황에 대해 언급함으로써 독자의 주의를 환기하고 있다. 그리고 이러한 주의환기의 내용을 통해 글의 화제를 자연스럽게 이끌어내고 있다. 그러나 최근의 시사상황만이 상황진술의 대상이 되는 것은 아니다. 보다 일반적인 상황의 진술 역시 주의환기의 방법이 될 수 있다.

어디를 가나 우리는 제복 입은 사람들을 종종 보게 된다. 의사, 안내원, 기술자, 경찰관, 법관, 장성 등에서 학생들에 이르기까지 참으로 많은 사람들이 다양하게 자신들의 신분을 드러내고 있다. 오늘날과 같이 인간의 개성과 다양성이 존중되고 요구되는 이때에 시대착오적으로 여겨지는 이 제복은 왜 입는 것일까?

제복을 입은 사람을 흔히 볼 수 있다는 아주 일반적인 상황을 진술함으로써 말머리를 열고 있다. 이러한 상황 자체는 물론 독자의 관심을 끌기 어렵다. 그러나 독자는 궁금증이 많은 존재이다. 그렇지 않다면 책을 읽으려 할 리가 없다. 일반적인 상황의 진술을 통해서도 독자의 주의를 환기할 수 있는 것은 이 때문이다. 즉 독자는 글쓴이가 누구나 알고 있는 상황에 대해 새삼스럽게 언급하는 이유에 대해 궁금증을 가지게 되는 것이다. 그리고 이러한 상황진술에 뒤따라 나온 화제를 읽는 순간 독자의 궁금증은 더욱 증폭되어 이 글을 읽지 않고는 배기지 못하게 되는 것이다. 평범한 듯하면서도 아주 괜찮은 서론이다.

▶ 중요한 개념을 정의한다
상황진술 다음으로 많이 사용되는 주의환기의 방법이 바로 개념정의이다. 주제 또는 주제와 밀접한 관련이 있는 중요한 제재의 개념을 정의하면서 말머리를 여는 방식이다. 하지만 이때의 정의란 엄격한 형식과 원리에 따른 사전적 정의를 의미하는 것은 아니다. 단지 대상의 개념에 대한 평이하고 개략적인 설명이나 풀이를 의미하는 것일 따름이다. 따라서 그것은 반드시 개념의 전모를 면밀히 밝히는 포괄적인 차원의 정의가 될 필요는 없다.
개념정의에 있어 가장 중요한 것은 이러한 개념의 정의가 반드시 글쓴이의 주장을 뒷받침해줄 수 있는 강력한 근거가 되어야 한다는 것이다. 이를 위해서는 대상의 개념을 특정한 시각에서 바라보고 해석해낼 수 있는 능력이 필요하다. 즉 대상의 개념이 지니고 있는 광범위한 내포 가운데서 자신의 주장과 관련이 있는 부분을 찾아내어 이를 집중적으로 부각시킬 수 있어야 한다는 것이다.

따라서 개념정의의 방식에서 나타나는 개념의 정의는 대부분 새롭고 독특한 경우가 많다. 그러나 그것은 결코 주관적이고 자의적인 정의여서는 안 된다. 많은 사람이 모르고 있던 대상의 한 측면을 새롭게 드러내어 보여주는 것일 뿐 어디까지나 모두에게 공감받을 수 있는 보편타당한 정의여야 한다.

개념정의의 장점은 삼단논법의 장점을 생각해보면 쉽게 알 수 있다. 모든 사람은 죽는다는 대전제는 보편타당한 진리이다. 따라서 이러한 전제하에서는 누가 죽는다고 주장해도 아무도 이를 의심하거나 반박할 수 없다. 글쓴이의 개념정의는 바로 이러한 대전제의 구실을 한다. 글쓴이의 정의가 보편타당한 것이라고 믿는 이상 독자는 글쓴이가 그 정의를 근거로 어떤 주장을 해도 이를 의심하거나 반박할 수 없다.

그러나 개념정의의 방식은 삼단논법의 단점 역시 지니고 있다. 대전제에 해당하는 글쓴이의 정의를 독자가 보편타당한 것으로 인정하지 않는다면 이를 근거로 한 글쓴이의 주장은 독자에게 아무런 설득력도 지닐 수 없게 되는 것이다.

결국 개념정의의 방식이 성공하느냐 실패하느냐 하는 것은 완전히 글쓴이의 정의가 얼마나 타당한 것이냐에 달려 있는 것이다. 자신의 주장과 깊은 관련이 없는 하나마나한 정의, 주관적이고 자의적인 정의, 어렵고 모호한 정의 등은 모두 그 글을 실패로 이끌 것이다.

문화란 인간이 환경에 적응하는 방식의 총화이다. 모든 인간은 환경에 보다 잘 적응하려는 노력의 과정을 통해 그들의 문화를 이루어왔기 때문이다. 그리고 환경이란 효용가치의 차원에서는 선악과 우열을 따질 수 있어도 도덕과 윤리의 차원에서는 선악과 우열을 따질 수 없다. 환경이란 의식을 지닌 존재가 아니기 때문이다. 그렇다면 문화가 환경에 적응하는 방식인 이상 문화 역시 도덕과 윤리의 차원에서는 결코 선악과 우열을 따질 수 없다. 아프리카의 미개문화가 서구문화보다 도덕적으로 나쁘다는 주장은 있을 수 없는 것이다. 우리나라의 보신탕문화에 대해 그 비윤리성을 비난하는 서구인들은 이 점에 대한 의식이 없는 것 같다.

서구인들이 우리나라의 보신탕문화를 야만적이라 하여 비난한 일이 있었다. 위의 인용문은 이러한 서구인들의 시각을 반박하는 글의 서론이다. 문화의 개념을 정의하면서 글의 첫머리를 열고 있다. 누구도 반박하기 어려운 타당한 정의이다. 그리고 이러한 문화의 정의를 통해 여러 문화 사이에는 도덕적인 차원에서의 우열이 존재할 수 없다는 자신의 주장을 논리적으로 이끌어내고 있다.

따라서 이 주장 또한 누구도 반박하기 어려운 타당한 주장이 된다. 전제가 타당하다는 것을 인정하는 이상 이로부터 논리적으로 이끌려나온 주장을 부당하다고 할 수는 없기 때문이다. 그리고 이 주장이 타당하다는 것을 인정한다면 결국 우리의 보신탕문화가 비윤리적인 문화라는 서구인의 시각은 부당하다는 것 또한 인정할 수밖에 없다. 독특하면서도 누구나 수긍하는 정의를 통해 독자의 주의를 끌어모으고 동시에 이를 전제로 하여 자신의 주장을 정당한 것으로 이끌어가는 말솜씨가 아주 돋보이는 글이다.

계층화란 불균등한 분배가 사회적으로 제도화되는 것을 의미한다. 쉽게 말하자면 한쪽에선 모피코트를 색깔대로 사들이고 다른 한쪽에서는 라면을 종류대로 먹게 되는 일이 일상화되는 것을 의미한다. 계층화현상은 사회주의의 자멸로 판정승을 거두고 불패의 제국으로 군림하게 된 자본주의체제에 있어 암과 같은 존재이다. 이 암을 조기에 치료하지 않는다면 자본주의의 미래가 다만 밝은 것만은 아니다. 계층화현상의 극복 방안에 대해 나 나름대로의 의견을 제출해보고자 한다.

역시 개념정의를 통해 말머리를 열고 있다. 이 글의 개념정의는 일반화된 것이어서 그리 독특한 것은 아니다. 그러나 이러한 개념정의를 통해 화제에 대해 논의해야 할 당위성이 쉽게 이끌려나오고 있는 것은 분명하다. 재치 있는 말솜씨와 함께 역시 짜임새가 돋보이는 서론이다.

▶ 좋은 글을 인용한다
글의 내용과 관련이 있는 동서고금의 좋은 글들을 인용하면서 말머리를 여는 방식이다. 주로 속담이나 격언, 유명한 책이나 유명한 인물의 명언 또는 의견 등이 그 내용이 된다.
인용의 장점은 우선 인용되는 글들의 권위를 빌릴 수 있다는 것이다. 위에서 언급한 좋은 글들은 대부분의 사람들에게 상당한 권위를 지니는 말들이다. 따라서 이를 토대로 개진되는 글쓴이의 의견은 그 권위에 기대 글의 설득력을 상당한 수준까지 높일 수 있다. 다음으로는 이러한 글들이 지닌 여러 가지 미덕이 독자의 관심과 흥미를 자극할 수 있다는 것이다. 이러한 글들은 대개 심오한 통찰의 내용을 지닌 동시에 표현 또한 아주 재치가 있고 예술적이다. 따라서 주의환기에 큰 효과를 발휘할 수 있는 것이다.
그러나 인용되는 글이 지나치게 진부하거나 독자가 그 권위를 인정하지 않는 경우에는 인용은 오히려 주의환기에 부정적인 영향을 미치기도 한다. 특히 속담을 인용할 경우에는 이 점에 각별히 주의

하여야 한다. 우선 지나치게 많이 알려진 속담은 진부한 느낌을 준다. 진부한 속담으로 진부한 내용을 펼치고 있는 글을 보면 독자는 맥이 빠질 것이다. 너무나 고리타분해서 곰팡내가 나는 것 같을 것이다. 따라서 그 뒤에 이어지는 내용이 그다지 신선하지 않다고 생각될 경우에는 되도록이면 이러한 속담의 인용은 피하는 것이 좋다.

다음으로 속담이 담고 있는 내용은 지극히 상대적인 진리인 경우가 많다. 다음의 속담들을 한번 살펴보자. "고기는 씹어야 맛이고 말은 해야 맛이다." "웅변은 은이요 침묵은 금이다." 이 두 속담은 서로 전혀 다른 이야기를 하고 있다. 이는 곧 어디까지나 속담이 상대적인 차원의 진리만을 담고 있다는 것을 의미하는 것이다. 따라서 참으로 훌륭한 진리처럼 들리는 속담이 상황에 따라서는 진리는커녕 아주 형편없는 이야기로 들릴 수도 있는 것이다.

따라서 지나치게 그 권위에 의존하려는 글은 좋지 않다. 그 권위를 인정하지 않는 독자를 만나는 경우 이러한 글은 그들이 생각하는 그 속담처럼 아주 형편없이 보일 것이다. 더욱이 속담은 또한 세속적인 처세와 관련된 이기적 진리를 담고 있는 경우가 많아 함부로 그 권위에 의존하려 하다가는 글의 토대 자체를 모래 위에 세우는 잘못을 범하게 될 것이다.

한 철학 교수가 조그마한 배를 타고 강을 건너다가 사공에게 말을 걸었다. "당신은 철학을 아느냐"고. 사공은 "웬걸입쇼" 하고 머리를 저었다. 교수는 "당신은 인생의 3분의 1을 헛살았구려. 그러면 문학은 좀 아오?" 하고 다시 물었다. "아니오, 전혀 모르는뎁쇼" 하고 사공이 대답하자 "당신은 인생의 3분의 2를 헛산 거요"라고 교수는 말했다. 때마침 배가 바위에 부딪혀 가라앉게 되었다. "선생님 수영할 줄 아십니까?" 사공이 다급하게 묻자 교수는 "아니오, 전연 못해요"라고 대답했다. "그럼 선생님의 인생은 몽땅 헛수고로 예서 끝나게 되었습니다그려." 사공이 말했다. 이론과 실제간의 괴리와, 거창한 것과 사소한 것과의 이질성을 느끼게 하는 예다.

이 글은 잘 알려진 일화를 제시함으로써 말머리를 열고 있다. 사람이란 누구나 얘기를 좋아하는 법이다. 따라서 이 얘기를 모르는 사람은 눈을 빛내면서 이 글을 읽게 될 것이다. 이처럼 인용이란 아주 좋은 주의환기의 한 방법이다. 일화를 제시한 후 이를 화제와 자연스럽게 연결시키는 솜씨도 본받을 만하다.

그러나 일화의 인용에 문제가 없는 것은 아니다. 우선 그 얘기를 알고 있는 사람에게는 오히려 주의를 딴 데로 돌리게 하는 역효과를 낳는다. 따라서 잘 알려진 일화는 주의환기의 방법으로 함부로 쓰게 못 된다. 그러나 잘 알려진 일화라도 일화의 의미를 독특하게 해석할 수만 있다면 주의환기의 효과를 두 배로 증대시킬 수 있다. 다음으로 논술문과 같이 분량과 시간이 정해진 글에는 적절하지 않다는 것이다. 아무리 짧은 얘기라도 상당한 분량과 시간을 필요로 하기 때문이다. 또한 길게 일화를 늘어놓고는 이를 통해 하고자 하는 말은 몇 마디가 되지 않기 때문에 싱거운 느낌을 주게 된다. 따라서 그런 글에서는 일화의 인용을 되도록이면 삼가는 게 좋다.

'필요는 성공의 어머니'라는 말이 있다. 인간은 20세기의 오늘에 이르기까지 여러 가지 도구를 발명해왔다. 어떠한 도구라도 그 도구가 출현하기까지는 그것을 꼭 필요로 하는 역사적 필연성이 있었던 것이다. 컴퓨터의 출현도 예외는 아니다.

격언을 인용하여 말머리를 열고 있다. 그리고 이를 통해 많은 노력을 들이지 않고도 독자의 주의를 환기하고 화제를 매끄럽게 이끌어내고 있다. 인용을 통해 효과적으로 서론을 구성한 좋은 글이다.

▶ 독자에게 질문을 던진다

독자의 호기심을 불러일으키는 질문을 던짐으로써 말머리를 여는 방식이다. 독자를 향해 질문을 던진다는 것은 곧 독자의 대답을 요구하는 것이다. 여기서 독자는 왠지 모르게 글쓴이와 함께 그 문제를 풀어가야 한다는 느낌을 받게 된다. 즉 독자를 자신이 제기한 문제의 해명에 참여시키게 되는 것이다. 이는 곧 글쓴이와 독자를 공감과 친화의 영역으로 이끄는 효과를 가져올 수 있다.

이 방식은 또한 글쓴이가 해명할 수 없는 문제에 대해서는 해명하지 않아도 되는 장점이 있다. 바로 자문자답하는 형식이기 때문이다. 글쓴이는 자신이 해명할 수 있는 문제에 대해서만 질문을 던지면 된다. 일단 질문이 던져지면 독자의 관심은 자연 그 질문의 해명에만 집중되게 된다. 따라서 그 문제가 해명되면 독자는 만족하게 되고 더 이상의 의문은 갖지 않게 되는 것이다.

이제 글쓴이의 질문이 지녀야 할 몇 가지 요건에 대해 알아보자. 우선 그 질문은 주제를 대표할 수 있는 질문이어야 한다. 즉 해명하고자 하는 문제점을 적절히 드러낼 수 있는 질문이어야 한다는 것이다. 주제와 거의 무관한 질문을 뜬금 없이 던져놓고는 나 몰라라 한다면 이것은 참으로 경박한 짓이다. 또한 그 질문은 독자가 공감할 수 있는 것이어야 한다. 독자의 관심을 고려하지 않은 황당무계한 질문을 던져놓고 주의환기를 노리는 것은 가당찮은 짓이다.

다음으로 그 질문은 글쓴이 자신이 대답할 수 있는 질문이어야 한다. 자신이 대답할 수도 없는 거창한 질문을 던져서 일단 독자의 호기심을 끈 다음 이를 적절히 해명하지 않는다면 글쓴이를 믿고 따라온 독자는 아마 속았다는 느낌을 받게 될 것이다. 또한 그 질문은 지나치게 포괄적이거나 추상적인 질문이어서도 안 된다. 예를 들어 삶이란 무엇일까 하는 따위를 중심적인 질문으로 던졌다고 생각해 보자. 글쓴이 스스로 그 질문에 대답할 수 없을 뿐 아니라 독자 역시 이 사실을 안다. 하나마나한 소리를 늘어놓겠군 하는 생각과 함께 독자는 그 글에서 말끔히 관심을 거둘 것이다.

마지막으로 질문을 너무 많이 던져서는 안 된다. 논의의 초점이 흐려져 산만하고 장황한 느낌을 주게 된다. 또한 독자는 글쓴이가 그 많은 질문을 모두 해명할 수는 없다는 것을 알기 때문에 그 질문들이 단지 관심을 끌기 위한 것일 뿐 더 이상의 의미는 없다는 것 또한 안다.

사랑이란 뭘까? 어떤 마음을 사랑이라고 하는 걸까? 사랑을 하게 되면 그 사람은 어떻게 변할까? 진정한 사랑은 뭘까? 철이 나고 세상에 대해 조금 알게 되면서부터 우리 마음에는 이런 물음이 자리잡는다.

사랑의 의미에 대해 논하고 있는 글의 서두이다. 독자에게 질문을 던짐으로써 주의를 환기하고 있다. 그런데 글쓴이의 질문을 던지는 솜씨가 보통이 아니다. 먼저 사랑이란 무엇일까라는 보편적이면서도 자극적인 질문으로 시작했다. 누구나 자세를 고쳐앉지 않을 수 없다. 그러나 이 질문 뒤에 곧바로 싱거운 이야기로 들어갔다면 곧 관심이 식을 것이다. 대답은 해주지 않고 곧바로 말머리를 돌리니 그런 거창한 주제에 관해서는 역시 이 사람도 별달리 할말이 없을 것이란 생각을 하게 된다. 사실 그런 질문에 대해서는 눈에 확 띄는 멋있는 대답을 할 재주도 없다.

그러나 글쓴이는 조금씩 변형된 질문을 계속 던진다. 두 번째, 세 번째 질문을 거쳐 네 번째 질문에까지 이르는 사이에 독자의 호기심은 더욱 강렬해진다. 질문이 갈수록 가슴에 와닿는 내용으로 구체화되어 가고 있기 때문이다. 그리하여 마지막 질문에 이르러서 독자는 이 질문의 대답을 반드시 듣고 말겠다는 욕심을 가지게 된다. 즉 글쓴이는 점차 구체화되어 나가는 방향으로 질문을 계속 던짐으로써 독자의 시선을 지속적으로 붙잡아두는 한편 자신이 대답할 수 있고 얘기하고 싶은 방향으로 화제를 끌어가고 있는 것이다. 몇 마디 하지 않고 서론의 요건을 모두 만족시키는 훌륭한 말솜씨이다. 다음의 예문 역시 독자에게 질문을 던져 주의를 환기시키고 있다.

집이란 무엇인가? 집이란 무엇이어야 하는가? 이러한 질문은 인간이 집을 짓기 시작한 때부터 끊임없이 계속되어 왔으며 현재도 이러한 질문에 대한 해답을 계속 찾고 있다. 그것은 집을 만들기 시작한 때부터 현재에 이르기까지 인류는 집에서 살아왔고, 또 미래에도 집과 함께 살아가야 하기 때문이다. 그렇다면 인간은 왜 집을 지어왔는가?

▶개인적인 체험을 언급한다
개인적 체험을 이야기하면서 말머리를 여는 방식은 우선 독자의 강렬한 호기심을 유발할 수 있다는 점이 장점이다. 다른 이의 사생활은 사람들의 본능적인 호기심을 자극하기 때문이다. 그리고 아주 쉽게 제재를 찾을 수 있다는 점과 독자에게 글쓴이의 진실성을 느낄 수 있도록 한다는 점 또한 장점이라 하겠다.

그러나 이러한 장점은 또한 그대로 이 방식의 위험성을 말해주는 것이기도 하다. 우선 개인적 체험의 진술이 주의환기의 효과를 지니기 위해서는 그 체험이 남들과는 다른 독특한 것이어야 한다는 생각에 빠지기 쉽다. 그러나 일반인의 체험에 그렇게 특별한 것이 있기는 어렵다. 여기서 흔히 자신의 체험을 어느 정도 과장하는 일이 생기는데 이것은 절대 금물이다. 체험하지 않은 것을 체험한 듯이 쓰는 것은 참으로 어려운 일이다. 독자는 그것이 거짓말이라는 것을 반드시 알게 된다.

텔레비전이나 라디오의 프로그램에는 사람들의 재미있는 체험을 시청자에게 소개하는 것들이 많다. 여기에 출연한 사람들이 시청자의 흥미를 끌기 위해 자신의 체험을 과장하는 경우가 자주 있다. 이러한 프로그램을 한 번이라도 시청한 사람이라면 출연자가 진실을 말하는지 거짓말을 하는지 어렵지 않게 알 수 있었던 기억들을 다들 지니고 있을 것이다. 글 또한 이러한 프로그램과 다를 바가 없다. 그 체험이 과장된 것이라는 사실을 알게 된 독자는 더 이상 그 글을 읽으려 하지 않을 것이다. 소설이나 드라마같이 더욱 재미난 거짓말이 얼마든지 있는데 왜 그런 한심한 거짓말을 읽고 있겠는가.

그렇다면 남들과 다를 바 없는 일상적 체험을 굳이 쓸 필요가 있는가. 물론 그러한 체험을 쓸 필요는 전혀 없다. 그렇다면 체험의 진술이란 방식은 보통 사람들에게는 거의 도움이 안 되는 방식이 아닌가. 절대로 그렇지 않다. 바로 여기서 체험의 진정한 의미에 대해 알아야 할 필요성이 생기는 것이다.

체험에는 물리적이고 육체적인 체험만이 있는 것은 아니다. 정신적이고 정서적인 체험도 있다. 남들과 똑같은 일을 겪었더라도 거기에 대한 느낌이나 생각이 남다르다면 그것은 곧 독특한 체험이 되는 것이다. 체험에는 또한 직접적인 체험만이 있는 것이 아니다. 간접적인 체험도 있다. 들은 이야기, 읽은 이야기 속에 있는 독특한 체험들 역시 스스로 공감할 수만 있었다면 모두가 자신의 간접적인 체험이 되는 것이다. 이렇게 생각해본다면 체험의 진술이라는 방식이 그 얼마나 풍성한 소재를 지니고 있는 것인가를 누구나 금방 알 수 있을 것이다.

체험의 진술에 있어 주의하여야 할 것은 우선 체험과 이를 통해 끌려나온 내용 사이에 지나친 거리가 있어서는 안 된다는 것이다. 체험의 의미를 비약하여 무리한 결론에 이르는 것은 글쓴이의 사고가 유치하다는 것을 보여줄 따름이다. 그리고 보편적인 주장으로 이어지지 않는 경우 지나치게 독특한 체험의 진술은 오히려 좋지 않다는 것을 알아야 한다. 황당한 체험을 통해 황당한 결론을 이끌어내는 것은 독자의 호기심을 충족시킬 수는 있어도 정서적 공감을 얻기란 어려운 법이다.

마지막으로 이러한 체험진술의 방식은 수필과 같이 비교적 자유로운 글의 주의환기에만 주로 사용된다는 것 또한 알아두어야 한다. 체험의 진술이 독자의 공감을 얻기 위해서는 체험의 내용과 그 의미의 발견에 이르는 과정이 구체적으로 드러나야만 한다. 이것은 비교적 짧은 글의 서론에 담기에는 지나치게 긴 내용이다. 또한 체험의 진술은 주관적이고 정서적인 경향이 강하기 때문에 객관성과 논리성을 중시하는 글의 서론으로는 적합하지 않다. 이 점에 잘 유의하여 논술문과 같은 글에 충분한 고려 없이 이러한 방식을 사용하는 일은 없도록 해야 할 것이다.

얼마 전 같은 아파트에 강도가 들었다. 7층이나 낮은 곳이었는데도 물건이 깨어지는 소리, 사람들의 고함소리 등이 옆방에서 들리는 것처럼 생생했다. 나는 서둘러 창문의 문고리를 확인했고 애기 아빠는 안절부절못하면서도 방에 불을 켜지 못했다. 다음날 아침 들은 얘기로는 집주인은 몹시 다쳤고 강도는 달아나고 말았다는 것이었다. 그렇게 오래 소동이 벌어졌는데도 강도가 잡히지 않은 것이 의아해서 물어보았더니 아무도 나와보는 사람이 없었다는 것이다. 심지어는 경비 아저씨마저 와보지 않았다는 것이었다. '어쩌면 그럴 수가' 라는 생각도 들었으나 그날 밤 나의 행동을 돌이켜보곤 얼굴이 붉어져오는 것을 참을 수가 없었다. 현대인의 타인에 대한 무관심은 실상 자신에 대한 무관심이 아닐까 하는 생각이 들었다. 남이 그런 일을 당했을 때 내가 뛰어가지 않는다면 내가 그런 일을 당했을 때 남 역시 뛰어오지 않을 것이기 때문이다.

개인적 체험의 진술을 통해 현대인의 타인에 대한 무관심이란 화제를 효과적으로 끌어내고 있는 글이다. 체험 자체가 독특한 것이니만큼 독자의 주의를 환기하는 데 아주 큰 힘을 발휘하고 있다. 그러나 그보다 중요한 것은 체험의 의미를 발견해 나가는 과정이다. 우선 글쓴이의 체험과 의식의 각성 사이에는 논리적 비약이 없어 진실감을 느끼게 한다. 그리고 체험의 의미를 발견해 나가는 과정 역시 아주 솔직하고도 구체적으로 드러나 있다. 독자의 공감을 이끌어내기에 부족함이 없는 좋은 글이다.

2. 결론에 대하여

1) 결론의 성격

끝이 좋으면 다 좋다라는 말이 있다. 이러한 말의 인용이 무색하지 않을 만큼 결론은 중요하다. 결론에서 매끄러운 인상을 남길 수 있다면 앞부분의 내용이 어느 정도 지지부진하다 하더라도 글의 전반적인 모습이 비교적 명쾌한 듯한 느낌을 주게 된다. 반면에 결론에서 흐트러진 모습을 보여주게 되면 앞부분의 내용이 말끔하다 하더라도 글의 전반적인 모습이 아주 지리멸렬한 듯한 인상을 주게 된다. 따라서 제한된 시간이 주어진 논술문 같은 경우 시간 배분에 특히 신경을 써야 할 것이다. 시간에 쫓겨 결론을 대충대충 마무리해서는 결코 좋은 글이라는 인상을 줄 수 없다.

서론과 결론은 글에서 아주 특별한 역할을 하는 곳이다. 따라서 그 역할을 충실히 수행하기 위해서는 반드시 들어가야 할 내용들이 있다. 서론이 글문을 열기 위해 주의환기와 화제제시의 내용을 반드시 담아야 하듯이 결론도 글문을 닫기 위해 반드시 담아야 할 내용이 있다. 주제요약과 부언이 바로 그것이다.

주제요약은 본론의 내용을 종합하고 분석하여 이끌어낸 글 전체의 주제를 집약적으로 제시하는 것이다. 따라서 결론에서 제시되는 주제는 본론의 내용을 단순히 줄여놓은 것이 아니다. 본론의 각 내용이 서로 맺고 있는 관계를 검토함으로써 밝혀진 새로운 차원의 내용인 것이다. 다시 말하자면 결론에서 제시되는 주제는 본론의 소주제들을 단순히 모아놓은 것이 아니다. 이 소주제들을 종합하고 분석하여 이끌어낸 새로운 차원의 주제인 것이다.

부언이란 그 글에서 꼭 필요하지만 글의 다른 부분에서는 말할 기회가 없었던 내용들을 덧붙이는 것이다. 본론에서 미처 언급하지 못했던 중요한 내용이나 남은 문제점, 그리고 글쓴이의 제언, 전망 등이 부언의 대상이 되는 내용들이다.

논술문과 같이 일정한 분량이 주어지는 글의 경우 괜히 쓸데없는 말을 넣어 결론을 질질 늘여쓰는 사람이 많다. 본론에서 적당량을 채우지 못해 전체적으로 글의 분량이 모자라게 될 때 결론에서 이를 보충하려 하기 때문이다. 그러나 결론은 위에서 말한 것과 같이 꼭 필요한 내용 이외의 것은 절대 담아서는 안 된다. 서론도 그러하지만 결론에서 이 점은 더욱 강조되어야 한다. 왜냐하면 결론은 글을 마무리하는 곳이기 때문이다. 글을 제대로 끝맺었다는 인상을 주기 위해서는 절대 그런 일을 해서는 안 되는 것이다.

결론에서는 본론의 내용을 반복하거나 새로운 내용을 담는 일이 없어야 한다. 또한 본론의 내용과 필연적인 연관성이 없는 지엽적이고 구체적인 내용을 시시콜콜히 얘기하거나 상식적이고 일반적인 내용을 의미 없이 덧붙여서도 안 된다. 명쾌한 끝맺음이라는 인상을 줄 수 없기 때문이다. 이런 일이 없도록 하기 위해서는 결론의 분량을 미리 정해놓는 것이 좋다. 결론의 분량 역시 명확하게 정해진 기준이 있는 것은 아니지만 대략 전체 글의 5분의 1 정도가 적당하다고 한다. 이렇게 결론의 분량을 미리 정해놓고 나머지 분량은 어떤 일이 있어도 본론에서 모두 채우려고 노력해야 한다. 결론을 질질 늘려쓰는 것보다는 차라리 본론을 늘려쓰는 것이 낫기 때문이다. 결론에서 깔끔하고 명쾌한 끝맺음이라는 인상을 줄 수 있다면 본론의 허물은 어느 정도 덮어지는 법이다.

경제성장의 참된 목적은 국민대중의 삶의 질을 향상시키는 데 있다. 따라서 소득분배는 성장을 다 이룬 다음에 이룰 먼 미래의 일이 아니다. 어느 정도의 성장이 이루어지고 나면 적절한 분배가 지속적인 성장을 가능하게 한다. 이를 위한 과제는 대단히 많지만 사회복지의 확충, 지역간 균형개발, 농어업을 비롯한 산업부문간 균형발전이 핵심적이라 할 만하다. 그 위에 성장만을 일방적으로 강조해온 성장 제일주의를 극복하고 양자를 동시에 추구하는 '바람직하고 균형적인 성장'에 대한 국민적 합의를 이루는 일이 필요할 것이다. 진정한 선진국으로 나아가기 위해 성장과 분배의 관계에 대한 보다 균형적 시각이 요구되는 시기라 하겠다.

경제성장과 소득분배의 바람직한 관계설정에 대해 논하고 있는 글의 결론이다. 앞부분에서 글 전체의 주제를 매끄럽게 요약하고 있다. 본론의 내용을 복사해서 그대로 요약하고 있는 것이 아니라 본론의 내용을 종합하여 이끌어낸 새로운 요약이다. 그리고 중간부분에서 소득분배의 구체적 방안에 대해 제언의 형식으로 부언하고 있다. 그리고 마지막부분에서 성장과 분배에 대한 균형적 시각이 필요함을 역설함으로써 결론의 내용 자체를 다시 요약적으로 제시, 무난한 마무리를 이끌어내고 있다. 아주 짜임새 있는 결론이다.

2) 좋은 결론의 요건

▶ 본론의 내용을 그대로 반복해서는 안 된다

주제요약에 대해 잘못 알고 있는 사람이 많다. 즉 이 말을 본론의 내용을 그대로 압축해서 다시 한 번 진술하라는 말로 잘못 받아들이고 있는 것이다. 이것은 본론의 요약이지 주제의 요약이 아니다. 다음은 정보화사회의 장단점에 대한 글인데 결론부분에서 바로 이러한 잘못을 범하고 있다.

이상에서 우리는 정보화사회의 장단점에 대해 알아보았다. 정보화사회의 장점으로는 첫째, 정치적 측면에서 양 방향 미디어의 발전으로 인한 대중의 정치참여 확대, 둘째, 경제적 측면에서 다품종 소량 생산방식의 확대로 인한 자원절약과 환경보호의 강화, 셋째, 사회문화적 측면에서 개성의 신장으로 인한 탈규격화 등을 들 수 있다. 그리고 단점으로는 첫째, 정치적 측면에서 정보통제로 인한 전체주의의 출현 가능성, 둘째, 경제적 측면에서 정보 불평등으로 인한 경제적 불평등의 심화, 셋째, 개인주의 심화로 인한 사회적 갈등 등을 들 수 있다. 우리는 이러한 장단점을 명확히 인식하고 다가오는 정보화사회에 능동적으로 대처하여야 할 것이다.

결론에서 본론의 내용을 잘 정리하여 아주 명쾌하게 요약해놓았다. 하지만 이것은 결코 상을 줄 만한 일이 못 된다. 바로 위에서 언급된 내용의 동어반복에 불과하기 때문이다. 실제로 학생들의 논술문을 검토해보면 이런 식으로 결론을 처리한 것이 절반 이상을 차지한다. 여기서 나는 학생들이 결론의 주제요약에 대해 아주 잘못 이해하고 있는 것을 알게 되었다.

앞서도 말했듯이 결론에서 제시되는 주제는 본론의 소주제들을 단순히 모아놓은 것이 아니다. 이 소주제들을 종합하고 분석하여 이끌어낸 새로운 차원의 주제인 것이다. 따라서 결론의 주제요약을 먼저 무엇을 말했고 다음으로는 무엇을 말했고 또 다음으로는 무엇을 말했다는 식으로 처리해서는 안 된다. 지루한 동어반복이 될 따름이다. 특히 분량이 제한된 논술문의 경우 이런 식의 주제요약은 적당한 결론의 분량에 견주어볼 때 지나치게 많은 분량을 차지한다. 따라서 결론에 다른 말을 쓸 수 없거나 아니면 결론 전체의 분량이 턱없이 길어지는 결과를 낳게 된다.

윗글의 주제요약 부분을 올바르게 고쳐보면 대략 다음과 같은 글이 될 것이다.

정보화사회는 장밋빛 미래도 아니고 암울한 폐허도 아니다. 또한 장밋빛 미래이기도 하고 암울한 폐허이기도 하다. 그것은 장점과 단점을 동전의 양면처럼 공유하고 있는 이중적인 사회인 것이다. 정보화사회의 도래는 이제 거스를 수 없는 시대적 흐름이다. 그렇다면 우리가 해야 할 일은 자명하다. 그 단점을 최소화하고 그 장점을 최대화하려는 노력 속에서 이에 당당히 맞서는 것이다.

▶지나치게 상식적인 내용으로 끝맺어서는 안 된다
결론의 끝부분을 얘기하나마나한 상식적 내용으로 처리하는 경우를 흔히 볼 수 있다. '다 함께 노력하여 건강한 사회를 만들어야 할 것이다', '~한다면 우리나라의 장래는 참으로 밝을 것이다' 하는 식의 언급들을 말하는 것이다. 누구라 할 것 없이 불특정한 대상을 향하여 '~라는 사실을 깊이 명심하여야 할 것이다', '~에 대해 반성해야 할 것이다', '~에 앞장서야 한다'는 등등의 언급으로 결론을 끝맺는 것도 다 이에 속하는 것들이다.

앞부분까지의 내용만으로 그냥 끝을 맺기엔 무언가 찜찜하고 그렇다고 해서 멋있는 끝맺음이 될 만한 내용이 특별히 생각나는 것도 아니고 해서 결론의 끝부분을 붙잡고 고민해본 경험은 누구나 갖고 있을 것이다. 그러다보니 무언가 그럴듯한 일반적이고도 상식적인 내용을 아무거나 찾아내어 이를 끝맺음으로 처리해버리게 되는 것이다. 이런 경우가 많다보니 위에서 예로 든 식의 언급들은 아예 결론을 끝맺는 상투어구가 되다시피 하였다.

결론은 지금까지의 내용을 마무리하는 부분이다. 따라서 지금까지의 내용으로 보아 언급될 만한 이유가 있는 내용만을 담고 있어야 한다. 다시 말해 앞부분의 내용에서 필연적으로 이끌려나올 만한 내용만을 담아야 한다는 것이다. 위에서 예로 든 식의 말들은 어디에나 통용될 수 있는 지극히 당연한 말들이다. 따라서 어떤 특정한 내용으로부터 이끌려나와야 할 필연성은 없는 말이다. 너무나 당연하여 하나마나한 이런 식의 말들을 누군지도 모를 사람들을 향하여 훈계조, 또는 웅변조로 말하고 있는 모습을 가만히 생각해보라. 우습기 그지없다는 것을 누구나 깨달을 수 있을 것이다. 따라서 이러한 말들은 길거리에 나붙은 표어나 대통령의 담화문 같은 데서나 나올 만한 말이지 특정한 주제를 지닌 개인의 글에서는 나올 필요가 없는 말이다.

▶ 부언에는 신중을 기해야 한다

결론을 쓸 때쯤 되어 본론의 내용과 연관된 좋은 생각이 한두 가지 떠오르는 수가 있다. 또는 본론을 쓰는 도중에 좋은 생각이 났는데도 글 전체의 문맥상 이를 넣을 곳이 마땅치 않아 이용하지 못하는 경우도 있다. 이런 생각들을 그냥 버리기가 아까워 결론에 몽땅 끼워넣어 버리는 사람들이 많다. '~같은 것도 한 번쯤 생각해보아야 할 문제이다'라는 식으로 결론의 이곳 저곳에 그런 생각들을 끼워넣는 것이다. 물론 결론은 부언의 기능을 지니고 있기 때문에 본론에서 미처 언급하지 못한 중요한 내용들을 여기에 덧붙일 수 없는 것은 아니다. 그러나 결론에서 부언을 할 때에는 되도록이면 신중을 기해야 한다.

결론은 글을 마무리하는 부분인 만큼 글 전체의 내용을 포괄할 만한 일반적 진술들로 구성되는 것이 보통이다. 따라서 주변의 일반적 진술과는 어울리지 않는 지나치게 지엽적이고 구체적인 내용은 담지 않는 것이 좋다. 또한 결론에도 그 나름대로의 문맥이 있을 것이다. 따라서 논리상 연결되기 어려운 내용을 무리하게 끼워넣는 것도 좋지 않다.

결론은 그 나름대로의 기능과 문맥을 지닌 중요한 부분이다. 마땅히 써보지 못한 잡동사니들을 모아놓는 휴지통이 아니다. 따라서 결론에서 부언을 할 때에는 그 내용이 반드시 언급될 만한 중요성을 지닌 것인지를 다시 한 번 생각해보아야 하며 또한 주변의 문맥을 고려하여 논리의 흐름을 단절시키지 않도록 주의하여야 할 것이다.

▶ 새로운 내용을 담아서는 안 된다

결론에는 본론에서 언급되지 않은 새로운 내용이 나와서는 안 된다. 물론 이것은 본론에서 한 말 이외에는 해서는 안 된다는 얘기가 아니다. 진지하고 구체적인 논의가 필요한 내용이 새로이 담겨서는 안 된다는 말이다. 위에서 인용한 정보화사회의 장단점에 대한 글의 결론이 다음과 같은 내용을 담고 있다고 해보자.

정보화사회는 장밋빛 미래도 아니고 암울한 폐허도 아니다. 또한 장밋빛 미래이기도 하고 암울한 폐허이기도 하다. 그것은 장점과 단점을 동전의 양면처럼 공유하고 있는 이중적인 사회인 것이다. 정보화사회의 도래는 이제 거스를 수 없는 시대적 흐름이다. 그렇다면 이러한 정보화사회의 문제점을 해결하기 위해 우리는 어떤 노력을 기울여야 할까. 우선 정보활용에 있어서의 윤리성을 확립해야 한다. 다음으로는 정보수용에 있어서의 주체성을 확립해야 한다. 이러한 노력이 성과를 거둘 때 비로소 정보화사회는 우리의 장밋빛 미래가 될 수 있을 것이다.

끝부분에 정보화사회의 문제점에 대한 대책을 논의하고 있는 부분이 있다. 이것은 본론에서 전혀 언급되지 않은 새로운 내용이다. 본론에서는 정보화사회의 장단점에 대해서만 얘기하고 있기 때문이다. 그리고 진지하고 구체적인 논의가 필요한 내용이기도 하다. 정보활용에 있어서의 윤리성이니 정보수용에 있어서의 주체성이니 하는 말들이 구체적으로 무엇을 의미하는지 명확히 이해하기 어렵기 때문이다. 따라서 우리는 여기서 글이 더 계속되어야 할 것 같은 느낌을 받는다. 그런데도 글은 갑작스럽게 끝나고 말았다. 독자로서는 명쾌한 마무리란 인상을 받기가 어려울 수밖에 없다.

이처럼 구체적 논의가 필요한 새로운 내용을 내놓고서 이를 소상히 논의하지 않고 글을 끝맺는 것은 글을 쓰다가 중간에 그만둔 것 같은 느낌을 준다. 화제를 제시했으면 그 화제에 대해서는 분명히 해명을 하고 넘어가야 한다. 그런데도 화제제시만으로 결론이 끝났으니 이것은 결론이 아니라 또 하나의 새로운 서론이 되고 만 셈이다.

물론 앞서도 말했듯이 본론에 없는 새로운 내용이라고 해서 모두 배척해야 하는 것은 아니다. 단지 그것이 새로운 화제로 발전할 수 있는 여지를 남겨서는 안 된다는 것이다. 따라서 위의 내용은 문제점을 명확히 인식하고 능동적으로 대처해야 한다든지, 단점을 최소화하고 장점을 최대화하려는 노력을 기울여야 한다든지 하는 개괄적인 내용 정도로 끝맺는 것이 좋다. 굳이 위의 내용처럼 쓰고 싶다면 이 부분은 마땅히 본론으로 옮겨져 좀더 구체적인 논의로 발전시켜야만 한다.

▶ 비논리적 표현을 써서는 안 된다

여하튼, 어쨌든, 아무튼 등과 같은 표현이 결론에는 아주 자주 나온다. 어떻게든 끝을 맺어야 하는데 바로 앞부분과 이 끝부분이 논리적으로 연결되지 않아 일어나는 현상이다. 그러나 이런 표현은 스스로 비논리적이라는 것을 부르짖는 것이나 다름이 없다. 따라서 결론은 물론 글 전체를 일관하여 이런 말은 있어서는 안 된다. 해명되어야 할 문제가 있는데도 이를 해명하지 않겠다는 확실한 의사표시이기 때문이다.

마지막으로 한마디 덧붙이고 싶은 것은 논술문 같은 글의 경우 출제자나 채점자를 의식한 말이나 논술내용과 관계없는 말을 써서는 안 된다는 것이다. 즉 끝이라든가 수고하세요 등의 말을 덧붙이는 것은 절대 금해야 한다.

제5부 .... **글쓰기의 실제**

제1장 일기문

1. 일기문의 성격

1) 일기란 자신을 위한 글이다

일기는 하루라는 시간을 단위로 하여 쓰여지는 글이다. 하루의 시간에서 겪은 자기만의 체험을 글로 기록하여야 하는 것이다. 이 '하루를 살면서 자신만이 체험할 수 있었다'는 말에는 독특한 의미가 숨어 있다. 즉 하루가 없는 생활은 있을 수 없으며, 하루라는 계단을 밟고 올라가야 인생이 그려진다는 점이다.

아침에 일어나서 세수를 하고, 직장에 달려가서 똑같은 일을 하고, 저녁에 다시 돌아와서 잠을 잔다는 단순한 일상의 흐름이라고 하더라도 그 속에는 자신만이 느끼고, 깨닫고, 생각하는 삶의 의미가 있는 것이다. 그러므로 일기를 쓴다는 것은 이러한 자신의 체험을 영원히 보존하는 방법이 되는 것이다.

그런데 일기라는 것은 과거를 기록해두는, 개인이 겪은 체험의 창고가 되는 것만은 아니다. 오히려 삶의 총체적인 면면들을 바르게 보게 하고 내일을 위한 발전의 방향을 찾아보게 하는 기록이 되는 것이다.

그러기 위해서 일기를 쓰고자 할 때 먼저 생각해보아야 하는 것은, 일기를 쓴다는 것이 어떤 효용성을 갖고 있는지를 알고 있느냐 하는 점이다. 일기는 자기를 위한 문장이어서, 쓰지 않는 것과 쓰는 것과의 사이에 어떤 차이가 있는가를 알지 못하면 일기를 쓰는 버릇을 지니기가 쉽지 않기 때문이다.

내가 고등학교에 다닐 때, 크리스마스가 되면 두툼한 일기장을 선물로 주는 것이 유행이었다. 노트 종이조차 변변치 못했던 시절이어서 노르스름한 종이에 색깔이 있는 줄이 예쁘게 쳐진 일기장을 받는 건 참으로 즐거운 일이었다. 그러나 나는 일기장을 주고받고 할 만한 여자친구가 없었다. 그렇다고 서점에 가서 일기장을 스스로 살 형편도 아니었다.

그러던 어느 해 크리스마스 전날이었다. 학생회에서 밤샘을 하며 친교의 시간을 갖는다면서 선물교환이 있으니 준비해오라는 것이었다. 나는 시장에 가서 여자용 털장갑을 사서 곱게 포장을 하여 들고 갔다. 밤이 깊어 선물교환 순서가 되었다. 남학생이 가져온 것과 여학생이 가져온 것들에 따로 번호를 붙이고 제비를 뽑아 서로 바꾸어 가졌다. 나는 반짝거리는 종이에 싼 두툼한 것을 손에 잡고 책이구나 하고 생각을 했는데 뜯어보니 일기장이었다. 표지를 들치니 첫장에 "벽돌을 쌓듯이 높은 이상의 탑을 세워가세요"라는 예쁜 글이 쓰여 있었다. 집에 돌아와 어머니에게 보여드렸더니 어머니는 웃으며 "일기는 마음의 거울이 된다"라고 하셨다.

이와 같이 일기에는 하루 중에 보고 들은 것 중에서 의미가 있다고 생각하는 것, 자신이 한 일 가운데서 중요하다고 생각되는 것, 마음에 일어난 독특한 느낌 같은 것, 혼자 하루를 보내며 얻은 생각의 단편 같은 것 등 사생활의 내용이 담겨야 한다.

2) 솔직하게 써야 한다

그리고 이렇게 사생활의 내용을 담는 것이 일기이기 때문에 일기는 솔직성을 지녀야 하는 것이다.

일기는 그 자신의 생활이나 사상을 가림 없이 솔직하게 기록하는 것이 무엇보다도 중요합니다. 우리가 일상생활에서 쓰게 되는 문장은 여러 면에서 사회적인 제약과 구속을 받게 되고 또한 그것을 의식하며 쓰게 됩니다.

그러므로 그 자신의 사상이나 감정이나 생활을 솔직하게 표현한다고 하지만, 그것을 전적으로 표현할 수 없는 일면을 가지게 됩니다. 그러나 일기는 남에게 보이려고 쓰는 글이 아닙니다. 자기 중심의 글로서, 남의 이목을 꺼려하지 않고 솔직 대담하게 비밀을 털어놓을 수 있는 것입니다.

—박목월, 《문장의 기술》 중에서

누가 볼 것을 걱정하여 자신의 생활을 미화시킨다면 일기가 될 수 없다. 또 언젠가 누가 일기를 보고 나를 어떻게 평가할 것인가에 초점을 맞추어서 일기를 쓴다면 자서전적인 잔소리의 의미는 있을지 몰라도 참다운 일기가 될 수는 없다.

일기는 모든 사람들을 대상으로 하여 쓰는 것이 아니라 이들의 눈을 피하여 자기 자신만의 비밀을 간직하고 싶어하는 데 뿌리를 두고 쓰는 글이다. 그러기에 일기는 남에게 하지 못할 고백도, 남들이 어리석다고 할 느낌도, 아니면 지탄의 대상이 될 수 있는 잘못도 마음 놓고 쓸 수 있는 자리이다. 따라서 이러한 자신을 보며 '도덕적 정화'를 이룰 수 있고 '고백을 들어주는 신부'의 역할을 해주며 '자신의 거울'이 되어주는 것이다.

다음은 한 중학생의 일기이다.

11월 5일. 날씨 비옴

오늘은 비가 왔다. 아침에 학교에 갈 때는 오지 않았다. 학교가 파하여 교문을 나서니 빗줄기가 굵어졌다. 빵가게에 갔다. 친구들이 이미 자리를 잡고 있었다. 집으로 전화를 했다. 여섯 번이나 신호가 가서야 어머니가 받았다. 버스 정거장에 어머니가 나오시기로 했다. 친구들과 헤어져 버스를 탔다. 비오는 날이면 내가 전화를 하지 않아도 어머니는 나와 계신다. 버스에서 내려 두리번거릴 필요가 없다. 어머니는 항상 공중전화통 곁에 서 계시기 때문이다. 오늘도 어머니가 나오셔서 오랫동안 기다릴까 봐 전화를 했다. 나는 왜 일찍 전화를 해드리는 것을 몰랐을까. 사실 아무도 모르지만 버스에서 내려 어머니가 서 계신 것을 보고 싶어서 전화를 하지 않았다. 그리고 어머니 곁에 서면 향긋한 냄새가 좋았다.

이제는 어머니가 길에 서 있는 것이 얼마나 힘이 드는 일인지를 나는 잘 안다. 새벽마다 버스 정거장으로 네 정거장이나 떨어진 교회로 걸어가서 찬 마룻바닥에 엎드려 누구를 위해 기도하는지를 알기 때문이다. 오늘은 버스에서 내렸더니 어머니가 "웬일로 전화를 했니" 하시면서 웃으셨다. 나는 어머니가 웃는 모습이 마음에 그대로 남아 있다.

이 일기에는 어린 중학생의 내면세계가 그대로 드러나 있다. 비가 오면 버스 정류장 근처에 있는 공중전화통 옆에 서서 기다리는 어머니를 보는 단순한 즐거움과 어머니 곁에 서면 향긋한 향기를 맡을 수 있는 이성에 대한 아련한 눈뜸이 가식 없이 드러나 있는 것이다. 이러한 어린 마음에서부터 어머니를 이해하게 되는 과정이 담겨 있는 것이다. 언제 오려나 하고 서 있는 어머니를 걱정하는 성숙해가는 어린 학생의 마음이 전화 한 통화를 통해서 밝혀지고 있는데, 이러한 내용이 바로 일기가 지니고 있는 거짓 없는 솔직성에서 우러나오고 있다. 부끄러운 고백도 일기는 아무렇지도 않게 받아주고 있는 것이다.

내가 대학 졸업을 앞두고 쓴 어느 하루의 일기를 공개한다.

2월 20일

내일 졸업을 한다. 오늘 아침 온 가족이 상에 둘러앉았을 때, 아버지는 동생들을 둘러보며 큰소리로 "내일 형 졸업식이야" 하셨다. 다른 날과 달리 목소리가 크셨다. 그리고 식사를 하시지 않고 그냥 나가셨다. 그때 아우가 "엄마, 우리 집에 카메라가 없어서 어쩌지요" 하였다. 어머니는 한참 내 얼굴을 보셨다. 아무렇지도 않게 "친구들이 있겠지요" 하고 물러났다.

저녁에 아버지가 "졸업식 끝난 다음 사진관에 같이 가자" 하셨다. 아마 어머니가 말씀드렸나 보다.

카메라 없는 집이 한두 집이겠는가. 아버지는 조금 전 또 나를 서재로 부르시더니 눈가에 물기가 촉촉한 채로 "졸업하게 돼서 기쁘다"라고 하시면서 내 손을 잡았다. 그런데 왜 나는 "아버지, 공부시키시느라고 얼마나 힘드셨어요" 하는 감사의 말을 하지도 못하였는가. 내 방에 와서 이불을 뒤집어쓰고 울어야만 했는가. "아버지, 고맙습니다." 이 말이 그렇게 어려운 말인가.

부끄러운 젊은 날의 내 모습이 이 몇 줄의 일기 속에 그대로 담겨 있다. 아버지에게 이 말을 결국 해보지도 못하고 아버지는 저 세상으로 가버리셨지만 일기에 담겨진 글자들 속에 내 젊은 날의 부끄러웠던 모습은 그대로 살아 있어서 지금 내 아들이 아무 말을 하지 않아도 그 마음속에 "아버지, 고마워요" 하는 소리를 들을 수 있는 귀를 가지게 되었다.

이 일기에서 보아야 할 것은 일상생활에서 얻어진 마음의 자국들을 세밀하게 그려놓고 있는 점이다. 덤덤하게 보여지는 겉면의 세계를 그려내는 것보다 자신만이 느낀 특이한 감상을 굴절 없이 그려낸다는 것은 일기만이 지닌 특성의 하나라고 할 수 있다.

3) 관심사를 반영하여야 한다

다음은 사무적인 내용을 적은 일기의 경우이다.

　3월 2일
　오늘 입학식이 있었다. 연구실에 새로 들어온 입학생이 찾아왔다. 아버지가 찾아가 보라고 하였단다. 친구의 아들이었다. 아들도 그 아버지와 똑같았다. 점심은 봉천동에 가서 가락국수를 먹었다. 계산을 하려고 주머니에 손을 넣고 보니 돈이 손에 잡히지 않아 식은땀이 났다. 안주머니에 5,000원이 있어 2,000원을 냈다. 버스를 타고 집에 왔다. 2,000원쯤 더 있었으면 피곤하기도 해서 택시를 탈 수 있었으련만.

다른 이가 이 일기를 읽으면 너무나 하루의 일을 드러나게 적은 것이라서 이런 것까지 적을 필요가 있나 하고 생각할 것이다. 그렇지만 자세히 보면 극히 사무적인 일의 뒷면에는 하루를 어떻게 살았다는 구체적 증거들이 들어 있다. 사무적인 일상도 하루를 엮어가는 하나의 기둥이 되는 것이기에 사무적인 것이라고 해서 일기에 쓸 필요가 없다고는 할 수 없다. 가락국수값이 2,000원 하던 시절이 언제였던가 하는 증거는 역시 일상의 생활중에 극히 사무적인 데서 찾을 수 있기 때문이다.

다음은 박지원의 《열하일기》의 한 대목이다.

> 14일 경인. 개다
>
> (중략)
>
> "태종이 고구려를 치려다가 뜻을 이루지 못한 채 돌아오는 길에 발착수에 이르러 80리 진펄에 수레가 통할 수 없으므로 장손무기와 양사도 등이 군정 1만 명을 거느리고 나무를 베서 길을 쌓으니 수레가 잇따랐고, 다리를 놓을 제 태종이 말 위에서 손수 나무를 날라서 일을 도왔고, 때마침 눈보라가 심해서 횃불을 밝히고 건넜다"하였으니, 발착수가 어디인지 알 수 없으나, 요동 진펄 천 리에 흙이 떡가루처럼 보드라워서 비를 맞으면 반죽이 되어 마치 엿 녹은 것처럼 되어, 사람의 허리와 무릎까지 빠지고 겨우 한 다리를 빼면 또 한 다리가 더 깊이 빠지게 된다. 이에 만일 발을 빼려고 애쓰지 않으면 땅속에서 마치 무엇이 있어서 빨아들이는 듯이 온몸이 묻혀서 흔적도 없어지게 된다.
>
> ─박지원, 《열하일기》 중에서

이 글은 조선조 정조왕 때 북학파의 거두였던 연암 박지원이 압록강으로부터 요양에 이르기까지 15일 동안 겪은 일들을 기록하고 있는 일기문에서 인용한 것이다.

그의 관심은 실용적인 것에 집중이 되어 있으므로, 건설분야에 대해서 자세하게 기록하고 있다. 비록 일기의 형식을 지니고 있지만 연암이 지닌 관심의 표적인 건설분야에 대한 서술이 과학적 보고서와 같다.

일기는 쓰고자 하는 중심적 관심사를 그대로 반영하는 것이기에, 보고 느낀 것을 시간의 틀이나 사건이 일어난 순서에 맞추어 써야 하는 일반적 산문보다 훨씬 자유롭게 자신의 뜻을 그대로 기록할 수 있다는 점도 기억할 필요가 있다. 이는 일기를 쓸 때는 문장의 짜임 새나 논리적 구조가 지니는 설득력과 같은 문장의 복잡한 형식적 제약에서 벗어나서 말하고자 하는 것을 직접적으로 기록할 수 있다는 것을 말해주는 것이다.

2. 일기문의 형식

다음으로 일기문의 구조에 대한 이해이다. 일기문의 골격이 되는 것은 ①날짜 ②날씨 ③생활 내용 ④담고자 하는 자신의 견해이다. 날짜는, 기록적인 가치를 알려주는 것이 일기이기에 필수적인 것이다.

다음은 날짜의 중요성을 보여주는 일기이다.

4월 16일(1941). 맑음
할머니를 따라 어린것 건천(부모님이 계시던 큰댁) 나갔다. 제 어미 곁을 떠나보기가 처음, 벌써 그만큼 자랐나 싶어 대견스럽다. 류색을 메고 남빛 버선을 신고 갔다.

아버님의 일기이다. 나는 이 일기를 읽고 또 읽었다. 나의 세 살 때 모습이 이 글에 그대로 들어 있었다. 아버지 눈에는 어머니의 품을 떠나 할머니 곁에 갈 수 있었던 내가 대견하게 보였을 것이지만 이 일기 속에서 유독 버선을 신었다는 말은 우리 가족에게 잊을 수 없는 추억으로 남아 있기 때문이다.

어머니는 내가 초등학교에 처음 들어갔을 때 비단으로 만든 버선을 신겨주었다. 그런데 이 버선을 신고 학교에 가니까 아이들이 이상한 신발을 신고 왔다고 놀리는 것이었다. 나는 한 달 가까이를 운동장에 나가서 뛰어놀 수가 없었다. 아이들이 놀렸기 때문이었다.

그러던 어느 날 수업이 끝나고 쉬는 시간이었다. 교실에 혼자 앉아 창밖을 보고 있는데 선생님이 불렀다. "너는 왜 나가서 놀지 않니?" 하였다. 나는 부끄러움도 없이 "아이들이 내 신발이 이상하다고 놀려서요" 하고 대답을 했다. 선생님은 내 버선을 한참 동안 보더니 "그 신발 어디서 났니?" 하고 물었다. "엄마가 만들어주셨어요" 하고 대답을 했다. 선생님은 다시 책상에서 가정기록부를 꺼내더니 뒤져보는 것이었다. 그리고는 나를 앞으로 나오게 하더니 꼭 껴안으며 "엄마가 만들어주신 것인데 얼마나 좋으니" 하면서 내 어깨 위에 얼굴을 대고 눈물을 흘렸다. 그리고는 "내가 오늘부터 누구도 놀리지 못하게 해줄 테니 나가서 놀아라. 내가 너를 살펴보지 못하였구나"라고 했다.

나는 그날 집에 가서 아이들이 이제는 놀리지 못하게 해준다고 선생님이 약속해주어서 교실 밖에 나가 놀 수 있게 되었다고 어머니에게 말하였다. 좋아서 웃으며 말하는 나를 보더니 어머니는 얼굴을 숙이며 "그 동안 놀려 운동장에 나가지도 못하고……" 하면서 통곡을 하였다. 나는 어머니가 왜 우는지도 모르면서 괜히 언짢아서 밖으로 뛰어나가버렸다. 아직도 어머니는 그때의 일을 기억한다.

나는 우연히 아버지의 이 일기에 적힌 날짜를 보면서 내가 세 살 때부터 이미 어머니의 치마를 잘라 만든 비단신발을 신고 다녔다는 사실을 알 수 있었다. 가난했기에 겪어야 했던 어린 날의 아름다운 추억이지만 날짜가 적혀 있지 않았다면 무엇으로 당시의 아픔을 생생히 떠올릴 수 있었겠는가.

12월 22일. 첫눈이 내림

약속한 그녀가 정말로 다방에 나옴. 난생처음의 여자와의 만남. 나는 말할 수 없었다. 눈빛처럼 순결한 여성임.

대학을 졸업하고 얼마 되지 않은 봄날이었다. 친구들과 어울려 조그마한 문학동아리에 참여하고 있을 때였다. 남녀가 반반씩이었다. 여학생 중에 항상 얌전하게 고개를 숙인 채 앉아 있던 그녀와 한 짝이 되어 작품에 대한 연구결과를 발표하게 되었다. 우리는 도서관에서 함께 자료를 뒤졌고 점심때가 되면 함께 식당에도 갔었다. 발표가 끝난 날 저녁 나는 고맙다는 인사를 하고, 첫눈이 내리는 날 명동 근처에 있는 다방에서 만날 수 있겠는가고 물었다. 그러자 그녀는 "그래요" 하는 것이었다.

나는 첫눈이 올 때 원효로 우리 집에 있었다. 그런데 눈이 내리는 것을 보다가 우연히 그녀와 다방에서 약속한 일이 떠올랐다. 그때가 다섯 시였다. 만나기로 한 시간은 여섯 시였다. 내가 전차를 타고 시청 앞에서 내려 뛰어가다시피 해서 도착한 것은 여섯 시 삼십 분이었다. 그녀는 안으로 들어가지도 않고 다방문 앞에 서 있었다. 가슴이 뛰는 첫 번째 만남이었다.

내 일기장에 기록된 날짜가 없었더라면 눈이 내리는 남산길을 걷다가 내가 미끄러졌던 그 우스꽝스러운 모습에 대한 추억도 빛을 잃었을 것이다.

생활 내용과 담고자 하는 자신의 견해는 동질성을 가진 것이라고 할 수 있다. 즉 하루의 일 속에 자신의 중심된 관심의 표적이 무엇이었던가를 되새겨볼 수 있어야 일기를 쓸 수 있고, 이것은 생활 내용을 바탕으로 하여 생겨나는 것이기 때문이다. 따라서 하루를 살면서 무엇이 하루를 있게 하는가를 살펴볼 수 있게 해주는 일기는 성찰과 전망을 지닌 시간 안에 담겨진 자신의 기록이 되는 것이다.

340

제2장 서간문

1. 서간문의 성격

1) 형식에 얽매여서는 안 된다

지난 가을 네덜란드의 조그마한 도시 울테흐트에 갔을 때였다. 오래된 도시여서 고건축물들이 많아 이에 대한 정보를 얻기 위해서 관광안내센터에 갔다. 전철역 근처라서 사람들로 붐비고 있었다. 겨우 지도 한 장을 얻어서 앉을 곳을 찾아보니 대합실처럼 이어진 줄의자에는 젊은이들이 가득 자리를 잡고 있었다.

나도 겨우 한 자리를 잡고 앉아 지도를 펼쳐들고 주위를 둘러보았다. 여행을 떠나온 스페인의 청소년들이 의자에 앉지도 못하고 가방을 타고 앉아서 벽에 등을 기대고 무엇인가 종이에 열심히 적고 있었다. 궁금해서 지도를 접어 주머니에 넣고 그들 쪽으로 가까이 갔다. 그리고 어린 소녀에게 무엇을 그렇게 열심히 적고 있느냐고 물었다. 그러자 소녀는 활짝 웃으며 "동네 친구에게 편지를 쓰고 있어요" 하였다. 내가 "좀 보여줄래?" 하고 다가가자 소녀는 얼굴을 붉히면서 수첩을 내밀었다. 스페인어로 되어 있어서 읽을 수 없다고 하자 소녀는 영어로 번역을 해주었다.

"보고 싶은 친구에게. 울테흐트 시 관광센터 안의 바닥에 앉아서 너에게 편지를 쓴다. 보고 배운 것을 너에게 편지로 알려주기로 약속했기에 나는 아무데나 앉아서 글을 써야 한단다. 이곳을 떠나면 곧 다른 세계와 만나게 되어 너에게 전해야 할 것을 잊어버릴 수 있기 때문이다."

그녀의 편지는 이렇게 시작되고 있었다.

소녀와 헤어져 도시를 돌아다녔지만 소녀가 친구에게 쓴 편지의 내용이 내 머리를 떠나지 않았다. 그 소녀는 내가 편지를 쓸 때마다 겪게 되는 어려움에서 벗어나 있었기 때문이다.

내가 당한 어려움이라는 것은 먼저 막역한 친구 사이더라도 글로써 의사를 전달하는 경우에는 상대의 체면을 존중하는 어사(語辭)를 찾아 써야 한다는 점이었다. 나 자신의 문장력은 뒤로 미루어두고서라도 만일 친구가 '그 친구 편지를 보니 아는 게 별것 없는 모양이지' 하고 여기게 될까 봐 두려움을 가지게 되는 것이다. 이러한 고정관념으로 해서 옛날 사람들은 편지의 서두에 상투어를 담게 되었고, 인사말 속에 어려운 한자어가 들어 있어야 제대로 된 편지라고 여기게 되었던 것이다.

2) 전달하고자 하는 내용이 선명히 드러나야 한다

먼저 편지글에는 일정한 상대에게 전달하고자 하는 용건이 담겨 있다는 점이다. 따라서 용건 전달을 위해서는 무엇보다도 쉽고 간명하게 전하고자 하는 내용을 글 속에 담아야 한다.

　　아버님, 그간 안녕하셨습니까.
　　서울에서의 객지생활도 학교에 다니다보면 아무렇지도 않게 느껴집니다. 제가 글월 올리는 것은 하숙비가 올라 다음 달에는 12만 원을 더 부쳐주셨으면 해서입니다. 어려운 집 형편을 알고 있지만 어쩔 수 없어 알리게 되었습니다.
　　내내 건강하시기를 빌면서 이만 줄입니다.

　　시골에서 서울로 올라와 공부하는 어느 학생이 아버지에게 하숙비 인상을 전하는 편지이다. 우리는 고생하는 아버지에게 하숙비를 더 보내달라고 하는 것이 부담이 되어 쓸데없는 허사(虛辭)를 편지에 집어넣는 예를 흔히 볼 수가 있다. 사실 고향집에 있는 어머니의 안부에서부터 동생들의 안부에 이르기까지 장황하게 집안 사정을 걱정하고는 그 다음에 하숙비 인상을 알리는 것이 좋을 듯하지만 오히려 짧은 사연에서 용건이 선명하게 드러나므로, 이 편지를 받는 아버지는 아들이 무엇을 요구하고 있는지를 쉽게 알 수 있고 또 이를 통해 조심스러워하는 아들의 마음을 읽을 수 있다.

　　됴히 잇느냐, 쇼복 보낸다. 네 서방도 됴히 잇느냐. 색기도 됴히 잇느냐.
　　　　　　　　　　　　　　　　　　　—이병기 편주, 《근조내간선》 중에서

　　이 글은 이조 정종이 출가한 생질녀에게 보낸 편지이다. "잘 있느냐, 소복 보낸다. 아이도 잘 있느냐"라는 아주 짧은 글이다. 그러면서도 전달하려고 하는 내용이 선명하게 드러나 있을 뿐만 아니라 절제된 표현의 행간을 타고 상대방이 어떻게 지내는가에 대한 관심과 함께 가족 전체의 삶을 걱정하는 목소리가 그대로 풍겨나오고 있다.

아내에게,

당신이 말한 대로 그 집에 들렀다가 왔소. 며칠 후면 돈이 도착할 것이오. 어려운 형편에 억지로 그만한 돈을 마련했으니 어머니께도 내가 말한 대로 가져다 드리시오. 곧 만나게 될 것이오.

남편으로부터

직장이 지방에 있어서 그곳에 머물고 있는 남편이 아내에게 보낸 편지이다. 이 편지는 다른 사람이 읽으면 무슨 내용인지 잘 알 수 없다는 점에서 유난히 관심을 끈다.

편지는 전하고자 하는 상대가 그 내용을 온전하게 알아들을 수 있게만 하면 되는 것이기에 모든 사람들이 알아볼 수 없게 쓸 수도 있어서, 온전한 문장형태가 아니라도 좋다. 즉 편지는 수신자와 발신자 사이에서만 주고받을 수도 있기 때문에 보내는 이와 받는 이 사이의 관계가 편지글의 형태를 결정하는 데 큰 의미를 갖는 것이다. 따라서 제삼자가 알아서 안 될 일 같은 것은 이와 같이 애매한 표현을 통해서 전달할 수 있다.

3) 상대방에 대한 예의를 지켜야 한다

이러한 편지글의 특징을 생각할 때 잊지 말아야 할 것은 서로 예의를 지키는 일이다. 예의가 허물어진 글을 보내게 되면 상대에게 실례가 되는 것은 물론이거니와 인간관계의 기본을 벗어나는 일도 되므로 편지가 지닌 품격을 잃게 되고 받는 이를 불쾌하게 만드는 경우도 생긴다.

편지를 쓸 때는 우선 편지의 시작이 되는 상대의 호칭부터 정확하

게 해야 할 것이다. 호칭이 가지는 몇 가지의 특이한 느낌을 다음의
예에서 확인해볼 수 있다.

　　선생님께
　　사돈님 보시유
　　누나 보세요
　　아우님 보시게
　　아가 보아라
　　어머님께 드립니다
　　형님께 올립니다
　　형 보시오

　이들 호칭을 입 안에서 조용히 불러보면 각각이 지니는 독특한 느
낌을 쉽게 맛볼 수 있을 것이다. '선생님께'의 경우는 평범해서 특
별한 사제관계라기보다는 일반적인 관계의 스승과 제자 사이임을
느낄 수 있다. 이와 달리 '선생께'라고 바꿀 경우, 존칭인 '님'이라
는 한 글자가 빠진 선생이라는 말은 존경의 느낌보다는 무엇인가 사
무적인 성격의 호칭이 되고 있음을 알 수 있다.
　'아우님 보시게'의 경우에도 친형제간이 아니라 동서지간쯤 되는
먼 사이에 서로를 높이는 예의를 담고 있음을 알 수 있다. 그냥 '아
우 보아라'라고 하는 것과의 차이가 바로 호칭으로 해서 생겨나는
것이다. 이와 같이 호칭은 편지의 첫 시작에서부터 중요한 의미를
가지게 되는 것이다.
　그리고 다음의 예들을 서로 비교하여보면 편지에서의 문체가 결정
하는 상대와의 인간관계의 밀도 및 친소의 관계를 살펴볼 수 있다.

　　하노라―한다

하려 하노라―하겠다
할지어다―하여라
하옵나이다―하옵니다
하소서―하시기를 빕니다

문체의 문제이지만, 존칭을 어떻게 정확하게 그리고 오늘의 언어
관습에 맞게 골라 쓰느냐 하는 것은 생각해보아야 할 점이다. 편지
에서 지나치게 예의를 지킨다고 존칭어를 남발하면 꾸며낸 얼굴로
마주하고 있는 듯한 인상을 줄 수 있으므로 일반적인 언어관습을 그
대로 따르는 것이 현명한 방법이 될 것이다.

선생님,
겨울방학이 벌써 다 되었습니다.
그 동안 안녕하셨습니까. 한 학기도 훌쩍 지나가 버렸습니다.
학기가 끝나 선생님께 한 학기 동안 가르쳐주신 은혜에 고맙다는
인사라도 드리고 고향에 가고 싶었으나 경황이 없어 그냥 내려가게
되었습니다. 이 작은 편지로 인사드리게 된 것을 용서해주십시오.
봄 개학을 해서 다시 선생님 앞에 설 때까지 건강하게 계시기를 빕
니다.

제자 올림

며칠 전 연구실 문을 열고 들어섰을 때 누군가 문 밑으로 집어넣
은 쪽지편지가 있어서 펼쳐보았다. 윗글은 편지의 내용이다. 어색하
고 조금 예의에 어긋나는 점도 있지만, 제자가 보낸 편지로는 무난
한 편이다. 이 편지의 장점은 보내는 이의 마음이 그대로 드러나 있
다는 점이다. 이는 형식에 지나치게 얽매인 편지가 오히려 형식 없
는 편지가 지니는 솔직함만 못하다는 점을 보여주는 것이다.

2. 서간문의 형식

지금까지 편지가 가지는 일반적인 특성을 살펴보았고, 이제부터는 편지가 지니는 형식적 특징을 살펴보기로 한다. 편지의 형식적 특징을 요약하면 다음과 같다.

(1) 호칭
(2) 시후
(3) 문안
(4) 보내는 이의 근황
(5) 용건 또는 사연
(6) 끝맺음

편지를 쓸 때는 스스로 이들 각 부분에 대해 특별하게 어떤 방식으로 틀을 짜야 할 것인가를 생각해보아야 하겠지만, 일반적인 편지의 경우에는 위에 든 각 부분들을 순서에 따라 연결하면 되는 것이다.

그러므로 편지를 쓰기 전에 미리 위에 든 구조에 알맞게 글을 만든 후 조립을 하여보면 몇 번의 훈련으로 쉽게 형식이 꽉 짜인 편지를 쓸 수 있게 될 것이다.

이를 살펴보면 (1)호칭은 누구에게 보낸다는 부름의 의미가 담겨 있다. '사랑하는 ○○에게'라고 하면 연인 사이인 것을, 혹은 '박형'하고 부르면 친구 사이인 것을 알아볼 수 있듯이, 호칭은 받는 이가 누구인가를 지칭하는 것이다. 그러므로 호칭을 제대로 붙이는 일이야말로 편지를 바르게 쓰는 첫 번째 요건이다.

박 형,

벌써 크리스마스가 다 되어가네.

여행 한번 가지 않겠는가. 눈 덮인 산록의 통나무집에서 옛날처럼 하룻밤을 보내고 오세.

비용은 둘이 나누어서 쓰기로 하지. 자네가 다 내도 말리지 않겠네.

누구도 없는 눈 덮인 산에서의 만남을 생각하게. 소식 기다리겠네.

친구 ○○가

이 편지에서는 '형'이라는 호칭 하나로 이것이 어떤 사이의 사람들끼리 주고받은 편지인지를 금방 알 수 있게 한다. 그리고 호칭에 따라서 그 친밀도가 두드러져보인다. 그러기에 평이한 문체도 구수한 친구 사이의 입담처럼 느껴지게 되는 것이다.

(2) 시후도 마찬가지다. 떨어져 살아가는 이들 사이에는 날씨가 서로 살아가는 모습이 다름을 나타내는 표시가 되는 것이다.

오빠 보세요.

서울 날씨도 이젠 제법 추워졌을 텐데 어떻게 지내세요.

이곳은 눈이 내려 동화에 나오는 집들처럼 되었답니다. 이 눈 속에서 따뜻한 겨울을 보내고 있습니다. 다름이 아니라 오빠에게 다시 제가 공부를 시작하게 되었다는 사연을 알리고자 합니다. 미국이라는 땅에 이민 온 지도 어언 10년이 넘어 다시 공부의 길로 들어서고자 하는 저를 의아하게 생각하실 테지만 공부를 다시 하지 않으면 고향에 가고 싶어 견딜 수 없을 것 같아 대학원에 진학을 하였답니다. 의욕에 찬 늙은 동생을 지켜보아 주세요.

미국에 이민 가서 살고 있는 여동생에게서 온 편지이다.

서울의 날씨와 그곳의 날씨를 비교하면서 추위에 어떻게 지내느냐고 묻는 것은 서로에 대한 안부와 더불어 살아가는 모습을 상상하는 매개가 되어주고 있음을 알 수 있다. 따라서 날씨에 대한 인사는 단순한 인사말에 그치는 것이 아니라 생활에 대한 관심으로 확대된다는 점이 중요한 것이다.

3. 좋은 서간문의 요건

지금까지 서간문이 지닌 형식적 특성을 살펴보았다. 아무리 형식적으로 어그러짐이 없는 글이라고 하더라도 서간문은 일정한 상대를 대상으로 하는 글이어서, 상대에게 어떤 내용을 전달함에 있어서 문장의 기법에 따라 전달하고자 하는 내용이 달라지게 된다.

여기에서는 서간문을 쓰는 데 필요한 기법에 대하여 살펴보기로 한다.

서간문을 잘 쓰는 방법으로 이태준의 《문장강화》에 제시된 내용을 요약하면 대체로 다음과 같다.

(1) 쓰는 목적을 분명히 할 것
(2) 편지받을 사람을 잠깐이라도 생각해서 그와 지금 마주앉은 듯한 기분으로부터 알아가지고 붓을 들 것
(3) 한문식 문구를 무시하고 말하듯 쓸 것
(4) 예의를 갖출 것
(5) 감정을 상하지 않게 쓸 것
(6) 저편을 움직여놓을 것

이러한 요령이 지니는 의미를 포괄해서 하나의 틀로 엮어보면 서
간문이 지니고 있어야 할 기본적 성격으로 다음의 네 가지 요소를
들 수 있다.

그것은 ①간결함(shortness) ②단순성 (simplicity) ③역동감(strength)
④성실함(sincerity)이다.

1) 간결해야 한다

물건을 고를 때 상인이 장황하게 설명하면 사고 싶은 마음이 있다
가도 마음이 변하듯이 서간문의 문장이 장황하게 설명의 글이 되어
버리면 읽는 이가 전달하고자 하는 내용의 진실성을 의심하게 되는
경우가 있다.

다음은 초청의 글이다.

초청의 말씀

연극인 고(故) 이해랑 선생의 연극정신을 기리고 한국연극의 발전
을 도모하기 위해 조선일보사와 이해랑 연극재단이 공동으로 시상하
는 '이해랑 연극상'의 다섯 번째 수상자로 윤주상 씨가 선정되어 시
상식을 갖고자 합니다.

1995년 3월

조선일보사 사장 방상훈

이해랑 연극재단 이사장 김천혜

이 짤막한 초청장이야말로 가장 간결하게 쓰여진 서간문이다. 그
러면서도 초청하고자 하는 의도와 초청하는 이에게 왜 참석했으면
하는가 하는 점을 명료하게 밝혀주고 있다. 생일파티에 친구를 초청
하면서 보내는 초청장의 글이 번잡하여 축하의 마음을 가지고 달려

가게 하기보다는 꼭 참석해야 하는가 하는 의구심을 가지게 하고 흔쾌한 마음으로 참석하지 못하게 한다면 애석한 일이 아닐 수 없다.

아무리 짧아도 그 행간 사이나 선택한 언어의미가 명료할 때는 장황한 설명이 생략되어 있더라도 참석해야 하는 이유를 찾아낼 수 있게 되는 것이다.

> 꽃을 병우(病友)에게.
> 식물원에 가서 이것저것 고르다가 그중에서 제일 좋아보이는 것을 하나 사서 지금 인편에 보내드립니다. 변변치 못한 것이나마 나의 성심이니 받아줍소서. 그리고 병중에 있는 형의 마음이 얼마큼 위로가 된다면 형의 곁에 내가 앉아서 간호해드리는 것이나 다름이 없겠습니다. 자중하시기 비오며.
>
> ―김안서, 《서간문범》 중에서

위의 서간은 병중에 있는 친구에게 꽃을 보내며 마음을 적은 글이다. 이 글의 중심적 내용은 꽃을 보낸다는 것이기보다는 꽃을 보내는 것이 곁에서 간호해주지 못하는 것에 대한 답답함을 대신한다는 뜻을 담고 있다. 그러기에 꽃을 보내는 일과 간호해주고 싶어하는 마음을 서로 연결하여 짧게 표현하고 있다.

이 글에서 찾아볼 수 있는 것은 찾아가서 간호하지 못하는 것에 대한 변명이 생략되어 있다는 점이다. 글쓴이는 꽃의 의미를 확대하여 간결한 메시지로 응축하여 보여주고 있다. 뿐만 아니라 병실에 꽂히게 될 꽃과 자신을 일치시켜 회복을 기원하는 상징적 의미도 보여줌으로써 짧은 메모와 같은 서간이면서도 끊을 수 없는 우정의 깊은 세계를 나타내고 있는 것이다.

간결함이 서간문에서 중요한 글쓰기의 지침이 되는 것은 말하고자 하는 내용과 최단거리에 표현기법을 마련하여 인상적인 요소를 보다 깊게 할 수 있게 하는 방법이기 때문이다.

2) 단순해야 한다

간결함과 단순성의 차이는 필요한 언어만으로 내용을 드러내는 것과 분명하게 전달하고자 하는 내용을 드러내는 것이라 할 수 있다. 즉 단순성은 전달하고자 하는 뜻을 선명하게 상대에게 보내는 기법이다.

그러기 위해서 먼저 생각해야 할 것은 복잡하게 우회적인 표현을 동원하는 등의 허례적인 수식어를 과감하게 버리고 보다 선명한 언어가 어떤 것인가를 찾아내야 한다는 것이다.

다음은 아내가 남편에게 보낸 편지이다.

여보, 미안해요.

18년 전 음력 1월 18일. 그 해 겨울은 왜 그리 춥고 배고프고 길던지……. 가난한 신혼의 겨울은 어린 신부에게 사랑보다 배고픔이 먼저라는 사실을 실감나게 가르쳐주었다. 만삭의 배는 한 시간마다 진통이 오고 병원비라도 구해오겠다며 나간 남편은 통행금지 사이렌이 울려도 돌아올 줄 몰랐다. 문풍지 사이로 매서운 바람이 들어오고 진통의 아픔은 더해갔다. 원망과 미움으로 까만 밤을 하얗게 지새우게 한 남편은 통행금지가 풀리자마자 허둥지둥 달려왔다. "미안해, 돈을 빌려달란 말이 입 밖에 나오지 않아 고스톱 치는 친구 옆에서 끝나기만 기다리다 그만 통행금지에 걸려서. 정말 미안해……." 그러나 나는 변명을 들을 시간이 없었다. 악을 쓰면서 따져볼 겨를도 없이 나는 미리 준비해둔 애기 기저귀 보따리와 미역뭉치를 챙겨들고 친정으로 갔다. 병원비가 없으니 친정으로 가는 수밖에 다른 수가 없었다.

무사히 도착한 나는 아들을 낳았다. 아이는 건강하게 잘 자라 지금은 아빠 키보다 훨씬 커버린 멋진 아들이 되어 고등학교에 다니고 있다. 세월은 정말 빠르다. 열심히 살아가는 남편은 그 후론 단 한 번도 외박해본 일이 없지만 지금도 아들을 바라볼 때마다 그때의 일이 문득문득 생각이 나 미워진다. 아직도 내 마음 깊은 곳에서 용서를 하지 못한 까닭일까? 10년이면 강산도 변한다는데 20년의 세월 앞에서 이제는 훌훌 털어버려야겠다. 웃으면서…….

— 최정숙(《좋은 생각》, 1994년 11월호)

이 글은 수필형식을 빌려 남편과의 사이에 남아 있던 앙금을 남편에게 고백하고 있다.

구태여 이 글을 편지형식의 글이라고 한다면 제목은 "여보, 미안해요"라는 말이 될 것이다. 남편이 미웠던 순간을 10년이 넘게 잊지 않고 있었으나, 이제 "미안해요"라는 한 마디 함축적 사과의 말이 담긴 편지글로 모든 것을 풀어버릴 수 있다는 점이 독특하여 예문으로 들었다.

편지의 단순성은 이와 같이 얽힌 사연을 간명한 언어표현을 통해 감동적으로 전달할 수 있는 경우에 그 진가를 발휘하는 것이다. 이를 완벽한 서간체로 바꾸어보면 쑥스러움 때문에 자연스럽게 미안하다는 말을 할 수 없는 글이 되고 만다.

"여보, 그때 당신이 얼마나 잘못했는지를 알고 계시지요. 10년 넘게 나는 이를 잊지 않고 있었지만 세월이 흘렀으니 내가 잊기로 했습니다"라는 내용으로 변용하여보면 어색한 감정표현으로 인해 자칫 잘못을 새삼스럽게 들추어내는 듯한 인상을 남편에게 줄 수도 있고 자라나는 아이들 때문에 등이 밀려서 내뱉는 고백이라는 느낌도 줄 수 있는 것이다.

따라서 이 글은 이제는 털어버린 소상한 과정을 설명할 수 있어서 부담을 주지 않는 글이 되었다고 할 수 있다.

또 다른 예문이다. 1597년 정유년에 이순신 장군이 다시 삼도통제사로 부임하던 시절, 선조대왕이 피난지에 있는 딸에게 보낸 편지가 있다.

> 그리 간 후의 안부를 몰라 하노라. 어찌들 있는다. 서울 각별한 기별 없고, 또 적은 물러가니 기꺼하노라. 나는 무사히 있는다. 다시금 좋이 있거라.
>
> 정유 9월 20일
> —박목월, 《문장의 기술》에서 재인용

이 글에서 피난지에 있는 딸을 걱정하는 마음의 표현이라고는 '어찌들'이라는 한마디뿐이다. 그러면서도 마음에 품고 있는 많은 우려를 단순하게 집약시킴으로써 말하고자 하는 깊은 속까지도 품위와 위엄을 지키면서 드러내 보여주고 있는 것이다.

단순성을 살리기 위해서는 이와 같이 집약시키는 기법을 익혀야 할 것이다.

3) 역동감이 있어야 한다

서간문에서 역동감이 있어야 한다는 것은 꾸민 듯한 치장으로 죽은 문장이 되게 하지 말아야 한다는 뜻이다. 옛날 선인들의 글을 보면 예의에 맞는 글을 써야 한다는 것에 매달려 격식만을 차린 의미 없는 어휘들을 가져다 써서 읽을 수 없는 편지가 되는 경우도 허다했다.

다음은 아버지와 딸이 주고받은 편지이다.

자상하신 아빠께.

이른 아침의 찬 공기가 겨울을 계속 재촉하고 있어요. 눈이라도 포근히 내렸으면 좋겠어요.

요즘 아빠는 너무 바쁘셔요. 피곤하실 텐데 늦도록 일을 하고 돌아오시지요. 모두 저희 3남매를 애써 키우시느라 고생하시는 줄 알아요. (중략)

글을 쓰자니까 더욱 죄송한 느낌이 들어요. 아빠, 엄마께서는 속으로 무척 슬퍼하셨을 것 같아요. 오빠나 동생과 별일도 아닌 것을 가지고 다투기도 하며, "그만 해두라"는 부모님의 말씀도 잘 듣지 않고 TV나 보면서 심부름시키는 것을 단번에 듣지 않았던 적이 한두 번이 아니었습니다. 참 죄송하게 생각합니다. 그러나 저도 이제 어엿한 여고생이 되니 더욱더 아빠 엄마를 기쁘게 해드리겠어요. (하략)

1982년 11월 29일
고명딸 선영 올림

착한 딸 귀한 딸.

나의 착한 딸, 귀한 딸 선영아. 네가 벌써 중학을 마치고 여고생이되려고 하느냐? 앨범을 뒤적이면 그 속에 엄마 품에서 귀엽게 방실웃는 표정과 오빠와 남동생 틈에서 공연히 투정하던 지난날의 네 모습이 떠올라 아빠는 저절로 피식 웃게 된다. (중략)

장래에 사회에 나가 어엿한 한 여인으로서 꾸준히 발전해야 한다. 지나간 다음에 후회하지 않는 길은 자기가 처한 현재를 최대한 착실하게 사는 것이다. 너의 방 벽에 걸려 있는 우리 집 가훈을 생각해 보아라. 네가 국민학교 6학년생이던 해 어린이날, 서울특별시 착한 어린이상 표창받던 날 아빠 엄마 뜻을 모아 너에게 준 글귀가 우리 집 가훈으로 굳어진 것을 너도 잘 알고 있겠지. (하략)

—이상익 · 조연희, 《한 송이 연꽃으로》 중에서

이 글은 서울사대 국어과 이상익 교수가 그의 딸과 주고받은 편지의 일부이다. 중학교를 졸업하며 아버지에게 보낸 딸의 편지에서 역동감을 찾을 수 있는 것은, 말을 하듯이 솔직하게 자신의 심정을 드러내고 있는 부분들 때문이다. 즉 계절에 대한 자신의 느낌을 표현한 부분이나 또 자신의 잘못을 후회하는 부분 등을 통해 손을 모으고 아버지의 무릎 앞에 앉아 어리광을 부리는 영상이 그대로 보여지는 듯하다.

아버지의 글에서도 딸의 지난날을 회상하는 부분 등에서 어느새 여고생으로 자라버린 딸에 대한 놀라움이 그대로 살아 있어서 이를 통해 아버지로서 세월이 빠르게 흘러간다는 서운함을 숨김없이 드러내고 있다.

일반적으로 부자나 부녀의 관계에서 편지를 주고받을 때 격식을 차려가노라면 하고 싶은 말은 숨어버리고, 하지 않아도 될 쓸데없는 미사여구나 어려운 한자, 교훈적인 내용의 일반적 표현으로 치장되기 쉽다. 그러나 이 글에서는 그런 부분을 찾을 수 없으며 말을 하듯이 있는 그대로 드러내 보여줌으로써 역동감이 나타나게 된 것이다.

4) 성실해야 한다

서간문에 있어서 성실함이 있어야 한다는 것은 말하고자 하는 내용이나 표현에 있어서 깊이 생각하고 진지하게 드러내 보여주려는 흔적이 있어야 한다는 뜻이다.

다음 글은 아버지가 딸에게 보내는 편지이다.

사랑스런 나의 딸 해나야.
아버지는 너희들이 불쌍한 할아버지 할머니들을 찾아가 하루를 같이 지내며 위문하기 위해서 노래와 연극을 연습한 줄 알았는데, 그 동안 너희들의 용돈을 푼푼이 모아서 떡과 과일까지 준비했다는 얘기를 듣고 더욱 놀랐단다. 엄마를 무심코 따라갔던 시장 떡집을 용케도 기억했다가 그 떡집에서 떡까지 주문했다는 얘기는 아빠로서는 믿기지 않았다. (중략)

아빠는 너희들 뒤를 따라간 것을 숨기려고 정문에서 할아버지가 문을 열어주실 때 너희들 도착 사실을 알고 양해를 구하고 식당 뒤켠의 조리실로 몸을 숨겼단다. 만에 하나라도 너희들에게 들키기라도 한다면 아빠의 체면도 말이 아니겠지만 너희들이 당황해할 것이 제일 걱정이었단다.

간밤에 너와 전화통화를 한 책임자 아저씨를 찾는 일이 우선 할 일이었단다. 체구가 아빠만한 책임자 아저씨가 해나가 이곳에 들어온 경위와 그 뒷이야기, 인솔자가 바로 해나이고 신남성국민학교 6학년 2반 아이들이며, 그중에서 남자아이가 일곱, 여자아이가 여섯이라고 자세히 일러주시더구나.

사랑하는 해나야.

너희들의 착한 일을 마지막까지 지켜보고 칭찬도 해주고 돌아오고 싶은 마음 간절했었지만, 아빠는 아빠대로 부끄럽고 아저씨의 일이 뒤범벅이 되어 차마 너희들을 볼 낯이 없었단다.

집에 돌아온 후 하루 온종일 기쁜 마음과 뿌듯함이 뒤얽혀 혼자 눈물까지 흘렸단다.

—채길웅, 《일출봉에 해 뜨거든》 중에서

이 편지는 초등학교에 다니는 딸이 불우한 할머니와 할아버지들이 사는 양로원에 찾아가서 선행을 하는 것을 뒤따라가서 살펴본 아버지가 딸에게 편지형식으로 그 사실을 알리는 글이다.

성실함이란 아버지의 글에서 볼 수 있듯이 정직하게 자신을 있는 그대로 드러낼 수 있는 용기를 지니고 써야만 나타나는 것이다. 적당하게 감추고 싶은 것과 자랑하고 싶은 것을 엄밀하게 구분하고 보면 성실성이 글에 드러나지 않게 된다.

제3장 기행문

1. 기행문의 성격

1) 서술의 초점이 분명해야 한다

서사적 문장 중에서 기행문은 생활적인 멋을 가진 글의 하나이다. 일반적으로 서간문이 일정한 상대를 향한 글이라면, 기행문은 자신의 체험을 중심으로 다중적 대상을 향해 쓰는 글이다.

따라서 기행문은 먼저 대상에게 전달하고자 하는 내용이 무엇인가에 대한 문제를 생각해보지 않을 수 없다. 예를 들어 여행한 지역의 지리적 정보를 제공하느냐 혹은 그 지역의 문화적 성격에 대한 이야기를 전달하고자 하느냐에 따라서 기술의 방식이 달라져야 할 것이고, 나아가서 소재의 선택에도 효과적으로 어떤 내용을 제시하여야 하는가 하는 문제를 생각해보아야 한다.

오래 전 스위스에 갔을 때였다. 우연히 제네바에서 기차를 타고 뮌헨으로 가는 길에 베른이라는 도시에 잠시 내리게 되었다. 기차를 갈아타기 위해서였는데, 뮌헨으로 가는 기차를 타려면 일곱 시간 가까이 베른에 있어야 했다.

기차를 기다리는 동안 시내구경을 하려고 역 광장으로 나오니까 눈이 펄펄 내리고 있었다. 광장 건너편을 보니 마치 세운상가와 같이 빌딩들이 서로 이어져 있었고, 길과 닿은 층은 상점들이 열병을 하듯 늘어서 있었다. 시간을 보내기에는 상점구경을 하는 것이 좋을 듯했고 더욱이 지붕이 길게 거리 쪽으로 뻗어나와서 눈을 피할 수도 있었다.

나는 상점들을 기웃거리며 걷다가 아담하게 생긴 커피점에 들어갔다. 나무로 만든 의자에 앉자, 한 소녀가 다가와서 주문을 받으려고 가죽으로 겉을 싼 수첩을 펴들었다. 꽃무늬를 옷깃에 얌전하게 수놓아 만든 흰 블라우스에다가 까만 통가죽으로 만든 혁대에 가죽 주머니를 차고 짧은 주름 스커트를 입고 서 있는 모습이 청초하게 보였다.

커피를 주문했다. 한참 있다가 그녀가 커피와 함께 초콜릿도 곁들여 가지고 왔다. 나는 웃으며 "초콜릿은 주문하지 않았는데" 하면서 그녀를 보았다. 그녀는 웃으며 "커피에 곁들여 나오는 것이니까 돈을 더 내지 않아도 된다"고 영어로 대답을 하는 것이었다. 나는 그녀의 웃는 모습이 천진하게 보여 "이 도시에서 잠시 동안 무엇을 구경하면 좋겠는가" 하고 물었다. 그러자 그녀는 스스럼없이 잠시 후면 일이 끝나니까 자기가 안내를 해줄 수 있다는 것이었다.

잠시 후 그녀는 스위스 전통의상을 벗고 여느 젊은이처럼 청바지에 점퍼를 걸치고 왔다. 그녀는 먼저 동물원으로 나를 안내했다. 여러 종류의 곰이 가득한 동물원이었다. 베른의 상징이 곰이었기에 곰동물원이 있었다. 그리고 그녀는 유명 시계점이 있는 상점으로 갔

360

다. 그리고 스위스 음악을 연주하는 조그마한 카페로 들어갔다. 뮌헨으로 가는 기차를 타기까지 그녀는 몇 군데 더 나를 안내했다. 몇 푼의 안내비를 손에 쥐어주어도 그녀는 한사코 거절을 하며 내가 기차에 올라 손을 흔들 때까지 서 있었다.

한국으로 돌아온 다음 베른에 관한 기행문을 쓰려고 몇 번이나 책상 앞에 앉았다가 손을 놓곤 했다. 이는 다름이 아니라 베른에 대해서 무엇을 써야 할 것인가에 대해 나의 인상이 몇 갈래로 갈라져 있는 것을 느꼈기 때문이다.

첫째로 베른이라는 도시가 지니고 있는 고풍스러움과 도시의 상징인 곰에 얽힌 사연들에 관한 시각과, 둘째로 베른에 사는 그 소녀와의 만남에 대한 인상이 주는 한 소녀에 대한 시각과, 베른이라는 도시의 생김새와 지리를 밝혀주어야 하는 시각 등이 서로 교차하고 있어서 글의 핵심이 흔들리기 때문이었다.

이 세 가지 시각에서 볼 수 있듯이 기행문은 보고 느낀 것 중에서도 무엇을 중심으로 쓰느냐에 따라서 기행문의 성격이 달라지는 것이므로 먼저 시각의 초점을 무엇에 맞추느냐의 문제를 결정해야 한다. 그리고 다음에 생각해야 할 것은 기술의 방식이다. 다음은 시비를 찾아가서 보고 느낀 것을 적은 글이다.

검은 구름이 낀 하늘이 눈이 내릴 것만 같다. 송추에서 월탄(月灘)의 묘소를 물으니 아는 사람이 없다. 의정부 벽제 간 도로를 사이에 두고 송추역 쪽이 부곡리요 유원지 쪽이 울대리다. 대충 이 방면일 게다 생각하면서 백석면 쪽을 걷다 어느 촌로에게 물으니 오른쪽 야산자락을 가리키면서 외딴채 농가의 뒷산일 거란다.

나무숲 속에 '밀양박씨세장지(密陽朴氏世葬地)'라는 팻말과 함께 월탄 삼형제의 묘표가 나란히 서 있다. 묘소에 석물을 쓰지 않는 것이 가풍으로 되어 있기 때문이다. 묘표 뒤로 80미터 올라가니 '월탄 추모비'가 나그네를 반긴다.

원형으로 다듬은 비신의 앞면에 그의 시 〈청자부〉의 둘째 연이 새겨져 있고 뒷면에는 그의 작품이 시, 수필, 소설별로 새겨져 있다.

비신을 받치고 있는 대석 앞쪽에 성균관대 그의 문하생 모임인 수요회원 일동이 추모비를 세운 뜻을 모임을 대표해서 윤병로의 글, 김구용의 글씨로 새겼다.

"달을 좋아하셔서 문학에 몸담으셨던 월탄 선생이시여, 그예 80평생의 보람찬 문필생활을 마치고 구름 따라 가버리시었습니까. 우리 현대문학사의 증인이며 문단의 거목인 월탄 박종화 선생은 그대로 천수를 마치고 가셨습니다."

비문의 첫 구절이다.

　　　　　　　　　—박용화, 〈그리운 마음 표적 삼아〉《시비산책》 중에서

이 글에서 먼저 찾을 수 있는 것은 시비를 찾아가는 길이 소상하게 제시되어 있다는 점이다. 송추에서부터 시비에 이르기까지의 과정이 지도도 없이 물어서 가는 형식으로 기술되어 있다. 그리고 또한 가지는 비석의 생김새와 그 속에 쓰여진 내용이 무엇인가에 대해서 대략적 윤곽을 알 수 있게 설명하고 있다는 점이다.

그런데 주목해볼 점은, 시비를 찾아간 이의 심정이나 느낌은 날씨에 관계되는 약간의 표현으로 처리되어 있어서 아무런 특징적 표현을 볼 수 없는 것이다.

이 두 가지를 비교하여보면 시비를 찾아간 이가 드러내고자 하는 것은 보고 느낀 점이 아니라 시비가 어디에 있으며 무슨 내용으로 세워져 있는가에 대한 '정보'를 제공하는 것이 중심이 되어 있음을 알 수 있다. 이는 그 목적에 따라서 기행문 기술의 방식도 달라져야 한다는 것을 말해주는 것일 뿐 아니라, 쓰는 이가 어떤 목적성을 가지고 글의 방향을 설정하느냐에 따라서 기행문의 성격이 여러 갈래

로 나뉘어질 수 있음을 말해주는 것이기도 하다.

2) 정확한 정보를 제공해야 한다

기행이라는 말이 지니고 있는 의미와 같이 '어디를 다녀와서'라는 접두어가 붙는 것이 기행문의 특징이다. 따라서 행로의 기록은 빠뜨릴 수 없는 내용이다. 물론 너무나 잘 알려진 도시일 경우나 역사적 명소로 일반인에게 친숙한 곳일 경우 지리적 요건은 생략될 수 있겠으나, 그 역시 행로의 변화가 다른 의미를 지닐 수 있는 것일 때는 기록해야 한다. 모스크바를 보고 온 기행문을 쓸 때, 블라디보스토크에서 비행기로 시베리아를 횡단하여 모스크바에 도착하였다는 것과, 시베리아를 기차로 횡단하여 모스크바에 도착하였다는 것은 모스크바에 관한 기행문을 쓰는 일이기 때문에 상관이 없다고 할 수 있으나, 실제로 이 두 경우는 모스크바를 어떻게 보느냐에 지대한 영향을 미칠 수 있는 시점의 단서를 제공하는 것이기에 빠뜨릴 수 없는 것이다.

또 기행지에서의 여러 가지 정보도 무엇을 보았는지에 대한 근거가 되는 것이기에 주관적인 인상을 막연하게 털어놓기 이전에 밝혀야 한다. 여름 한철에 파리를 방문한 관광객이 파리 시민이 휴가를 가고 없는 비다시피 한 도시에 관광객으로 가득 차 있다는 사실을 생각하지 않고, 파리 시민의 생활상을 관광객 속에서 받아들여 이를 글로 쓴다면 전혀 다른 파리 시민의 이야기가 될 것임에 틀림없다. 그러기에 정보의 정확성이 밑받침이 되어야 한다.

흔히 짧은 여정에서 만난 특정한 사람의 인상을 기록하면서 자신과 만난 이가 그 지역의 전형적 인물이나 되는 듯이 기술하는 경우를 볼 수 있다.

마드리드에서 파리로 오는 비행기 안에서였다. 마침 한 중년의 한국 사람이 옆자리에 앉게 되어 짧은 시간이었지만 말벗이 되었다. 그는 타일을 수입하기 위해서 처음으로 스페인을 1주일 간 방문했다가 돌아가는 길이었다. 나는 마드리드 대학에 가보고 싶어서 1주일 간 마드리드에 머물다가 가는 길이었다. 그는 나에게 플라멩코 춤을 추는 곳을 가보았느냐고 물었다. 호텔 사무장의 소개로 두어 군데 춤추는 곳을 가보았다고 하자 그는 "춤이 엉터리지요?" 하였다. 나는 내가 가본 술집의 이름을 말하면서 "그곳은 괜찮던데요" 하였다. 그러자 그는 자기도 똑같은 곳에 갔노라고 말하면서 "그 술집에서 추는 춤꾼들은 이태리 사람들이라서 진짜 스페인 춤이 아니라고 합디다"라고 말하는 것이었다. 나 역시 춤꾼이 스페인 사람인지 아닌지를 확인해보지 못했기에 "누가 그럽디까" 하고 물을 수밖에 없었다. 그러자 그는 "그 술집에서 옆자리에 홍콩 관광객이 앉았는데 그들끼리 주고받는 말을 들었지요" 하는 것이었다.

나는 혼자 웃을 수밖에 없었다.

아주 상식적인 수준의 정보도 자세히 살펴보지 않으면 엉뚱한 실수를 하게 되는 글이 기행문이다.

3) 명쾌한 해석이 있어야 한다

다음의 예문은 프라하에 관한 기행문이다. 이 예문에서 살펴볼 점은 한 도시를 설명해가는 순서가 어떻게 되어 있는가에 대한 기술의 구조이다.

프라하. 500미터의 고원에 많은 호수와 평원을 간직한 체코의 수도. 그러나 우리에게는 1968년 '프라하의 봄'으로, 더 먼 역사에는 보헤미아 왕국의 수도로 알려져 있는 곳. 한적한 길을 따라 낡은 마차를 타고 유랑하는 민족, 보헤미안. 지금은 이들의 흔적을 쉽게 찾을 수 없지만 이들 민족의 기원인 슬라브인들의 대이동과 이곳에서의 정착, 그리고 두 개의 공국으로 출발한 보헤미아의 역사를 프라하는 지금도 그대로 간직하고 있다.

구전에 의하면 9세기경 최초 기독교 대공이었던 보리보이가 프라하를 포함한 서부 보헤미아를 통치하게 된 것이 시초로 되어 있는데 그 이후 10세기 동안의 유럽 역사 속에서 프라하는 끊임없이 등장하고 그 흔적을 도시 곳곳에 남겨놓고 있다. 11세기의 로마네스크로부터 18세기의 바로크에 이르기까지 모든 양식을 보전하고 있는 도시. 유럽인에게 프라하에 대해 물어보면 서슴없이 유럽 꿈의 수도라고 한다.

— 김혁, 〈프라하〉《모닝 캄(Morning Calm)》, 1995년 3월호) 중에서

윗글은 프라하라는 도시에 대해서 다음과 같이 기술하고 있다. 첫째로 지형적 특성이다. 그리고 둘째로 민족의 역사, 통치자의 흐름, 이들이 일구어낸 문화적 성과, 마지막으로 유럽인들이 바라보는 프라하에 대한 인식의 순서이다. 이는 프라하라는 도시에 접근하고자 하는 이들에게 기초가 되는 정보를 짧은 문장으로 요령 있게 기술하고 있음을 보여주는 것이다. 즉 지형, 구성원, 생성과정, 문화 등은 한 도시를 이해하는 데 필수적인 요소가 되고 있는 것이기에 이를 적절하게 배합한다는 것은 바로 도시를 드러나게 하는 방법이 된다. 다시 프라하의 한 지역의 특징을 보여주는 장면을 인용하여보자.

또 하나의 역사적 구역으로 숙명적인 이방인의 입장을 가지고 있는 이 유태인들의 거주지 게토. 13세기경 상업의 중심지가 구 시청사 광장이 되면서 이 주변으로 유태인이 몰려들었다. 음산한 분위기의 조용한 거리들. 몇 개의 시나고그(유태인 교회)가 있는 미로에 들어서게 되면 까마귀 우는 소리가 요란하게 들리고 그 밑으로 이들의 묘지가 들어온다. 1439년 시인 아비아도 카로의 묘를 비롯하여 1만 2,000

기의 묘가 함께 있다.

표받는 노인의 창백한 얼굴이 그 분위기를 더해주는 입구 쪽 건물에는 지금도 히틀러에 의해 죽어간 영혼들의 이름을 깨알같이 벽면에 새겨놓고 있다. 다른 쪽 건물에는 유태인 수용소에서 죽어간 사람들의 유품과 그림들이 전시되어 있는데 특히 어린아이들의 그림이 많이 눈에 띈다. 유태인들의 고통과 삶과 죽음의 경계는 프라하에서 한 시간 정도 떨어진 텔레진 수용소 19번 구역을 가보면 쉽게 느낄 수 있다. 붉은 벽돌로 지어진 음산한 건물의 19번 지역은 삶에서 죽음으로 가는 짧고도 긴 통로였다.

이 구역에 들어서면 바로 왼편으로 목을 매달던 사형장이 보이고 옆으로 수백 명을 사살한 붉은 벽돌담이 들어온다. 시체들은 언덕에 매장되어 있는데 전쟁 후 이 장소에서만 500구 이상을 찾아냈다고 한다. 이 시체들은 수용소 앞 새로 조성된 묘지에 모두 안치되어 있고 수용소는 일반에게 공개되어 나치의 잔악함을 폭로하고 있다.

—앞의 책, 118쪽

나치 독일이 점령했던 곳이면 흔히 볼 수 있는 유태인 학살의 현장에 대한 기술이다. 이 글에서 유별난 점은 프라하 시와 시에서 한 시간 거리에 있는 19번 구역과의 연계방법이다. 한 가지 역사적 의미를 지니고 있는 다른 지역들을 함께 배열하여 프라하에서 볼 수 있는 또 다른 도시의 개성을 드러나게 하는 기법이다.

기행문은 이와 같이 역사나 사실에 대한 명쾌한 해독력이 받침이 되어야 수박 겉 핥기 식의 평범한 이야기를 벗어나게 하여 자신이 특별하게 보고 느낀 점을 체계 있게 만들 수 있는 것이다.

제4장 기사문

1. 기사문의 성격

기사문이란 '어떤 사건을 과장 없이, 장식 없이, 누락 없이, 분명하고 정확하게 기록하는 글'이라는 것이 일반적인 통념이다.

누구든 자신이 겪은 체험이나 견문을 정확하게 기술하게 되는 상황에 놓일 수 있다. 어떤 형식적인 틀에 매이지 않고 간단한 메모로도 남길 수 있는 것이다. 몇 년 전 일본 항공사의 비행기에 탔던 승객이 추락하는 순간에도 자신이 겪고 있는 일들을 기록하여 여러 사람들의 놀라움을 자아낸 적도 있었다.

그러나 대체로 신문기자가 쓰는 글이 기사문의 중심이 된다.

기자의 업무는 발생된 사건에 대하여 무감정적인 태도로서 구체적으로 독자에게 전달하는 일이다.

그 이상의 일을 하려 들면 위험구역으로 들어가게 된다. 왜냐하면 사실에 의거하여 독자가 자기의 생각을 결정할 권리를 기자가 간섭하기 때문이다.

　　　　　　　　　　　　　—오소백, 〈신문기자가 되려면〉 중에서

이 인용문에서 볼 수 있듯이 기자는 자신의 주관적 관점에서 벗어나서 읽는 이가 사건에 대한 판단을 할 수 있도록 기사를 써야 한다.

따라서 이러한 글을 쓰기 위해서 먼저 알아야 할 것은 기사문의 성격이다. 사건의 내용을 정확하게 담기 위해서는 사건을 기술하는 문장을 어떻게 조직해야 하는지 문장의 성격에 대한 이해가 있어야 한다.

1) 보도성을 지녀야 한다

기사문의 성격으로 먼저 들 수 있는 것은 보도성이다. 이는 독자에게 전달할 만한 가치가 있는 것인가에 대해 생각해보아야 한다는 뜻이다.

흔히 자신이 체험한 것은 남들이 겪은 것에 비해 특별하다는 가치판단을 하는 경우가 있다.

몇 년 전 미국으로 가는 비행기 안에서였다. 중년의 한 교포와 나란히 앉아서 가게 되었다. 20년 전 미국으로 이민을 가서 죽을 고생을 하다가 겨우 큰 슈퍼마켓을 운영하게 되어 살 만하게 되자 고국에 처음 왔다가 돌아가는 사람이었다. 그는 무료했는지 미국에서의 체험담을 풀어놓기 시작하였다. 가게 점원으로 들어가서 콜라병을 나르다가 허리를 다쳐 누워 있었던 일, 그래서 며칠 간 온 가족이 굶었던 일이며, 흑인이 한밤중에 큰 트럭을 몰고 와서 상품을 싼 가격에 팔고 가기 때문에 장사에 어려움을 겪는다는 일까지를 이야기했다. 또 도둑 물건을 잘 사면 떼돈을 벌 수 있다는 엉뚱한 이야기도 했다. 그리고 하루에 서너 시간을 자야 가게라도 하나 살 수 있게 된다는 미국생활의 어려움도 열심히 설명하였다.

그런데 그의 쉴 사이 없는 이야기를 들어주다가 나도 모르는 사이에 스르르 잠이 들고 말았다. 한두 시간쯤 자고 일어나서 그를 보니까 그는 다른 쪽의 사람에게 이민생활의 애환을 이야기하고 있었다. 나는 그가 말하는 동안 깜빡 잠이 들었던 것에 대해 양해를 구하려고 그의 말이 끝나기를 기다리다가 다시 잠이 들고 말았다.

한참 후에 깨어보니 그는 잡지를 읽고 있었다. 나는 그에게 잠이 들어 미안하다고 솔직하게 사과를 하였다. 그는 웃으며 "다 아는 이민생활 이야기를 해서 잠이 드셨지요" 하는 것이었다. 그 역시 그가 얘기했던 것들이 미국에 이민을 가면 으레 겪게 되는 일들이라는 것을 알고 있었다. 그러더니 그는 "누구에게든 내 성공의 이야기를 하고 싶어서요. 남들도 다 겪는 일이지만 나에게는 아주 중요한 체험이거든요" 하는 것이었다.

이 일은 내가 글을 쓸 때마다 두고두고 떠올려보는 체험이 되었다. 내 글이 남들이 다 알고 있어서 졸음이 오는 그런 내용을 담고 있지 않나 하는 걱정 때문이다.

신문을 읽다가도 그런 기사들을 많이 보게 된다. 석간신문에 실렸던 기사를 그대로 조간에서 보게 되면 조간신문의 기자가 아무런 생각도 없이 더 깊이 취재도 하지 않고 독자들이 이미 아는 일을 복사하듯이 써놓았구나 하는 생각이 든다. 그리고 그 기사에 대해 흥미를 잃게 된다. 이는 보도성이라는 참신한 생명력이 없는 기사를 썼기 때문이라고 하겠다.

따라서 기사문에는 새로운 정보이면서 많은 사람이 관심을 가지는 문제를 다루거나 아니면 사실을 보다 정확하게 알리는, 보도성이 있어야 하는 것이다. 또 보도성이라는 요건 뒤에, 글의 기술방식으로서 충실함이 있어야 한다. 즉 사실을 올바로 전하는 문장이 되어야 하는 것이다.

2) 객관성을 지녀야 한다

둘째로 기사문은 객관성을 가지고 있어야 한다.

서울시 경찰청은 17일 남자로 변장하고 백화점을 무대로 소매치기를 해오던 이모씨에 대해 절도혐의로 구속영장을 신청했다. 경찰에 따르면 이씨는 16일 오후 3시 5분쯤 소공동 롯데백화점 지하 1층 식품매장에서 쇼핑을 하던 재일교포 정모씨에게 접근, 손가방을 몰래 열고 현금 50만 원이 든 손지갑을 훔쳤다. 이씨는 이날 백화점에서 잠복근무중인 경찰과 백화점 직원들이 자신의 얼굴을 알고 있을 것을 우려, 남장을 하고 범행에 나섰다가 이씨의 거동을 수상히 여기고 미행한 경찰에 검거됐다.

어느 신문에 난 1단짜리 기사이다. 이런 사회면의 짧은 기사보다는 정치면에서 객관성의 효용이 더 발휘되지만 이런 짧은 기사에서부터 객관성의 문제는 시작된다는 점을 생각해서 인용하였다. 이 기사를 보면 남장을 한 여성이 소매치기를 하다 잡혔다는 사실과 함께 범인이 자신의 얼굴을 감추기 위해서 남장을 하였다는 사실이 담겨 있다. 그런데 자세히 보면 범인이 남장을 하게 된 이유에 대해 자백했다는 얘기는 어디에서도 찾을 수가 없다. 얼굴을 알아보는 경찰을 피하기 위해서 한 남장이라는 기사내용이 기자가 상상한 것인지 아니면 경찰의 조서에 기록된 것인지에 대한 근거제시가 없는 것이다. 왜 이 여성이 소매치기를 하면서 남장을 하게 되었는지에 대한 명확한 근거를 밝히지 않았기에 독자는 기자가 쓴 글에 따라서 경찰을

370

피하기 위해서 남장을 하였다는 사실만을 믿게 되는 것이다.

이는 애매한 표현으로 해서 범인이 남장을 하게 된 동기를 불분명하게 독자에게 전달한 결과가 되었지만, 정치적인 기사의 경우는 이보다 더 깊은 오해를 불러일으킬 수 있는 것이다.

김씨당은 이번에 국민들이 원하는 새로운 정강정책을 내걸었다. 대변인의 말에 의하면 지금까지 김씨당에서 추진했던 정책들이 국민의 생활과 밀착된 현실적 가능성보다는 이상에 치우친 감이 있다는 국민의 비판을 겸허하게 수렴코자 한 의도라는 것이다. 이에 대해 또 다른 김씨당의 대변인은 현실을 제대로 파악하고 이를 바탕으로 정책을 입안해가는 능력이 부족하기에 일어난 어쩔 수 없는 방향전환이라고 논평하면서 자당에서는 보다 구체적인 정책을 이미 오래 전에 마련해두었다는 점을 내세웠다.

흔히 신문에서 읽을 수 있는 정치기사의 형태를 만들어보았다. 이 기사는 언뜻 양쪽 당의 대변인의 발언을 근거로 객관적인 시각에서 작성한 것인 듯하지만, 자세히 보면 이 기사를 쓴 기자가 어떤 당의 편을 들고 있는지 쉽게 식별할 수 있다. 즉 또 다른 김씨당의 대변인의 말은 새로운 정강정책을 보여준 상대당에 대한 비판을 골자로 해서 이미 오래 전에 자신들이 마련한 정책이 이 새로운 정책과 동일한 것이었다는 다분히 아전인수적인 자랑이 담겨 있는 것이다. 바로 이 점이 객관성을 잃게 하는 요인이 된다. 오래 전에 마련해 두었으면서도 이를 발표하지 않고 있다가 상대당에서 새로운 정책이라고 발표하자 그제서야 내놓게 된 것을 아무 해명도 없이 그대로 받아 써 기사화한 것은 객관성을 잃은 것이 된다.

기사에 객관성이 있으려면 "구체적인 정책을 오래 전에 마련해두었다고 대변인은 밝히고 있다. 아직까지 발표하지 않고 있었던 이유에 대해서는 해명한 바가 없다"라는 정도가 되어야 할 것이다. 그래야 균형 있게 양당의 말을 수용한 것이 된다.

3) 정서적 언어를 써서는 안 된다

셋째는 개인적인 취향이 담긴 정서적 뉘앙스가 묻어 있는 어휘를 써서는 안 된다는 점이다.

누구나 정서적 의미가 담긴 독특한 어휘들을 가지고 있다. 예를 들어 '엄청'이라는 말을 자주 쓰는 친구가 있다. 나는 그가 "어젯밤에 엄청 술을 마셨어" 하고 떠들면 웃음을 참을 수 없다. 그가 엄청 마셨다는 것은 맥주 두 병 정도임을 알기 때문이다. 그는 과장하고 싶은 일을 말할 때면 꼭 '엄청'이라는 말을 집어넣곤 한다.

이 말과 같이 정서적인 언어로 기사를 쓰는 경우, 자칫 기사가 전달하고자 하는 정보를 과대포장해서 오히려 진실성을 훼손하는 결과를 가져올 수 있는 것이다.

스포츠신문이 발간되고부터 요란한 색깔로 톱뉴스에 '어느 팀 해냈어', '왜 이럴까', '깼다' 등의 감성적 언어들이 문패만한 글자로 장식되는 것을 흔히 볼 수 있다. 이를 볼 때마다 제목을 자극적으로 달기 위해서 또 스포츠경기를 보다 재미있게 표현하기 위해서 이런 단어를 골라 썼다는 점은 쉽게 이해가 가면서도 경기내용과 상관없는 감성적 언어들을 사용함으로써 경기에서의 승부의 세계가 마치 싸움판처럼 여겨지지 않을까 걱정이 되곤 한다.

이와 같이 사실을 기술하는 이가 사용하는 개인적 정서가 담긴 언어는 독자가 사실을 왜곡해서 받아들이게 하는 원인이 될 수도 있는 것이다.

선거 때면 으레 등장하는 '뜨겁다'라는 말이 있다. 이 뜨겁다는 말은 유권자의 관심이 높다는 말일 수도 있고, 출마자들끼리의 경쟁이 뜨겁다는 말일 수도 있다. 그러나 이 말은 결코 정확한 수치로 표현될 수 있는 관심도이거나, 아니면 출마자들의 경쟁이 어떤 형태로 첨예화하고 있는지를 밝히는 말이 될 수는 없는 것이다.

이상에서 밝힌 기사의 성격을 이해한다면 곧 기사문의 문장형식을 이루고 있는 구성의 법칙을 눈치챌 수 있을 것이다.

2. 기사문의 형식

1) 기사문과 육하원칙

부부싸움 끝에 살인

가정을 돌보지 않고 외박만 하고 다니다가 집에 돌아와 집문서를 가지고 나가려던 중 이를 말리는 아내와 말다툼 끝에 부엌에 있는 칼로 아내를 살인한 남편이 살인혐의로 구속됐다.

12일 밤 12시경 한강로에 사는 이씨(무직)는 집에 돌아와 집문서를 가지고 나가려고 하다가 아내인 조모씨가 이를 알고 말리자, 격분하여 부엌으로 들어가 식칼을 들고 들어와서 조씨를 살해하고 도주하였다. 이씨는 6세 된 아들의 진술로 청량리에 있는 정모 여인 집에 은신해 있는 것을 알고 찾아간 경찰에 의해 체포되었는데, 평소 경마장에 다니며 진 빚을 갚으려다 이와 같은 살인을 저지르게 된 것으로 밝혀졌다.

이 기사를 보면 다음과 같은 여섯 가지의 틀에 의해서 작성되었음을 알 수 있다.

(1) 언제(when) —12일 밤 12시경

(2) 어디서(where) —한강로 이씨의 집

(3) 누가(who) —이씨

(4) 왜(why) —노름빚을 갚기 위해서

(5) 무엇을(what) —아내를 살인

(6) 어떻게(how) —부엌에 있던 식칼로

이 여섯 가지의 조건은 기사문의 기본이다. 이 조건이 기사문에서 하나의 틀이 되는 이유는 독자에게 일어난 사건을 가장 선명하고 빠뜨림 없이 논리적으로 전달할 수 있는 방법이 되기 때문이다.

우리가 누구에게 말로 보고를 하는 경우에도 이 육하원칙에 따르면 듣는 이가 가장 합리적으로 사건을 이해하게 된다.

2) 오늘날의 기사문

오늘의 기사문은 점차 고전적인 객관성이나 공정성 같은 중립적인 관점에서 벗어나서 점차 쓰는 이의 판단이 섞이는 추세를 보여주고 있다. 물론 사건을 주관에 의해 마음대로 기술한다는 뜻이 아니라, 옳고 그름의 판단이 들어 있는 기사문을 쓰는 경우가 일반화되고 있다는 말이다.

전시대에 있어서는 기사문이 정확한 사실 기술의 영역에서 벗어난다는 것은 독자들의 알 권리를 훼손시키는 일이라는 생각이 일반적이었던 데 비해서 오늘의 기사문에는 기사를 작성하는 이의 건전하고 바른 판단이 개입되어 있는 경우가 많다.

예를 들어 패션에 대한 기사에도 단순히 어떤 옷 형태가 오늘의 중심적 유행이 되고 있다는 사실 제시의 차원에서 벗어나서 이러한 옷 형태가 우리 실정과 맞지 않는다는 비평적 관점의 평가까지 곁들여 소개되고 있는 것이다.

　이러한 변화의 원인은 여러 시각에서 살펴볼 수 있지만 글의 구성이나 언어선택의 방식에서 볼 때 정보화시대를 맞아 사건과 함께 정보를 얻겠다는 독자의 욕망에 보답하고 표현의 다양성을 가지게 함으로써 보고 아는 것에서부터 보고 알고 또 느낄 수도 있게 하는 방식이 자리잡기 시작한 때문이라고 할 수 있을 것이다. 그러나 잊지 말아야 할 것은 육하원칙에 의한 기사문의 틀과 사건을 전달하는 데 있어서의 객관성이 바탕이 되지 않고서는 결코 사건의 의미를 독립적으로 해독할 수 없다는 사실이다.

제5장 식사문(式辭文)

1. 식사문의 성격

1) 의식의 성격과 의미가 드러나야 한다

옛날에는 결혼식장에 가면 으레 내빈의 축사가 있었다. 두루마리 종이에 적어온 축사를 오랫동안 읽어서 긴장한 신부가 쓰러지는 경우도 있었다. 지금은 달라져서 주례의 말이 끝나면 축가나 부르고 의식을 마치는 것이 보편화되었지만, 경사스러운 일이나 불행한 일이 있을 때면 식사(式辭)를 하는 것이 아직도 성행하고 있다.

언젠가 새롭게 회사의 문을 열게 된 친구의 초청을 받고 갔다가 갑작스레 축사를 하라는 요청을 받은 적이 있다. 그때 몇 마디 못하고 강단을 내려오면서 몹시 후회했던 기억이 있다. 글로 적어 갔더라면 식이 끝난 다음 회사 직원이 뛰어와서 "원고를 주시면 사보

에 싣겠습니다"라고 했을 때 민망스럽게 머리만 긁적이고 있지 않아
도 되었을 것이다.

요즘처럼 자연스럽게 식에 어울리는 즉흥적인 축하나 감회의 말을
하고 물러서는 경우도 있지만, 그러나 식이 있는 곳에는 그 식에 알
맞은 식사를 준비하는 것이 당연한 일이다.

특히 의식이 공공(公共)의 성격을 띠는 경우이거나 정치적 모임인
경우 총체적 집회의 정신을 담은 식사나 선언문은 집회의 강령과 어
울려 가장 두드러진 상징적 표적이 되는 것이다.

4·19 당시 부정에 항거하여 일어난 시민혁명의 큰 계기가 되었던
학생들의 선언문은 일반적인 집회에서 줄줄 읽어가는 식사문의 형
태와는 달리 그 내용면에서 정통적인 것이라 할 수는 없지만, 의식
이 지니는 의미와 성격을 선명하게 드러내는 글이라는 점에서 가치
가 있다.

친애하는 고대 학생 제군!

한마디로 대학은 반항과 자유의 표상(表象)이다. 이제 질식할 듯한
기성 독재의 최후적 발악은 바야흐로 전체 국민의 자유와 생명을 위
협하고 있다. 그러기에 역사의 생생한 증언적 사명을 띤 우리들 청년
학도는 이 이상 역류하는 피의 분노를 억제(抑制)할 수 없다. 만약
이와 같은 '극단의 악덕과 패륜을 포용하고 있는 이 탁류의 역사를 정
화시키지 못한다면, 우리는 후세의 영원한 저주(詛呪)를 면치 못하리
라. 말할 나위도 없이 학생이 상아탑에 안주치 못하고 대 사회투쟁에
참여해야만 하는 오늘의 20대는 확실히 불행한 세대이다. 그러나 동
족의 손으로 동족의 피를 뽑고 있는 이 악랄한 현실을 방관하랴.

존경하는 고대 학생 동지 제군!

우리 고대는 과거 일제하에서는 항일투쟁의 총본산이었으며, 해방
후에는 인간의 자유와 존경을 사수하기 위하여 멸공전선의 전위적 대

열에 섰으나, 오늘은 진정한 민주이념의 쟁취를 위한 반항의 봉화(烽火)를 높이 들어야 하겠다.

고대 학생 동지 제군!

우리 청년학도만이 진정한 민주역사창조의 역군이 될 수 있음을 명심하여 총궐기하라.

—〈고려대학교 학생회 선언문〉(1960년 4월 18일)

먼저 고려대학교의 4·19 선언문을 읽어보면, 역사의 도도한 흐름을 거역하는 독재정권에 반항하여 고려대학교가 지켜온 지성의 반항과 자유라는 정신적 표상을 바탕으로 항일투쟁의 후예답게 일어서서 건전한 민주역사를 창조하는 역군으로 궐기할 것을 선언하고 있다.

이 선언문에서는 개인적인 내용의 체험이나 의견은 찾아볼 수 없고, 학생 전체가 감당해야 할 역사적 사명과 시대적 소명감을 강조하고 있다.

다음은 〈서울대학교 학생회 선언문〉이다.

상아의 진리탑을 박차고 거리에 나선 우리는 질풍과 같은 역사의 조류에 자신을 참여시킴으로써 이성과 진리, 그리고 자유의 대학정신을 현실의 참담한 박토에 뿌리려 하는 바이다.

오늘의 우리는 자신들의 지성과 양심의 엄숙한 명령으로 하여 사악과 잔학의 현상을 규탄광정(糾彈匡正)하려는 주체적 판단과 사명감의 발로임을 떳떳이 선명(宣明)하는 바이다.

우리의 지성은 암담한 이 거리의 현상이 민주와 자유를 위장한 전제주의의 표독한 전횡(專橫)에 기인한 것임을 단정한다. 무릇 모든 민주주의의 정치사는 자유의 투쟁사다. 그것은 또한 여하한 형태의 전제로 민중 앞에 군림하는 '종이로 만든 호랑이' 같이 헤슬픈 것임을 교시(敎示)한다.

한국의 일천한 대학사가 적색전제(赤色專制)에의 과감한 투쟁의 거획(巨劃)을 장(掌)하고 있는 데 크나큰 자부를 느끼는 것과 꼭 같은 논리의 연역에서, 민주주의를 위장한 백색전제에의 항의를 가장 높은 영광으로 우리는 자부한다.

근대적 민주주의 기간(基幹)은 자유다. 우리에게서 자유는 상실되어가고 있다는 것을, 아니 송두리째 박탈되고 있다는 것을 우리는 이성의 혜안(慧眼)으로 직시한다.

이제 막 자유의 전장엔 불이 붙기 시작했다. 정당히 가져야 할 권리를 탈환하기 위한 자유의 투쟁은 요원의 불길처럼 번져가고 있다. 자유의 전역(戰域)은 바야흐로 풍성(豊盛)해가고 있는 것이다.

민주주의와 민중의 공복(公僕)이며 중립적 권력체인 관료와 경찰은 민주를 위장한 가부장적 전제권력의 하수인으로 발벗었다. 민주주의 이념의 최저의 공리인 선거권마저 권력의 마수(魔手) 앞에 농단되었다. 언론, 출판, 집회, 결사 및 사상의 자유의 불빛은 무식한 전제권력의 악랄한 발악으로 하여 깜박이던 빛조차 사라졌다. 긴 칠흑과 같은 밤의 계속이다.

나이 어린 학생 김주열의 참시(慘屍)를 보라! 그것은 가식 없는 전제주의(專制主義) 전횡의 발가벗은 나상(裸像)밖에 아무것도 아니다.

저들을 보라! 비굴하게도 위하와 폭력으로 우리들을 대하려 한다. 우리는 백 보를 양보하고라도 인간적으로 부르짖어야 할 같은 학구(學究)의 양심을 강렬히 느낀다.

보라! 우리는 기쁨에 넘쳐 자유의 횃불을 올린다. 보라! 우리는 캄캄한 밤의 침묵에 자유의 종을 난타하는 타수의 일익(一翼)임을 자랑한다. 일제의 철추(鐵椎) 아래 미칠 듯 자유를 환호한 나의 아버지, 나의 형들과 같이—.

양심은 부끄럽지 않다. 외롭지도 않다. 영원한 민주주의의 사수파는 영광스럽기만 하다.

　보라! 현실의 뒷골목에서 용기 없는 자학(自虐)을 되씹는 자까지 우리의 대열을 따른다. 나가자! 자유의 비밀은 용기일 뿐이다.

　우리의 대열은 이성과 양심과 평화, 그리고 자유에의 열렬한 사랑의 대열이다. 모든 법은 우리를 보장한다.

　　　　　　　　　—〈서울대학교 학생회 선언문〉(1960년 4월 19일)

　〈서울대학교 학생회 선언문〉 역시 〈고려대학교 학생회 선언문〉과 그 성격이 비슷하지만 그 대학의 전통과 성격을 나타내고 있다.

　서울대학교 선언문 역시 극히 생생한 현실의 상황을 보여주는 내용을 담고 있으나 개인적인 시각에서 본 특수한 상황이 아니라 공통적인 국민 모두의 삶에 근거한 현실을 고발하고 있다.

2) 낭독에 어울리는 글이어야 한다

　식사문을 쓸 때 주의해야 할 점은 개인적인 체험의 특수함을 드러내는 내용보다는 모인 사람들, 혹은 대상으로 하는 이들이 공유하고 있는 체험에 근거한 내용을 선택하는 것이 우선시되어야 한다는 것이다.

　그리고 보통 낭독조로 쓰여진다. 원래 식장에서 읽어야 하기에 낭독에 알맞은 글이 되어야 하는데, 중요한 것은 듣는 이로 하여금 내용을 쉽게 알 수 있게 해야 한다는 점이다.

　지난 여름 청소년 문학캠프에서 어느 시인이 개식사(開式辭)를 하였다. 이 시인은 나이가 있어서 초등학교 아이들을 만나본 지가 오래된 탓이었는지 어려운 말로 문학창작의 의의를 이야기했고, 그러다보니 참가한 아이들의 분위기가 어수선하게 되는 것을 보았다.

　식사의 내용이 어려웠다는 점이 그 첫 번째 이유였지만 빠뜨릴 수 없는 것은 낭독에 어울리는 글에 대한 생각이 부족하였다는 점이다. 그 한 가지 예를 들면 다음과 같다.

청소년 문학창작학교를 이곳에 개설하여 내외 여러 문단 선비와 청소년 제군들이 동참하여 안으로는 개성적 창조정신의 첨예한 연마와 밖으로는 공동의 생명윤리를 체득하여 민족문학 건설의 초석이 될 것을 기원하면서……

이 글은 식사를 적당하게 요약한 것인데, 한눈에 대통령이 개천절과 같은 국경일에 연단에서 읽어가는 그런 문형의 글임을 볼 수 있다. 이를 낭독형으로 수정하여보면,

청소년 문학창작학교를 이곳에 열어 여러 시인들과 여러분이 함께하여 창조의 정신을 키우고 닦아 인간으로 살아가는 법을 깨우쳐 우리 민족문학을 세워가는 데 큰일을 하는 이로 자랄 것을 바라며……

이런 형태로 고쳐보면 듣기에 수월한 말이 어떤 것인지 구체적으로 알 수 있을 것이다.

3) 긴장감과 힘이 담긴 글이어야 한다

또 한 가지 식사문의 특징을 들면 내용에 마음을 움직이는 힘과 긴장감이 있어야 한다는 것이다. 언제나 듣게 되는 상투적 격언이나 진부한 시사적 뉴스를 인용한다면 긴장감도 없고 어디서 들어본 듯한 느슨한 식사가 되기 때문이다. 따라서 식사문을 쓸 때는 힘찬 문형을 사용하고, 하고자 하는 말의 의미가 뚜렷하게 드러날 수 있게 청유형이나 직설법을 사용한 글을 써야 할 것이다.

내가 이태준의 〈재외혁명동지 환영문〉을 읽을 때마다 감탄하게 되는 것은 비록 오늘에 있어서는 문장이 난삽하게 여겨질지 모르지만 이 글이 ①정중하고, ②낭독조로 되어 있고, ③지루함이 없이 긴장감을 갖게 하고, ④심각한 인상을 남긴다는 점에서 다시 읽어보고 싶은 식사문의 전범이 된다고 생각하기 때문이다.

다음은 〈재외혁명동지 환영문〉의 일부를 발췌한 것이다.

(전략)

오오, 굴욕의 36년! 민족의 영원으로는 일순(一瞬)이었으나, 인생 일생으로는 청춘을 오롯이 바치고도 모자라는 장기간이었다. 동지들 가운데는 이미, 가권(家眷)이 보아 모르도록 수발(鬚髮)의 빛을 달리한 이도 있을 것이요, 적탄에, 혹은 옥고에, 혹은 병마(病魔)에, 오늘 이 감격을 기다리지 못한 채, 천추의 한을 품은 채, 수방이역(殊邦異域)에 고혼(孤魂)된 이도 한두 분이 아닐 것이다.

오오! 거룩한 동지여! 정의의 열사여, 동지들 있음으로 말미암아 오늘 이 땅에 아침이 오는 것이며, 동지들 있음으로 말미암아 우리 민족의 명예가 세계에 유지되는 것이며, 동지들 있음으로 말미암아 아직 우리에게 저 화랑과 충무공의 피가 면면히 흐름을 알지로다! 우리 3천만은 머리털을 깎아 동지들 말굽 아래에 편들, 어찌 동지들의 위공대훈(偉功大勳)에 만(萬)에 일(一)인들 보답할 것인가!

(중략)

형제여 지도자여 어서 우리 삼천만의 앞을 서라. 우리 용렬(庸劣)하나 동지들의 끓는 의열(義烈)에 순화될 것이요, 우리 지둔(遲鈍)하나 동지들의 선혈로 편 건국대도(建國大導)를 만강(滿腔)의 존경과 신뢰로 따라 나아가리라.

—이태준, 〈재외혁명동지 환영문〉 중에서

제6장 논술문

1. 설명의 방법

　문장의 기술에 있어 논술문이 자리하고 있는 것은 논증의 기술방식을 사용한다는 점이다. 이 논술문의 형식을 이해하기 위해서는 먼저 문장의 일반적 기술에 사용되는 방식이 어떤 것인가에 대한 이해가 있어야 한다. 마치 깨지는 그릇은 폭신한 종이로 싸서 넣어야 하고, 선물은 예쁘게 포장해야 선물을 주는 이의 마음이 정갈하게 전달될 수 있듯이 쓰고자 하는 글의 내용에 따라 알맞는 기술의 방식을 선택하는 법을 알아야 전하고자 하는 글의 내용이 체계를 제대로 갖출 수 있어서 확실하게 의미전달이 이루어지게 되는 것이다.

　이러한 글의 기술에 대한 정확한 선택을 위해서 먼저 생각해보아야 할 것은, 개인적이고 주관적인 관심을 가진 기술형식을 선택할 것인가, 아니면 보편적이고 객관적인 관심을 가진 글을 선택할 것인가에 대한 결정이다. 쓰고자 하는 글이 개인적인 관점을 요구하는 경우 ①묘사나, ②서사의 기술방식을 택하게 되고, 글이 객관적인 관점을 가져야 하는 경우에는 ③설명이나, ④논증의 기술방식을 택해야 하는 것이다. 지금까지 개인적인 관점을 가진 수필이나 일기 쓰는 법을 살펴보았기에 객관적 관점을 지녀야 하는 글의 경우 설명과 논증의 기술방식이 가지는 기초적인 몇 가지 특징을 제시하고자 한다.

설명의 경우는 주제를 명확하게 하는 데 보편적으로 쓰이는 방식이다. 즉 설정된 주제를 독자에게 이해시키는 데 그 주안점이 주어져 있다. 예를 들어 "저 사람이 누구입니까?" 하고 물었을 때, "네. 저 사람은 이번에 구의원에 출마한 순돌이 아버지입니다"라고 한다면 이는 가장 단순한 설명의 방식이 되는 것이다. 그러므로 이 설명방식의 중심이 무엇이냐는 물음에 대해 알맞은 해답을 기술하는 것이 된다.

그 해답을 보다 효과적으로 드러나게 하기 위해서 손쉽게 구할 수 있는 방법의 하나가 정의이다. 우리가 수학에서 배운 것과 같이 정의는 정의항과 피정의항으로 이루어져 있다. 한 가지 예로 '노예'의 뜻을 설명해야 할 경우 '노예'란 남의 밑에서 일하는 사람이라고 한다고 하자. 이 노예에 대한 설명을 거꾸로 하여 만들어보자. '남의 밑에서 일하는 사람'이라고 했을 때 '노예'란 말이 얼른 떠오를 수 있는가 하는 점을 살펴보면 곧 알 수 있을 것이다. 남의 밑에서 일하는 사람은 가게 주인 밑에서 월급을 받으며 일하는 사람일 수도 있고, 정치적 신념으로 지도자 밑에서 무료로 일을 해주는 사람일 수도 있다. 이처럼 꼭 노예라는 말의 뜻과 일치하지 않는 것을 볼 수 있다. 이와 같이 일치하지 않을 때는 설명이 제대로 된 것이라 할 수 없는 것이다. 따라서 설명의 가장 정확한 방법은 정의항과 피정의항이 서로 크지도 작지도 않게 의미가 소통할 수 있는 것이어야 한다. 그러기 위해서 정의항은 피정의항에 대해 '＝' 관계가 성립해야 하는 것이다. 다시 이를 정리하면 "노예는 타인의 합법적인 사유재산인 인간을 말한다"라고 하여야 정의가 성립되는 것이다.

이를 정확하게 훈련하기 위해서는 종차(種差)의 개념을 알아야 한다. 이 종차는 다음 글에서 보면 쉽게 판별할 수 있다.

"인간은 이성적 동물이다"라는 정의가 있을 때 동물은 유(類)로 분류되고 종차는 이성적이라는 말로 분류가 되는 것이다. 이와 같은 방법으로 설명하기 위해서는 항상 국어사전을 곁에 두고 있어야 한다. 아주 쉬운 예로 '가구'란 어떤 것인가를 설명하라고 할 때 뻔히 다 알고 있으면서도 명확하게 정의항을 만들어낼 수 없는 것은 유와 종차의 개념에 의해 정리되어진 사전의 풀이말을 보지 않았기 때문이라고 할 수 있다.

초등학교시절 낱말의 뜻을 적게 하는 이유도 바로 말의 개념을 명확하게 배운다는 뜻과 함께 정확한 설명의 도구를 이해한다는 뜻도 담겨 있는 것이다. 더욱이 개념어의 경우는 말뜻에 대한 정확한 정의를 알 수 없으면 막연하게 짐작으로 이렇거니 하는 생각으로 언어를 구사하게 되어 의사전달에 곡해가 생기는 원인이 된다.

다음에 문제가 되는 것은 정의항이 자신의 생각과 다를 경우이다. 예를 들어 사전적 해석만으로 충분하게 자신이 생각하는 뜻을 담아내지 못한 경우 스스로 정의를 확장시킬 수 있다. 이를 '확장된 정의'라고 부른다. 설명에서 이러한 정의의 방식만으로 애매하거나 부족한 경우 사용하는 방식으로는 예시(豫示)의 방식, 비교와 대조의 방식, 분류(分類)와 구분(區分)의 방식을 들 수 있다.

먼저 다음의 예문에서 예시의 방식이 어떻게 사용되고 있는가를 살펴보기 바란다.

사실 다른 동물들은 울음소리로써 서로의 생각을 교환한다. 예컨대, 대부분의 새들은 위험이 닥쳐오면 경고하는 소리를 내며 원숭이들은 화나거나 두렵거나 기쁠 때, 분노나 공포나 기쁨의 표현과 같은 그러한 서로 다른 소리를 낸다. 그러나 이러한 여러 가지 의사소통의 수단은 몇 가지 방법에 있어서 인간의 언어와 구별된다. 예를 들면, 동물들의 울음소리는 분절되지 않는다. 이것은 근본적으로 다른 동물들의 울음소리가 구조를 가지고 있지 않음을 의미한다. 다시 말하면, 다른 동물들의 울음소리는 모음과 자음간의 대조를 이루는 그런 구조를 가지고 있지 않다.

우리는 어떤 단어를 다른 단어로 대치함으로써 문의 뜻을 바꿀 수 있다. "그토록 사랑했던 그녀가 오늘 밤 내 곁에서 떠나갔다"를 "그토록 사랑했던 손자가 오늘 밤 내 곁에서 떠나갔다"나 "그토록 미워했던 그녀가 오늘 밤 내 곁에서 떠나갔다"로 말할 때가 그 좋은 예다.

또 다른 설명의 방식인 비교와 대조는 둘 이상의 대상을 유사점과 차이점을 중심으로 서로 관계 맺게 하여 설명하는 방법을 말한다.

먼저 비교의 경우 주의해야 할 점은 비교의 대상이 서로 비교할 수 있는 것이어야 한다. 우리를 괴롭히는 곤충으로 모기와 파리를 비교한다면 가능한 것이지만 모기와 진달래를 비교한다면 무의미한 비교가 될 것이다. 흔히 국가간의 교통사정을 비교하는 경우를 많이 볼 수 있다. 예를 들어 싱가포르에서는 교통소통을 위해 도심으로 들어가는 차에 대해 일정한 인원이 차지 않으면 통행세를 엄청나게 매기는 법규가 있어서 교통소통이 원활하니까 우리도 이런 법규를 만들어야 한다고 주장하는 이들이 있다. 그러나 언뜻 보기에 타당한 비교의 방식 같지만 자세히 보면 이러한 비교의 방식에 문제가 있음을 알 수 있다. 즉 싱가포르와 서울의 지형적 비교가 있어야 두 도시가 가지고 있는 유사성을 찾아낼 수 있는 것이다. 싱가포르는 조그마한 도시국가이고 서울은 온 국토의 중심이 되는 중앙에 위치하고 있다는 점이다. 그리고 도시의 크기나 인구밀도도 문제가 될 수 있다. 단순히 싱가포르가 벌금을 매겨서 교통소통을 원활하게 했다는 것만으로 싱가포르의 제도를 본받아야 한다는 것은 설득력이 빈약한 주장이 될 수밖에 없는 것이다.

둘째로 비교는 '쓰는 이의 의도'라는 잣대와 일치하는 것이어야 한다. 예를 들어 초보자에게 어느 새의 생활을 설명하기 위해 다른 새를 선택하여 이를 비교할 경우 새의 전형적인 습성을 예로 든다면 타당하겠지만 무게나 머리 크기, 또는 번식 방식에 대해 비교한다면 이해하기 어려운 비교가 되고 말 것이다.

대조의 경우도 비교와 동일하다.

다음은 설명을 보다 확연하게 하기 위해 사용되는 구분과 분류의 방식이다. 구분과 분류가 설명의 방식으로 사용되는 것은 여러 대상을 일정한 원리에 따라 나누어 대상들 간에 서로의 관계를 드러나게 하거나 대상이 전체와 어떤 유기적 관계를 가지고 있는 것인가를 밝히는 데 그 효용이 있다. 먼저 구분과 분류의 방식을 보면 계층적인 부류 조직에서 상위에서 하위로 이행하는 방식을 구분이라고 하고, 하위에서 상위로 이행하는 것을 분류라고 한다. 다음의 도표를 보면서 구분과 분류의 방식으로 설명하는 법을 익히면 쉽게 체득할 수 있을 것이다.

이 짧은 도표를 거꾸로 올라가느냐 아니면 위에서 아래로 내려가느냐에 따라 구분과 분류가 이루어지는 것이다.

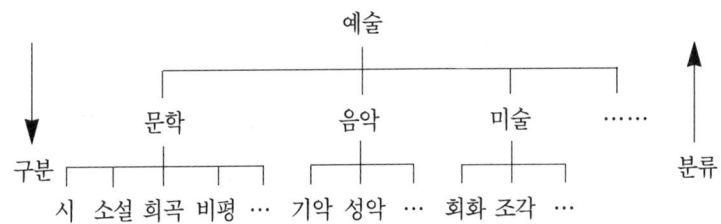

2. 논증의 방법

다음은 논증의 기술형식이다. 이 논증이야말로 바로 논술의 기초가 되는 것이기에 편의상 논술문의 기술방식이라는 넓은 테두리에서 출발하여 어떻게 논술문을 쓸 것인가라는 문제를 생각해보기로 한다.

1) 주제를 어떻게 선정하여야 하는가

논술문을 쓰기 위해서는 무엇에 대하여 쓸 것인가를 생각하여야 한다. 논술문을 쓰는 이유는 의견과 주장, 그리고 쟁점을 논리적인 체계로 정리하여 자신의 주제를 드러나게 하는 데 있다. 그러기에 먼저 주제를 명확하게 설정하는 것이야말로 글의 골격을 갖추게 하는 설계도를 만드는 것이 된다. 예를 들어 현대사회가 요구하는 가치관에 대한 글을 쓰고자 했을 때 이 주제는 무엇에 대하여 쓴다는 막연한 설정에 지나지 않는다. 그러므로 논술문의 경우 이 막연한 주제는 하나의 글이 지니는 범위의 역할밖에 할 수 없는 것이다. 흔히 입학시험의 논술고사에서 이와 같은 문제형이 많이 등장하고 있다. 이런 경우 글의 주제는 '현대사회가 요구하는 가치관' 이라는 범위 안에서 여러 의견과 주장을 살펴보고 쟁점이 되는 것이 무엇이며 스스로는 어떤 결론적 방향제시를 할 수 있는가를 묻는 질문이 된다. 따라서 이에 알맞는 주제문을 만들어내는 것이 핵심적 과제이다.

우리는 흔히 무엇에 대하여 쓸 것인가 하는 넓은 범위의 대상을 주제라고 한다. 그런데 중요한 것은 이 주제에 알맞는 주제문의 작성이 주제설정의 요체가 된다는 점이다. 앞서 예로 든 것과 같이

'현대사회가 요구하는 가치관'을 쓰겠다는 것은 논술문에서 이미 굳어진 범위로 해독하고 이에 알맞는 주제문, 즉 결론적 의견을 어떻게 정립하는가가 중요한 요건이 된다는 말이다. 하나의 주제문으로 '현대사회는 사회적 구성원이 지켜가야 하는 권리와 의무에 대한 자각을 통해 이를 균형적 규범으로 삼을 수 있는 합리적인 가치관'을 요구한다는 주제문을 작성하여 볼 수 있다. 이 주제문을 면밀하게 살펴보면서 자신의 의견이 제대로 반영되어 있는지를 보면 어떻게 글을 써나가야 할지를 쉽게 알 수 있을 것이다. 그러므로 주제는 주제문과의 연관 위에서 생각해보아야 하는 것이다.

2) 쟁점은 무엇을 말하는 것인가

글을 쓰는 이는 먼저 자기가 쓰고자 하는 글의 중심이 어떤 쟁점을 가지고 있는가에 대해 알아야 한다. 내가 주장하려는 것과 다른 주장은 어떤 것이 있는가를 면밀하게 살펴보아야 내가 주장하려는 것의 핵심이 그 논리적 전개의 방향을 바르게 잡을 수 있는 것이다. 상대를 정확하게 알고 그와 마주서서 싸우는 이와, 적을 알지도 못하고 싸우는 이를 비교해보면 쟁점에 대한 파악이 얼마나 중요한 것인지를 쉽게 알 수 있다.

이 쟁점을 정리함에 있어서 주의할 점은 나와 다른 의견을 담고 있는 주장만을 조사할 것이 아니라 유보적 입장에 있는 주장도 살펴보아야 한다. 한 예로 '버스요금을 인상하여야 한다'는 것이 자신의 주장이라면 '버스요금을 인상하지 않아야 한다'는 주장에 대한 논리도 살펴보아야 할 것이지만 '버스요금을 올리거나 내릴 시기가 아니다'라는 주장의 논리도 알아야 하는 것이다. 이러한 쟁점의 명확한 설정은 바로 주제문이 어떤 논리적 구조를 지녀야 하는가를 결정하게 하는 요인이 되기 때문이다.

3) 논술의 순서를 어떻게 잡아야 할 것인가

중심적 쟁점이 파악되면 주제문과 대비하여 논술의 방향을 잡아야 하는데 이때 먼저 해야 할 일은 논증의 근거가 되는 논거를 준비하는 일이다. 자신의 의견을 밑받침해줄 논거들을 면밀하게 검토해보지 않으면 사실과 다른 결론을 엉뚱한 논거 위에서 펼친 격이 되기 때문에 논거에 대한 정확한 검토가 있어야 하는 것이다.

젊었을 적의 일이다. 문학연구발표회에 참석하였는데 어느 발표자가 한국 50년대 소설의 성향을 통계적인 방법론으로 연구 발표하였다. 그런데 그의 연구내용은 50년대의 한국소설에 등장하는 주인공의 직업이 86퍼센트가 무직으로 사회적 적응력을 잃은 사람이어서 허무주의적이라는 것이었다. 나는 내심 그렇게 많은 주인공이 직업이 없는 사람들이었을까 하는 의아함이 생겼다. 발표가 끝나고 질의시간에 몇 작가의 어떤 작품들을 분석하여 이런 수치가 나왔는지를 물었다. 그러자 발표자는 한참 동안 자료를 뒤적거리다가 대표적인 두 작가의 작품들을 분석하였다고 대답하는 것이었다. 모두들 웃고 말았다. 전후 50년대에 등장한 작가들의 총체적 작품을 분석한 것이 아닌 단 두 작가의 작품만으로 50년대 전체의 작품성향을 진단한다는 것은 무리한 일이었다. 이는 논거를 정확하게 살펴보지 않은 실수 때문에 생긴 일이었다.

논거에는 사실논거와 의견논거 두 종류가 있다. 사실논거는 통계수치와 같은 것이고 의견논거는 정설화된 연구논리를 인용하는 것 등을 말한다. 이 논거는 예상보다 훨씬 중요한 몫을 하는 경우를 흔히 본다. 자신들에게 유리하게 여론을 유도하기 위해서 아무렇게나 조사된, 이상한 기관이 발표한 여론조사 결과를 인용하였을 경우 논거가 무너져 망신을 당하게 되는 일도 있을 수 있다. 또 의견논거의 경우도 마찬가지다. 의견을 제시한 사람이 얼마나 권위가 있는 사람이냐에 따라 설득력이 결정되는 것이다. 극단적인 예지만 쌀수확에 대한 예측을 어느 남쪽 농부의 의견을 인용하는 것과 농수산부 담당 관리의 말을 인용하는 것과의 차이를 대비해보면 어떤 것인지 알 수 있을 것이다.

4) 논술문의 전체적 구조를 어떻게 짤 것인가

주제도 결정이 되고 쟁점도 만들었다면 다음으로 해야 할 일의 하나는 쓰고자 하는 논술문의 구조를 어떻게 짤 것인가를 결정하는 것이다. 주제와 쟁점이 결정되었다고 이야기하듯이 그냥 생각나는 대로 기술하는 것은 마치 눈을 감고 길을 걷는 것과 같은 무방향의 글을 만들어낼 뿐이다. 필요하다면 먼저 개요를 만들어보는 것이 현명한 방법이 될 것이다.

그리고 쟁점을 밝혀 자신의 의견을 주장하기 위해서는 쟁점이 지니고 있는 문제들을 생각해보고 이를 중심적 쟁점과 부수적 쟁점으로 분류해보아야 한다. 중심적 쟁점은 자신의 주장을 펼쳐나가는 데 있어서 하나의 과녁이 되는 것이니까 글을 쓰기 전에 명백하게 알고 있는 것이지만 부수적 쟁점은 쓰는 이의 관점에 따라서 선택의 폭이 넓은 것이기에 미리 이를 검토해보지 않으면 안 된다.

부수적 쟁점을 적절하게 선택하는 길은 다음과 같은 세 가지 질문을 스스로에게 던져보는 일이 될 것이다.

그 첫째는 스스로 제안하고자 하는 사항이나 행위, 또는 정책 등이 정말 필요성을 지닌 것인가 하는 점이다.

예를 들어, 요사이 여성인력을 많이 고용하여야 한다는 여론이 꾸준하게 형성되고 있는데 정작 여성인력을 고용해야 할 기업들은 아직도 이에 대해 별 관심을 가지고 있지 않거나 여성들에 대한 편견을 지니고 있어서 신통한 성과를 거두지 못하고 있는 것이 현실이라고 할 수 있다.

　여성인력의 고용이 기업경영과 그 발전에 있어서 가져오는 효과와 이를 바탕으로 국가경제에 미치는 영향을 쟁점으로 하였을 때 부수적 쟁점으로 검토해볼 수 있는 것들을 열거한다면 다음과 같은 것이 될 수 있을 것이다.

　①여성을 기업에 다수 채용하는 것이 기업에 부담스러운 일이 되는 것은 아닌가 하는 점이다. 이에 대해 세밀하게 살펴보면 ㄱ이라는 회사는 여성인력을 많이 고용하는 것이 인건비도 적게 들고 해서 찬성하는 쪽이라고 하고, 또 ㄴ이라는 회사는 실제적으로 여성인력을 많이 채용해보니까 일에 대한 집착력이 남성 못지않아서 성공적이었다고 그 사례를 발표하며 여성인력 고용의 확대에 대해 찬성한다고 말한다. 여론을 조성하는 언론도 이에 대해 대체로 찬성하는 의견을 내놓고 있다.

　②여성 당사자들이 기업에 들어가 일하는 것에 기쁨을 느끼고 적극적으로 업무를 수행하려는 의향을 가지고 있는가 하는 점이다.

　어느 회사에 취직한 여성이 회사에 다니면서 겪었던 체험을 글로 썼는데 사회진출에서 얻은 성과가 참으로 컸다고 밝히고 있었다. 반면 다른 어떤 여성은 회사에 다녀보니 옷을 입어도 아무렇게나 입을 수 없는데 똑같은 옷을 입고 회사에 가면 다른 이들이 쳐다보는 것이 신경이 쓰여 결국 새 옷을 사입게 된다는 것이다. 그 여성은 일을 해서 돈을 벌며 산다는 것의 실속보다는 겉치장이나 하고 다녀야 한다는 부담이 크므로 회사에 다니는 것에 의미가 없다는 부정적 생각을 가지고 있었다.

　③여성인력을 채용한 회사에서는 여성의 숫자가 늘어남에 따라 몇 가지 문제들이 발생한다고 하는데, 첫째로 남자들과 같이 잔업을 시킬 수 없는 점이 기업발전에 부정적인 영향을 미친다는 것이다. 구체적으로 여성들은 퇴근을 하고 집으로 돌아가면 가정일이 또 기

다리고 있어서 회사에 전심전력을 기울일 수가 없다는 점이 부정적 견해를 낳게 한다고 밝혔다. 또 생리휴가라든가 출산휴가라든가 하는 사유로 인해서 업무의 일관성을 지켜나가기 힘들다는 견해를 밝히고 있는 기업도 더러 있다. 또한 오늘의 현실에서는 외국인을 고용하여 싼 임금을 주고 힘든 작업에 투입하여도 불평 없이 일한다는 사실을 인정하는 언론도 있다.

④여성고용의 확대가 국가경제에 미치는 영향을 중심으로 볼 때 어떤 문제들이 발생할까 하는 점들이다.

첫째로 외국인력을 끌어다가 쓰는 경우 외국인들이 한국에 살면서 여러 가지 사회문제를 일으킬 수 있고, 특히 이들이 한국현실에 적응하지 못하여 각종 범죄에 연루됨으로써 사회발전에 저해요인이 될 수 있다는 것은 다른 나라의 경우에서도 그 실례를 찾아볼 수 있다. 그렇기에 여성인력의 활용은 유휴인력을 생산적인 방향으로 전환시켜 부족한 노동인구를 보충하는 데 절대적 공헌을 한다는 점을 ㄷ기업은 밝히고 있다. ㄹ기업은 이와 다른 측면에서 외국인 노동자들이 일을 한 우리 땅에서 소비하는 돈은 얼마 되지 않고 월급을 송두리째 그들 나라로 송금하기 때문에 장기적인 안목으로 볼 때 국가경제에 별로 도움이 되지 않는다는 사실을 털어놓고 있다.

둘째로 교육, 연구기관에서는 여성인력의 고용 확대가 가정교육에도 영향을 미쳐 종래의 가정교육형태에 큰 변화를 가져올 수 있다는 점을 밝히며, 그 예상되는 문제점으로 부모와 떨어져 지내야 하는 취학 전 어린이들이 따뜻한 부모의 사랑이 결핍됨으로 해서 정신적 발육에 장애를 겪을 수 있음을 지적하고 있다. 또 나아가 탁아시설이 제대로 되어 있지 않은 현실에서 사설 탁아소에 아이를 맡김으로써 교육비의 부담이 증가하고 이 교육비 부담의 증가는 국민들 전체의 생산성에 영향을 미쳐 국가경제발전에 도움이 되지 않는다는 견해를 밝히고 있다.

이와는 달리 경제부처에서는 국민의 생산성 확대와 안정된 고용인력의 확보라는 차원에서 여성고용의 확대에 긍정적인 면이 더 강하다는 점을 지적하고 있다.

셋째는 여성인력의 확대로 인해 가계를 꾸려나가는 방식이 변화되면서 파생된 여러 가지 문제들이 국가경제발전에 부정적인 영향을 미친다는 견해이다. 종래의 생활양식에서 탈피해 집 안에서의 여성의 역할을 벗어던짐으로써 여성들의 소비성향이 높아지고 이에 따른 부수적 현상으로 쓸데없이 외식산업이나 발전시켜 국가경제의 건전한 토대를 허물고 소비문화의 확대만을 초래한다는 시민단체의 지적도 있다.

이상에서 가상적으로 살펴본 바와 같이 하나의 쟁점을 설정하면 이와 같은 부수적 쟁점들이 등장하므로 이를 얼마나 정연하게 자신의 주장에 맞게 정리해내느냐에 따라 논증의 내용과 전개에 차이가 나는 것이다.

둘째는 쟁점에서 얻은 결과가 어떤 것이 될 것인가에 대한 물음이다.

하나의 쟁점에서 얻어낸 결론이 어떤 의미를 지니는 것인가에 대해 꼼꼼히 스스로 생각해보고 이의 타당성이 공고하게 자리잡고 있는 것인가에 대해 대답할 수 있어야 한다는 것이다.

예를 들어 교통지옥이라는 서울의 교통문제를 해결하기 위해서 어떤 방식으로 교통정책을 펴야 하는가 하는 문제에 대해 서울 중심부를 다니는 차에 대해 통행세를 받는 방안을 주장하였을 경우, 먼저 생각해보아야 할 것은 스스로 운전을 해가며 서울 중심부의 여러 군데에 물품을 납품하며 살아가는 이들이 얼마나 많은 비용을 들여야 하며 이들이 내야 하는 통행세가 정당한 것인가 하는 부수적 쟁점의 등장이다. 뿐만 아니라 국가의 정책이 규제 쪽으로 향하는 것이 올바른 것인가 하는 점도 생각해보아야 할 것이다. 국민이 편리하고 안락하게 살아갈 수 있도록 하는 것이 국가의 중요한 과제의 하나인데 세금을 더 걷는 방식의 강제적인 통제를 가한다면 그것을 과연 국민을 위해 일한다고 할 수 있겠는가 하는 점도 언론을 통해 지적되고 있다.

그러므로 쟁점이 만들어낸 결과에 대해서 면밀하게 검토하고 이에 따른 부수적 쟁점이 오히려 중심적 쟁점을 흐려놓지 않도록 준비해야 할 것이다.

이러한 예는 교통정책에서만 찾을 수 있는 것이 아니다. 지난번에 청소년들의 탈선을 막기 위해서 논의되었던 청소년 통금시간제도의 실시 문제만 하여도 부수적 논쟁의 갈래를 수없이 뽑아낼 수 있다.

예를 들어, 첫째로 통금제 실시가 청소년의 비행을 막을 수 있다는 가능성만 있었지 이 정책을 시행하여 성공한 실제적 성과에 대한 정확한 자료가 있는가 하는 물음이 나올 수 있고, 이와 병행하여 밤늦게 돌아다닌다는 것 하나만으로 문제가 되느냐 하는 점에 대한 문제제기가 있을 수 있는 것이다.

둘째로 청소년의 건전한 성장에 이 방법이 얼마나 공헌할 것인가에 의문제기를 할 수 있다. 청소년기에 여러 곳으로 여행을 해 다른 이들의 삶을 보거나 이질적 문화와 접함으로써 주체성 확립에 도움을 받고자 하는 일들이 하나의 관습으로 여겨지는 나라의 청소년들이 통금시간이 있어서 학교에 갔다 와서는 마음놓고 어디도 다닐 수 없게 된 청소년들과 얼마나 차이가 나겠는가 하는 점도 만만치 않은 문제가 될 수 있는 것이다. 청소년기에 여러 다양한 문화를 보고 느끼고 배운다는 것은 바로 삶의 보다 나은 세계를 창출하려는 동기부여의 의미가 있는 것이다. 그런데 이를 막고 천편일률적으로 밤 열시 종이 울리면 아무데도 가지 못하게 하는 것이 청소년의 심성 발전에 도움이 되느냐 하는 것이다.

나 역시 중학교 다닐 때 이런 경험을 해본 적이 있다. 아버지는 친구 집에 놀러갔다가도 아홉 시 전에 꼭 집에 돌아와야 한다고 했다. 어쩌다가 친구와 이야기라도 하다가 시간을 어겨 집에 돌아가면 마루에 아버지가 앉아 있었다. 그리고 이유를 묻고 납득이 가지 않으면 나를 밖에 몇 시간이고 서 있게 했다. 이런 아버지의 교육방침으로 해서 나는 밤이 되면 무서워서 일찍 돌아올 수밖에 없었고 재미있는 화약놀이 같은 것을 하며 아이들과 어울려다닌 추억을 별로 만들 수가 없었다.

그런데 학교에서는 매일 밤에 학교를 지킬 당번을 정해 밤새 목총을 들고 교내를 돌게 하였다. 그럴 때면 상급반 형들이 한밤중에 우리들을 운동장에 모아놓고 학교에서 멀리 떨어진 화장터까지 가서 문 앞에 놓인 하얀 조약돌 하나를 집어오라고 했다. 그리고 시간 차를 두고 한 명씩 보냈다. 나는 통금이 내려진 길을 가다가 순경이나 방범대에게 걸릴 것도 두려웠지만 화장터라는 말만 들어도 소름이 끼쳤다. 그러나 귀신보다 더 무서운 것이 상급생이어서 갈 수밖에 없었다. 화장터 문 앞에 가보면 틀림없이 하얀 조약돌이 달빛에 반짝이고 있었다. 이를 주워 주머니에 넣고 나면 살았다 싶은 기분이 들어 속으로 노래를 부르며 돌아오곤 했다. 그리고 이 어설펐던 추억은 내 맘속에 살아 있어서 어려운 일을 하게 될 때면 화장터 가기보다야 낫지 하는 생각으로 스스로를 세워나가게 하곤 한다.

따라서 한 가지 결정이 얼마나 다양한 세계를 낳게 하는지를 충분히 살펴보아야 한다.

끝으로 보다 나은 대안은 있는가 하는 점에 대해 살펴보아야 한다.

흔히 결론을 유도해나가면 그 결론의 논리에 매달려 또 다른 대안이 있는지를 망각해버리는 경우가 허다하다. 예를 들어 '결혼은 사랑이 있어야 할 수 있다'는 결론을 유도했다고 하자. 실제로 결혼을 결정하게 되는 요인으로 사랑은 절대적인 것일 수 있다. 그러나 더 나은 대안으로 '결혼은 이성이 서로 같은 삶의 울타리 안에서 살겠다는 각오가 있어야 할 수 있다' 라는 결론을 유도했다고 하자. 이 두 가지 결론을 비교하여보면 서로 유사성을 지닌 듯이 보이지만 전혀 다른 뜻을 품고 있음을 알 수 있다.

먼저 사랑이 우선해야 한다는 것은 결혼에 있어서 절대적인 것으로 보이지만 중매로 결혼하는 이들은 그것이 결혼의 결정적인 조건이라고는 생각하지 않을 것이다. 지금은 결혼한 지 20년이 넘은 어느 분이 나에게 "결혼생활 20년이 넘어서야 이제 진정 아내를 사랑하고 있구나 하는 것을 확인할 수 있었다"고 고백한 적이 있다. 이는 물론 그의 독특한 사랑관에서 비롯된 것이지만 사랑이 있어야 결혼이 성립될 수 있다는 결론과는 동떨어진 것임에 틀림이 없다.

이와 대조적으로 삶의 울타리를 함께할 수 있다는 것만으로 결혼할 수 있다는 결론은 너무 포괄적이라서 누구와도 마음만 맞으면 살수 있다는 뜻으로 들릴 수가 있다.

청년시절 한 친구가, 자주 다니던 막걸리집에서 일하던 연상의 여인을 좋아한 적이 있었다. 친구들이 말렸지만, 그는 꼭 그녀와 결혼을 하고 말겠다는 것이었다. 하루는 내가 친구에게 "진심으로 그녀를 사랑하고 있는가" 하고 물었다. 나는 그가 진실로 사랑하고 있다면 결혼을 할 수 있도록 도와주려고 했었다. 매일 저녁이면 그 막걸리집으로 가서 뭇 남성들에게 좋지 않은 소리를 들으며 주전자를 들고 다니는 그녀를 곁눈질로 훔쳐보며 가슴 아파하는 친구가 안쓰러웠던 것이다. 그런데 그 친구의 대답은 "사랑은 문제가 아니야. 그와 내가 한 지붕 밑에서 살 수 있다는 것만으로 결혼은 해볼 만한 것이야" 하고 대답하는 것이었다. 집으로 돌아와 아무리 친구의 입장에 서서 생각해보아도 한 지붕 밑에서 살기 위한 결혼은 납득이 되지 않았다.

이 두 가지 결론은 모두 너무 좁거나 넓은 의미를 지니고 있어 또다른 결혼 결정의 요인을 간과하는 결과를 가져올 수 있다. 다른 보다 나은 대안을 마련해내어 신중한 부수적 쟁점으로 밑받침해야 확고한 결혼 결정의 동기를 보편성 있게 끌어낼 수 있으리라는 생각이 든다.

결론적으로 논설문의 구조를 짜기 위해서는 자신의 글에 담아야 하는 중심적 쟁점과 부수적 쟁점의 관계에서 부수적 쟁점을 어떻게 효과적으로 사용할 수 있는가에 대해 앞서 말한 세 가지 질문을 잊지 말고 던져보아야 할 것이다.

글쓰기를 두려워 말라

초판 1쇄―1997년 1월 9일
초판 25쇄―2017년 4월 7일

지은이 ― 박 동 규
펴낸이 ― 임 지 현
펴낸곳 ― (주)문학사상
주 소 ― 서울특별시 송파구 중대로38길 17(05720)
등 록 ― 1973년 3월 21일 제 1-137호

전화―02)3401-8540
팩스―02)3401-8741
홈페이지―www.munsa.co.kr
이메일―munsa@munsa.co.kr

ISBN 978-89-7012-237-3 03810

해·외·문·학·걸·작·선

로맨틱 에고이스트 프레데리크 베그베데 지음 | 한용택 옮김

발간 즉시 프랑스 상류층과 문단을 발칵 뒤집어놓은 화제작!

소설 속에 프랑스의 현역 정치인, 기업인, 문인, 연예인 등 유명 인사들을 실명 그대로 등장시켜, 프랑스 상류층과 문단의 속물근성을 여지없이 짓밟아버린 문제작으로, 발간 즉시 프랑스 사회에 일대 충격과 혼란을 주며 화제가 되었던 바로 그 작품! 베그베데는 일기 형식의 자전적 소설을 통해 현대 자본주의 소비사회의 퇴폐와 타락, 그 이면을 성찰하고 있다.

살아있어 미안하다 프레데리크 베그베데 지음 | 한용택 옮김

9·11테러의 참극을 최초로 소설화한 세계적 화제작

9·11테러를 소재로 한 세계 최초의 장편소설로서, 속절없이 죽어간 희생자들의 마지막 모습을 생생히 그려낸 세계적 문제작! 비행기가 세계무역센터로 돌진해 온 뒤 살아남기 위해 속절없이 처절한 사투를 벌인 희생자들의 마지막 순간을 두 시간에 걸쳐 매분 단위로 생생하게 재현, 휴머니즘을 구현했다는 호평을 받았다. 앵테랄리에 문학상, 인디펜던트 외국소설상 수상작.

내쫓긴 아이들 엘프리데 옐리네크 지음 | 김연수 옮김 · 이병애 감수

4인조 청소년 갱단의 극단적 폭력을 통해 일상의 파시즘을 파헤친 수작

2004년 노벨문학상 수상 작가 엘프리데 옐리네크의 감각적 문제작. 자본주의 시장 메커니즘이 주도하는 물질적 욕망과 사회적 부조리 속에서 정신적, 육체적으로 방황하다 끝내 길을 찾지 못하는 우리 시대 젊은이의 초상을 통해 일상과 정치에 내재된 폭력의 징후를 고발하는 문제적 수작이다.

욕망 엘프리데 옐리네크 지음 | 정민영 옮김

외설 시비를 불러일으킨 노벨상 수상 작가의 도발적 문제작

2004년 노벨문학상 수상 작가 엘프리데 옐리네크의 대표작. 포르노를 연상케 하는 노골적인 성 묘사로 발간되자마자 '외설인가 문학인가' 하는 논란을 불러일으키며 일약 베스트셀러가 되었다. 외설의 미학이 담긴 언어유희와 신랄한 해학으로 사랑과 성에 대한 허상의 신화를 파괴하고, 현대 사회의 부조리한 권력 구조를 고발하는 문제작.

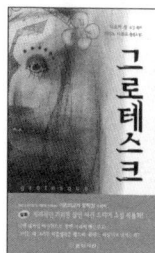

그로테스크 기리노 나쓰오 지음 | 윤성원 옮김

세계적인 기괴한 살인 사건을 소설화, 이즈미교카 상 수상작!

나오키 상 수상작가 기리노 나쓰오가 1997년 일본 전역을 들끓게 한 '동경전력 여사원 매춘부 살인사건'을 소설화, 병든 사회의 어둠에 갇힌 현대 여성의 복잡기괴하며 일그러진 심리를 예리하게 파헤쳐 보인 심리소설의 걸작. 낮엔 대기업 여사원으로, 밤엔 거리의 매춘부로…, 과연 그녀는 왜 그러한 이중생활을 했으며, 끝내는 피살되고 말았는가?

딱 90일만 더 살아볼까 닉 혼비 지음 | 이나경 옮김

닉 혼비의 천재적 위트로 빚어낸 90간의 자살 소동

죽음밖에 답이 안 보이는 우울한 인생들, 그들이 선택한 마지막 90일간의 눈물과 웃음과 감동. 대담하고 흡입력 있는 이야기 전개와 면도날 같은 위트로, 자살 희망자들의 진짜 속마음과 심경 변화를 파헤쳐 희롱하면서도, 얼어붙은 영혼의 심지에 불을 지피는 놀라운 작품. '자살'이라는 음습한 주제를 신랄한 위트로 흥미진진하게 그려낸다. 조니 뎁 제작 2007년 영화화.

진짜 좋은 게 뭐지? 닉 혼비 지음 | 김선형 옮김

포스터 상을 수상한 작가 닉 혼비의 유쾌한 블랙코미디

삶의 지표를 잃어버린 현대의 부부 관계와 해체 위기에 직면한 가정에 대한 가시 돋친 풍자. 유리그릇처럼 깨지기 쉬운 현대 사회의 일가족의 모습을 시종일관 재치 있고, 신랄하고 유머러스하게 묘사하면서도, 그 속의 곪은 진실을 터트림으로써 눈물을 자아내게 하는 작품.

피버 피치 닉 혼비 지음 | 이나경 옮김

축구와 사랑에 빠진 한 남자의 이야기, KBS TV '책을 말하다' 선정 도서

세계적 인기 작가 닉 혼비가 25년간 숱한 명경기를 관람하며 축구에 열광했던 사랑과 감동의 기록. 열한 살에 처음 가본 축구장에서 아스날 팀에 반한 후, 평생을 축구에 웃고 축구에 울며 살아가는 잉글랜드 열혈 팬의 열정과 삶의 기복을 그려내는 가운데, 진정한 축구팬, 즉 '12번째 축구선수'가 되어가는 과정을 담고 있다.

붉은 왕세자빈 마거릿 드래블 지음 | 전경자 옮김

영국의 대표 작가 마거릿 드래블이 현대에 되살려낸 혜경궁 홍씨

아버지 영조가 뒤주에 가둬 죽게 한 사도세자. 이 조선왕조의 최대 참극의 하나를 지켜보고, 질풍노도와 같이 전개되는 권력 다툼 속에서, 아들 정조와 자신의 가문을 지켜낸 의지의 여인 혜경궁 홍씨. 200년의 세월을 뛰어넘어 영국의 작가가 이 조선왕조의 비극에 주목, 혜경궁 홍씨의 슬픈 운명을 현대적 시각으로 다시 살려냈다.

브리짓 존스의 일기 헬렌 필딩 지음 | 임지현 옮김

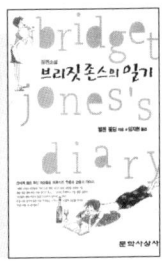

아마존 베스트 1위, 르네 젤위거·콜린 퍼스·휴 그랜트 주연의 영화 흥행!

"브리짓은 바로 당신! 제 일기는 당신께만 보여드릴게요!"
현대 독신 여성을 상징하는 당당한 커리어우먼 브리짓 존스를 둘러싸고 벌어지는 기상천외한 해프닝과 가슴 찡한 이야기. '브리짓의 일기'를 살짝 훔쳐보자. "아니, 이건 내 얘기잖아!"

농담

쿤데라에게 국제적 명성을 안겨준 첫 성공작!

암울한 시대에 던진 농담 한마디로 당과 대학에서 쫓겨나 운명의 비극을 겪어야 했던 한 남자의 이야기. 남녀간의 사랑과 정치적 문제가 한데 어우러져 미학성과 역사성을 동시에 획득하고 있는 쿤데라 문학의 진원지.

밀란 쿤데라/정인용 옮김

백년 동안의 고독

1982 노벨문학상 수상작!

마술적 리얼리즘의 극치를 보여 주며 일단 한 번 잡기 시작하면 끝까지 손을 놓을 수 없게 하는 소설. 창세기의 역사와 라틴아메리카의 역사를 융합하여 인류 최후의 비극적 서사시를 빚어내고 있다.

G. G. 마르케스/안정효 옮김

나는 고양이로소이다

일본 최고의 작가, 나쓰메 소세키 소설미학의 정수!

고양이의 눈에 비친 웃기는 인간과 한심한 세상을 날카롭게 풍자한 소설. 고양이를 화자로 한 독특한 구상, 풍자와 해학이 인간 심리의 이면을 종횡무진 꿰뚫는 시원스러운 문체로 되살아난다.

나쓰메 소세키/유유정 옮김

안네의 일기

본사에서 독점 출판한, 한국 유일의 무삭제 완전판!

시간과 공간을 초월해 반세기가 넘도록 전 세계에 감동을 불러일으키고 있는 영원한 스테디셀러! 이 책은 '무삭제 완전판'으로 은신처라는 비참하고 숨막힐 듯한 상황 속에서도 열정적이고 해맑게 살아간 안네 프랑크의 짧은 삶을 완전히 살려내고 있다.

안네 프랑크/홍경호 옮김

호밀밭의 파수꾼

10년 동안 150만 부나 팔릴 정도로 독자들의 사랑을 받고 있는 반영구적 베스트셀러!

50년대 미국 젊은이들의 속어를 적확하게 구사하며 천박한 미국 사회에 대한 젊은 이들의 저항 욕구를 거침없이 보여준다. 현대판 '허클베리핀의 모험'.

J. D. 샐린저/윤용성 옮김

그 달은 일요일뿐이었다

나다니엘 호손의 《주홍글씨》를 뛰어넘는 문제작!

농도 짙은 에로티시즘과 교묘한 언어 유희가 돋보이는 소설로, 목사의 간통이라는 특이한 소재를 통해 현대에서의 불륜의 의미를 다시 묻고 있다. 문란한 여자 관계로 인해 격리당한 31일 동안, 마쉬필드 목사는 과연 무엇을 느끼고 무엇을 생각했을까.

존 업다이크/한영순 옮김

가시나무새 1·2

눈부신 스토리텔링과 절묘한 상상력의 롱 베스트셀러!

일생에 단 한 번밖에 울지 않는 전설의 가시나무새는 둥지를 떠나는 그 순간부터 가시나무를 찾아 헤매다 가장 길고 날카로운 가시에 찔려, 죽음의 고통 속에서 처절하게 운다. 바로 그처럼 사랑과 목숨을 맞바꾼 한 여자의 슬프고도 아름다운 이야기.

콜린 맥컬로우/안정효 옮김

웃음과 망각의 책

밀란 쿤데라가 조국 체코를 향해 보내는 그리움의 메시지!

동화, 문학비평, 정치논문, 음악학 그리고 자서전이 범벅된 변주곡 형식의 연작소설집. 일곱 가지 이야기를 통해 천사적 웃음과 악마적 웃음, 망각과 기억이라는 대칭적 카테고리를 다양하게 변주한다.

밀란 쿤데라 /정인용 옮김

사랑은 어려워

현대 이탈리아가 낳은 세계적인 소설가 이탈로 칼비노의 단편 선집

가장 작품성이 뛰어나고 재미있는 소설로 평가되는, 현실에서 소외된 사람들의 사랑과 모험을 주제로 한 24편의 단편들을 한데 모았다. 기발한 상상력과 익살, 독특한 통찰력 그리고 은밀한 사랑 체험으로 독자들의 마음을 사로잡는다.

이탈로 칼비노/김진욱 옮김

표범 같은 여자

알베르토 모라비아가 생을 마감하면서 유언처럼 남기고 간 최후의 소설!

아프리카를 배경으로 두 쌍의 남녀가 엮어내는 사랑과 미움, 번민을 섬세하게 묘사한 작품으로, "그가 남길 수 있었던 최고의 걸작"이라는 평을 받은 바 있다. 실존주의적 존재론의 극치를 보여준다.

알베르토 모라비아/한형곤 옮김

을화

1982년 노벨문학상 후보에 오른 김동리의 대표작!

단편 〈무녀도〉를 개작하여 펴낸 이 작품은 기독교와 토착 민간신앙과의 갈등 문제에만 머무르지 않고 인간과 신과의 갈등은 물론, 비극적인 상황에 처한 한 인간이 자기 자신의 자아를 지키면서 한계를 초월하기 위해 어떠한 의지를 구현하고 있는가 하는 문제에까지 이른다.

김동리 지음

삼대

일제 시대 갈등의 핵심을 냉혹한 필치로 그려낸 염상섭의 대표적 걸작!

이 땅에 자연주의 문학을 꽃피운 '한국의 발자크' 이자 식민지 역사의 증인 염상섭. 가족간의 세대 갈등에 초점을 맞추고 있는 이 소설은 1930년대 서울 중산층 집안의 부르주아 이념과 그 이념에 바탕한 재산 지키기를 중심으로 식민지 현실을 사는 갖가지 인간 군상을 생동감 있게 묘사하고 있다.

염상섭 지음

나무들 비탈에 서다

민족 상잔의 비극인 6·25를 다룬 최초의 본격 장편소설!

비탈에 선 나무처럼 6·25라는 민족 최대의 비극에 상처받고 몸부림치면서도 끝까지 구원의 삶을 갈망했던 젊은이들의 희생과 수난의 기록.
뛰어난 문체적 성과로 손꼽히는 이 첫문장에서 알 수 있듯, 소설 전체가 탁월한 시적 비유로 아로새겨져 있어 읽을 때마다 생생하고 감동적인 현장감을 느낄 수 있다.

황순원 지음

탁류

식민지 현실의 모순과 궁핍을 비판한 풍자문학의 진수!

절망과 수난의 걷잡을 수 없는 탁류에 휘말려가는 한 여인의 생애를 예리한 풍자와 을씨년스러운 냉소로 절묘하게 파헤치고 있는 작품. 일제의 검열제도를 피하기 위해 택한 '아이러니' 기법을 통하여 식민지 교육의 모순과 고리대금업, 도박 같은 비정상적인 자본의 이동 등에 대해 철저한 비판의 메시지를 보내고 있다.

채만식 지음

동백꽃

한국문학 최고의 해학을 보여주는 김유정의 단편소설선집!

해학과 골계미, 감칠맛 나는 토속어로 순박하고 어리석은 농촌 사람들의 세계를
실감나게 그린다. 연거푸 터져 나오는 웃음과 함께 어둡고 삭막한 농촌 현실을 살아가는
농민들에 대한 작가의 진한 연민의 아픔을 느끼게 된다. 능수능란한 해학에 정신없이
실컷 웃는 가운데 가슴속에 응어리진 슬픔과 회한이 눈물로 솟아오르게 한다.

김유정 지음

상록수

늘 푸른 상록수처럼 변함없이 독자의 사랑을 받고 있는 불후의 명작!

활화산처럼 뜨거운 젊음의 열기를 건전한 사랑과 조국애로 승화시킨 두 남녀의 숭고한
사랑 이야기. 일제 치하 브나로드운동으로 표출된 우리 민족의 저항의식을 잘 묘사하고
있으며, 사랑의 가치를 인간 삶에 대한 애정과 헌신을 통해 드넓게 용해하고자 했던
작가의 인생 철학이 감동적으로 녹아들어 있다.

심훈 지음

무정 · 꿈

한국 근대문학의 빛과 그늘을 상징하는 춘원 이광수의 대표작!

우리나라 최초의 근대소설로 평가되는 《무정》은 신소설에서 관념적으로 제기되었던
근대적 이념의 문제들을 정서적인 흥미 유발을 통해 새로운 서사법과 형태미학으로
발전시켰다는 점에서 중요한 위치를 차지한다. 또한 여성의 지위 향상을 부르짖은
근대 초기의 대표적인 페미니스트 텍스트.

이광수 지음

감자

단편소설의 기틀을 마련한 작가 김동인의 대표적 단편 모음집!

이광수 류의 계몽주의에서 벗어나 문학 고유의 예술성과 순수성을 추구하며 소설가를
신의 자리에 올려놓은 예술지상주의자 김동인. 미신과 무지로 가득 찬 어두운 시대에
근대라는 이름의 자연주의적 사고를 도입, 예술적 가치와 삶의 비극적 아름다움을
추구했던 그의 주옥 같은 단편들이 한자리에 펼쳐진다.

김동인 지음

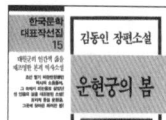

운현궁의 봄

시대의 풍운아 흥선대원군의 삶을 재조명한 본격 역사소설!

조선 말기 변화무쌍한 역사의 소용돌이 속에서 파란만장한 일생을 살았던 대원군의 인간적 삶을 다뤘다. 이 소설에서 가장 인상적인 것은 대원군이 명주를 펴놓고 난초를 치는 장면과 골패놀이 장면이다. 날아가는 골패의 색깔을 감지할 정도의 고수, 그가 바로 작가 김동인이며, 흥선대원군은 작가의 자기 투영에 다름 아니다.

김동인 지음

고향

한국 농민문학의 새로운 지평을 연 역작!

우리 민족의 고향인 농촌의 현실을 생생하게 형상화함으로써, 임화나 김남천 같은 당대 최고의 비평가들로부터 "경향소설의 제일 큰 기념비", "리얼리즘의 승리"라는 극찬을 받은 작품. 식민지 현실 및 인물의 상황을 포착함에 있어, 이전 프로소설의 한계인 도식성과 관념성에서 탈피해 민중의 삶과 행동을 바탕으로 하였다.

이기영 지음

혈의 누

우리 근대문학사의 첫페이지를 장식하는
신소설의 개척자 이인직 소설의 정수!

그의 작품은 소설의 근대적 맹아를 보여줄 뿐만 아니라 낡은 체제가 무너지고 새 시대로 접어드는 전환기의 중심 맥동을 생생하게 잡아내고 있다는 점에서 크나큰 역사적 의미를 지닌다. 우리나라 최초의 신소설 〈혈의 누〉를 비롯하여 〈귀의성〉〈은세계〉 등이 수록.

이인직 지음

익명의 섬

우리 시대 최고의 작가 이문열이 선사하는
진정한 스타일리스트의 세계!

이문열 소설의 주인공들은 현실에 만족하지 않고 그 너머 어딘가에 존재하는 또 다른 세계에 다다르려 노력한다. 그것은 높은 예술적 경지일 수도 있고 종교적 또는 정치적 이상일 수도 있다. 그의 소설은 한결같이 어떤 궁극적인 이데아의 세계를 끊임없이 추구해나간다는 점에서 우리에게 문학이 갖는 참다운 미덕을 환기시킨다.

이문열 지음
